#5

ありふれた職業で世界最強 零

ARIFURETA SHOKUGYOU DE SEKAISAIKYOU ZERO

白米良
shirakome ryo

illust.たかやKi
takayaki

解放者集結
ラウス・バーン
リューティリス・ハルツィイナ

「……オーくんは、私のだから」

ミレディ・ライセン
ナイズ・グリューエン
メイル・メルジーネ
ヴァンドゥル・シュネー

ありふれた職業で世界最強 零5

白米 良

OVERLAP

エントリス
商業連合都市
アストラン竜王国
北の山脈地帯
神山
ウル湖
ダムドラック
ウルディア公国
白の大樹海
オディオン連邦
アグリス
ホルロ
大樹
ハルツィナ共和国
グランダート帝国
ダストール
旧ライセン領
聖母郷
イグドール魔王国
黒の大雪原
魔都イグルド
シュネー族隠れ里

WORLD MAP of TORTUS
豊穣郷
赤錆の
岩石地帯
赤の大砂漠
無法都市アンディカ
赤竜大山
エルバード神国
シャルード連合国
ヴェルカ王国
ライセン大峡谷
シャンドラ
ヴェルニカ
緑の大坑道
前線地帯
紺碧の大地
ダスティア王国

CONTENTS

イラスト／たかやKi

第一章◆ミレディが、こんなに可愛いわけがない！

【ハルツィナ共和国】と【エルバード神国】の戦争終結より、一ヶ月と少し。

共和国を内包する【白の大樹海】は、ようやく本来の静謐《せいひつ》さを取り戻しつつあった。

戦勝を祝う気持ちは徐々に落ち着き、今は、逝ってしまった多くの同胞を静かに偲《しの》びつつ、復興に力を注いでいる。

共和国の獣人達《たち》が、そんなしばしの安寧を享受する中で、しかし、大樹の都から離れた森の奥では、

「オォオオオオオオオオッ」

まるで、まだ死闘の中にいるような雄叫《おたけ》びが迸《ほとばし》っていた。

周囲の木々が音を吸収してなお響き渡る轟音《ごうおん》。

戦闘の激しさを物語る樹海を揺らす衝撃。

「気合いばかりではなっ」

戦っているのは二人。

一人は、眼鏡をかけた黒衣の青年――オスカー・オルクス。もう一人は、片側にちょろりと三つ編みを結ったマフラーの青年――ヴァンドゥル・シュネー。

オスカーが鬼の形相で黒傘を横薙《よこな》ぎに振るう。

ヴァンドゥルは目を眇《すが》めながら片足を跳ね上げ、同時に肘を落とす。

結果、オスカー渾身《こんしん》の一撃は、あっさりとヴァンドゥルの肘と膝の顎門《あぎと》に食らいつかれ阻まれた。

圧縮金属と錬成技量の向上により重量二十キロに及ぶ金属塊を、黒傘及び自身の魔法、更には別のアーティファクトによる身体強化の重ね掛けという超人級の膂力《りょりょく》で放ったにもかかわらず、当のヴァンドゥルは小揺るぎもしていない。

「読んでたさっ」

「いいや、読めてない」

衝撃に空気が震える中、オスカーが足を踏みならす。そうすれば、地面から飛び出す〝錬鎖《れんさ》〟の刺突。それも、円状に複数、ヴァンドゥルを囲むようにして。ご丁寧にも、先端は槍《やり》の穂先のように鋭く錬成されている。

実に、殺意が高い。

二人を知らぬ者が見たなら、間違いなく殺し合いの現場だと思うだろう。

もっとも、殺伐としているのはオスカーだけでヴァンドゥルは至極冷静だった。殺意など欠片《かけら》もない。

ただ……苛立《いらだ》ちは募っているようだった。あたかも、雑念に囚《とら》われ駄作を量産している著名な芸術家でも目の前にしているかのように。

マフラーがふわりと翻る。ヴァンドゥルの体が流水の如《ごと》き自然さで流れる。

途端、その流れに捕らわれたオスカーの体は無様に泳ぎ、自ら刺突の肉壁となる。

更に、ついでとばかりに創り出された氷の短剣が、残りの〝錬鎖〟を絡め取って受け流し、オスカーを背後から強襲。

「くっ」

咄嗟《とっさ》に〝錬鎖〟を制御して自爆という無様だけは回避するオスカー。

だが、刹那の間とはいえ意識が相手から逸《そ》れたのは事実。

天職が〝芸術家〟だから〝武芸〟に関しても天賦の才を持っている――なんて意味不明な主張をしつつも、実際に達人である彼を前にしては致命的だ。

「くたばれ、クソ眼鏡」

ズンッと踏み締められる大地。地を揺らすような踏み込みの衝撃力を、ただ体術の極意を以《もっ》て拳に集束し、放つ。

バランスを崩したオスカーに回避する術《すべ》などなく、辛うじて黒コートの裾を操って防壁となすのが関の山。

その防御の上に飛びかかる虎の如く、しなやかにして絶大な破壊力を秘めたヴァンドゥルの拳打が炸裂《さくれつ》した。

「ごはっ⁉」

とても拳が出した音とは思えない轟音と同時に、突き抜ける衝撃がオスカーの内臓を容赦なくぶっ叩《たた》く。堪《こら》える余裕などありはしない。呼気は強制的に吐き出され、肉体はピンボールのように跳ね飛んだ。

そのまま太い木に背中から激突し、地面へ俯《うつぶ》せに倒れ込むオスカー。

「かはっ、がふっ……くそっ」

震える腕で体を起こすも四《よ》つん這《ば》いが精一杯。逆流する胃液が悪態と共に吐き出される。下がった視線の端に、パキッと小枝を踏み折る靴が見えた。

「これで、ちょうど百戦目。戦績は八十八勝十二敗。……ふん。クソ眼鏡にしては呑《の》み込みがいいと思っていたが、どうやら俺の勘違いだったようだな」

「……なんだ。少しは認めてくれていたのかい？」

食いしばった歯の隙間から漏れ出たような声音で軽口を返すオスカーだったが、いつもなら即座に打ち返されるはずのそれは、酷《ひど》く冷たい事実に変わっていた。

「実戦式の稽古を望んだのはお前の方だ。にもかかわらず、なんだ、ここ最近の体たらくは。クソ眼鏡、言ってみろ。この十日の間で、お前が勝ったのは何回だ？」

「……」

「答えられないなら言ってやろう。ゼロだ」

事実として、魔王城での戦いの後、雪原と魔王国の狭間《はざま》にある森の隠れ家で過ごしていた頃から始まった二人の近接格闘戦訓練は、五十戦まではヴァンドゥルが全勝だった。

しかし、その後、オスカーも少しずつ勝てるようになり、ヴァンドゥルは内心でオスカーの努力と、格闘戦の才能不足を補う戦術に一目を置き始めていたのだ。

特に、共和国と神国の戦後、この樹海で再開した訓練では、オスカーの鬼気迫る気迫と相まって連敗したこともあるほど。

だが、それも最初の頃までだった。

一週間が経《た》ち、二週間が経ち。

三週間目に入る頃からは、もう目も当てられない。まるで、今までの模擬戦の全てを忘れてしまったかのような猪突猛進《ちょとつもうしん》ぶり。

冷静沈着を以て相手の手札の尽《ことごと》くを読み切り、多彩なアーティファクトを以て封殺する――げに恐ろしきは、幾百幾千の悪辣にして鬼畜な戦術を即時に考案・実行・切り替える明晰《めいせき》な頭脳。

その持ち味が、もはや欠片も見受けられない。

焦燥、不安、やるせなさ。己の無力に対して湧き上がる凄《すさ》まじい苛立ち。

それらがオスカーの精神を千々に乱れさせているのは誰が見ても明らかで、その絶不調の原因もまた、明白であった。

「これでは、ミレディが目覚めたとしても鼻で笑われるだろうな」

「――っ」

そう、ミレディが、未《いま》だに目を覚まさないのだ。

先の戦争の最中、大樹ウーア・アルトへの破壊工作を仕掛けてきた〝神の使徒〟。

ミレディは、教会最強にして最凶の敵と一対一で戦った。

世界の変革を望むなら、今日、ここで示さねばならない。

教会の〝絶対〟に、人は勝てるのだということを。

自由の意思は、決して神威の具現に負けはしないのだということを。

それを、他の誰でもない、解放者のリーダーたる己が示さねばならないのだ、と。

結果、ミレディは勝利した。

極限に極限を重ねたような闘争の中で彼女は何かを摑《つか》んで。

ただ、その〝何か〟――ミレディが行使した最後の力は、正直な話、異常であった。

神の使徒に抗《あらが》う余地を与えない、まるで星そのものがミレディに力を貸したかのような、それこそ神の御業《みわざ》というべき領域の力。

心身に尋常ならざる莫大《ばくだい》な負荷がかかったのは想像に難くない。

もちろん、メイルの再生魔法で肉体的なダメージは完治しているが、厳然たる事実として、一ヶ月以上経った現在も、ミレディは昏睡《こんすい》状態のままだ。

今は、きっと深い眠りで疲れた心を癒やしているだけ。必ず、目覚める。

ミレディ・ライセンが、こんなところで終わるはずがない。

誰もが、そう信じて彼女の目覚めを待っている。

けれど、理屈と感情は別だ。

こんこんと眠り続けるミレディに、案じる心は弥《いや》が上《うえ》にも高まる。

ミレディが戦う前に、自分達が少しでも使徒にダメージを与えられていたなら……そんな考えても仕方のない後悔と自責の念が湧き上がって、己の弱さに焦燥と苛立ちが募り続ける。

分かるとも、その気持ち。痛いほどに。と、心の中で呟《つぶや》きながらも、ヴァンドゥルは冷厳な声と目をオスカーへと向けた。

「みな、己のすべきことをしている」

「……分かってるよ」

「ミレディがいなくとも、俺達解放者は揺らがない」

「……」

「揺らいではならない。それこそ、我等《われら》がリーダーの望み故に」

オスカーが立ち上がった。歯を食いしばるようにして。

それは、正論に対する漠然とした反抗心を示しているようでもあり、同時に無言の肯定を示しているようでもあった。

「ミレディが世界に示した〝強さ〟を、今度は俺達が示す。ミレディは一人ではない。並び立つ俺達がいるのだと、あいつ自身にも示してやるために。そのための鍛錬――」

「分かってると言ってるだろうが！」

ドンッと地が爆《は》ぜるような踏み込みの音が、無意味な百一戦目のゴングの代わり。

粗野な口調が示すオスカーの心の荒れ具合に、舌打ちを一つ。

「分かっていないから、その体たらくなんだろうが！」

苛立ちをぶつけるみたいに飛びかかってきたオスカーを、氷属性魔法で即座に創出した十文字槍で以て正面から迎え撃つヴァンドゥル。

激しい戦闘音がドラムを乱打したみたいに鳴り響き、衝撃波が草木を盛大に揺らす。

殺意マシマシ。一見すれば凄惨極まりない殺し合いの再開。

その光景を、

「……元気ねぇ」

眺める者が一人。アンニュイな雰囲気で止める様子もなく。

少し離れた切り株に、抱えた片膝の上に顎を乗せるようにして座り、片手でクルミのような鉱石を弄んでいるのはメイルだ。

見た目は完全に暇を持て余したダメな大人、という感じ。

実際、戦後の十日前後は、樹海や都の復興、怪我人《けがにん》の治療で大忙し＆大活躍だったメイルだが、今は特にやることがない。やれることも。

「……忙しい方が良かったわねぇ」

メイルという人間は、基本的に怠惰で面倒くさがりである。

暇なら暇で大抵は怠けに怠け、暇が過ぎれば忙しい人にちょっかいをかける。

つまり、ダメな大人だ。

なので、今の呟きは驚天動地の出来事。メルジーネ海賊団《ファミリー》が聞けば、きっと「大時化《おおしけ》が来るぞぉっ」なんて戦々恐々としたに違いない。

もちろん、〝駄メイルお姉さん〟ともっぱら評判（？）の海賊女帝がこんな有様になっているのも、ミレディの昏睡が原因だ。

「なぁにが私に癒やせないものはない、よねぇ。顔から火が出るわ」

忙殺されていた方が、余計なことを考えずに済む。

たとえば、そう、己の役立たずっぷりとか。

癒やし手なのに、一番癒やしてあげたい子に力が及ばない。

癒やすことこそ己の役目なのに、肝心な時に、肝心な相手を癒やしきれない。

はぁ～と、深い溜息《ためいき》が激しい戦闘音の狭間に溶けて消える。

と、その時、

「ごきげんよう、お姉様」

訓練場を囲む白霧の壁から、ゆるりと人影が浮き出てきた。

さらりと流れる白金の髪に、白霧を集めて作ったような純白の衣。

樹海の女王――リューティリスだ。

「お二人の様子はどう――聞くまでもありませんわね」

「ちょっと何しに来たのよ。あっち行きなさいよ」

しゃなりしゃなりと優美な仕草で歩み寄る女王様から「んんっ」と微妙に汚い喘《あえ》ぎ声のような音が漏れ出した。長耳がパタパタしている。

こほんっと咳払《せきばら》いを一つ。

「止めなくてよろしいんですの？」

視線を前へ。〝死闘〟と表現すべき戦いを繰り広げる仲間を見やる。

「ただのじゃれ合いよ」

「それにしては致命的な攻撃が乱発されていますが……」

「オスカー君、最近は情緒不安定だもの。あれくらいはね」

「あれくらい……」

首か、頭部か、心臓か。執拗《しつよう》なまでに急所を狙い合う仲間二人。

絶対、鍛錬じゃない。まして、じゃれ合いなどではない。だって、殺意が高すぎるもの。

殺し合いにしか見えないもの。

困惑するリューティリスに、メイルは苦笑いを浮かべる。

「そう、〝あれくらい〟よ。でないと、ストレスの発散にならないの。今のオスカー君には。だから、ヴァン君が相手をしてるのよ」

オスカーとの殴り合いで正面から、かつ、ある程度の余裕を持って受け止めてあげられるのは、格闘の達人たるヴァンドゥルしかいないから。

「万が一に備えて私を呼んだのもヴァン君だし」

「まぁ……わたくし知っていますわ。ミレディたんに教えてもらいましたもの。そういうのを〝ツンデレ〟と言うのでしょう？」

「そうね、ツンデレね。ふふ」

よくよく耳を澄ませば、轟《とどろ》く戦闘音に紛れて「このエセ芸術家が！」とか「黙れっ、眼鏡が本体の分際で！」とか「僕を眼鏡呼ばわりするのはやめてもらおうか！　お前なんかマフラーが本体だろう！　一生ヒラヒラしてろ！」とか「俺のマフラーを揶揄《やゆ》するな！　これの良さが分からない間抜けめ！」という低レベルな罵り合いも聞こえてくる。

リューティリスは「なるほど」と安心したように頷《うなず》いた。

「確かに、いつも通りですわね」

「ええ。だからオスカー君は大丈夫よ」

リューティリスは安堵《あんど》の吐息をほぅと漏らした。と同時に、肩を竦《すく》めるメイルを横目にして長耳をへにゃりと垂らす。

オスカーは大丈夫。なら、メイルはどうなのだろう？

事実、オスカーに負けず劣らず、最近のメイルは参っているように見える。

否、参っているというより、少し自信喪失気味というべきか。

「……何よ」

じっと見つめていると、メイルが居心地悪そうに身じろぎした。

リューティリスは、「ふむ」と思案顔になり、一拍。楚々《そそ》とした動きでメイルの前に立ち、そして──四つん這いになった。

「お姉様。そんな固い切り株ではなく、わたくしにお座りになって──」

「死になさい」

ゴッと生々しい音が響く。リューティリスの頭に、メイルお姉様のかかと落としが炸裂《さくれつ》した音である。

必然、「ああんっ♡」と艶《なま》めかしい声も響く。お尻を突き上げたようなはしたない姿勢で、顔面は腐葉土の中へ埋没状態。

でも、土塗《まみ》れの顔をズボッと引き抜けば、飛び出る言葉は次の通り。

「いきなりのご褒美、感謝の極みですわ！」

「いきなりのド変態、嫌悪の極みだわ」

共和国民の敬愛を一心に受ける女王様の頭が、今度は踏みつけにされた。グリグリと。

なのに、この女王様ときたら、めちゃくちゃ嬉《うれ》しそうにハァハァしていらっしゃる。だらしなく緩んだ恍惚《こうこつ》顔は見るに堪えない。

だが、仕方ないのだ。何せ、この女王様、生粋のドMなのだから。

ちなみに、幼馴染《おさななじ》み兼親友はゴ〇ブリである。

つまり、大変、残念な女王様なのである。

「っていうか、貴女《あなた》、執務はどうしたのよ」

言外の、油を売ってないでさっさと失《う》せろという意志をヒシヒシと感じて、更にハァハァを高めるリューティリス。顔面が土塗れなので実に酷《ひど》い絵面だ。

ともあれ、生粋のドSという〝運命のお姉様〟が質問しているので、頑張って答える。

「休憩ですわ。お姉様、最近は元気がないように見えたのでティータイムをご一緒に……」

「そう。気を遣わせたわね」

「と思ったのですけど、そんなことより、わたくしを存分に罵って踏みにじってストレスを発散していただこうかと」

「少しは気を遣いなさいよ」

　この女王様は、もう本当に、どうしようもない……

　メイルは深い、それはもうふか～い溜息を吐《つ》いた。

　だがしかし、あまり認めたくはないが、少しばかり鬱屈していた心が晴れた——気がしないでもない。

　そして、リューティリスさんは、こういう時ばかり心情を察するのがお上手。

「ふふ、少しは元気が出たようですわね？」

　断じて、認めたくない！

　茶目っ気たっぷりのウインクが、ミレディ並にイラッとする。

　ド変態のくせに！　何をさも励ますために道化を演じただけ、みたいな顔してんだ、アアッ？　と叫んでやりたい。が、そうする前に、リューティリスの雰囲気が一変した。

　鮮やかに。先程までの変態っぷりが嘘《うそ》だったかのように。

「メイル。誇りなさい」

「っ、何を――」

神秘の存在が、そこにいた。

どこか触れ難い、気品と威厳を纏《まと》う樹海の女王が。

全てを見透かすような、透き通った翡翠《ひすい》の瞳が真《ま》っ直《す》ぐにメイルを捉える。

視界の端で、マフラーを引き千切られたヴァンドゥルと、眼鏡をかち割られたオスカーがブチ切れモードとなり百二戦目のゴングを鳴らしているが、とてもとても、今のリューティリスからは視線を逸《そ》らせそうにない。

「貴女の我が国に対する貢献は多大。人も、動物も、草木も、生きとし生けるものはみな貴女に癒やされた」

メイルがいなければ、人的被害だけでも今の数十倍に上っただろう。

誰にでもできることではない。まさに、奇蹟《きせき》の如《ごと》き癒し手だ。

「誰もが貴女に感謝しています。言葉では、とても言い表せないほどに」

最果てより来訪した〝西の海の聖女〟。

かつて、ただ教会対策のためだけに自称したその称号は、今や、数多《あまた》の同胞が認める敬称だ。だからこそ――

「誇るべきことですわ。なぜ、胸を張らないのです」

「それは……だって……」

「ミレディが目覚めないから?」

「……」

「オスカーの弟妹を癒やしきれていないから？」

「──ッ」

「そして、大樹のことも？」

ギリッと歯を噛《か》み締める音が鳴る。

「そうよ！　いつもいつも肝心な時に、一番癒やしたいものを癒やせない！　なのに誇れるわけがないでしょう!?」

八つ当たりのように、メイルはキッとリューティリスを睨《にら》み付けた。

「自信満々に豪語しておいて、貴女の、貴女達《たち》の大切な大樹にだって、私の力は欠片《かけら》も及ばない。嗤《わら》いなさいよ。なんなら罵倒してくれていいわよ。この役立たずって！」

激昂《げきこう》したように吐き出される言葉は、メイルがリューティリスに初めて聞かせた弱音だった。

だから、リューティリスは笑う。微笑を浮かべる。嬉しそうに。慈しむように。

そして、窘《たしな》めるように。

「人は、神ではありませんよ、メイル」

メイルは言葉に詰まった。喉を鳴らし、頬を赤らめる。傲慢だと指摘されてしまったようで、湧き上がった羞恥心が二の句を邪魔する。

「大樹のことは」

そっと身を寄せ、リューティリスはその細く白い指先でメイルの髪を梳《す》いた。

「大樹自身の意思によるもの。説明したでしょう?」

「それは……そうだけど……」

酷く優しい手つきだからだろうか。普段なら即行で叩《たた》き落とすのに、メイルはその愛撫《あいぶ》を拒否できなかった。

されるがまま、思い出す。大樹の現状を。

大樹ウーア・アルト。共和国の象徴であり、要。先の戦争のおり、その最奥に使徒の侵入を許してしまい、核たる部分に攻撃を受けた。

結果、天を衝《つ》くかのようだった千メートル超えの樹高は、今や四百メートルほどに沈下し、勇壮な幹には多くの亀裂が走り、葉の多くが落ち、枝は見て分かるほど瑞々《みずみず》しさを失っている。

当然、メイルは大樹にも再生魔法を行使したのだが……

「大樹は今、わたくしの女王としての権能以外、一切を受け付けませんわ。そのわたくしとて、深奥への扉は開けない」

女王の証《あかし》にして大樹に選ばれし者の証――〝守護杖〟。

この所有権を有するリューティリスは、大樹内部の構造変化、濃霧操作、樹海の再生などの権能を引き続き有している。

だが、それ以外は一切を拒絶されていた。例えば、根の操作も地下への進入も。

それは、これ以上どのような理由があれ深奥への干渉は許さないという大樹の意思表示であった。

大樹の守護者たる樹海の女王ですらそうなのだ。

いわんや、たとえ神代魔法使いであっても、というわけだ。

「朽ちたわけではありません。少しずつ自己治癒しているのは確かですわ」

つまり、大樹は今、殻にこもるが如く自己防衛モードに入っている、というのがリューティリスの見立てだった。

「自由な意思を尊重する。それが解放者。ならば、〝メイルの手を借りるまでもないよ～。自分で治すから大丈夫だよ～〟という大樹ウーア・アルトの自由意思も、尊重してあげてくださいまし」

「……何よ、その口調」

愛撫《や》を止めて、リューティリスはメイルの前に膝を突いた。

目の前にあるメイルの膝に両手を添えて、確信に満ちた瞳を見上げるように向ける。

「ミレディは、必ず目覚めます。必ず」

「……」

「オスカーの弟妹も、他の方々も、必ず己を取り戻します」

だって、とリューティリスは指をさした。

「貴女は、諦めていない。今この瞬間も頑張っている。寝る間も惜しんで己の才を昇華させようとしている」

指した先には、メイルが弄んでいた鉱石が――オスカーに頼んで分けてもらった〝封印石〟があった。この世で最も〝魔力を弾《はじ》く特性〟を有し、牢獄《ろうごく》や枷《かせ》に使われるものだ。

神代魔法使いクラスでなければ、まず干渉すらできないそれに、メイルはずっと損傷再生の魔法〝壊刻《かいこく》〟と、損傷復元の魔法〝絶象《ぜっしょう》〟をかけ続けていた。

暇だなんてうそぶいて、実のところ、休むことなく鍛錬を続けていたのだ。オスカー達と同じく。

「諦めない。どんなに不可能なことに思えても、障害がどれほど強大でも――そうやって、貴女達は〝絶対〟すら覆してきた。そうでしょう？」

だから、今度も。

「何も、問題ありませんわ。落ち込む必要など、どこにもないのです」

そう締め括《くく》って、木漏れ日のような微笑を見せるリューティリス。

メイルは、一拍おいて、ぷいっとそっぽを向いた。

「……あんたねぇ、さっきからちょっと生意気よ。ド変態女王のくせに」

「ありがとうございますですわ」

途端、神秘性が幻のようにフッと消えた。

メイルは思った。「こ、こいつ、もしかして二重人格なんじゃないでしょうね？」と。

それほどまでに鮮やかな変容だった。

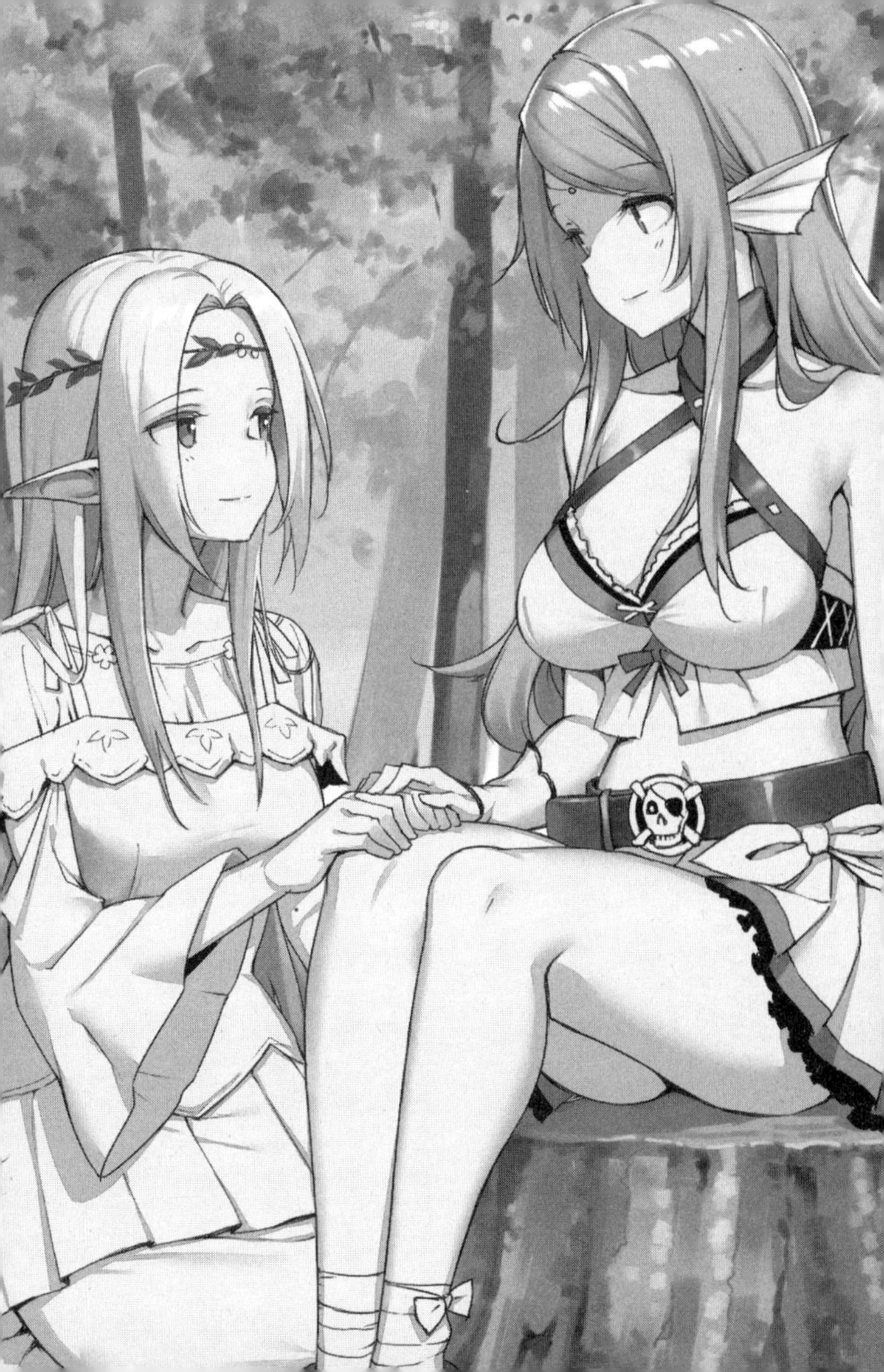

流石《さすが》、生粋のド変態なのに、その事実を民には完璧に隠していただけのことはある。

とはいえ、さりげなく手を重ねて、ねっとりニギニギしてくるのはいただけない。

人差し指の関節を逆に曲げてやろうか……と思っていると、

「止《と》めだっ、クソ眼鏡！」

「げはぁっ!?」

ちょうど百二戦目が終了したようだ。オスカーが地面と水平にぶっ飛ぶ。リューティリスの背中目がけて。必然、ドンッと勢いよく衝突し、

「ぶひぃっ♡」

勢いよく前につんのめったリューティリスは、そのまま正面にあったメイルの膝に顔面ダイブ。豚のような汚い悲鳴が響くと同時に、ゴキュッと生々しい音も響いた。

「あらま。一瞬で重傷ね」

「んもぉ～～～っ♡　サプライズプレゼントぉ！」

あらぬ方向に曲がった鼻をそのままに、両手で顔を覆いながら激痛と歓喜のブリッジをする女王様。その指の隙間から鼻血ダバーッしている。

「ぐっ、うっ、リュー、すまない！　大丈夫か!?」

同じく激痛で蹲《うずくま》っているオスカーが、脂汗を浮かべながらも謝罪する。

「大丈夫じゃありませんわ！　オーちゃんさんの鬼畜！　素敵ですわ！」

「良かった、いつも通りだ」

「良くないわよ。見なさい、この汚い絵面を」

確かに、歓喜のブリッジをしながらビックンビックンと痙攣《けいれん》し、更には「フヒッ、フヒヒッ」と恍惚《こうこつ》とした笑い声を漏らしている女王の姿は見るに堪えないものがあった。共和国の国民が見たらトラウマになりそうである。特に、子供達には絶対に見せられない。性癖が歪《ゆが》みかねないから。なんて情操教育に悪い女王様か。

なので、メイルがさくっと癒やしておく。

またも共和国に多大な貢献をしてしまった、とメイルは胸を張った。ドヤッ。

なお、真面目な時以外、リューティリスはオスカーを〝オーちゃんさん〟、ヴァンドゥルを〝ヴァンちゃんさん〟、ナイズを〝ナッちゃんさん〟と呼ぶことにしたようである。

何度か普通に呼べと苦言を呈されているのだが、やはりどうしても、あだ名で呼びたかったらしい。

元より、ファーストフレンドのゴ〇ブリに〝蠢動《しゅんどう》暗黒のウロボロス〟、セカンドフレンドの猛毒持ち蝶々《ちょうちょう》に〝極彩万死のディートリッヒス〟とか名付けちゃう残念なネーミングセンスの持主なので、避けられない結末だったのかもしれない。

閑話休題《それはそれとして》。

落ちた枝葉を蹴り飛ばすような無遠慮な足取りで、ヴァンドゥルがやってくる。お手本のような仏頂面だ。

「ふん。少しは自分の無様さが理解できたか？」

「お姉様、お姉様。意訳は〝少しはストレス発散できた？〟で合っていますか？」

「リュー、見事なツンデレ語の翻訳よ」

「そこ！　黙ってろ！」

こそこそと話す女子二人をギンッと睨みつつ、ヴァンドゥルは〝宝物庫〟から新しいマフラーを取り出した。

「……どうしろと言うんだ」

悔しそうな顔をしつつ、オスカーは〝宝物庫〟から新しい黒眼鏡を取り出し、

「前へ進めている気がしない。強くなれている実感がないんだ」

立ち上がってスチャッと装着。

「言ったはずだ。ミレディのあの力は異常だと」

ヴァンドゥルも、マフラーを巻き巻きと。

「一朝一夕で手に入るものか」

「それでも至らないと！　ミレディは、またっ」

同じ神代魔法使いを探し続けたのは、ミレディが求めたからだ。

自分と並び立てる者を。

背を預けられる者を。

ならば、オスカー達もまた至らねばならない。使徒を圧倒する領域へ。

でないと、ミレディはまた〝たった一人で皆を守る者〟になってしまう。

「だからと言って、無茶無謀で至れるなら誰も苦労しない」

冷徹に見下し、マフラーをクイッ。口元と一緒にヴァンドゥルの表情が隠れる。

「なぜ、そう言い切れる」

眉間に皺《しわ》を寄せ、眼鏡をクイッ。レンズが光を反射してオスカーの表情を隠す。

「ミレディは、極限状態の中で、あの力を得たじゃないか」

「だから自分を追い込む？　ハッ、何が極限だ。お前のはただの癇癪《かんしゃく》だろうが」

「ア？」

「お？」

至近距離で、メンチを切り合う二人。

それを見ながら、メイルとリューティリスは、

「ダ、ダメですわ、お姉様！　会話の内容が頭に入ってきません！　眼鏡とマフラーのせいで！　流れる水のように自然な装着ですわ！」

「ちょっ、言葉にしないで！　空気読んで笑うの我慢してるのに！　予備、いくつあるのよ！ってツッコミを入れたいのも堪《こら》えてるのよ！」

「クイッて、ほらお姉様、クイッて！　動きまでシンクロして、表情が隠れる効果まで一緒とか仲良しが過ぎますわ！」

「ぶほっ。やめっ、お腹《なか》いたいっ」

笑いを堪えてプルップルしていた。リューティリスなどクイッの物まねまでしている。

大変、楽しそう。

男子のシリアス具合と、女子のエンジョイ具合のギャップが実に酷《ひど》い。

ちょっとそこの女子ぃーーっと言いたいのを我慢する男子達《たち》。睨《にら》み合いながらも〝見ない、聞こえない、突っ込まない〟を暗黙の内に了解し合う。

そうして、オスカーがままならない焦燥と苛立《いらだ》ちを抱えたまま、ボロボロの体で我武者羅な鍛錬へと再び身を投じようとして――

「なんだ、このカオスな空間は」

濃霧をかき分けるようにして、呆《あき》れた声が響いた。

「あら、ナイズ君、お帰りなさい」

「ナッちゃんさん、ご苦労様ですわ」

「いや、だからナッちゃんさんはやめろと、あれほど……」

最近、苦労人の雰囲気が板に付いてきたナイズだった。

その肩には、小さな黒い物体が乗っている。蠢動暗黒ウロボロスさんだ。つまり、女王の親友のゴ○ブリだ。

当初は毎回悲鳴を上げていたメイル達も、もうすっかり慣れてしまった。だって、ウロボロスさんってば、思わず〝さん〟を付けてしまうくらい、働き者で気遣い上手で侠気《きょうき》があるのだもの。

今も、「ではな、友よ！　道案内が必要ならば、いつでも我を呼ぶがよい！」と仁王立ち&触角ブンブンで表現しつつ、颯爽《さっそう》と森の中へ消えていった。

礼一つ求めないその姿勢、樹海一の人格者――ならぬ虫格者。

「ナイズ、ようやく戻ったか。ウルルクとクオウは？」

「休んでいる。少し無理をさせたからな」

「そうか。で、例の件は？」

「問題ない」

ナイズが肩越しに後ろへチラリと視線を送り、ヴァンドゥルは満足そうに頷《うなず》いた。

オスカーが、ナイズに「お帰り」と言いながらも訝《いぶか》しそうな表情になる。

空間転移という最速の移動能力を有するナイズは、伝令や運搬面において最高の人材だ。

ここに、ヴァンドゥルの従魔である飛竜ウルルクや氷雪狼《ひょうせつろう》クオウが加わり、ナイズの魔力回復中も交代で高速移動を続ければ、その移動範囲と速度は凄《すさ》まじいものとなる。

故に、ナイズは終戦直後から二体の従魔協力のもと忙しく各地を飛び回っていた。

一週間ほど前にも一度帰ってきて、その後すぐに帝国へ向かい、こうして今、帰ってきたわけだが……

「例の件って？」

当然、オスカーはナイズが運ぶ報告・連絡・相談事の内容を把握している。

いるのだが……何やら視線で通じ合っているヴァンドゥルとナイズの様子を見るに、自分の知らないヴァンドゥル個人の依頼のように思える。

その疑問の答えは、直《す》ぐに判明した。

「え、えっと……お兄ちゃん?」

「!? コリン!? なんでここにコリン!?」

ナイズの後ろからひょっこり顔を出したのは、オスカーの妹分であるコリンだった。

コリンを含め、元ライセン支部のメンバーは現在、いくつかのグループに分かれて別の場所にいる。

マーシャルとミカエラは、【オディオン連邦】の動向監視役として、バッドが臨時支部長の任に就いた【アングリフ支部】へ。

シュシュ達、元ライセン支部実行部隊及びシュネー一族は、そのまま帝国の支部に。

そして、コリン達非戦闘員は、【白の大樹海】と【黒の大雪原】の境界付近にある南大陸北東の森の中の新しい隠れ里に。

通称〝聖母郷〟。

〝神兵創造計画〟の被害者と、対神代魔法使い部隊〝キメラ〟の人員及び、その被験者達のために、特に療養設備を整えた里だ。

コリンが合流する話は聞いておらず、オスカーは予期せぬ再会に目を白黒させる。

「どういうことだ、クソマフラー!」

「よく聞け、クソ眼鏡」

流れるような罵り合いに、ナイズは頭が痛そうにこめかみをぐりぐり。

コリンちゃんの目はぱちくり。

「お前の無駄で無意味ではた迷惑な有様に、いつまでも付き合ってはいられない。故に、ナイズに頼んで特効薬を持ってきてもらった」

「特効薬って、まさか……」

「ああ、馬鹿につける薬はないと言うが、重度のシスコンであるお前には効果絶大だろう。さぁ、コリン！　この馬鹿が如何《いか》に馬鹿か教えてやってくれ！」

そういうことらしい。

オスカーがバッとコリンを見やる。

コリンは、おそらくナイズから事情を聞いているのだろう。動揺する様子もなく、ヴァンドゥルを見て、ナイズを見て、メイルやリューティリスにも視線を向けて、そして最後にジッと兄を見つめ……

何かを納得。ぐっと両手で小さな握り拳を作り、ふんすっと気合いを入れる。

「お兄ちゃん。ミレディお姉さんのこと、聞いたよ」

「あ、ああ」

ゆっくり歩み寄ってくるコリンに、なぜだろう、妙な迫力を感じる。

そう、例えるなら、孤児院時代、やらかしたオスカーに対し笑顔のお叱り態勢に入ったモーリンお母さんのような迫力を。

自然、気圧《けお》されたように後退《あとずさ》っちゃうオスカーお兄ちゃん。

「心配だよね」

そう言うコリンは本当に心配そうで、眉は八の字に、小さな肩は悄然《しょうぜん》と下がっている。

オスカーはハッとした。

コリンは、ミレディにとても懐いていたのだ。ショックを受けているだろう妹を前に、妙な迫力云々《うんぬん》など言ってる場合ではない。

「大丈夫だよ、コリン。だって、あのミレディだ。誰がどうにかできるっていうんだい？ひょっこり起き上がって、またウザったく絡んでくるに決まっているよ」

妹を前にすると、お兄ちゃんは無敵で格好いいお兄ちゃんになってしまうもの。たとえ、どれだけ内心が荒れていても、条件反射的に。

コリンの前に膝を突いて視線の高さを合わせて、笑顔で断言できるくらいに。

なので、コリンもにっこり。

「うん！　コリンもそう思うよ！　お兄ちゃん達も無事で良かった……本当に良かったよ。みんなもね、すっごく心配してたね、早く会いたいねって話してたね」

「うん、そうだね。僕もルース達に早く会いたいよ」

当然、その時は元気なミレディも連れて。

言外の思いは、流石《さすが》は強い絆《きずな》で結ばれた兄妹というべきか、しっかりとコリンに伝わっていて――

「それじゃあ、無理はしちゃダメだよね？」

「え、ああ。そう、だね？」

おや？　流れが変わった？　とオスカーお兄ちゃん、眼鏡をクイッ――とする前に、その手を握り締められる。コリンの、モミジのような小さな両手に。

「お兄ちゃんの悪い癖だよ。都合が悪い時とか、誤魔化す時に眼鏡をクイッってするの」

「ッッ!?　そ、そんなことはっ」

コリンの眼鏡クイキャンセルに、周囲から「おぉ」と驚嘆の声が。

「お兄ちゃん、怖いお顔してるよ？　笑っていても、コリン、分かるもん」

自分の両手を包み込むようにしてジッと見つめてくる妹に、オスカーは思う。

あの孤児院を出て〝解放者〟に入って以来、コリンは特に成長した。

体だけではない。心が、大きく。

すっかり、しっかり者のお姉さんっぽくなったなぁと。

しかし、そんな評価も全く足りていなかった。今のコリンから感じるものは、まさに先程も幻視したモーリンお母さんそのもの。

つまり、だ。

なんか、頭が上がらない。

「お兄ちゃんがどんなに大変か、コリンはちゃんと分かってないと思う。でもね？」

今のお兄ちゃんを見れば、ミレディお姉さんが悲しむことだけは分かる。

「いつものかっこいいお兄ちゃんの方が、絶対、全部、上手《うま》くいくと思う」

だって、

「いつも、そうしてきたでしょう？」

だから、

「焦らないで、お兄ちゃん。ね？」

そう言って、ふんわりと慈しむような微笑を浮かべるコリン。

ちなみに、今年でようやく八歳である。

オスカーは、がくっと四《よ》つん這《ば》いになった。

「コリン……お兄ちゃんが間違っていたよ」

力が抜ける。強張《こわば》っていた心が解きほぐされるかのよう。まるで、天から差す一筋の光に照らされているが如《ごと》く。

そんな兄の、ある意味ちょっとヤバい人な雰囲気に、コリンは少し戸惑い、だが、今のコリンはスーパーアルティメット聖幼女であるが故に、

「ううん。偉そうなこと言ってごめんね？　お兄ちゃんは間違っていたんじゃないよ。一生懸命すぎただけ」

そう言って、うなだれるオスカーの頭を抱え込むようにして抱き締めた。

母性と包容力がやばい。コリンは八歳である。

後光まで幻視できる。繰り返すが、コリンは八歳である。

「うぅ、僕の妹が天使すぎて辛《つら》い……」

オスカーの震える声は、果たして、自分の情けなさに対するものか、それとも妹の進化と表現しても過言ではない成長への畏れに対するものか。

「お母さん……」

「マンマ……」

駄メイルお姉さんとド変態女王リューティリスの様子がおかしい。

いや、元から頭がおかしいのだが、今は更におかしい。

二人揃《そろ》って、浄化されているかのような透き通った表情を晒《さら》している。このままサラサラと風に吹かれて崩れ去りそうな有様である。ついでに、

「まさか……特効薬とは思っていたが、これほどとは……」

ヴァンドゥルは動揺をあらわにし、ナイズは遠い目をしている。

「実はな、里から連れ出す時も大変だったんだ」

「？　どういうことだ？」

「里の者達《たち》が必死でな。コリンを連れていくなと。中には泣いて縋《すが》りついてくる奴《やつ》までいて……自分は、完全に悪者だった」

「なるほど、察した」

魔王領と大雪原の狭間《はざま》の森に滞在していた時から既に兆候はあった。戦闘員か否かにかかわらず、疲れた大人達が、それどころか付き合いの短いシュネー一族や療養者、被験者達まで口にし始めていたこと。

――大聖母コリン
――最強の浄化幼女
――なぜ再生魔法の担い手がコリンちゃんではなく駄メイルさんなのか
――コリンちゃんのバブみでオギャりたい

生来の優しさや穏やかな雰囲気、さりげない気遣いに心を洗われなかった者はいない。

慣れない〝解放者〟での生活にも文句一つ言わず、むしろ率先して皆のお世話に駆け回り、だが決して無理をしている様子はなく、少しでも役に立てて嬉《うれ》しいと笑う姿は健気《けなげ》の一言。

そこに、最近は実力が身についてきた。家事は万能に近くなり、手際も素晴らしい。

結果、それが自信となり、コリンの中に芯の強さを生み出した。

視野が広がり、いろんなことに気が付くようになった。

つまり、八歳の女の子にあるまじき〝包容力〟まで身に付け始めたのだ。

里の通称が誰を示したものかはお察しの通り。満場一致の決定だった。

「ヴァン。警護として配備したお前の従魔達だがな……もう、お前の命令は聞かないかもしれない」

「そ、そうか……」

従魔ですら、絶対の主《あるじ》であるヴァンドゥルよりコリンを優先しそうな懐き具合なのだ。

世の中のあれこれに染まってしまった大人達ならなおさら。

最後まで「コリンちゃんっ、早く帰ってきてくれよ！」とか、「明日から何を希望に生きていけばいいんだ……」とか、「おのれ、オスカーめ。お兄ちゃんなんて羨ましい、妬ましい……」とか、悲観と絶望と嫉妬を渦巻かせた隠れ里の老若男女を見て、ナイズは戦慄せずにはいられなかった。

こ、こいつら、まるで中毒者じゃないか！　コリン、恐ろしい子だ！　と。

あの中でまともだったのは、モーリンお母さんとルースだけだった。

二人がいなければ、里の者達への説得は、もっと時間がかかったに違いない。

もっとも、ナイズにとって一番恐ろしかったのは別のことだが。

——ナイズ様？　どうしてコリンだけを連れていくのですか？　私は？

と、ナイズに病んだ目を向けて暗黒オーラを撒《ま》き散らすスーシャを相手にして、

——スーお姉さん。コリンがいない間、患者さん達のお世話、お願いします

——いえ、コリンちゃん。私は今度こそナイズ様のお傍《そば》に

——なるべく早く帰るから、ね？

——で、ですけど、ナイズ様のお世話を

——スーお姉さん

——うっ……

——お願いしますっ

——はい……任せてください

ただ、申し訳なさそうな〝お願い〟を以《もっ》て正気に戻してしまったことだ。

何かと病みやすい――もとい、一途《いちず》過ぎる姉を正気に戻すのは妹のユンファの役目だったのだが……

〝皆のお袋さん〟たるモーリンの後を継ぐかのようなコリンに、スーシャは頭が上がらなくなりつつあるらしい。

なんて回想やら会話やらをしている間に、オスカーが復活した。

「んっ、んんっ」

そっぽを向いて、何やら喉を鳴らしている。

気まずいのだろう。いろいろと。

なので、代わりに大聖母コリンちゃんが聖母ムーブする。

「メイルお姉さん、ヴァンお兄さん、お久しぶりです！　一人も無事で良かったです！」

「コリンちゃん、ちょっと抱き締めていいかしら？　いえ、逆に抱き締めてもらってもいいかしら？」

「よく来てくれたな、コリン。助かったぞ」

メイルお姉さんは自重して。という心の声が聞こえそうな苦笑いが、コリンの顔に浮かぶ。だが、しっかり者の八歳は、スルースキルまで身に付けているらしい。

四つん這いで迫ってくるメイルをさらりとかわして、リューティリスの前へ。

「あ、あの、女王様ですか？　初めまして！　オスカーお兄ちゃんの妹のコリンと言います！　いつもお兄ちゃんがお世話になってます！」

ぺこっと頭を下げるコリン。物凄《ものすご》く緊張した様子だ。

目の前にいるのは一国の女王様で、しかも、見たこともないほど神秘的な美女。

それだけでも物凄く緊張するのに、ヴァンドゥルが事前に許可を取っているとはいえ、本来ここは自分のような人間の、それも庶民の子が踏み入ってよい場所ではない獣人の聖域だということも分かっているコリンにとっては、もう粗相をしてないか気が気でなく、礼を尽くすのに必死らしい。

その礼儀正しく健気な様子に、全員がほわっとした雰囲気になる。

リューティリスは一瞬で表情を改めた。

「初めまして、コリン。わたくしは共和国の女王リューティリス・ハルツィナ。お会いできて嬉しいですわ」

神秘の雰囲気。夢のように美しい微笑。溢《あふ》れ出る気品と威厳。

片膝をついて、わざわざコリンの手を取って。

コリンがぽぅと頬を赤らめている。森の女王様に見惚《みと》れている！

オスカー達は思った。否、我慢できずに言った。

「コリン！　騙《だま》されちゃダメだ！　そいつは生粋の変態だよ！」

「そうよ、コリンちゃん！　今すぐ離れなさい！　穢《けが》れるわよ！」

「ナイズ！　奴が情操教育の天敵だと教えなかったのか!?」

「くっ、すまんっ。真実の酷《むご》さに躊躇《ためら》ってしまって……オブラートに包んだ言い方に」

コリンが「え？」と戸惑いの表情を浮かべ、オスカー達とリューティリスへ交互に視線を巡らせている。と、同時に思い出す。そう言えば、ナイズお兄さんに……

『特殊な性格なので、そういう生き物だと思って深く考えないように。というか、ハァハァしだしたら、良い子のコリンは決して見ないように……』

なんて注意をされていた、と。

コリンの足が、じりっと後退《あとずさ》った。

幼女に引かれるなんて、こいつにとってはご褒美では？　コリンの目の前でアブノーマルな世界を披露するのでは!?　と、オスカー達が警戒する。

気分は導火線に火の着いた爆弾を見ている感じ。

だがしかし、意外なことに。

リューティリスは、よよよっとくずおれ儚《はかな》い悲しみの表情を浮かべた。

「酷《ひど》い……わたくし、樹海から出たこともありませんし、女王ですから対等な友人もおらず……そのせいで確かに外の常識に欠けるところはありますけれど……」

オスカー達は思った。

こいつっ、コリンの前では〝素敵な女王様〟で通す気だ！　と。ついでに、自分を誰にも理解されない哀れな被害者にして、コリンに聖母してもらう気に違いない！　と。

「嘘《うそ》を吐《つ》くな！　ゴ〇ブリと毒蝶《どくちょう》の親友がいるだろうが！」

「何が外の常識よ！　〝友達との接し方が分からないだけ〟みたいな言い方しないで！　元から常識外の存在でしょうが！」

「罵倒と物理で喘《あえ》ぐド変態が！」

「さぁ、本性を現せ！」

コリンの前で変態したら容赦なくぶっ飛ばすつもりだったのに、なぜか変態性を見せろと要求してしまっている。

だって、仕方ないのだ。

コリンの前で変態するのは許せない。

けど、コリンがド変態に敬愛の念を抱くことは、もっと許せない！

だってこいつ、本当にもう、どうしようもないド変態なんだもの！

「うぅ、あんまりですわ。わたくしはいたって普通の、真面目で責任感が強いだけの女王ですのに。お友達だと思っていたのは、わたくしだけでしたのね……」

「「「こいつっ」」」

「ねぇ、コリン？　貴女《あなた》は分かってくださいますわよね？」

いっそ見事に、誠実かつ儚い女王様を演じ切るリューティリス。

コリンは困った表情になって……

「あの……女王様」

「なぁに？」

「えっとね、神代魔法を使える人は、だいたい〝あれな感じ〟だから、コリン、本当の女王様でも気にしないですよ？」

「「「「ッ!?!?」」」」

世界最強の魔法使い達が、揃って雷に打たれたように硬直した。

あれな感じ。

そう、あれな感じ……

「コリン!?　あれな感じってなんだい!?　お兄ちゃんのことを変な人だと思っていたのかい!?　かなりショックなんだけど!?」

お兄ちゃん、必死。対して、曖昧な笑みで誤魔化すコリンちゃん。

これはいけない。良心と癒やしの権化というべき〝みんなの妹分〟の認識を、一刻も早く改善しなければ。

というわけで、オスカーのみならず全員でコリンを囲み自己ＰＲ――

「そんなことより！」

「「「「そんなことより!?」」」」

パンッと小さな手で柏手《かしわで》を一つ。世界最強の魔法使い達の気持ちと話を華麗にぶった斬って、コリンは呟《つぶや》くように言った。

「ミレディお姉さんにも会いたいな……」

オスカー達の気勢が殺《そ》がれる。それはそうだ、と。

「そうだね、コリン。せっかく来たんだ。ミレディに会ってあげてくれ」

「ふふ、ミレディちゃんのことだもの。コリンちゃんが会いに来てくれたことを察して、飛び起きるかもしれないわね」

オスカーとメイルが優しい微笑を浮かべている。

ヴァンドゥルが視線でリューティリスに問う。王宮に新たな人間が入っても良いかと。

もちろん、否などあるはずがない。

オスカーの妹で、小さくとも立派な解放者なのだから。

その証拠に、

「里の患者さん達が心配だから三日くらいしかいられないけど……ミレディお姉さんのお世話、いっぱいするね、お兄ちゃん」

自分の役目を忘れない。できることを見つけて実践する。

オスカーは、妹の成長になんだか目頭が熱くなる気持ちだった。その姿は、もはや兄というよりお父さん……

「コリン、一週間くらいいてもいいんじゃないかな？」

むしろ、オスカーの方が別れ難い気持ちに襲われて、そんなことを言ってしまう。

「ダメだよ」

「なぜだい？　そこまで療養の里は逼迫《ひっぱく》しているわけじゃないはず……」

「そうだけど、気持ちは別だから」

「うん。ルースお兄ちゃん達《たち》だって、すっごく会いたかったと思うし……」

「気持ち？」

「コリン……」

オスカーお兄ちゃんの涙腺は、今や決壊寸前だ。

自分だけが先にオスカー達と再会できた。戦争に行って、誰もが心から心配していて、そんな中、自分だけが。

なら、わがままはできない。たとえ、もっと長く、せめてミレディが目覚めるまで傍にいたいと思っていても。

そんな健気《けなげ》で仲間想《おも》いなコリンの在り方に、メイル達まで「天使すぎて辛《つら》い……」と目元をゆるゆるにして……

「何よりね」

「うん？　ぐすっ、なんだい？」

「スーお姉さんが病んじゃうから」

「……」

「ぐるぐるの真っ黒お目々から戻らなくなっちゃうから。ユンちゃんも手段を選ばなくなっちゃうから。そうなると、結果的にナイズお兄さんが大変なことに……」

「オスカーっ、コリンに無理を言うな！　三日だ。それがコリンが設定したスーシャ限界点なんだ！　引き留めることなど、たとえ相手が神であろうと許さんっ」

ナイズお兄さん、必死。

最近、恋心をますます募らせて、ますます病み落ちしやすくなったスーシャと、逆に冷静さが増したものの、ますます腹黒くナイズ包囲網を固め始めたユンファ。

純粋（？）な好意。嬉《うれ》しくないわけではない。

ないけれど……

いかんせん相手は十二歳と八歳なのだ！　そして、ナイズさんは三十路《みそじ》間近なのだ！

今の世界は間違っている！　と主張する組織の一員なのに、うっかり油断して既成事実なんて作られた日には……

お前の方が人として間違ってるわ！　とにっくき神に言われても反論できない！

「コリンは、もはや二人に対する最終ストッパーだ。帰らねばならんっ」

離れていてもナイズの言動を完璧に把握しているスーシャちゃん。そのいとも容易《たやす》く時空を超えてくる愛に、ナイズは小刻みに震え始めた。リューティリスが小首を傾《かし》げる。

「わたくしは話でしか聞いたことがありませんが……そのお二人は、それほど注意が必要な人物ですの？　ナッちゃんさんをどうにかできるとは思えませんけれど」

「ううん。スーお姉さんもユンちゃんも優しいよ？」

その心根も、他者への気遣いも、コリンに勝るとも劣らない。

「でも、恋する女の子だから」

想い人《ナイズ》のことになると、つい暴走しちゃうのは仕方ない。と、笑って言うコリン。

オスカー達は思った。コリンの懐が深すぎる、と。

「これは、早めに帰さないと里の連中が心配だな」

「この母性、一度深みにはまれば抜け出すのは容易じゃないわよ」

「コリンちゃん、恐ろしい子！」

「えっと？」

何やら戦慄しているっぽいお兄ちゃんお姉ちゃんを前に困惑するコリン。

と、そこへ、草木を踏み締める無遠慮な足音が響いてきた。

全員がそちらへ視線を向けて一拍。

濃霧を吹き飛ばすようにして姿を見せたのは、一人の豹人《ひょうじん》。理知的な美貌を持つ近衛《このえ》戦士団戦士長のクレイドだった。

よほど急いで来たのか。共和国最強の剣士たる彼にしては珍しく、直《す》ぐに言葉が出てこないほど荒い呼吸を繰り返している。

「クレイド？　そんなに慌ててどうしたのです？　まさか、神国か連邦に動きが？」

「い、いえっ、そうではなくっ」

ゼハッと一呼吸。クレイドは、有事にしては随分と輝く表情で声を張り上げた。

「ミレディ殿が――目を覚まされました！」

待望の声が鬱蒼《うっそう》と茂る森の中に木霊した。

ヒュッと息を呑《の》んだのは誰か。

これも、大聖母コリンの福音かも……なんて冗談を胸に、オスカー達は顔を見合わせると、一拍。喜色満面となって一斉に駆け出したのだった。


ミレディが寝かされているのは以前割り当てられた部屋のままだ。

つまり、女王の私室の目と鼻の先。

大樹が約六百メートルも沈下していても、元より玉座の間と同等に高い標高にあったので、現在はむしろ地上に近く入りやすい場所だ。

オスカーに片手抱っこされたコリンが、あまりの疾走感に「ふわぁ〜っ」と悲鳴をあげ、血相を変えて駆ける女王様一行に都の人々が目を丸くしているのを置き去りにして、一気に大樹の幹を駆け上がる。

「ショートカットですわ！」

リューティリスが守護杖を一振り。幹に穴を開けて、内部に飛び込む。

「な、何事なの!?」

巡回中の戦士（おっさん）がぴょんっと飛び跳ねるが無視。

一目散に通路を駆け抜け、通路の先に人だかりを発見。

ミレディの部屋だ。

だがしかし、なぜだろうか……妙な雰囲気が漂っているような。

ムードメイカーなミレディが起きたなら、それはもう騒がしいはずで、つられるようにして周りの人間も賑《にぎ》やかになるのが常だ。

それが、なんだか神妙な雰囲気というか、なんというか……

「ミレディ！」

胸騒ぎがして、オスカーは思わず叫んだ。

人だかりがオスカー達に気が付いてサッと道を空けてくれる。

そうして、ミレディの部屋に入ってみれば——

「……オーくん？」

確かに、ミレディは目覚めていた。

ベッドの上にちょこんっと女の子座り。

厚手の白いワンピースから素足の先もちょこんと。

下ろされたままの豊かな金髪が夢のように波打っていて、膝の上に重ねられた手の平の上には、もにゅっとしたスライム——ヴァンドゥルの従魔であるバトラムが乗っている。

使徒との戦いでミレディの盾となり危うく消滅しかけたものの、核は辛うじて無事だったため少しして復活し、眠るミレディの護衛とお世話をしていたのだ。

そのバトラムに向けられていたミレディの瞳が、オスカーに転じられた。快晴の空を写し取ったような蒼穹《そうきゅう》の瞳が、ぼぅとオスカーを捉える。

例えようのない安堵《あんど》の気持ちがオスカー達の胸中に溢《あふ》れた。

視界の端、ベッドの向こう側で猫人《ねこびと》老女の宰相――パーシャ・ミルが眉間に皺《しわ》を寄せて
ミレディの様子を窺《うかが》っているのが気になるが……

とにもかくにも、である。

滲《にじ》む視界を拭うことも忘れて、コリンを下ろしたオスカーは、ミレディのもとへ歩み寄った。自然と微笑が浮かぶ。

「……本当に良かった。まったく、とんだ寝坊助《ねぼすけ》だな、君は」

ミレディは……やはり、どこか茫洋《ぼうよう》としたまま。

けれど、その視線は一瞬もオスカーから離れない。

オスカーの後ろにメイル達もやってきた。

静かなままのミレディに少し心配になるが、無理もないと思い直す。さしものミレディも一ヶ月睡眠の後なのだ。寝起きで、まだ頭が働いていないのだろう、と。

そうして、オスカー同様に、それぞれ声をかけようとして――

パーシャ達が微妙な雰囲気だった理由を知ることになった。

「……ん」

バトラムを脇に降ろし、おもむろにベッドサイドへ四《よ》つん這《ば》いで寄るミレディ。

行先はオスカーの正面。目と鼻の先。そして、

「……オーくん」

　そのまま、ぴとりと。

「ミ、ミレディ!?」

　思わず動揺するオスカー。視線の先にはミレディの綺麗《きれい》な金髪とつむじが見える。

　そう、ミレディはオスカーの胸元に身を寄せたのだ。

　それどころか、ずっと感情の見えなかった顔が僅かに綻び、何か感じ入っているかのように、あるいは安らいでいるかのように、そっと目も閉じられた。

　おまけに、ほっぺもすりすり。じんわりと赤みも増す。

　もちろん、メイル達は口を閉じた。閉じさせられた。

　一瞬、いつものようにオスカーをからかう目的かとも思ったが……

　まるで、甘えているかのような柔らかい雰囲気が演技だとは、どうしても思えない。

　だからこそ、絶句である。

　オスカーの隣で、二人を見上げていたコリンちゃんが「ひゃぁ〜っ」と頬を赤くしながら両手で顔を覆っている。指の隙間からしっかり凝視しつつ。

　それくらい、そこには本物の、紛《まご》う方なき、絶大な親愛があった。

　どこか甘い空気に誰も何も言えない中、ミレディが不意に顔を離した。

「……オーくん、汗くさい」

「!?　あ、ああ。さっきまでヴァンと鍛錬をしていたからね」

なぜだろう。上目遣いに見上げてくるミレディと、視線を合わせられない。

こいつはミレディ！　と絶対的鎮静の呪文を心中で唱える――が、

「ほら、汗まみれだし、ミレディ、ちょっと離れて――」

「……や」

「エッ!?　なんで!?」

「……嫌いじゃないから」

再び、ぴとっ。ついでに、くんくん。表情もふにゃ～っと。

「～～～っ」

オスカー、悶絶《もんぜつ》&石化。

なので、男子仲間がオスカーの心の声を代弁する。

「『お前は誰だ!?』」

ナイズとヴァンドゥルのツッコミが綺麗にはもった。

だって、こんなの完全に予想外だもの。

誰だって思うもの。ウザさの権化たるミレディなら起き抜けに、

『ミレディちゃん、ふっか～～つ！　おらおら称《たた》えろ！　偉大な天才美少女魔法使いのミレディちゃんを！　怖いわ～、美少女なうえに使徒だって倒しちゃう天才ぶり。自分で自分が怖いわ～！　可愛《かわい》いうえに最強でごめんね！　ふっひゃっひゃっ！』

くらいのことは言ってのけるはず。少なくとも、ウザいくらいにハイテンションなのは

間違いないはず！　と。

だというのに、なんだこれは。

なんなのだっ、これは！

こんなのミレディじゃない！

解放者《うち》のリーダーが、こんなにも素直かわいいわけがない！

ミレディ・ライセンという少女の、空前絶後のウザさを舐《な》めるなよ！

なんて、わけもなく憤りすら抱いてしまう。

と、その時、プシッと妙な音が。メイルだった。

「きょ、凶悪だわ……」

かわいさが、ということだろう。メイルお姉さんのお鼻から溢れ出す赤色の萌《も》えを見る限り。手で押さえているのに濁流みたいにダクダクしている。

コリンが慌ててハンカチを差し出した。

「あ、あの～、ミレディたん？　大丈夫ですの？」

ミレディになされるがまま石化状態のオスカーを横目に、リューティリスが尋ねた。

ナイズ達《たち》に比べれば短い付き合いだ。

それ故の客観的な視点からすれば、ミレディのオスカーへの親愛の度合いに関して異論はない。

だが、ミレディがそれを素直に表現する少女かと言えば、NOである。ということは理解しているので戸惑いがないわけではない。

「そ、そうだ。大丈夫ではないんだ！　今のミレディは！」

「何か分かったのかっ、ナイズ！」

「きっと生死の境を彷徨《さまよ》ったせいで、頭がよりアレな感じになったに違いない！」

「ナイズ、お前……天才だな！」

普通にかわいいミレディという異常事態に、むしろナイズとヴァンドゥルの頭がアレな感じになっていた。動揺しすぎである。

とまれ、その騒ぎによってかよらずか、あるいは単に満足したからか、ミレディがようやくオスカーから離れた。

なんとなく綻んでいた顔は、また無表情に。

「……〝禍天《かてん》〟」

「「ぬおっ!?」」

「あはんっ!?」

「「「陛下ぁ!?」」」

ナイズとヴァンドゥル、ついでにリューティリスが床に突っ伏した。

オスカーを堪能しているように見えて、しっかりとナイズ達の失礼な発言は聞いていたらしい。

「な、なぜわたくしまで？」

もっともな疑問だ。パーシャや廊下に控えていたクレイド、そして使用人達もあわあわしながら困惑の眼差《まなざ》しをミレディへ向ける。

ミレディは、こてりっとかわいらしく小首を傾《かし》げた。

「……喜ぶと思って。戦勝祝いに」

意味が分からない！　と使用人一同。

「ありがとうございますですわ！　床ペロ最高！」

合点がいった！　と歓喜のお礼を返す女王陛下。

目を剥《む》く使用人一同。頭を抱える宰相＆近衛《このえ》戦士長。

段々と、場がカオスの様相を呈してきた。

だが、ミレディさんは意に介した様子もない。静かで覇気のないまま、前とは違う意味でマイペースにゴーイングマイウェイ。

「……コリン？」

不思議そうに、メイルの鼻血を止めるべく首をトントンしてあげていたコリンへ意識を向ける。

「あ、えっと、久しぶり、ミレディお姉さん」

「……ん」

「その……お兄ちゃんのお手伝いに来て……」

「……そう」

見つめ合う。コリンの視線が少し泳ぐ。いつもと様子が異なるミレディに落ち着かないようだ。

もっともそれは、オスカー達とは別の理由だったりする。

というのも、コリンにとってミレディは、〝仲間を鼓舞するため敢《あ》えて道化を演じる優しくて強いお姉さん〟——もちろん、オスカー達から勘違いだと諭されてはいるが、コリンはそう信じている——なので、むしろ、普段は見せてくれない本性を晒《さら》してくれたという感覚だ。

故に、元から抱いていた憧憬や尊敬の念により、真《ま》っ直《す》ぐ静かに見つめられることが、どうにも照れ臭いらしい。頬もうっすら染まり、どこかもじもじしている。

そんなコリンに、ちょいちょいと手招きするミレディ。

誰もが、今度はなんだと見守る中、素直にトテトテと近寄ったコリンは、

「ふわっ」

ぎゅっとミレディに抱き締められた。そして、

「……ありがとう」

「ふぇ？　な、何が？」

あわあわしているコリンに、ミレディは聞く者がハッとするほど優しい声音で告げた。

「……お守り。命を救われた」

極限の闘争の中、使徒の理不尽極まりない強さに心が折れかけて、けれど、切り裂かれ

血飛沫《ちしぶき》舞う中に見えた〝お守り〟が奮い立つ力をくれた。

そう、コリンが素材を採取してルースが加工した、なんの効果もないけれど〝どうか無事でいますように〟と強い想《おも》いが込められた蒼穹のネックレスだ。

「……だから、ありがとう」

詳しいことは分からない。だが、守れたことは本当なのだと、それだけは確かに伝わって、コリンはなんだか泣きたくなるような気持ちになった。

「……よかった。ミレディお姉さんの役に立てて……よかったっ」

感情を噛《か》み締めるように、自らもミレディに強く抱き着くコリン。

混沌《こんとん》としていた場に、柔らかな静寂が漂った。

無表情でも分かる。ミレディの抱く感謝と愛《いと》しさと慈しみの感情。

そして、コリンの抱く敬愛と歓喜と安堵の感情。

抱き締め合う二人の姿は、まるで一枚の美しい絵画。どこか侵し難い神聖さが感じられて、それを見守る者達へ言葉にならない感動を呼び込んだのだった。


それから少しして。

パーシャの号令で使用人や戦士達は、ひとまず解散となった。ミレディの状態に関して話し合うためだ。

現在、この場にいるのはオスカー達以外にはパーシャのみ。

クレイドは更なる見舞客、特に共和国の重鎮クラスへの説明と対応のため席を外し、バトラムも補給のため樹海へ出ていった。復活したと言っても、体積の多くを失った状態なのは変わらないので、ミレディの世話の合間に樹海へ出て捕食《リハビリ》しているのだ。

そんなこんなで、ようやく訪れた落ち着いた空気の中、オスカーが改まった雰囲気で口を開いた。

「それで……ミレディ。君、今の状態に何か自覚はあるかい？」

冷静さを取り戻したオスカーの眼鏡の奥の瞳は、いつにも増して怜悧《れいり》な分析屋の鋭さを湛《たた》えている。

コリンとの抱擁を解いたミレディは、またぼんやりとした雰囲気に戻っていた。落ち着いているというより覇気に欠ける様子。

普段の無駄に元気な言動からすると、やはり〝寝起きだから〟という理由では説明がつかない。

案の定、ミレディは言葉には反応するものの、こてりと小首を傾げるのみ。

代わりに、ミレディが目覚めた時ちょうど様子を見に来ていて、それからいち早く対応していたパーシャが言葉を返した。

「自覚はないようですな。だが、思考力を失っているわけでもない。既に終戦以降の状況もある程度説明はしたが、きちんと理解はしておられる様子だ」

目覚めた後、真っ先に皆の安否を尋ねたし、質問すれば少し考えて分かることは答えられた。

喉が渇けば自発的に水を求めることもした。

記憶にも、生活能力にも問題はない。

「自分達の戯言《たわごと》にきっちりと抗議する辺り、性格が変わったわけでもなさそうだ」

「コリンへの態度を見れば、感情が死んでるわけでもないな」

「ですが……どのように表現すればいいか……そうですわね。言うなれば〝積極性の喪失〟でしょうか？」

「いえ、喪失というよりは〝必要最小限〟という感じじゃないかしら？」

「ふむ。もしかすると、まだ完全回復には至っていない……つまり、意思・思考・言動の全てが消耗抑制状態で消極化しているのかもしれませんな」

ナイズに続いて、ヴァンドゥル、リューティリス、メイル、そしてパーシャが意見を交わす。

しかし、その中でオスカーだけは、眉間に峡谷を作りそうな険しい表情を晒していた。

どうやら、更に深い部分――〝なぜ、その状態になっているのか〟という原因の部分にまで思い至っているらしい。加えて言うなら、どうにも望ましくない見解のようだ。

そしてそれは、コリンもまた同じであるようだった。

「これは……もしかして」

「お兄ちゃん……ミレディお姉さん、なんだか……」

コリンの言いたいことは明白だった。そう、

「ディラン達と、同じ状態……」

「「!?」」

それを知るナイズとヴァンドゥル、メイルが目を見開く。まさか、と。

オスカーが確認を求めて視線を送れば、メイルは険しい表情でこくりと頷《うなず》く。

「ミレディちゃん、再生魔法をかけるわね？」

優しく、頭を撫《な》でるようにして手を置き、再生魔法を発動。

朝焼けの鮮やかな光がミレディを包み込む。

「どうかしら？」

「？」

何が？　と言外に問い返す光を感じないミレディの瞳。

生きてさえいれば、どんな傷害も、状態異常だって癒やしきる神代の魔法が効かない。

原因がなんであれ、そんなことは本来あり得ない。

ただの疲弊、完全回復に至っていないだけならば当然に。

だが、厳然たる事実として効果はなく、それは確かに、ディランやケティの症例とよく似ていた。

神兵創造計画――古代の戦士の魂魄《こんぱく》を強制転写する実験。

再生魔法により意識は取り戻したものの、ディラン達《たち》の意思は極めて薄弱な状態だ。

ならば、その原因が再生魔法の及ばない領域――魂魄にある、という推測は自然な帰結であった。

オスカーとヴァンドゥルの鍛錬中、まさに気に病んでいたこと。

回復こそ本分のはずの自分が役に立てないことに、メイルは悔しそうに唇を噛み締める。

ミレディの頭を撫でていた手が力なく引っ込められていく……と、その時、

「……大丈夫」

「え？」

ミレディの手が、メイルのそれに重なった。その手を抱き締めるように胸元へ。

真っ直ぐに、光はないが揺らぎだってない眼差しがメイルを捉えている。

「大丈夫」

もう一度。けど、今度はもっとはっきりと。

「ミレディちゃん……」

ああ、とメイルは思わず天を仰いだ。

それは、ナイズやヴァンドゥル、リューティリスも同じだった。

「流石《さすが》は僕達のリーダーだ」

眼鏡をクイッとしながらオスカーが言う。口元が、堪《こら》え切れなかったというかのように笑みを湛えている。

まったくもって、その通りだと誰もが思った。

一ヶ月昏睡《こんすい》してても回復しないダメージを魂魄に負って、こんな有様になって……

でも、我等《われら》が天才美少女魔法使いなリーダーの言葉は、こんなにも力強く、確信に満ちている。

空気が、一気に変わったようだった。淀《よど》みのない、清冽《せいれつ》な空気に。

ふっと、釣られるようにしてナイズも笑みを見せた。

「確かに、なんの問題もなかったな」

「ああ。ちょうど、加入予定の新人が魂魄魔法の使い手だ」

ヴァンドゥルの口角も自然と吊《つ》り上がった。

「そうなると、彼の動向が気になるところね。確か、神都に家族がいるってことだったけれど……」

「無事に出奔できるのでしょうか？」

リューティリスの憂慮は、オスカー達も抱いていたことだ。

彼――ラウス・バーンの強さは、ミレディと互角に戦えるほど。

否、リューティリスの昇華魔法を受けた状態のミレディと戦ってそれである。あの使徒を倒した時の常軌を逸した力は別としても、ノーマル状態なら〝限界突破〟と経験の差により、ミレディを超えているだろう。

実際、ミレディは一度、敗北している。魂魄を抜かれて死に体を晒したのだ。メイルとナイズの助力がなければ詰んでいた。

だからこそ、彼の実力を信じて待つことにした。

ミレディがいつ目覚めるのか分からない状況で藪蛇《やぶへび》を突《つつ》くのは望ましくないし、その藪は神のお膝元だ。たとえ空間転移であっても、そう易々《やすやす》と潜入できるとは思えず、ならば、ラウスの出奔計画を逆に邪魔することにもなりかねないから。

もちろん、完全に放置していたわけではない。

「本部所属の精鋭部隊が動いている。エスペラド支部の部隊とも連携してな。神都近郊や国境沿いにも新たなセーフハウスを用意した」

ナイズの視線がリューティリスに向けられる。

「諜報《ちょうほう》の切り札もいる。できることはしたと思うが」

「切り札……と言えればいいのですけれど。あの子、隙あらばさぼりますし」

「任務を言い渡した時も、散々ごねておりましたなぁ、あの駄ウサギは。生粋の引きこもり故、予想はしていましたが」

スイである。弱冠十六歳。しかも、本来気弱で争いを大の苦手とする兎人族《とじんぞく》の少女。にもかかわらず、隠密《おんみつ》戦士団戦士長という共和国の五強に名を連ねる強者《つわもの》だ。彼女の隠密能力はオスカー達でも舌を巻くほどである。

だがしかし、困ったことに性格に問題が大ありだった。

クズなのである。仕事はさぼるし、息をするように責任転嫁するし、プライドも何もなく土下座したかと思えば、次の瞬間には毒を撒《ま》き散らすし。
――樹海のクイーンオブクズウサギ
――不真面目と怠惰の権化
――責任感と誠意を母親の腹の中に忘れてきた駄ウサギ
――人を苛《いら》つかせる天才
などなど、数々の異名を仲間から与えられているほど。
それでも、仲間のためならなんだかんだで身命を賭すし、最終的には如何《いか》に困難な任務であってもどうにかしてしまう点、〝切り札《ジョーカー》〟であることは確かなのだ。
今回の〝ラウス保護作戦〟ともいうべき秘匿性の高い任務では、能力的にスイ以上の適任はいない。故に、共和国の解放者に対する友好と感謝の証《あかし》として派遣したのだが……
『いやぁっ、スイはお家でゴロゴロするんですぅ！　戦争でいっぱい働いたもん！　もう一生働かないって決めたもん！　お外になんて絶対に行かない！　陛下のブラック上司！』と臣下にあるまじき悪態を吐《つ》きながら散々逃げ回ったことを思い出すと、リューティリスもパーシャも、今更ながらに凄《すご》く不安になった。
解放者の本部から苦情とかこないかしらん？　と。
不安と懸念で顔色を悪くしている二人から、ナイズは視線を逸《そ》らした。
彼女等の心配は見事に的中していたから。奴《やつ》は、どこでも奴だったのだ。むしろ、
「今頃、味をしめたかもしれんな」

「え？　ナっちゃんさん？　どういうことですの？」

「いや、最初は確かにさぼっていたんだが、途中から部隊の活動資金で買い食いしたり、服や装飾品を買ったり……町の暮らしにはまりかけていたような……」

「「!?」」

悪化していた。リューティリスとパーシャが両手で顔を覆う。長耳と猫耳がしなびた。記憶を辿《たど》って遠い目をしているナイズの、更なる追い打ち。

「あと、作戦中、何度か支援者に協力してもらったのも悪影響だったかもしれん。随分と熱心に支援者の在り方を尋ねていたからな……」

〝支援者〟の大多数が、普段は〝解放者〟の任務など受けず、普通に生活する中で情報を収集するだけであり、必要とあらば逆に生活費等の支援を受けられると聞いた途端、スイは目の色を変えたのである。

「陛下……あやつ、転職を考えているのでは？」

「……このまま、帰ってこないかもしれませんわね……」

一国の女王と宰相を揃《そろ》って遠い目にさせるウサギ……

オスカー達は「うわぁ」と同情混じりの目を向けずにはいられなかった。

何はともあれ、である。

ナイズが、ここ一ヶ月の奔走の中で、しっかりとラウスを迎えるための準備をしていたことは確かだった。

気を取り直したパーシャが思案顔でナイズに問う。

「神殿騎士団が神都に帰還したのは、二十日ほど前でしたな？」

「そうだ」

「ならば、何かあった場合、とうに情報が届いてもよいはずだが……」

だが、未《いま》だにラウスの情報はない。

神国から共和国までは、ほぼ大陸の半分を横断するほどの距離がある。

とはいえ、伝達部隊長の動物使い――ティム・ロケットの強化された伝書鳥の移動能力は極めて優秀だ。

リューティリスの権能で樹海の霧にも惑わされず、大樹の頂上には専用の停泊場も設けられているので、直接知らせを届けることも可能。

仮に、ラウスが帰還して数日以内に行動を起こしていたなら、その情報は既に伝わっていないとおかしい。

まだ、行動を起こしていないのか。

あるいは、行動を起こせないでいるのか。

それとも……。

「どうやら、俺達も動くべき時がきたようだな」

ヴァンドゥルの視線はミレディに注がれた。

魂がどこかへ飛んでしまっているような様子でも、やはり最低限の能力は保持しているらしい。ミレディがこくりっと、心なしか強めに頷いた。

「……情報、詳細、整理」

おまけに、指示までくれる。

同じ魂へのダメージを負った者であっても、他者の魂魄の強制混入と己の力の過負荷では、その度合いも違うのかもしれない。

なにはともあれ、久しぶりのオーダーだ。

オスカーが一瞬嬉《うれ》しそうに頰を緩ませるも、直《す》ぐに真剣な顔つきとなって口を開く。

「なら、会議といこうか。今後の方針も決めたい。ナイズ」

「バッド達を呼ぶか？」

「ご明察。アングリフ支部に迎えに行ってくれるかい？　ミレディが目覚めたことを知ったら、みんな来たがるだろうけど……」

「支部を空にするわけにはいかんな。後はマーシャルとミカエラだけにしておこう」

「ブーイングには頑張って耐えてくれ」

冗談めかして言うオスカーに、ナイズは苦笑い気味に肩を竦《すく》めた。

「リュー、戦士長達に集合を。それと、民にミレディの説明を」

「隠しませんのね？」

「無理だろう？」

確かに、と失笑してしまうリューティリス。ミレディの元気爆発娘ぶりは、樹海の民の皆がよく知るところだ。

——目覚めたけど静かにしている。でも何も問題ないですよ

なんて説明、絶対に誰も信じない。断言できる。

「変な憶測やら憂慮やら広がる方が困る。正直にいこう」

救国の英雄、回復すれど問題あり。だが、深刻ではない。治す手立てあり。

事実である。ならば真実こそがベストだ、というオスカーに、リューティリスも異論はないらしい。

「パーシャ、会議の準備を頼みますわ」

「承知しました、陛下」

「それと……」

ミレディの寝巻き姿と、下ろされたままの波打つ髪を見て微笑を一つ。

「淑女《レディ》の身だしなみも、整えてあげてくださいまし」

「もちろんですとも、陛下」

「いっそ、普段とは違う装いでも良いんじゃない？　こんなに大人しいミレディちゃんなんて、きっと今だけよ？」

レアよ、レア。レアミレディちゃんよ！　と、楽しそうに笑みを浮かべるメイル。

リューティリスもパーシャも「それはいい！」と即座に乗り気に。

女三人寄れば姦《かしま》しいとは言うが、まさにその通り。

あれがいい！　これがいい！　どうせなら普段着てくれなそうな衣装を！　と、小首を傾《かし》げている当の本人そっちのけでアイデアが飛び交う。

ヴァンドゥルが呆《あき》れ顔でナイズに話を振る。

「気持ちを持ち直した途端、リーダーが玩具《おもちゃ》になったぞ」

「やはり、女性とは恐ろしいものだ」

「……ナイズ、俺は最近、お前が不憫《ふびん》でならないんだが」

主に、幼い姉妹からの手紙を受け取った時の、まるで爆弾処理しているかのような有様を見ていると。

とはいえ、癖の強すぎる女性陣の盛り上がりの中に飛び込む勇気は、ヴァンドゥルにもない。なので、手綱役に水を向ける。

「おい、眼鏡。さっさと止めてやれ――」

「メイド服はどうだろうか！」

なんか、眼鏡が主張し出した。それも、すこぶる付きで強く。

思わず、メイル達《たち》がビクッとなって会話を中断する。

全員の目がオスカーに注がれた。なぜだろう。眼鏡が謎の光を反射していて、奥の目が見えない……

「メイド服は！　どうだろうか!!」

「こ、こいつ、欲望に忠実にっ」

ヴァンドゥルが慄《おのの》いた。メイル達もドン引きした。

だがしかし、リーダーの弱みに付け込み、自らの欲望を満たそうとするこの鬼畜眼鏡《メイドスキー》はチャンスを逃す気がないらしい。その手には既に〝宝物庫〟から取り出されたメイド服が握られていた。

メイド服をこよなく愛するオスカーが、こだわりを以《もっ》て自作したミレディ専用メイド服だ。オーソドックスな紺色のワンピース（ロングスカート）に、フリルたっぷりの白いエプロン。だが、ミレディの普段着を意識して、袖は短く、胸元や肩の部分が開いた作りになっている。もちろん、ホワイトブリムやワンポイントのリボンの他、ガーターベルトの類まで付属している。

大変、業が深い。

そのメイド服を、まるで、「ここだ！　ここしかない！」と決死の闘争でもしているみたいな気迫を以て推していくオスカー。

とんだ変態紳士《メイドスキー》である。

「オスカー君、流石《さすが》にお姉さんもドン引きよ……」

「ここは女王の権能を使ってでも、ミレディたんを守るべきかもしれませんわね……」

「陛下、女性の近衛《このえ》を呼びましょう」

「流石に自分も擁護できんぞ、オスカー」

仲間から苦言の嵐。一国の宰相からは完全に変質者扱い。そして、

「お兄ちゃん……」

「ハッ!?　こ、これは違うんだ！　コリン！」

コリンちゃんの表情が引き攣《つ》っている！　加えて、一歩、二歩と後退《あとずさ》り、意識的にか無意識的にか、そのままメイルお姉さんの傍《そば》へ。当然、メイルお姉さんはコリンを庇《かば》うように後ろへ隠した。

どうやらオスカーのパッションは、お兄ちゃん大好きっ子であるコリンちゃんの許容量をもオーバーさせるものだったらしい。

愛する妹に引かれては、さしものオスカー《メイドスキー》も正気に戻らざるを得ない。

が、そこで予想外の事態が。

するりと伸びた手が、オスカーがしまおうとしたメイド服を奪ったのだ。

「え？　ミレディ？」

そう、ミレディである。いつもなら、オスカーがメイドスキー化した途端、「オーくん、普通にキモい」と冷たい目を向けるのに、今は、ぼうっとした目ではあるものの、そこに拒否感はない。それどころか、

「……着る」

全員の頭上に〝!?〟が飛び出た。

「ミ、ミミ、ミレディちゃんっ、どうしたの!?　オスカー君の目つきが怖くなるから絶対に着ないって言ってたじゃない！」

動揺するメイルが皆の心の声を代弁した。対するミレディは、そろりとオスカーへ視線を向けて、

「……嬉しい？」

ジッと見極めるような目でオスカーを見つめる。

「そ、それはまぁ、嬉しいけれど……」

「ん。なら着る」

「ごめんっ、ミレディ！　なんか本当にごめんっ！　着なくていいから！」

ダメだ、今のミレディは素直すぎる！　仲間の蔑む目よりも、自分の良心の呵責《かしゃく》に耐えられそうにない！　と、オスカーはメイド服を回収すべく手を伸ばした。

「やっ」

なぜか拒否するミレディちゃん。体を捻《ひね》り、抱え込むようにしてオスカーの手からメイド服を守る。立場が完全に逆転していた。

「ど、どうしてだい、ミレディ。いつも、あんなに嫌がっていたじゃないか」

頑《かたく》なともとれるミレディの言動に、オスカーは困惑した様子で尋ねた。すると、

「……嫌じゃない」

「え？　でも――」

「……恥ずかしかっただけ」

「恥ずかしい？」

「……オーくん、いっぱい褒めるから」

あ～、とナイズとメイルが声を漏らす。確かに、アンディカでカジノ潜入のためメイド服を着た時、それはもう褒めていた。テンションが振り切れたみたいに、かわいい！　かわいい！　ミレディ、君は最高だ！　とべた褒めしていた。

最初は「そうだろう、そうだろう！　もっと褒めるがいい！」とドヤ顔していたミレディも、最終的には引いてたように見えたのだが……

「あらあら、ミレディたんったら乙女ですわね！」

「ミレディお姉さん、かわいい～っ」

きゃーっと黄色い声を上げるリューティリスとコリン。

ミレディが、なんだかんだ言ってオスカーの褒め言葉に満更でもなかったのだと分かって乙女心が刺激されたらしい。

ナイズは当時のミレディの様子を知る故に、ヴァンドゥルは普段の態度から考えて、二人して「嘘《うそ》だろ……」と言いたげな愕然《がくぜん》とした表情だ。

「驚いたわ……」

ナイズ達とは別の意味で、メイルはぽかんっとしてしまう。

ミレディの内心くらい、どれだけ誤魔化そうともメイルは察していた。けれど、ミレディがそれを素直に表に出すことは、今まで一度もなかったのだ。

それが、ここに来て吐露されるとは……

そして、その心情の告白には誰よりもオスカーが驚いていて、しかし、まだ終わらず。

「……オーくんが喜ぶ。私も嬉しい。だから――」

「ミ、ミミミ、ミレディ？　ちょ、ちょっと落ち着こう！」

お前が落ち着け、というツッコミは入らない。

無表情で、抑揚なき声で、瞳にも大して光は見えず。

だが、うっすら頬を染め、どこかモジモジとした様子で上目遣いに、止《とど》めの一撃が。

「……なんでもするよ？」

「〜〜〜〜〜ッ」

オーくん、悶絶《もんぜつ》。

首筋も耳も真っ赤にして、両手で顔を覆ってエビ反りに。しかも、そのまま床に頭を着けてブリッジしちゃう。それを見下ろして、ヴァンドゥルが一言。

「致命の一撃《クリティカル》だな」

ついでに、リューティリスが興奮した面持ちでインタビュー。

「オーちゃんさん！　オーちゃんさん！　今、どんな気持ちですの!?　ねぇねぇ、今、どんな気持ちなんですの！」

何も聞こえません！　と言いたげに「あ〜〜っ」と声を出しながら壁際へゴロゴロと転がって退避するオスカー。かと思えば、

「こいつはミレディこいつはミレディこいつはミレディ」

ゴンッゴンッと壁に頭を打ち付け出した。「お兄ちゃんやめてぇ～」とコリンちゃんが背中に飛びついて制止するも、壊れたお兄ちゃんは止まらない。

「いったいどうなっているんだ？」

ナイズが困惑の眼差《まなざ》しをミレディに向ける。

その疑問に対する答えを「女の子がなんでもするなんて言っちゃメッよ！　ミレディちゃん！」と叱っていたメイルが、少し困ったような表情で口にした。

「……ディラン君とケティちゃんの現状を思えば予想できない？」

「二人の？」

「そ。オスカー君にべったりなケティちゃんとか、お姉さんの胸に興味津々なディラン君とか」

「……あ」

ナイズが納得して頷《うなず》く。と同時に、メイルと同じような、なんとも言えない困り顔になった。ヴァンドゥルが肩を竦《すく》め言葉を引き継ぐ。

「今の神兵創造計画の被害者達は、本能や趣味嗜好《しこう》、欲望に対する抑制があまり効かない状態だったな」

そうなのである。

ツンデレを地で行くケティは、オスカーお兄ちゃんを慕っていても素直に抱き着いたり甘えたりすることができなかった。

だが、今は隙あらば抱き着く。コリンが引き離そうとしても、その手をペチッと叩《たた》き落とすほどに、それはもうべったりと四六時中。

また、贅沢《ぜいたく》は言えないと以前は我慢して食べていた苦手な豆も、コリンがどれだけ工夫して料理しようと断固拒否する。

ディランもそうだ。敬愛する兄を見習い〝女性には紳士的に、何事も真面目に！〟を信条として、まさに完璧な優等生というべき子だった。

常に弟妹を優先し、その見本となるべく己を律する子だったのだ。

なのに今は、ルースがツッコミを入れようが注意しようがお構いなしに、女性への興味が爆発している。特にお気に入りなのは、メイルお姉さんの夢と希望が詰まった二つのたわわな果実だ。隙あらばガン見しているのである。立派な変態紳士《おっぱいスキー》である。

つまり、だ。そんなディラン君達とよく似た状態に陥ってるミレディもまた、普段の抑制がない状態――要するに、己の心に素直な状態にあるのだとしたら。

「元に戻った後、大変そうねぇ」

「まぁ、遅かれ早かれだろう」

「ふん。意地を張り合ってこじれるより、よほどいい。ある意味、僥倖《ぎようこう》だろう」

なんて、リーダーと参謀の関係変化が訪れそうな未来を想像し、顔を見合わせ、くすりと笑い合うメイル、ナイズ、ヴァンドゥルの三人。ともあれ、

「お姉さんは、ミレディちゃんが幸せならなんでもいいわ」

「んぅ？」

額から血をダクダク流して、脳震盪《のうしんとう》からか虚《うつ》ろな目になっているオスカー。コリンが必死に予備のハンカチを当てて止血している。

そんな、どうしようもない彼を心配そうに見つめるミレディを抱き締めつつ、メイルは優しい声音で、そう呟《つぶや》いたのだった。


「オスカー、お前は前から気に喰《く》わなかった。死ねばいいと思う」

アングリフ支部から大樹の王宮へやって来たバッドの、第一声がそれだった。

「ず、随分な言い草だね、バッド」

「リア充は尽《ことごと》く斬刑に処したい俺だが、お前にはそんな楽な死に方をしてほしくない」

「真顔で怖いこと言うのはやめてくれないか？」

解放者の副リーダーにして、リアルが充実した男女を見ると、思わずその相棒である大鎌で刈り取りたくなっちゃう四十歳過ぎのおっさんは、やる時はやる。

特に最近は、独身仲間だと思っていた同年代のおっさん——マーシャルがミカエラと〝良い感じ〟であることに暗黒のオーラを煮詰めていたことを知っているので、余計に身の危険を感じる。

実際、肩でトントンしている〝魔喰大鎌《まぐいたいれん》エグゼス〟からもオォッと怨念じみたドス黒い瘴気《しょうき》が放たれており、正気には見えない。

「俺はな、そもそもここを離れたくなかった。分かるよな？」

「それは、まぁ……」

オスカーがチラリと少し離れた場所にいるリューティリスを見やる。

このどうしようもないおっさんの懸想している相手だ。

微妙なアピールは、まるで通じていない。それどころか、本性（ドMのド変態）も見せてもらってはいない。非常に微妙な距離感である。

このどうしようもないおっさんは、どうしようもなくシャイなのだ。

元からデスクワークなんて死んでもしたくないと、組織のナンバー2なのによく行方不明になるおっさんであるから、惚《ほ》れた相手と離れてしまうこともあって、アングリフ支部の臨時支部長になれと本部から命令が来た時も、それはもう駄々を捏《こ》ねた。

あまりの見苦しさに、リューティリスが直視を避けたほどに。

マーシャルが「バッド……お前、そういうとこだぞ。マジで」と哀れなものを見るような目で見つつも強引に連れ出さなければ、きっと今でも王宮に居座っていたに違いない。

そんなシャイなうえに女々しいおっさんは、暗黒の目で愚痴と呪詛《じゅそ》を垂れ流す。

「でも、俺は頑張った。今も頑張っている。マーシャル《裏切者》が二十も年下の女とイチャイチャしていても処さずに、リーダーが昏睡《こんすい》状態だからとやりたくもない仕事をして、行きたい場所にも行かないで耐え続けていた」

「ちょっと大袈裟《おおげさ》じゃないかな……」

ミレディを前にして一喜一憂していたマーシャルとミカエラが、揃《そろ》ってビクッと震えたのが視界の端に映った。二人共、決してバッドの方を見ようとしない。

「だというのに、だ」

バッドがエグゼスに魔力を込め出した！

既に集合してミレディを囲っていた戦士長達《たち》――シムやヴァルフ、ニルケやクレイド達も、見ない聞かない言わないを貫く姿勢を見せている。

「オスカー。このイケメン野郎。インテリぶったエセ紳士が」

「わ、悪口が過ぎないか!?　というか落ち着け、バッド！」

幽鬼のようにジリジリと近づいてくる嫉妬の権化を前に、オスカーもまたジリジリと後退しながら救援を求めるが、

「さぁさぁ、会議室に行きましょうね、ミレディちゃん」

「良い子は見ちゃいけません、ですわね」

「馬鹿と変態は放っておけ。時間の無駄だ」

「オスカー、骨は拾ってやる」

仲間達も見捨てる気、満々。

とはいえ、今はそれがベストなのだ。どうしようもないおっさんは、適当に相手をして発散させてやれば、たぶん、きっと、おそらく、少しは落ち着く。

何よりまずいのは――

「……オーくん」

「あっ、ダメよ！　ミレディちゃん！」

ミレディがオスカーのもとへ駆け寄ってしまうこと。

戦士長達が敢《あ》えて作っていた肉体の包囲網をするりと抜けて、メイルの手もひゅるりと潜《くぐ》り抜けちゃうミレディちゃん。

消耗抑制状態なのに、こんな時ばかり無駄に洗練された動きを見せる。

オスカーが、来ちゃダメだ！　と目で合図するが、そんなことで今のミレディは止まらない。オーくんを守らねばと突進し、あまつさえギュッとしがみついてしまう。

案の定、顔が引き攣《つ》る。バッドも、もちろんオスカーも。

「て、ててて、てめぇ、オスカーぁっ。見せつけてくれるじゃねぇかぁっオォ!?」

「誤解だ！」

「誤解だぁ？　その有様で？　苦しい言い訳だなぁ、おい」

オスカーは思った。ですよねーっと。

それもそのはず。ミレディは今、オスカー好みのメイドさん姿なのだから。

結局、女性陣の再三の説得にもかかわらず、ミレディはオスカー謹製のメイド服の着用を頑として譲らなかった。

贔屓目《ひいきめ》を抜きにしても、実に愛らしい。

ふりふりのホワイトブリムを付けているせいか、珍しくも本日のミレディはお下げ髪だ。

ふわふわのシュシュがこれまたかわいらしい。

反して、いつもの天真爛漫《てんしんらんまん》が鳴りを潜めているせいか、本来の美貌と相まって露出した鎖骨や細い肩が妙に艶《なま》めかしい。

まったくもって大変な、変態紳士《メイドスキー》の御業《みわざ》がそこにはあった。

それを普通に受け入れて着ている点、バッドの心情的に繊細な部分をザックザックと刺されまくっているようなもので。

おまけに、だ。

「……オーくんは、私のだから」

「「ッ!?」」

男二人、今度は別の理由で表情が引き攣る！

「……虐《いじ》めたら、バッドでも許さない」

そう言って、更にぎゅぅ～っと抱きつく力を強めるミレディちゃん。

「ミ、ミレディ。僕は大丈夫だから、ちょっと離れてくれるかい？　ほら、皆の視線もあるし、ね？」

「やっ」

そのやり取りはまさに、爆弾の導火線に火をつける行為そのものだ。

誰もが、あ～～っと天を仰いだ直後、プツッと音がした。

「リア充共にぃっ、天誅《てんちゅう》の時間だぁっ――エグゼスゥウウウッ!!」

嫉妬の化身、誕生。

その後、ナイズとヴァンドゥル、そしてシム達戦士長が総出で鎮圧に乗り出し、どうにかこうにか事態の収拾に成功。

だが、嫉妬心を力に変えたのか先の戦争時よりキレのある動きに加え、あらゆる魔法を喰らうエグゼスと超絶技巧の脅威は……

教会にすら畏怖される〝騎士狩り〟にして、〝解放者〟のナンバー2であることになんら疑いの余地がない凄《すさ》まじさを、その場の全員に分からせたのだった。

同時に、リューティリスとの未来も、きっと久遠の彼方《かなた》へ去って行っただろうが。

そんなハプニングを経て始まった会議。

木製の長テーブルには、上座にリューティリスが、左サイドに共和国メンバーである宰相パーシャ・ミル、熊人である戦団長シム・ガトー、狼人《ろうじん》の遊撃戦士団戦士長ヴァルフ・ルーガル、翼人の飛空戦士団戦士長ニルケ・ズークが座り、近衛《このえ》の戦士長たるクレイド・ウルスは静かにリューティリスの背後に控えている。

右サイドはミレディ、オスカー、メイル、ナイズ、ヴァンドゥル、そしてバッド、マーシャル、ミカエラの順番だ。

あと、実はコリンもいる。ヴァンドゥルとバッドの間にちょこんっと。

本人は、いかにも「ここにいていいのかな？」と言いたげに恐縮した様子だが、いてもいいのだ。むしろ、いてほしいのだ。

嫉妬の鬼を、その母性と包容力で抑えるために。

流石《さすが》のバッドも、コリンのような少女には強く出られないから。

実際、不機嫌そうに腕を組んでいるが、ちらりと隣を見て、視線に気が付いたコリンがふわっと笑うと、なぜか「くっ」と呻《うめ》き声《ごえ》をあげて気を和らげるのだ。

いろんな意味で、大活躍のコリンちゃんである。

「さて、終戦後の我が国の内情に関しては、今、確認した通りであるが、他に何かあるだろうか？」

進行役のパーシャが視線を巡らせる。

復興の具合や大樹の状態など、共和国に関することは既にミレディも説明を受けていたことなので、誰からも追加の議題はなかった。

それに頷《うなず》きを一つ。では、と次の議題に移る。

「近隣諸国について、まずはオディオン連邦から。バッド殿？」

「あいよ。相変わらず動きはねぇな。アグリスも、総長国の首都とは思えないほど静かだ。逆襲を恐れてんのがよく分かる」

誰も彼もが戦々恐々としている。【アグリス】の教会関係者など、まるで敵地に置いていかれたと言わんばかりの絶望ぶり。

「西側支国への疎開も、各支長が抑えようとしているようだが止まらない状況だ」

「新たな総首の選出は？」

尋ねたのはシムだった。何か苦いものを呑《の》み込んだような面持ちだ。

「まだだな。元より、五年に一度の模擬戦争が前提の選出だ。そんな余力がねぇのは明らかだし……名乗りをあげる奴《やつ》もいねぇ」

まさかの大敗後である。あらゆる意味で、今、総首となるのは貧乏くじを引くのと同じであると誰もが感じているのだろう。

「無理もねぇ。落ち度なんざ欠片《かけら》もなかったデトレフ前総首が、あの仕打ちだからな」

「……そうだな」

引責処刑、というべきか。

神国の、どんな無茶な要求にも歯を食いしばって応えた武人の首領は、神殿騎士団が完全に撤退する直前に、彼等《かれら》の手で処刑された。

あたかも、敗北の原因は連邦の不手際にある、と主張するかのように。

当然、そんな事実はない。敗戦が教会の威信に傷を付けぬよう、せめてと行われた完全な愚行だ。その効果のなさを思えば、八つ当たりと言い換えてもいい。

「惜しいことだ」

唸《うな》るように悔やむシム。

見事な武人であったと思う。

教会の命令とはいえ、同胞に決死の特攻をさせることに心を痛めていた。

逆らえぬ己を無力だと嗤《わら》い、だが、それならばと一人の武人として戦場に立った。

互いに名乗り合った時、シムは確かに感じたのだ。

種族を越えて、ただ一人の武人として通じ合うことができたと。

結局、刃を交えることはできなかったが、ミレディの言う世界の変革が成ったなら、あるいは、酒の一杯でも酌み交わせるのではと期待もした。

シムの様子に少し恐縮しつつ、ミカエラとマーシャルが補足する。

「アグリスの城内を監視していますが、今のところ、戦争参加支国の支長達による合議で意思決定をしているようです」

「軍に探りを入れているが……ダメだな。今の連邦軍は軍の体を成していない。死に過ぎたし、何より敗戦で兵士の心が折れちまっている」

「ってわけで、連邦に関しては当面、心配はねぇな」

仮に神国から何かしらの命令が下っても、共和国に対してできることはない。

そう断言するバッドに、パーシャは深く頷いた。

「グランダート帝国はどうか？　ナイズ殿」

「未《いま》だに動揺は激しいようだ」

「まぁ、僕とヴァンでご自慢の空軍をほとんど落としたからね」

「主砲もナイズが防いだから、ほとんど被害もないしな」

それはまぁ、矜持《きょうじ》はぽっきりだろう。おまけに〝絶対〟なる神国の敗戦となれば、上を下への大騒ぎになるのは必然だ。

それこそ、一ヶ月経《た》った今でも収まりきっていないほどに。

「加えて、空軍が出る前にいろいろと破壊工作を仕掛けたからね。今は、下手人探しに躍起になってるんじゃないかな？」

当然、その下手人の一味は元ライセン支部実行部隊のシュシュやトニー、エイヴ達、そしてマーガレッタ率いるシュネー一族と、元アングリフ支部の支部長ハウザー・アルメイダ達である。

「その通りだ。せめて、それくらいはしないと帝国の面子《メンツ》にも関わる。捜査は日に日に厳しくなっていて、ハウザー達は既に拠点の分散と移動を始めている」

「ナイズ、マーガレッタ達は大丈夫か？」

「問題ない。積極的に捜査の攪乱《かくらん》とゲリラ戦をしている」

「積極的に……？」

「ああ、とても積極的に。ストレス発散にちょうどいいそうだ」

「ちょっと待て。ストレスとはなんだ？　あいつらに何かあったのか？」

大事な大事な一族である。ヴァンドゥルは思わず身を乗り出した。

だが、対するナイズの眼差《まなざ》しは生暖かい。

「――〝ヴァン様の隣で、戦いたかった……〟らしいぞ？」

「……そ、そうか」

どうやら、マーガレッタさんは敬愛するヴァン様のお傍《そば》にいたいらしい。

帝国の攪乱も重要な任務と頭では分かっている。

だが、やはり、戦争という一大事では肩を並べたかったのだろう。そしてそれは、シュネー一族の総意に違いない。

ちなみに、ストレスで苛烈になっているのか、帝都では魔物と共に現れては帝国兵を蹴散らす白装束の一味が、最近少しずつ〝良い子にしないと魔物に乗った白いのが来るよぉ～〟という躾《しつけ》の常套句《じょうとうく》に使われ始めていたりする。

閑話休題。

「ヴァン……お前もか……」

「バッドおじさん！　落ち着いてっ」

「くっ」

視界の端で、嫉妬するおっさんが幼女に諌《いさ》められている。

非常に面倒なおっさんなので誰一人見向きもしない。

「それにしても、完全にテロリストだな。ハハッ」

「帝国には少し同情しますね」

ヴァルフとニルケが少し引き攣《つ》り気味の苦笑いを浮かべている。

なんにせよ、帝国もまた樹海に報復している場合でないことは確かなようだ。

「他国同士での動きはありませんの？」

神国の敗戦は、世界を震撼《しんかん》させるニュースだ。その影響は良くも悪くも絶大だろう。

ならば、教会への〝絶対視〟を揺るがせる国もあるかもしれない。

たとえば、神国への不満から距離を置きたいと考える国。

あるいは、野心の火種を燃え上がらせる国。

反教会派が増える期待と余計な戦火が生じないかという懸念が、リューティリスの言葉に滲《にじ》み出る。

バッドが、解放者の本部から流れてきた情報を口にする。

「シャルード連合やイグドール魔王国に怪しい動きはない。流石にまだな」

大陸の反対側と最南端である。今頃、ようやく終戦の報が届いた頃合いに違いない。

「ウルディア公国は糧食支援を終了したのみ。ヴェルカ王国とエントリス商業連合都市も大人しいものだ。どこも息を潜めて神国の動きを窺《うかが》っているって感じだな」

「なるほど。つまり、どこも衝撃が強すぎてまだ動けない……というわけですわね」

リューティリスのまとめに、さもありなんと誰もが納得する。

それだけ、世界にとって共和国の勝利はあり得ないことだったのだ。

「そして、肝心の神国もラウス・バーンのことを含め動きなし、と」

パーシャの確認に、バッドとナイズが頷く。

「流石は神のお膝元というべきか、国内は小規模な村にすら司祭がいて完璧に民を管理してやがる。一人一人の信仰心も他国とは比べ物にならねぇからな。動揺はねぇ」

「国内では問答無用に〝凱旋《がいせん》〟で通しているようだしな」

「それで通るのが不思議よね」

「まぁ、神国の人達《たち》からしたら辺境の戦争だ。司祭様が言うならそうに違いないって、疑う余地はないんだろうね」

メイルの疑問にオスカーが苦笑いを浮かべて、「けど」と続けた。

「使徒の撃破は予想外だったはずだ」

〝絶対〟の象徴ともいえる〝神の使徒〟。比喩も誇張もなく、そのままの意味で〝世界最強〟であった彼の存在を正面から打ち破ったのだ。その衝撃は計り知れない。

バッドがケラケラと笑う。

「そりゃあ、あちらさんもミレディの現状を知らねぇ以上、容易に手は出せないわな。半端な戦力じゃあ、また返り討ちにあっちまうだけだ」

「うん、神国にできるのは、せいぜい〝戦勝宣言〟のごり押しだけだ。そして、連邦兵や帝国兵は、目撃した奇跡を話さずにはいられないだろうね」

「必然、各国は神国の絶対性を疑い、ミレディちゃんに注目し始めるわね」

「解放者とは何か。その理念に関しても、もはや無視し得ないはずですわ」

全員の視線が、以前を知っていると信じられないくらい大人しいミレディに注がれる。

ミレディは虚空に視線を――向けておらず、隣をジッと見ていた。

目が合う。当然、オスカーと。

「っ、ど、どうしたんだい、ミレディ？」

「……何も？」

皆、気が付いていた。会議の間ずっと、ミレディがどこを見ていたのか。

落ち着かない様子で眼鏡をクイッとするオスカー。

あらまぁ、おやおや、といった空気になる会議の場。

「ケッ」

「バッドおじさんっ、メッ」

「うっ……わ、悪かったよ。だから、そんな目で見ないでくれ、コリン」

なんてやり取りが聞こえるがスルーしつつ、オスカーは生暖かい空気の払拭を図った。

「と、ところで、ナイズ！　僕が試作した〝黒門〟はどうだろうか！」

「声量を間違えてるぞ、オスカー」

「どうだろうか！」

友人の動揺ぶりに思わず吹き出してしまうナイズ。だが、内容は重大なので頑張って真面目な顔を作って答える。

「やはり、今のところ五十キロ前後が限界だな。だが、自分の転移とは比較にならない魔力消費の少なさだ。あれなら平均的な魔力量でも十分に起動するだろう」

「そうか……一応、成功だね。でも距離はもう少し伸ばしたいね」

「数で補うのでもいいと思うがな」

シムやヴァルフ、クレイドが恐ろしいものを見たような表情になった。

「〝移動〟における従来の常識がひっくり返るな」

「軍団でも行けるとなれば……うへぇ。神出鬼没の軍隊なんて悪夢だぜ」

「敵に利用されないことが肝要だ。諸刃《もろは》の剣になりかねんぞ」

誰でも使える空間転移用のゲートを開くアーティファクト――〝黒門〟。

見た目は掌《てのひら》くらいの大きさの立方体《キューブ》だ。透明度の高い黒水晶のような色合いで、内部には陽光の輝きを放つ球状の立体魔法陣が刻まれている。

これに、起動用のアーティファクト〝黒鍵〟（見た目も黒い鍵形）を使うことで、半径五十キロ内から〝黒門〟の場所まで転移できるというわけだ。

「渡された五十個分、できる限り見つかり難《にく》い場所に設置した。共和国・本部間に二十。本部からエントリスの間に七、エスペラド支部に三、神国内から公国国境へ向け十。残りは帝国までの道中に十だ」

「集中運用しないのか？　一ルートだけでも一気に移動できる方がいいだろう」

目を眇《すが》めるヴァンドゥルに、オスカーは首を振った。

「セキュリティ面に不安があるんだ。クレイドが懸念した通り、敵に利用された時のことを考えると、今はまだ分散運用の方がいいんだよ」

ラウス出奔の一助となるような物を渡したい。だが、ナイズ達が騎士団の帰国より早く神都近郊に潜伏するのは必要条件。

つまり、終戦後、ナイズとスイが出発する数日の間に用意する必要があった即席品なのである。ラウスの迅速な国内脱出を優先しているので、奪取されれば悪用される可能性を否定できない代物なのだ。ラウスと合流でき次第、一度回収する必要があるだろう。

なお、樹海内に設置する限り安全性は高く、ウロボロスさんの眷属《けんぞく》も監視をしてくれるので、現在、共和国から〝聖母郷〟までは半分程度ショートカットできたりする。

「ふん、だったら早く改良しろ、クソ眼鏡」

「……分かってるさ。クソマフラー」

返しの罵倒に力がない。オスカー自身が力不足を実感しているせいだ。

コリンにも叱られたことだし、せめて場の雰囲気を悪くしないよう取り繕う。

すると、そんなオスカーの腕を、ぽふぽふと叩《たた》く手が。

ミレディの手だった。飽きもせずオスカーを見つめ続けている。

無表情だが、なんとなく「焦らないで。大丈夫」と言っているようで、嬉《うれ》しいような、気恥ずかしいような、そんな気持ちに襲われる。

場の空気が、また生暖かくなった。

オスカーがせっかく話題転換で空気を変えたのに。

いたたまれない。注目が痛い。

「ミレディ、ありがとう。大丈夫だよ」

だから、ぽふぽふは十分だよ、とミレディの手を摑《つか》んで止めるが、今度はその手をむぎゅむぎゅと握ってくる。オスカーから「んん〜っ」と奇怪な声が漏れ出す。

「さて、これくらいで情報整理は済みましたかしら。ミレディたん？」

蜂蜜みたいな空気にほんのり頬を染めたリューティリスの、おそらく助け舟が出されて、ミレディもようやくオスカーから視線を切った。

「……ん」

「では、後は解放者の今後の指針について、ですかな。バッド殿？」

こちらはこちらで、幼女に頭をぽふぽふされているバッドが、咳払《せきばら》いする。

条件反射で顔を出す嫉妬心をコリンに払われて、実にいたたまれない様子の四十五歳は、これ幸いと気を取り直した。

「現状は、戦争の結果を世界中の支部に連絡しているだけだ。〝備えろ〟って言葉を添えてな」

そう言って肩を竦《すく》めつつ、ようやく〝解放者の副リーダー〟の顔となったバッド。

「こっから先は、リーダー次第さ」

凄《すご》みを感じさせる鋭い眼差しが、ミレディを射貫《いぬ》く。

小さな頷《うなず》き。ミレディの視線が仲間を巡る。

「迎えに行く」

誰を、なんて言葉にする必要もない。最後の仲間と合流して初めて、大きく前に進めるのだから。故に、否などあるはずがない。ないが……

「……全員で、ラウスを助ける」

「却下だ、ミレディ」

「!?」

方法論に関しては別だ。

ミレディが、心なしかショックを受けたような表情でオスカーを見る。

「今の君を安全圏から出すわけにはいかない。絶対に」

当然と言えば当然の話だった。

なので、「まぁ、お姉様、聞きました？　オーちゃんさんったら束縛系ですわ！」「流石《さすが》は鬼畜眼鏡ね。束縛どころか監禁する気よ。怖いっ」なんて囁《ささや》き声が聞こえるが、戯言《たわごと》なので気にしない。

眼鏡をクイッとする手が震えていても、それは怒りのせいではない。ないったらない。

「最低でもメイルとだけは一緒にいるんだ。加えて、この樹海でリューから離れなければ、これ以上、安全な場所もない。君はここに残るんだ」

「……でも」

「大丈夫だ。代わりに僕とナイズ、ヴァンの三人で行く」

ミレディの瞳が揺れた。口元がキュッと引き結ばれる。

「……いや」

実に端的な拒否だった。

「ミレディ……」

「いや」

取り付く島もない。自然、オスカーの声音も低くなる。

「いいかい、ミレディ。今の君は……あえて厳しい言い方をするよ？　足手まといだ」

「……ぅ」

「彼を助けに行っても、もし戦闘になれば君が助けられる立場になるのは目に見えている。そんな状態で強い魔法を使えば、君自身にどんな影響が出るかも分からない」

「……うぅ」

「戦闘なんて以《もっ》ての外《ほか》だ。神国に近づくことだって許容できない。分かってくれるね？」

正論であった。ぐぅの音も出ないほどに。だから、

「うっ、ぅううう、ひっぐっ」

「エッ!?　ちょっ、ミレディ!?　泣くことはないだろう!?」

言葉にならない感情を涙で表現。キュッと真一文字になっている唇が、内心の不満をこれでもかと訴えている。

直前までの、ミレディを大切に想《おも》うからこその厳しさは一瞬で瓦解した。

オスカーが、未《いま》だかつてないほどオロオロする。椅子を倒す勢いで立ち上がり、両手がふわふわとミレディに触れるか触れないかの空中で彷徨《さまよ》い続ける。

「「な～かした、な～かしたぁ～。き～ち～くめ～が～ね～♪」」

「そこっ、うるさい！」

「お兄ちゃん……」

「コリン、これは違うんだよ！　ちょっとあれがそれなだけだから！」

冷やかすメイルとリューティリスに、どことなく非難の感情が見え隠れするコリンの瞳。

泣きだしたミレディには、パーシャ達も驚きと同時に「あ～あ、やっちまったなぁ」と言葉もない様子。

「おいおい、ミレディの泣き顔なんて久々に見たぞ」

「ど、どうしましょう、マーシャルさん。私、ちょっとキュンッとしちゃうんですが！　あの頃の可愛《かわい》いミレディが戻ってきたみたいで」

「それな。解放者に入ったばかりの頃は、まだまだ素直だったからなぁ」

頑張ってウザい言動を習得しようとするも、育ちの良さは明らかで微笑《ほほえ》ましいばかり。それを指摘され揶揄《からか》われれば、羞恥と悔しさで涙目にすらなっていた可愛らしい十歳の頃のミレディお嬢ちゃんは、一年後には死んでいた。

まさか、今更復活するとは……と、マーシャルとミカエラは意味の分からない感動に浸ってしまう。

「ヴァン！　ナイズ！　助けてくれ！」

遂《つい》には泣きつくオスカーに、ヴァンドゥルはやれやれと溜息《ためいき》を一つ。

「おい、ミレディ。今回くらい守られておけ」

「う？」

「お前は、今まで誰かを守り続けてきただろう？　だが、それでは足りないと、並び立つ者が欲しくて俺達《たち》を探す旅を始めた」

「……」

「で、今は俺達がいる。なら、不調な時くらい守られておけ」

ヴァンドゥルの言葉を受けて、ミレディは、まるで叱られる子供のようにスカートの裾を握り締めながら項垂《うなだ》れた。

ナイズが苦笑しながら言葉を継ぐ。

「ラウスは、必ず自分とヴァンが連れてくる」

「ん？　ナイズ、僕は――」

「オスカーは置いていくから、安心して待っていろ」

「ちょっ、何を言ってるんだ、ナイズ！　神国だぞ？　二人だけなんて」

「黙れ、クソ眼鏡。連敗中の貴様なんぞ、いてもいなくても同じだ。それなら、その情緒不安定なリーダーの精神安定剤にでもなっている方が、よほど有意義だ」

「ヴァン……」

それがヴァンドゥルの気遣いであると気が付かないほど、オスカーは鈍感ではない。

確かに、現地には本部所属の精鋭部隊や、特定条件下では共和国最強のスイもおり、完全に二人だけというわけではない。

何より、空間転移と竜化による飛行が可能な二人の移動能力はずば抜けていて、遁走《とんそう》に関して不安はない。

とはいえ、どんな状況に陥るか分からない以上、最も対応力のある自分がいる方が良いはず、という思いも拭えなくて……

くいっくいっくいっと袖を引っ張られる感触に、オスカーは思考を中断した。

「……置いていかないで」

「ぐぅっ」

涙でうるうるの瞳が、上目遣いで自分を見つめている！

凄《すさ》まじい破壊力だった。何が、とは言わないが。

いつもより激しく眼鏡をクイッとする。鼻当て部分が目元に食い込みそう。

「……分かった、分かったよ。僕も残ろう」

「……一緒に、いてくれるの？」

「いるよ！　だから、その、あれだ！　その感じ！　もう少し自重してくれないかな!?」

オスカーが何を言ってるのかよく分からない。

でも、自分を置いていくわけではないのは分かった。

だから、心底、安心して、

「……よかったぁ」

ふにゃっと表情が崩れてしまう。

「〜〜〜〜ッ」

オスカーに本日何度目か分からないクリティカル。

マーシャルとミカエラが「やべぇ、昔のミレディより破壊力ねぇか？」「ああっ、皆にも見せてあげたい！　このかわいいミレディを！」と悶《もだ》えている。

ついでに、コリンにジッと見つめられて嫉妬を表に出せないバッドは、もしかすると既に調教されているのかもしれない。

あと、戦時中に天空を自由に舞うミレディを見て、多数のミレディファンがいる飛空戦士団の戦士長たるニルケも例外なくファンだったりするので、地味にテーブルに突っ伏しながらベシッベシッと翼を打ち鳴らして悶えている。

右隣のヴァルフの頭に直撃しているので物凄《ものすご》く迷惑そうだ。

メイルは自分用眼鏡で撮影に余念がなく、リューティリスとパーシャも堪《こら》え切れなかったように表情が綻んでしまっている。

そんな中、ミレディはゴシゴシと目元を拭うと幾分キリッとした表情で口を開いた。

「……守られる。でも、本部には行く」

辛うじて悶絶《もんぜつ》から回復したオスカーが、顔を赤くしたまま眉をひそめた。

「どうしてだい、ミレディ。この樹海が一番安全だ」

「……本部も安全」

「それは、まぁそうなんだろうけど……」

相手からすれば、そもそもどこにいるのか分からないのだから、確かに安全といえば安全だ。

とはいえ、やはりリューティリスのいる樹海は、絶対的なアドバンテージを有するという点で、これ以上ない安全圏である。

それこそ、〝神の使徒〟のような理不尽の権化が襲来しない限り。

にもかかわらず、ミレディが安全圏から出るというのは、

「……本部の方が近い。私が行けば、メル姉も近い」

つまり、そういうことだった。

危険な場所にはいかない。大人しく、皆の気持ちを受け取って守られる。

でも、せめて、ラウス達の方で何かあった時にオスカーやメイルが対応できるよう、少しでも近い場所にいたい、と。

実際、本部は【ウルディア公国】にある。神国との距離は共和国に比べて半分だ。

「ミレディ……」

困った表情でミレディを見るオスカーだったが、その蒼穹《そうきゅう》の瞳は、たとえ光がなくとも、よく知るものだった。

ああ、これは譲らないな……と悟ってしまう。

「ふふ、オスカー君の負けね」

「みたいだね」

オスカーは、眉を八の字にして、大人しく椅子に座り直すほかなかった。

それを見て、リューティリスが声を上げる。

「パーシャ」

「陛下……共に行かれるおつもりで？」

「ええ。共に歩むと決めた以上、わたくしも一度、彼等《かれら》の本拠地へ赴くべきでしょう。何より、ミレディを守らねばなりませんわ。たとえ樹海でなくとも、わたくしの力は必要でしょうから。こちらは、貴女《あなた》に任せて問題ありませんわね？」

「女王が国を出るなど、本来なら絶対にお止めするべきなのでしょうな」

その言葉が出た時点で、女王の出国を認めているも同然だった。

パーシャも分かっているのだ。

リューティリスが、今、この変革しようとしている激動の時代において、一国の王に収まっているわけにはいかない存在なのだと。

女王である以前に、神代魔法の担い手であらねばならない時が来たのだと。

ならば、

「委細、お任せを」

そう後顧の憂いはないと示すのが臣下の務め。

「シム、ヴァルフ、ニルケ、それにクレイド。あなた達も後を頼みますわね？」

「御意に」

「任せてください、陛下」

「樹海の空、お預かりします」

シム、ヴァルフ、ニルケもまた、戦士長の矜持《きょうじ》を以て敬礼を返した。しかし、クレイドだけは物言いたげだ。近衛《このえ》戦士長としては傍《そば》に控えたいのだろう。

「クレイド、今、貴方《あなた》が守るべきは女王不在の祖国における、パーシャのような存在ですわ。分かりますわね？」

「承知は、しています……」

「ふふ、貴方の忠義、嬉《うれ》しく思いますわ。でも、向こうにはスイもおりますし」

「だから不安なのですが」

「んんっ。〝仲間〟がおりますから心配は不要ですわ」

クレイドは、一度深呼吸して内なる葛藤を呑《の》み込むと恭しく頭を下げた。そして、その視線をナイズに、最も強い友誼《ゆうぎ》を結んだ相手に向ける。

「ナイズ、陛下を頼む」

「ああ。任せろ」

男同士の友情だ。言葉はそれだけで十分だった。

それはそれとして、なんだか自分を巡る男同士のやり取りに、まるで恋物語のヒロインになったような気持ちになったらしいリューティリスの頬が僅かに染まる。

もちろん、クレイド達のそれは下心皆無の、真の忠義と友情から来るものと分かっているが……ちょこっとだけ、長耳がパタパタしちゃう。

おや？　バッドの様子が……クレイドとナイズを見る目が殺人鬼のそれに……

コリンの手が、バッドの頬をてちってちっと叩《たた》く。真摯な眼差《まなざ》しも注がれる。

おっさんは再び大人しくなった。

やはり、既に調教されている……

「ごほんっ。それでは方針も決まったことで会議はここまででよいですな？　出発はいつ頃になされます？」

陛下と英雄達の出国とあらば、それなりの催しがあるべき。民も、しっかり見送りがしたいだろう。というパーシャの問いに、リューティリスはオスカーへ「どうしますの？」と視線を投げる。

「そうだね……なるべく早く出たいけど、出発前にコリンを隠れ里へ帰したいし……」

「あ、あのぅ」

コリンがおずおずと手を挙げた。迷惑になりたくない一心で緊張しながらも提案する。

「ヴァンお兄さんの飛竜を貸してもらえたら、コリン、一人でも帰れるよ？」

「「絶対ダメだ」」

はもったのはオスカーとヴァンドゥル。コリンは兄貴分二人の即行かつ強烈な却下に「あうぅ」と縮こまる。なんだかヴァンドゥルまでコリンに対してはシスコンの気配がし始めている。

もっとも、遠方から呼びつけておいて八歳の女の子を一人で帰すのは普通に非常識だ。

なので、代わりにマーシャルが名乗り出た。

「なら、俺が送っていくってことでいいだろう？」

「む……コリンには想像以上に助けられた。呼びつけたのは俺だから責任を持って送り返したかったんだが……」

「いっそ樹海に留《とど》まってはどうですの？　女王の名において許可しますわ」

「なんならアングリフ支部でも構わねぇぞ？」

「いや、むしろ一緒に本部に行くってことでいいんじゃないかな？」

なんて大人達《たち》の会話に、今度は強めの語気で「あの！」と手を挙げるコリン。

「コリンは帰ります。お世話したい人がたくさんいるので！」

思わず、オスカー達が「あ、はい」と頷《うなず》いてしまうだけの気迫が、そこにはあった。

「それに、ここにいても、他の場所でも、コリンはあんまり役に立てません。患者さん達のお世話が、今、一番できることで、コリンは役に立ちたいです」

一生懸命、自分の想《おも》いを語るのは、コリンが既に矜持を持っているからに違いない。

「コリンは、解放者の一員なので！」

守られるだけの子供ではなく、〝仲間〟だからと。

「おい、オスカー。お前の妹すげぇな」

バッドの嘘《うそ》偽りない所感は、その場の全員が共感するものだった。

マーシャルが、バッドより付き合いが長いからか、なぜか自分のことのようにドヤ顔しながら言う。

「じゃあ、俺が送るってことでいいな？　樹海で待機中の飛竜、一体借りるぜ？」

「……ふん。仕方あるまい。リュー、強化してやってくれるか？」

「もちろん構いませんわ。長く速く飛べるように致しましょう」

というわけで、コリンの帰還に関しても話がまとまり、ならば出発は明日、遅くとも明後日《あさって》には出ようと結論づけられた。

そうして、この場はひとまず解散ということになり――その直後だった。

会議室の扉が乱暴にノックされたのは。

「入れ。何用か？」

何か不測の事態でも起きたのかと、パーシャが眉を顰《ひそ》める。

その予想は、半ば当たっていた。

少し慌てたように入ってきたのは、リューティリスの側近の一人である森人《もりびと》の侍女だった。その肩に乗っていたのは一羽の伝書鳥。

「クリーム！」

オスカーが思わず口にした通り、ティムの相棒にしてオスカー達専用の伝書鳥――乳白色のイソニアル鳥クリームだった。

「ついさっき、この子がやってきてこれを」

差し出されたのは〝緊急〟を示す印が押された手紙だった。

オスカーが受け取り開封する。そこには、

――ラウス・バーンの情報を入手

待望の情報が記載されていた。

ただし、保護したという朗報ではなく、教会の異端者討伐部隊に狙われているらしいという緊迫した内容であったが。

「すまない、パーシャさん。どうやら、今すぐに出た方が良さそうだ」

ミレディの目覚めと同時に動き出した事態。

まるで、運命と呼ばれるものが待ち構えていたかのよう。

オスカー達は暗黙の内に了解し合い、そして動き出した。

時代の潮流が、最後の大時化《おおしけ》をもたらそうとしているかのような気配を感じながら。

第二章◆ラウスの逃避行

とある町の路地裏を、足早に通り抜ける小さな人影があった。

灰色のフードを目深に被《かぶ》り、いかにも安そうな草で編まれた袋を大事そうに両手で抱えている。

草袋からは縦長のパンと赤い果物らしきものが幾つか覗《のぞ》いていて、こてりこてりと、歩く振動に合わせてリズミカルに揺れていた。

ふと、小さな人影が足を止めた。

前方に二人。狭い路地なので、道を塞がれる。

一瞬、身を強張《こわば》らせた小さな人影だったが、その二人が恰幅《かっぷく》の良い中年の女性と、三つ編みお下げが可愛《かわい》らしい十歳くらいの女の子だと分かって直《す》ぐに緊張を解く。

そして、それを誤魔化すように、心なしかゆっくりとした歩調で歩みを再開した。

端に身を寄せ、道を譲りつつ無言で通り過ぎようとする――が、

「あら、お使いかしら？　小さいのに偉いわねぇ」

気の良いおば様に声をかけられてしまう。

小さな人影は逡巡《しゅんじゅん》した。無視してもいいが……

フードで顔を隠しているうえに、その対応では、全身で不審者と名乗っているようなものでは？　とも思う。

ここは商業の盛んな町であるから外部からやってくる者は多く、日差しの強い今日のような天気では、旅装の一つとしてフードを被っていることは珍しくはないけれど。

子供の自分が、朗らかな声音で褒められているのに無視するのは、たぶん、きっと、非常に印象に残るに違いない。

おかしな子供だ、と。

という感じのことを一瞬で考えた小さな人影は、

「はいっ、お父さんに頼まれたんです！」

やましいことなど欠片《かけら》もない、と言わんばかりの明るい声で答えた。

おば様は、その明朗快活で丁寧な言葉遣いに目元を緩めた。

「将来有望ねぇ」

小さな人影が通りやすいようできる限り道を空けてくれる。慣れた様子なのは、きっと地元の人間だからだろう。

「私だって、お使いくらいできるし」

反して、他人の子を褒める母親に女の子がぼやく。ついでに対抗意識を燃やしてキッと睨《にら》むことも忘れない。

思わず、女の子の方を見てしまう小さな人影。

そうすると、二人の身長はほぼ一緒なので、自然とフードの中も見える。

途端、女の子の目がパチパチッと瞬き……

「えっと……なんだか、ごめんね？」

「べ、別に！」

ポッと頬が染まる。慌てて目を逸《そ》らす。おば様が「あらまぁ！」と、娘の様子を見てニンマリとした顔になった。

どうやら、フードの中の——声からして少年は随分と美形らしい。

「あの、それじゃあ、お父さんが待っているので」

ぺこりと頭を下げて、ささっと隣を抜けて行ってしまう少年に、おば様は「気を付けてお帰りよ！」と声をかけた。

少し、フードの中の顔を見られなかったのが残念だ、と思いつつ。

「ふふ。しばらく、市場に行く時はこの道を使おうかしら？」

「別に！」

なんて言いつつも、チラチラと少年の去った方を気にしている娘のために、以降、しばらくの間、母親は自分の提案を実践するのだが……

ついぞ、少年と再会することはなかった。

もし、少年の正体を知ったら、再会しようとも思わなかったに違いないが。

一方、一目で女の子の心を奪ってしまったフードの美少年はというと、

「気さくというか、気安いというか……やっぱり、神都の人達とは違うんだな」

でも、僕はああいう人達の方が好きだな、と、顔に似合わない汚らしい路地裏を進みながら独《ひと》り言《ご》ちていた。自分のよく知る選ばれた民のどこか冷たい雰囲気を思い出し、なんとも言えない複雑な表情になりながら。

そうこうしているうちに目的地へと辿《たど》り着く。

町の少し外れにある、元はどこかの商会であったと思《おぼ》しき三階建ての寂れた建物だ。

その裏口の前でさりげなく周囲に視線を配り、誰もいないことを確認。

扉を開けて滑り込むようにして屋内へ。

壊れた椅子や、薄汚れたカーテン、よく分からない物の残骸が散らばる室内には目もくれず階段を上る。

ギシギシッと鳴る耳障りな音に、つい口元を引き結んでしまう。今にも床が抜けてしまうのではという不安から。

三階に辿り着いてホッと一息。奥の部屋の扉をノック――する前に、

「入れ」

端的で、腹の底にずしりと響く大人の男の声が返ってきた。

普通の子供なら、反射的に身を竦《すく》めそうな厳格極まりない声音だ。

少年にとっては、世界で一番安心できる声音だが。

「ただいま戻りました、父上」

「ああ」

部屋の隅に、虫食いだらけのうえ微妙に傾いた革張りのソファーに深く身を預ける禿頭《とくとう》の男がいた。

「子細なかったか、シャルム」

強面《こわもて》の顔だ。鋭い眼光は睨んでいるようにすら見える。

だが、少年――シャルム・バーンは知っている。それでも、普段より目尻が下がり、口元が僅かに緩んでいることを。

父が、ラウス・バーンが自分の帰還に心底安堵《あんど》していることを。

だから、シャルムもまた、一人での買い出しという緊張から解き放たれ、ほろりと表情を綻ばせた。

何せ、シャルムは正真正銘のお坊ちゃまである。生まれてこの方、神都を出たことなどなかったし、裏路地に入ったことさえなかった。もちろん、買い物の経験も。

世界で最も権威ある大国の、上から数えた方が早い由緒ある名家の、まだ八歳の少年である。必要なことは全て周りがしてくれる、というのが普通であったのだ。

一応、この町に滞在して以降、お使いは既に幾度か経験済みだ。

だが、片手で数えられる程度の経験である。まだまだ心の余裕は持てなかった。

とはいえ、敬愛する父が与えた任務は無事に果たしたのだ。

心なしか、誇らしそうに胸を張って報告する。

「はい、父上。無事に食料を買えました」

「そうか。よくやった」

父の称賛に「えへへ」と照れ笑いしつつ、シャルムは室内に視線を巡らせた。

「父上。ラインハイトは、まだ？」

「ああ」

もう一人の旅の仲間――ラインハイト・アシエ。

実直な青年騎士もまた、ラウスの指示で外に出ている。

彼は現在、大怪我《おおけが》が完治していない状態で、かつ、割と疲弊した状態なのだが……と、心配しつつも、以前にも増して寡黙な父の様子にこそ、シャルムは眉根を寄せずにはいられなかった。

「具合はいかがですか。お前が手伝ってくれているおかげだ」

「問題ない。お前が手伝ってくれているおかげだ」

「……そう、ですか」

嘘《うそ》だ。と、つい眉を八の字にしてしまうシャルム。

あれほど〝頑強〟を体現していた、まるで勇壮な大木のようであった父は、今は随分と痩せてしまったように見える。

頬はこけ、顔色はずっと青白く、目の下の隈《くま》は入れ墨の如《ごと》く。

左袖の部分が、中身がないことを示してぺったりと椅子に張り付いている点も余計に、ラウスに枯れ木のような印象を与えていた。

無理もないことであった。

あの日、恐ろしき〝神託の巫女《みこ》〟や護光騎士団団長ダリオン・カーズと相対し、教会と、祖国と、そして家族と決別した日。

あの時から、約三週間の時が流れていた。

最低限の物資だけを回収し、直ぐに神都を出奔したラウス達《たち》。

その時点で、ラインハイトは袈裟《けさ》切りの深い切創と、腹に穴を開けた重傷状態。

ラウスもまた、左腕の欠損を筆頭に満身創痍《まんしんそうい》状態であった。

本来なら、神都は出るにしても近隣の小さな町や村に潜伏し療養すべきだったろう。

だが、ラウスは神国自体から出ることを最優先とした。

道中、ただの一度も町村に寄らず、街道すら使わず、〝魂魄《こんぱく》感知能力〟と〝魂魄隠蔽による気配遮断〟という持てる力をフルに使い、人との一切の遭遇を避けて。

神国の領土内は、小さな村に至るまで教会と司祭が存在する。

加えて、白光騎士団団長の顔は知られすぎていた。

その地位の重さ故に遠征任務は少なく、故に他国の民に対しては、その威光が伝わっているのみ、ということがほとんどだ。

しかし、神の国において、その軍事力の象徴とも言うべき存在の顔を知らないなど不信心以外の何者でもない。

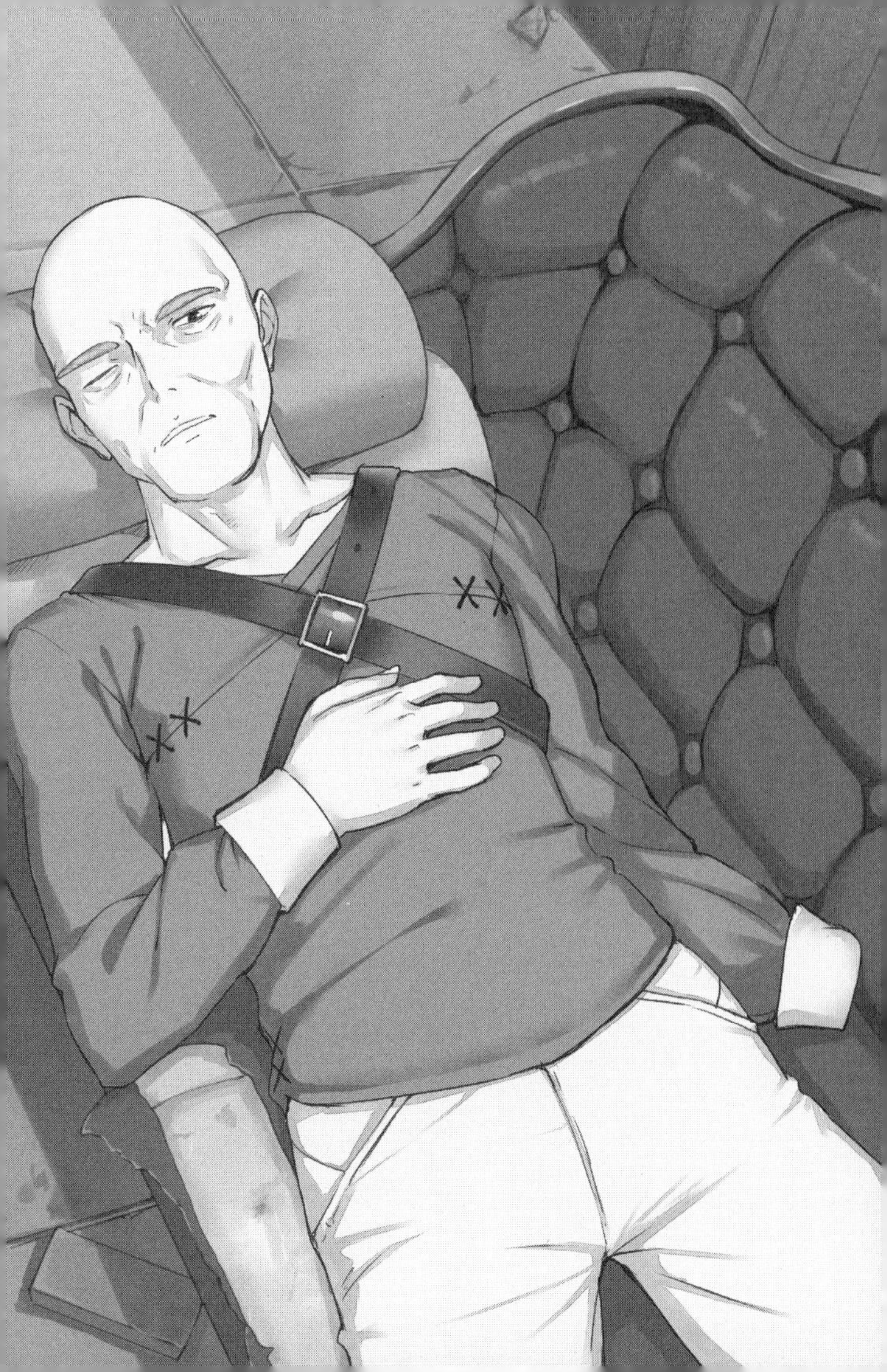

式典などには必ず顔を出していたこともあり、国内で誤魔化すことは不可能と言えた。

だが、逆に、ラウスが酷《ひど》い有様で出国しようとしている事実が一切知られずに行けたなら……

「シャルム。何か動きはあったか？」

「いいえ、父上。この町の教会は普段と変わりないようです。誰かを捜して巡回が増えているということもありませんでした」

買ってきた食料を今日の分と旅用の保存食とに分けながら「今日も、町は至って平和です」と微笑《ほほえ》むシャルム。

「父上の言う通り、教会は僕達を……その、背信者だと、発表しなかったのですね」

「言えるわけがないだろう」

軍事力の象徴が堕《お》ちたなどと。

実質的な敗戦から間もない中で、そんなことを公表すれば混乱は必至。

国内には〝勝利の凱旋《がいせん》〟と発表しているのだ。

――共和国には神威を知らしめた
――我等《われら》の信仰の勝利である
具体的な内容などなくとも、神国の民には、それで十分ではあった。

たとえ、大義名分であったはずの〝神の子の奪還〟の成否すら曖昧の中に閉じ込めていても。

しかし、だ。白光騎士団の団長が反旗を翻したとなれば？

「威光の陰り、どころの話ではない」

疑義が生じるだろう。神民であっても。本当に、勝利したのだろうか、と。

それは取りも直さず、

「教会の〝絶対〟が揺らぐ」

世界の根底が覆る、その兆しだ。

故に、ラウスが自国民に見つからない間は、教会もわざわざスキャンダルを晒《さら》したりはしない。

見つかれば圧倒的戦力で摺《す》り潰されること必定のラウスと、ラウスの背信を知られたくない教会の利害は、この点においてのみ合致していたのである。

そのうえで、教会の望みは一つだ。

「討伐隊に捕捉されなかったのは幸いだった」

暗殺。

秘密裏にラウス達を処理し、適当な事情をでっちあげて後釜を据える。

それが、教会にとって最もダメージの少ない最善の方法である。

だからこそ、ラウスは無理を押して出国を最優先にした。

自国内で人のいる場所にはいけないが故に。

人里離れた山間部や森林地帯など道なき道を進まざるを得ず、しかし、そんな場所で

〝神の使徒〟にでも捕捉されれば、今度こそ終わってしまうが故に。

一刻も早く他国の都市に身を紛れさせることが、ラウス達にとって一番の保身方法であったのだ。

「あれは、血を媒介に魂の情報を記録し、感応によって追跡するアーティファクトだからな。魂魄の隠蔽を図れば機能しないのは当然だ」

「〝背信の泥杯〟を本当に欺けるなんて……やっぱり父上は凄《すご》いです！」

〝背信の泥杯〟——教会の秘宝の一つ。

教会関係者、特に総本山への出入りを認められた者は例外なく、最初にとある杯の形をしたアーティファクトに血を捧《ささ》げることになっている。

機能はラウスの言葉通り。要は、裏切者を決して逃さないための保険である。

魂魄に干渉する秘宝なので振り切ることは原則不可能。

例外は二つ。死ぬか、魂魄魔法で魂を隠蔽するか。

実質、ラウスはこの世で唯一、秘宝をかわせる存在と言えるのだ。

教会側がラウスを捕捉できなかった最たる理由である。

とはいえ、

(泳がされている……と考えるのは穿《うが》ちすぎか？)

果たして神の目まで欺けるものなのか。

本当に〝神の使徒〟は追えなかったのか。

魂魄魔法による広域索敵に、一度も、捜索隊と思しき集団がかからなかったことが気になる。本気で捜していたなら、一度くらいニアミスしてもおかしくないのでは？　と。

得体のしれない不安はずっと燻《くすぶ》っている。

だからこその強行軍でもあった。

持てる魔力のほとんどを瀕死《ひんし》のラインハイトの治癒に当てながら、〝限界突破〟の常時発動で移動し続けるなんて自殺行為をするほどの。

道なき道では当然、魔物も出る。食料確保のため野生動物を狩る必要もある。

眠りは浅くして、途切れさせることなく全員の魂を隠蔽し続け、広範囲を索敵し続ける必要もあった。

常人では、一日に二十キロも進めれば称賛ものの悪条件に満ちた道のり。

それを、南へ約六百キロ。

僅か二週間と少しの踏破劇。

世界最強クラスの騎士と言えど、代償が高くついたのは必然であった。

ラウスの現状は、まさに疲弊の極み。〝限界突破〟の使い過ぎで魂魄そのものが衰弱しており、体力も魔力も回復が著しく遅い。

魂魄隠蔽の魔法――〝隠遁《いんとん》〟だけは、深く眠っても、また不測の事態で意識を喪失しても問題ないように、発動時の使用魔力量に比例して、己の状態にかかわらず継続発動するよう旅の間にどうにか改良できたので、かけ直さずとも二ヶ月程度なら心配ない。

ただ、戦闘となれば不安を払拭できないが……

（まぁ、元より追手は私を確実に殺せる戦力だろう。全力でも勝算は低い以上、無理をしてでもエントリスに入った方が生き残れる可能性は高い……という判断は間違いではないはずだ）

そう、ラウスが目指した場所は【エントリス商業連合都市】だ。

誰でも自由に来訪でき、人と物が常に溢《あふ》れている商人の聖地。

首都の【エスペラド】を中心に、それぞれ別の特色を持つ六都市が円状に囲うようにして存在している。

その都市のうち、ラウス達が療養を兼ねて潜伏しているのが、ここ——料理と薬学の都【パランティノ】である。

崩れた菱形《ひしがた》のような形の【エントリス】において神国と接する北西の地域だ。

思っていた通り活気があって、毎日が人混みで溢れている。

ここで襲撃すれば、どうあってもラウスの出奔は暴露されるだろうから襲撃の可能性は低いに違いない。一応、万が一の時に住民を巻き込まないよう町外れの廃墟《はいきょ》を利用しているが、今のところ問題はない。

この都市に潜り込んで、今日で七日。

都市の特色でもある栄養豊富で滋養に良い食べ物や、一般の薬・魔法薬にかかわらず良質な回復薬の類い、そしてゆっくりと体を休められる環境のおかげで、到着時に比べれば

ラウスの心身も〝絶対安静〟という状態からは辛うじて脱している。なので、

「いい加減、動かねばな」

「！　ですが、父上はまだっ」

「問題ない」

そんなわけがない。と、シャルムは歯噛《はが》みした。自分がもっと役に立てれば、父を背負うことができれば、と子供の身が悔しくて悔しくてならないというように。

「討伐隊が……そろそろ来るとお考えですか？」

「さてな。だが、一つの場所に長居するのは得策ではない。予定では二日前に出発しているはずだしな」

長居すればするほど、どれほど隠そうとも情報の欠片《かけら》は零《こぼ》れ落ちていく。

それを拾うのは周辺の住民で、噂《うわさ》という形で風に乗り舞っていく。

そう危険性を説くラウスに、シャルムは先程出会った母娘を思い出して、確かにそうだと納得する。納得、できてしまう。どれだけ父のことが心配でも。

俯《うつむ》いてしまった息子に、ラウスは目を細めた。とても、優しげに。

「心配するな、シャルム」

「……」

「私は死なん。生きる理由が、約束があるのだ」

「約束……例の、ライセン伯爵家のご令嬢、ですか？」

旅の道中、ラウスとシャルムは、たくさんの言葉を積み重ねた。信仰と周囲の目で呑《の》み込んできた言葉も、隠した想《おも》いも、本当にたくさん。

戦争の真実、神の真実、抗《あらが》う者達のことも。

中でも印象的だったのは、一人の少女の話。

衝撃的であった。

話に聞く彼女の在り方、その軌跡に度肝を抜かれた。

この世に、そんな少女が存在するのかと、まるで勇者の物語を聞かされているような心境になった。

けれど、シャルムにとって最も驚いたことは、

「くくっ、〝元〟を忘れているぞ、シャルム。今のあれは〝ご令嬢〟とはほど遠い」

「……女性に対して酷いですよ、父上」

彼女のことを話す度、こんな風に父が笑ったことだった。

鉄仮面でも被《かぶ》っているみたいに無表情が常の人だ。そんなラウス・バーンの笑顔とは、〝ほんの少し目元を緩める〟〝少しだけ口角が上がる〟というものなのだ。

それがどうだ。

かの少女のことを語る時だけは、くしゃりと表情が変わる。誰にだって分かるほどに。

家族と話している時だって、そんな顔は見せたことがないのに。

それが、なんだか酷く心をざわつかせた。

何か、重く纏《まと》わりついていたものから〝父は解放されたようだ〟と思ってしまうが、シャルムには認め難かった。

だって、それじゃあまるで、教会だけでなく、バーン家での全ても父を苦しめていたように思えてしまうから。自分もまた、父にとっては重しでしかなかったのではと、そんな恐ろしい考えが湧き上がってしまうから。

「……父上は、やっぱり、教会と……神と、戦うのですか？」

「ああ」

「ミレディ・ライセンのために？」

自分の声に、思った以上に棘《とげ》が含まれていたことに、シャルムは気が付かなかった。頭では分かっている。シャルムは、八歳とは思えないほど聡明《そうめい》だ。

世界を遊戯の盤上とし、人々を弄ぶ神。

どこまでも教会《神》にとって都合の良い絶対の教義。

それらから人々を解放するための戦い。

シャルム自身、日々覚えていた違和感の正体に納得する思いで、幼いながら義憤にも駆られる。強大な敵に怯《ひる》むことなく立ち向かおうと決断した父を誇りにだって思う。

けれど、父の命を懸ける理由が、自分の知らない少女のためというのは……

「馬鹿者」

「えっ」

唐突な叱責に、否、呆《あき》れた声に、シャルムは弾《はじ》かれたように顔を上げた。

そして、思わず呆《ほう》けてしまうほどの優しさを湛《たた》えた父の目に気が付く。

「お前のために決まっているだろう」

「ぼ、僕、ですか？」

「そうだ」

ラウスは、中々すんなり言うことを聞かない体を叱咤《しった》して立ち上がった。

きょときょとと視線を彷徨《さまよ》わせるシャルムの前で片膝を突き、肩に手を置いて、正面から真《ま》っ直《す》ぐに目を合わせる。

「そして、リコリスと、カイムと、セルムのためだ」

「あ……」

その言葉に、シャルムは胸の奥を締め付けられたような気がした。

自分を痛めつけ、刃のような言葉を投げつけた家族を思い出す。

鈍い痛みが心に走り、悲しみの冷気が吹き荒《すさ》ぶようだった。

けれど、それでも家族なのだ。だから、あの歪《いびつ》な場所に置いてきてしまったことに不安と後悔の念が滲《にじ》み出し、黒いモヤのようになって纏わりついている。

でも、自分を救出する時、ラウスは「すまん」と見捨てることを謝ったのだ。

なら、これ以上、父に重荷を背負わせたくない。「助けに行かないのですか？」などと尋ねて、父が責められているような気持ちになったらと思うと、そんなこと、とても口にはできなかった。

だから、忘れたように、自分の、このモヤモヤした気持ちには蓋をしたのだ。

なのに、父は忘れていなかった。

諦めていなかった！

嬉《うれ》しさと、安堵《あんど》と、敬愛で、シャルムの目尻から雫《しずく》が一滴、ぽたりと落ちる。

最強最高の騎士の息子としては、こんなことで泣くのは実に情けない。

そう思って、シャルムは目元をゴシゴシと乱暴に拭い、誤魔化すように軽口を叩《たた》いた。

「父上、お祖母《ばあ》様《さま》を忘れていますよ」

「忘れてなどいない」

即答しつつ立ち上がったラウスは、シャルムのグレーの髪をくしゃりと撫《な》でつつ、秘密を打ち明けるような厳かな雰囲気で言った。

「実は、母上のことが嫌いでな。わざとだ」

「えっ!?」

「母上は、第二夫人・第三夫人と縁談ばかり勧めてきただろう？」

「えっと、はい……」

「とても鬱陶しいと思っていた」

「…………えっ、ちょ、まさか、そんな理由で!?」

うむ、と真顔で頷《うなず》くラウス。

シャルムの目が点になっている。絵に描いたような唖然茫然《あぜんぼうぜん》の表情だ。

そんな息子の様子を見て、一拍。ラウスはにやりと笑った。

あ、とシャルムは声を漏らし、次いで困ったような顔になる。

「……知りませんでした。父上が冗談を言う方だったとは」

「さて、なんのことか」

肩を竦《すく》めてソファーに戻るラウスを、シャルムはもう、なんだか堪《たま》らないなぁと言いたげな表情で眺めるのだった。

と、ちょうどそのタイミングで、

「む、ラインハイトが戻ったようだ」

逃避行仲間の最後の一人が帰ってきた。

「良かった。彼もまだ本調子じゃないですから……」

命を捨ててシャルムを守った結果の名誉の負傷ではあるが、普通なら二回は死んでいないとおかしい傷である。

ラウスが〝魂魄《こんぱく》の定着と固定〟をしながら回復魔法を使い続けたからこそ、今は普通に動けているが、まだ万全とは言い難い。

「ただいま戻りました、ラウス様、シャルム様」

扉を開けて入ってきた青年騎士の顔色は、やはり悪い。

第一印象で優しさと真面目さを相手に与える端整な顔立ちは、ラウスほどではないにしても随分とやつれて修行僧じみた風貌に見える。

バーン家の護衛騎士として身だしなみも疎《おろそ》かにできないと、よく手入れされていたアッシュブラウンの髪も、心なしかくすんで見えた。

「お帰り、ラインハイト！」

「よく戻った。首尾はどうだ？」

「問題なく」

そう言って、ラインハイトが外套《がいとう》の懐から取り出したのは、小さく薄い長方形の木板だった。

「エスペラド行きのチケット、三人分です」

エントリス最大の特色にして、名物と言えば？

そう問われて、この大陸に答えられない者はいないだろう。

それくらい有名なのが〝魔力駆動列車〟だ。

始まりは遥《はる》か昔。まだ【エントリス】が存在せず、商業連合都市構想が具体的に計画され始めた頃のこと。

商業の聖地ならば、人と物資の運搬という商いの基本かつ最重要事項に関して、他に類を見ない効率的方法を導入できないか……

荷馬車につきものの各問題を一挙に解決できないか……

できるよね？　できないわけがないよね？

だって、神の国が参画する巨大商業都市創設計画だよ？

つまり、神のご意志だよ！

神の、というか神の威光を笠《かさ》に着た教会のお偉いさんは、いつだって無茶ぶりが大好きなのである。当時の計画参加国（強制）が、揃《そろ》って頭を抱えたのは間違いない。

で、散々頭を悩ませ、幾度となく連合会議を開き、最終的に、どこぞの天才が言ったわけである。

荷馬車の積載限界？　馬の体力？　天候の脅威？　悪路？

なら、鋼鉄製のレールの上を走る巨大荷車型ゴーレムを創ればいいんじゃない？　と。

道を舗装するより、二本のレールの方が簡単だし安い。

ゴーレムなら錬成魔法が使える技師さえいれば、体調も関係ない。

結果、技術大国である【ヴェルカ王国】が主導して〝連結式荷車型ゴーレム〟――すなわち〝魔力駆動列車〟の開発・配備がなされ、以降、数百年に亘《わた》って商業の聖地を聖地たらしめてきた、というわけである。

閑話休題。

「わぁ、これで列車に乗れるんだね！　ラインハイト！」

「はい、シャルム様。楽しみですか？」

「あっ、えっと、その……」

絶賛逃避行の最中なのにはしゃいでしまった、とシャルムがバツの悪そうな顔になる。

「そう言えば以前、乗ってみたいと言っていたな？」

「お、覚えていたんですか、父上」

ますます小さくなるシャルム。

だが、八歳の男の子が、巨大ゴーレム列車に興味を持つのは当たり前のこと。

ラウスもラインハイトも、微笑《ほほえ》ましそうな表情になる。

「せっかくの機会だ。楽しむといい」

「で、でも」

「シャルム様。実は、私も憧れていたのです。田舎出身ですし、騎士となってからは神都から出ることもほとんどなかったので」

「そ、そうなんだ。ラインハイトも楽しみなんだ……えへへ」

安堵したようにホッと息を吐くと、シャルムはキラキラした目で渡された自分用のチケットを見つめ始めた。

その間に、ラインハイトはラウスの傍《そば》へ寄った。そして、懸念を表情に浮かべ小声で話しかける。

「しかし、ラウス様。本当にエスペラドへ？　あそこには――」

「大陸中央教会がある、か？」

「はい……」

指名手配はされていないようだとはいえ、総本山――【神山《しんざん》】山頂にある大神殿を除けば大陸最大の教会である。
当然、派遣されている教会関係者も重鎮だ。
教会に七人しかいない大司教の一人も配置されているし、固有魔法《こゆうまほう》持ちの司教や神殿騎士も多数いる。
そう言った者達《たち》は例外なくラウスとも面識がある。
なるほど、ラインハイトの懸念はもっともであった。
「エスペラドを避け、衛星都市経由でヴァレリアへ向かうべきでは？」
魔力駆動列車は、六本の輻《や》を持った車輪のような路線を以《もっ》て各都市を繋《つな》いでいる。
首都の【エスペラド】から見て、次の通り。
——北西の都市　パランティノ
——北東の都市　オビウス
——東の都市　ルマルス
——南東の都市　ヴァレリア
——南西の都市　テリオ
——西の都市　キスピス
このうち【オビウス】と【ルマルス】は一部が【ウルディア公国】に接しており、【ヴァレリア】は【グランダート帝国】に接している。
現状でのラウス達の計画は、【ヴァレリア】から帝国へ入り、そのまま東へ向かって樹海に入るというもの。

つまり、【エントリス】の外縁を時計回りに回って【ヴァレリア】へ行くか、【エスペラド】経由で一直線に行くかという選択肢があるわけだが、ラインハイトは前者のルートを進言しているというわけである。

君子危うきに近寄らず、を実践するなら確かにベターな選択だろう。

だが、ラウスは首を振った。

「既に話したはずだ。今は、人の多い場所こそが安全なのだ」

四方約三百キロの【エントリス】は、ほぼ全域が栄えている。だが、衛星都市間では、どうしても野山や草原など無住の地も存在する。

しかも、各都市間や首都の間にも幾つか駅が存在するのだが、首都との路線には直通便があるのに対し、衛星都市間は各駅停車しかないのだ。

「よもや、走行中の列車を襲うとは思わんが、人の少ない駅で停車中なら踏み込んでくる可能性は高い」

「それは……そうかもしれませんが……いっそ、公国に抜けるのは？」

「公国は農業国だぞ？　帝国に比べれば町の数も人口も少なすぎる。おまけに隣国の連邦も越えねばならん。国境越えは少ない方がいい」

「そう、ですね……エスペラドで私達を相手に騒動を起こすとは思えない。やはり、今は人に紛れることを最優先にすべき、ということですか」

「騎士としては、一般人を盾にしているようで恥を感じるのだがな……」

だから、お前も気が進まないのだろう？　と苦笑いを浮かべるラウスに、ラインハイトもまた苦笑いを返した。

「後は、大陸中央教会の大司教が妙な気を起こさなければいいのですが……」

教会上層にも権力闘争は普通にあるので、総本山の失態とも取れるラウスの背信は知らせていないと考えられるが……

仮に知らされていれば、手柄という欲に目が眩《くら》んで強行策に出る可能性もなくはない。

「可能性を考えればキリがないぞ、ラインハイト」

「そう、ですね」

「ならば結局のところ、何を信じたいか、だ」

「信じるべきか、ではなく……」

重々しく頷くラウスに、ラインハイトは疲れたように片手で目元を覆った。

いつの間にか、シャルムが少し離れた場所で様子を窺《うかが》っている。とても心配そうに。

ラウスの静かな声音に、ラインハイトは弾《はじ》かれたように顔を上げた。

「後悔しているか？」

若い顔だ、とラウスは思った。

実際、ラインハイトは、まだ二十四歳である。

先程自分で言った通り、神国でも辺境の村の出で、状態異常を受け付けないという固有魔法が判明したから中央に召し上げられたものの、騎士としての実力は最下級。

もし、ラウスに見出《みいだ》されてバーン家の護衛騎士になっていなければ、神殿騎士団では生涯目立つこともなく、どこぞの戦場で死んでいたかもしれない。

要するに、ラインハイトには修羅場の経験どころか、碌《ろく》な戦闘経験もないのだ。

真面目さだけが取り柄の、平穏に生きてきた、平凡な青年……

それが、気が付けば祖国の敵である。その心労はいかほどか。察するにあまりある——

「後悔などしていません」

ラウスの思考を断ち切るような、覇気のある声音だった。

「私は、私の信ずる教義に従いました。己の意志で、選択しました」

だから、後悔などあるはずがない。

「疲労で、少し弱気になっていたようです。私の治療と強行軍で、ラウス様の方が疲弊しておられるというのに」

情けない、と俯《うつむ》くラインハイト。その肩を、ラウスは力強く握った。

「お前はよくやっている。卑下することは何もない」

「そうだよ、ラインハイト！　僕は言ったはずだ！　君は、父上と同じくらい憧れの騎士だって！」

「ラウス様、シャルム様……」

駆け寄ってきたシャルムが体当たりするようにしがみついて、あまりに必死に言うものだから、ラインハイトはそれ以上何も言えず、照れたように頭を掻《か》いた。

ラウスは微笑を浮かべつつ指摘する。

「ラインハイト。お前が慎重論を唱えるのは弱気というより、解放者のことが信じ難いからではないか？」

「それは……そうかもしれません」

実のところ、エスペラド経由のルートには、もう一つ思惑があった。

実際問題として、だ。

どうにかこうにか帝国に入れたとして、そこから共和国まで辿《たど》り着けるかと言えば、今の状態を考慮するに、かなり分の悪い賭けだった。

追手がかかっていれば、尚更《なおさら》に。

「レジスタンスである解放者なら、エスペラドに根を張っている可能性は高い。それはおっしゃる通りでしょう。しかし……本当に、我々に助力してくれるのでしょうか？」

つまり、これこそがラウスの思惑、否、期待であった。

だが、ラインハイトはミレディ達を知らない。だから、さっと恨《うら》み辛《つら》みがあるだろう教会の騎士である自分達を助けてくれるのか、正直なところ半信半疑であった。

「合理的に考えれば、ラウス様を味方に引き込むメリットを考慮し、助力に動くでしょう。ですが――」

「人の感情は、時に合理を投げ捨てる」

「はい……」

本調子のラウスなら、万が一があったとしても心配などおこがましい。だが、今はこの状態だ。リスクは少しでも減らしたい。

偽りなきラインハイトの本心であった。

「そもそも、我々に接触してくるかどうか」

「目立つ行動は控えるべきだものね。見つけてくれるかも分からないし」

「二人の懸念はもっともだ。だが、討伐部隊もまた目立てないことを考えれば、おそらく少数精鋭。ならば、〝目〟の数は解放者の方が圧倒的に多いだろう」

「向こうは積極的に我々を捜してくれていると？」

「ああ。逃げ隠れするノウハウは、私達とは比べ物にならんだろうしな」

神国内で接触してしまえば、諸共《もろとも》に殲滅《せんめつ》される可能性もあった。

だから、解放者の目が神都の近辺にある可能性を考えてなお、他国の人で溢《あふ》れる【エントリス】に入ることを優先したが、それはもう成功した。

助力を得られる下地は整った。

助力を得られると思ったから、無茶も押し通した。

「信じておられるのですね。解放者を」

「当然だ」

まるで、ラウスの相棒であった聖槌《せいつい》の如《ごと》き力強い断言。

目を丸くするラインハイトとシャルムに、ラウスはニヤリと笑って言った。

「でなければ、〝絶対〟に挑もうなどとは考えん」

シャルムとラインハイトは顔を見合わせ、一拍。

それはそうだ、と苦笑いを浮かべたのだった。


翌日の昼前。

ラウス達の姿は駅の中にあった。

辻《つじ》馬車の停留所とは全く異なる、幾本もの太い柱と美しい彫刻で彩られた神殿のような駅舎だった。

広々とした空間には待合室やベンチ、荷物置き場などがあり、まるでこの世の全ての人が集まっているのでは？　と勘違いしたくなるほどの人で溢れている。

もっとも、早朝から少し前の時間帯はもっと酷《ひど》かったりする。

昼頃より朝方の方が混雑するのが魔力駆動列車のあるある話だ。

本当は、ラインハイトも朝方のチケットを取りたかったのだが、目を血走らせる歴戦の商人達の争奪戦には勝てなかったのだ……。

ラインハイトが昨日の激戦に遠い目をしていると、シャルムが何やら興味深そうに目を細めていた。その視線の先には駅舎の横幅と同等の広さを有する乗降場《プラットホーム》への階段があって、全ての段の側面に文字が彫られていた。

「父上、なぜ人の名前が？」

　びっしりと書かれているのは、確かに全て人の名前であった。

「列車の創設に尽力した者達の名前だ」

「シャルム様。見覚えのある名前がありませんか？」

「あ、本当だ。歴史書に出てくる人だ……」

　へぇ～と感心したように瞳を輝かせるシャルム。駅舎を正面に捉えた瞬間から、もうずっとワクワクドキドキした様子だ。

　本人は至って冷静であるつもりのようだが、お上りさんよろしく。あっちにキョロキョロ、こっちにフラフラと好奇心に翻弄されている姿は、出来過ぎなくらい優秀であっても、やはり一人の八歳児。

　目立つべきではないと分かっていても、ラウスもラインハイトも微笑《ほほえ》ましく思わずにはいられず、止めることもできなかった。

　実は、すっかりフードも取れて無邪気な美少年ぶりを振りまいており、周囲の人達、特に女性達を虜《とりこ》にしているようなのだが、本人はやっぱり気が付いてない。

　三人揃《そろ》ってフードで顔を隠すのも逆に怪しいので、特に注意はしない。

　実は、予定時刻の一時間前から、既に教会関係者や誰かを捜しているような人物など、注意が必要な者はいないか確認済みだ。

列車が来るまで残り十分程度。

それくらいなら、逆に〝解放者〟の接触の可能性もあるし、好きにさせてやりたいというのがラウスの心情だった。

そんなわけで、ラウス自身はともかく、知名度などないに等しいラインハイトも、今は素顔を晒《さら》している。

「ああ、シャルム様。ちょっと待ってください」

「あっ、ご、ごめんね、ラインハイト」

自分の浮かれ具合に気が付いて照れたように頬を赤らめるシャルムと、朗らかに笑いながら迷子にならないよう手を繋《つな》ぐラインハイトの姿は、まるで仲の良い兄弟のよう。

周囲のご婦人から「と、尊い…」という変な呟《つぶや》きが。

おや？　なぜか鼻を押さえながら蹲《うずくま》るお姉様方まで……

流石《さすが》に、ちょっと目立ちすぎである。

ラウスは、「シャルムの愛らしさは万国に通ずるのだな」なんて無自覚な親バカを発揮しつつ、駅舎の一角へ向かった。

先程、シャルムが誘引されてしまった原因――列車の模型。お土産用に掌《てのひら》サイズのものが販売されていたのだ。それを、サッと購入。シャルムへ渡す。

「ち、父上。僕は別に」

「いいから取っておけ」

そう言って、この場を離れるべく乗降場へスタスタと歩いて行くラウス。

シャルムは、手元の模型とラウスの背へ忙しそうに視線を往復させる。

「玩具《おもちゃ》なんて初めて貰《もら》った……」

「これも、教会から離反したご利益ですね」

「……ラインハイト、君、すっかり異端者だね」

肩を竦《すく》めて自分の手を引く青年騎士に、シャルムはなんとも言えない表情になる。が、それも僅かな間のこと。逆にラインハイトの手を引く勢いでラウスの背を追い、

「父上！　ありがとうございます！　大切にします！」

そう言って満面の笑みを浮かべた。

ちょっぴり耳の先が赤くなっているラウスを見て、ラインハイトは密《ひそ》かに肩を震わせたのだった。

乗降場に入ると、ちょうど魔力駆動列車がやってくるところだった。

金属の軋《きし》むような音が鼓膜と少年心を大いに刺激する。

「すごい……」

シャルムから無意識に漏れる称賛の声。

実際、魔力駆動列車は勇壮の一言であった。

銀色と見紛《みまが》う光沢のある鉄色の巨体は、全長二百メートルくらいだろうか。

連結された一つ一つの車両も、通常の荷馬車とは比較にならない大きさだ。

表面には複雑で変則的な数々の魔法陣が彫り込まれており淡い輝きを放っている。

乗降場に滑り込むようにして入ってきた時も光の粒子を後方に引き連れていて、シャルムがほぅと感嘆の吐息を漏らしたほど。

列車の正面には透明で大きな宝珠が埋め込まれていた。その宝珠の中にも複雑で精緻な魔法陣が輝いている。

正面の上部には窓が左右対称位置に二つあるのだが、それがなんだか目にも見えて、どこか厳《いか》つい雰囲気を醸し出していた。

加えて、後部の車両にはアームまで取り付けられており、荷物専用車両の運搬をスムーズにできるようになっている。

なるほど、と頷《うなず》く。これは確かに〝ゴーレムだ〟と。

ラウスでさえ、少し浮かれるような心持ちになりながら、三人は列車に乗り込んだ。

ダークブラウンの木の板を張り付けているらしい内装はシックな雰囲気で、ワインレッドの布が張られた座席は全てボックス席になっていた。

「ここにしよう」

ラウスが視線を向けたのは一番手前の席だった。

万が一の時、即応できるようにするためだろう。

奥の窓際にシャルム、その隣にラウス。正面の席にラインハイトが腰を降ろした。

「……」

「父上、大丈夫ですか？」

表情に出したつもりはないが、どうやら腰を落ち着けた際に覚えた疲労感と体の痛みが雰囲気で伝わったらしい。シャルムが心配そうに見上げている。

「ラウス様、これを」

ラインハイトが小瓶に入った回復薬を差し出した。

「すまんな」

「いえ。エスペラドまで約五時間の旅です。ゆっくり休まれてください」

「助かる。甘えさせてもらおう」

苦みと甘みが交互に襲ってくるような桃色の液体を呷《あお》る。

魂魄《こんぱく》そのものの疲弊が原因であるから、はっきり言って気休め程度にしかならない。

とはいえ、体の調子を崩せば、そのまま一気に衰弱する危険性もあるので全くの無駄ではない。

体に染み渡らせるような感覚で味わいながら、ラウスはそっと目蓋を閉じた。

しばらくして、カランッカランッカランッと、車掌の鳴らすハンドベルの音が響いた。

出発の合図だ。

キィイイッと、ゴーレムに魔力という命が吹き込まれ起動する音。

ガコンッと何かが外れる音。

そしてギシギシッと軋むような音を立てて車輪の回る振動が伝わってきた。

それらを、どこか意識の遠くで聞きながら、ラウスの意識は静かに落ちていった。

その頃、【首都エスペラド】では。

「はふぅ～、ここは楽園ですぅ～」

一匹のウサギが、怠惰の権化となっていた。

無造作な感じの濃紺色ボブヘアと、よく鍛え上げられた芸術品のようなスレンダーボディ、大きすぎず小さすぎない形のよい胸に、もふっとした垂れウサミミ。容姿も大変可愛《かわい》らしく、見た目だけは実に美少女である。

ただし、部屋はいわゆる汚部屋だったが。

衣服やタオルが散乱しているのはもちろん、残飯や食べかすが散らばり、抜き身のナイフや毒々しい液体の入った小瓶なんて危険物まで足の踏み場がないほど転がっている。

一見して分かる高級な絨毯《じゅうたん》も、今ゴロゴロしているベッドも、お菓子や料理のあれこれが斑点模様のようにつけられ、見るも無残な有様に。

「森の外で任務なんて、遠回しな追放かと思いましたが陛下には感謝ですねぇ」

無意味にくるくるしたリゾート仕様の豪奢《ごうしゃ》なストローを、寝転がったまま咥《くわ》えてオレンジ色のジュースをじゅるじゅる。

寝たままなので気管に入ってむせる。

オレンジの雫《しずく》が飛び散る。

また、高級なお部屋が汚部屋になっていく……

「けほけほっ、うまうまっ。……うんっ、やっぱり退職しよう！」

汚したことを気にした様子もなく、ジュースの美味《うま》さに決意表明がなされた。

「解放者の支援者に、私《スイ》はなるっ！」

「誰が〝無駄飯食らい《ニート》〟ですかっ！　この駄ウサギ！」

お部屋に突如として響いた女性の怒声に、駄ウサギこと共和国隠密《おんみつ》戦士団戦士長スイは、「ひゃぁっ」と飛び上がった。

ベッドも高級である。その弾力は跳ねたウサギを更に跳ねさせる。

ぼよんっとベッドの外へ。

もちろん、こんな残念ウサギでも共和国五強の一人であるから、華麗に受け身を取って絨毯を転がる。

そうして視線を上げれば、そこには般若《はんにゃ》がいた。

正確には、そう見紛うほどキリリッと目を吊《つ》り上げた女性が。グレーのセミロングヘアーに、同色の瞳を持つ知的な美人……怒っていなければ。

「な、なんですか、シャーリーの姐《あね》さん！　人の部屋に勝手に！」

「貴女《あなた》の部屋ではありませんっ！　図々《ずうずう》しい！」

ぷんすかっと怒りをあらわにしているのはシャーリー・ネルソン。

ここ【エスペラド】の中心街に堂々とそびえる老舗の一流ホテル〝ルシェーナ〟のオーナーご息女にして、エスペラド支部所属の解放者だ。

なお、この部屋は彼女の言う通り、スイの部屋ではない。

ルシェーナ自慢の十五階《最上階》スイートルームだ。

そして、シャーリーが入ってきたのは扉ではなく、部屋に作り付けの壁面棚の裏からである。実は回転扉になっており、地下にある〝解放者〟の隠し施設から壁の中を通って来られるのだ。

「で、でも！　好きに使っていいって言ったじゃないですか！」

「限度があるでしょう!?」

「知りませぇん。そんな話、聞いてませんもぉん。スイはぁ、好きに使っていいって言うからぁ、その通りにしただけでぇ～、限度があるならあらかじめ教えておいてくれないとぉ～。後から条件追加とか酷《ひど》くないですかぁ？」

「こ、こいつぅっ」

今にも地団駄を踏みそうなシャーリーさん。普段は冷静沈着で朗らかな人柄なのだが、この他人を舐《な》め腐ったようなウサギと知り合ってからというもの、感情メーターは日々ぶぉんぶぉんと荒ぶっていた。

共和国から助《すけ》っ人《と》として派遣された凄腕諜報員《すごうでちょうほういん》と聞いて、当初は「それは凄い！」と喜んだものだが……

これこの通りの駄ウサギっぷりである。深い溜息《ためいき》だって出るというもの。

「おい、シャーリー。いい加減慣れろ。スイはこういう奴《やつ》だ」

「レオさん……」

シャーリーの後に続いて、回転隠し扉から出てきたのは、紳士と賊を足して二で割ったような中年の男だった。

レオナルド・アヴァン。

本部所属・第二実行部隊隊長で、〝ラウス保護作戦〟の指揮官でもある。

ダンディで整った顔立ちは、身だしなみを整え、黙って微笑《ほほえ》んでいれば高位の貴族に見えることだろう。

だが、ばらばらと生えた無精ひげや、標準装備の咥えタバコ、よれた革製の衣類を更に着崩して、基本的にポケットに手を入れっぱなしという姿は、まるでチンピラである。

どこぞの副リーダーに通じるものがあるが、それもそのはず。

年齢は四十六歳。独身。つまり、バッドの同世代の友。一応、類友と言える。

なお、第一部隊の隊長はバッドである。副リーダーと兼務だ。隊長がいつもだいたい行方不明なので、彼の部下は実質、事務統括長たるサルース老の部下だが。

そのレオナルドは苦笑いを浮かべながら、荒ぶるシャーリーの肩に手を置いて宥《なだ》めつつ、部屋の中に視線を向けて——

「……よぉ、スイ。取り敢《あ》えずだな、服くらい着ろや」

一応、下着は身に着けていた。が、このウサギ、大都会にかぶれたのか、最近ちまたで流行《はやり》の、ちょっとセクシーな下着なんてはいてやがる。
客観的に見れば誠実な男も狼《おおかみ》になりそうな姿なのだが……
悲しいかな。バッドと異なり女性問題には事欠かない故に独身なだけのレオナルド《モテ男》から
しても、まったく欲情しない。
「勝手に入ってきておいて酷い言い草です。乙女の柔肌を見たんですよ！　五年くらい遊
んで暮らせる額の慰謝料ください！」
「医者が必要な体にしてやろうか」
「すみませんでしたぁっ」
粗野な雰囲気のイケメンおやじが凄むと、普通に怖い。おまけに、実力は本物。
ならば、プライドを母親の腹の中に置いてきたともっぱら評判のスイが折れないはずも
なく、いとも容易《たやす》く行われる最速の土下座。
へへっ、おやびん、冗談ですよぉ。靴、舐めますか？　と言わんばかりの、いっそ見事
な卑屈っぷりだ。
レオナルドが深々と紫煙を吐き出しつつ「いいからさっさと服を着ろ」と言えば、土下
座なんてなかったみたいに、「はぁ～い」と実に軽い返事をして服の捜索を始めた。
「……こう言ってはなんですけど、やはり女王陛下は人選を間違えたのでは？」
だるそうにケツをポリポリと掻《か》きつつ汚部屋を漁《あさ》るスイの姿を見ると、共和国と解放者

の結びつきを示す人材には、ちょっと思えない。

「だが、実力は本物だぞ？」

「そうなんですよね……」

ゴミの下に隠れていた自分のまきびしを踏んづけて、「ひぎぃっ」と悲鳴を上げながら転がり回るウサギ。もちろん、まだ下着姿。際どい下着なのでケツ丸出しだ。

そんなスイを死んだ魚みたいな目で眺めながら、しかし、「森に帰れ！　この穀潰《ごくつぶ》しがっ」と言えない二人は、自然とその理由を思い浮かべた。

五日ほど前のことである。

この怠惰の権化、なんと、【エスペラド】の中心地にて威容を誇る〝大陸中央教会〟に単独で侵入し情報をかっさらってきたのである。

エスペラド支部の諜報部隊でも未《いま》だ成し得ていない難行だ。

なのに、

『仕事仕事と要求される毎日にカッとなってやった。今考えると恐ろしいです。反省も後悔もしています！　もう二度とやりません！』

なんて理由で、きっちりラウスの情報を入手してきたのだ。

取り敢《と》えず、諜報部隊のリーダーはショックのあまり膝から崩れ落ちた。

「情報を盗られた教会側にも、ちょっと同情します」

「つーか、神都近郊に潜伏していた時から、そんなに仕事してねぇからな、こいつ。むしろ、さぼりまくりなうえにやりたい放題だったぞ」

そうなのである。

レオナルド達《たち》はナイズの協力もあって、騎士団が帰国する数日前には神都近郊に潜伏することに成功していたのだが……

このウサギ、派遣された直後から隙あらば怠ける。

哨戒《しょうかい》任務を頼めば、あーだこーだと屁理屈《へりくつ》をこねて逃げる。

潜伏生活の不平不満をグチグチグチと垂れ流す。

挙句の果てには、不可視化の固有魔法《こゆうまほう》〝曲光《きょくこう》〟と、〝気配操作〟が得意な兎人族《とじんぞく》の中でもピカイチな〝気配遮断〟技能を使って、こっそり近隣の町に繰り出し、部隊の活動資金を使って買い食いやらなんやら散財するという傍若無人ぶり。

当然、レオナルド達はキレる。

その時ばかりは怒った本人達が引くほど卑屈に反省するのだが、少し時間が経《た》つと、何事もなかったみたいに同じことを繰り返す。

誰もが思ったものだ。

こいつ、もしかして共和国が送り込んだ解放者への妨害工作員なんじゃないか？　と。

そんな、やきもきする日々の中、レオナルドは決断した。

待てど暮らせどラウスの出奔は確認できず、ナイズは既に一時帰還しており、神都への潜入など不可能に近く、唯一できそうな奴も『死にたくなぁい！』と断固拒否の姿勢。

故に、部隊を二つに分けようと。

一つは当然、そのまま神都近郊に潜伏しラウスを待つ部隊。

もう一つは、既に出国している可能性を考え、改めて情報を集めるためエスペラド支部に拠点を移す部隊。

もちろん、スイは後者だ。

居残り組にしようものなら、むしろスイの方が出奔しそうだったから。

「当時はマジで、厄介なお荷物を預けられちまったと思ったんだが……」

エスペラド支部に到着した日のこと。

早速、情報共有に取りかかり、〝大陸中央教会に、十人の白いローブを着た者達が秘密裏に入った〟という情報を得て、レオナルド達は方針を話し合った。

いつの間にかスイの姿が消えていたが、どうせまたさぼっているのだろうと、もはや相手にする気も失《う》せて。

だというのに、

『ただいまでぇす。ちょっと教会に侵入してきたんですけど、ラウスさん、帰国初日に脱出してたみたいですねぇ。あ、お供は末のお子さん一人と、護衛の騎士が一人だけみたいですよ？』

と、あっさり言ってのけやがったのである。

明け方近くまで続いた会議がようやく結論に達した時のことだった。青天《せいてん》の霹靂《へきれき》とはこのことである。

誰もがぽかんっと口を開けて呆《ほう》ける中、更に追加でどんっ。出るわ出るわ垂涎《すいぜん》の情報。

白ローブの集団の正体は、ラウスの討伐部隊であること。

その部隊の大半が公国側の国境線にて網を張っていること。

しかし、ラウスの痕跡を一向に摑《つか》めないことから【エントリス】に潜伏している可能性を考え、隊長を含む少数精鋭が【エスペラド】にて網を張ることにしたこと。

大陸中央教会を拠点とし、大司教は事情こそ知ったものの、教皇直下部隊の強権を以《もっ》て不干渉を命じられていること。

数十メートルまで近づけば、教会の秘宝によりある程度のラウスの位置を捕捉できることと……などなど。

誰も彼も、てっきりただの役立たずな駄ウサギだと思っていたのに……

まさかの裏切りである。背後から刺された気分である。

でも　成果は絶大である！　まるで〝能ある鷹《たか》は爪を隠す〟の体現者のよう！

レオナルド達は見抜けなかった己を恥じて頭を抱え、エスペラド支部の者達は放心状態が続き、諜報部隊の隊長などは壁に向かって膝を抱える始末。ごめんね。役立たずで、ごめんね……と呟《つぶや》きながら。

そんな彼等《かれら》に、スイは満面の笑みで要求した。

『皆さんが怠けてる間に超がんばりました。特別報酬ください』

でないと出ていく。もう絶対に働かない。

命を懸けた対価を！　さぁ早く！　具体的にはスイートルームで贅沢《ぜいたく》な生活を！

スイはやっぱりスイだった。なので、皆の気持ちは一つだった。

このウサギっ、腹立つわぁっ、と。

とはいえ、聞けば覚悟もガン決まりである。

もし捕まっていたらどうするのだと案ずる気持ちも相まって苦言を呈したレオナルドに、スイは、まるで当たり前のことのように返したのだ。

腐食毒（樹海の魔物製）で顔も判別できないよう己を滅する手段を用意していた、と。

死にたくないと口癖のように叫んでいたくせに、軽薄の奥に潜んでいたのはゾッとするほどの冷徹さ。仲間のためなら何も惜しまない。

なるほど、と頷《うなず》かざるを得なかった。

これが共和国の〝切り札〟か、と。

これにはもう苦笑いしか浮かばない。

ご褒美があって当然だ。文句など言えるはずもない。

たとえ、樹海のミレディ達へ〝ラウスの情報〟を送った後、今日までの五日間、一切何もせず、このスイートルームにこもって怠惰と贅沢を満喫していようとも！

文句など言えないのだっ。誰よりも成果を出してるもの！

いや、流石《さすが》に温厚なシャーリーでも怒ってしまったけれども！

「まぁ、やる時はやる奴だ。仲間のためならな。大目にみてやろうや」

「レオさんは、なんだかんだ言って女性に甘いんですよ。特に、若い女の子には！」

ようやく見つけた服を着こんでいるスイに、なんとも言えない視線を送る二人。

「はぁ～、贅沢生活も終了ですかぁ。まったく、仕事の成果に見合ってませんよ。ブラックですね、ブラック！　でもまぁ、これで支援者になれれば……ふひひっ。解放者のお金で夢の一生ゴロゴロ生活！　もう樹海になんて帰りません！　ふぁいとぉ、私《スイ》！」

なんか最低なことを言ってる。下卑た笑みが、なんて似合うウサギだろう。

「仲間の、ため？」

「言うな、シャーリー。たぶん、兎人族ってのは、こういう種族なんだ」

とんでもない風評被害である。

「ふぁ～。それで、いったいなんなんですかぁ？　動きでもありました？」

あくびをしながら尋ねるスイに、レオナルドはニヤリと笑って答えた。

「おう。見つけたぜ、ラウス・バーンご一行をな」

「その件で会議をします。あなた待ちなんですから急いでください！」

「んもぉ、そうカリカリしないでくださいよぉ。歳《とし》ですか？」

「ぶっ飛ばしますよ!?」

相性が悪い、というより、たぶんきっとスイに対しては誰もがこうなる。

大人の対応というやつで、すっかり慣れてしまったレオナルドはさっさと意識を切り替えて、どこを見るでもなく視線を宙に泳がせた。

神代魔法の使い手。教会最強の騎士。

それを討伐しようという部隊は、さて、いったいどれほどのものなのか。

「前哨戦《ぜんしょうせん》にしては、死地だねぇ」

最後の紫煙を吐いて、短くなったタバコを手でくしゃり。握り締められた拳は、火消しには不要なほど力強く、固かった。

それから。

再び壁の奥の隠し通路と昇降機を使って、地下の隠れ家へと移動。

いくつものデスクと書類の山を抜け、支部員と本部からの派遣員が忙しそうに行き交う部屋の奥、パーテーションで区切られた木製の円卓へと向かう。

そこには既に、グレーの髪とカールの口髭《くちひげ》が似合う老紳士——ホテルオーナーにして支部長リーガン・ネルソンと〝ラウス保護作戦〟の各班長が揃《そろ》っていた。

「やっと来おったか。この怠け者め」

猫背であくびしながら、というなんともやる気のないスイの姿に、最初に声を上げたのは、前から禿《は》げ上がった頭部に反して、たっぷりの白い口髭が特徴の老人だった。

年は七十を超えて、しかし、深緑の作業着から覗《のぞ》く腕は丸太の如《ごと》く。

ずんぐりとした筋肉質な姿は、ファンタジーで言うところのドワーフのよう。

——エスペラド支部所属・実行部隊隊長　アルセル・ブレア

普段は花火屋を営む職人だが、戦闘となれば【発破】という指定座標を任意に爆破できる固有魔法を持つ恐ろしい老人である。

「スイは与えられた権利を行使していただけですよぉ」

「ねぇ、スイちゃん。〝限度〟とか〝遠慮〟って言葉、知ってる？」

「知ってるに決まってるじゃないですかヤダー」

「……私だって、スイートルームで贅沢三昧《ぜいたくざんまい》なんてしたことないのに……」

黒いワンピースと白いポンチョを着た女性が一人、がくりと肩を落とした。

――エスペラド支部所属・諜報部隊隊長　ジンクス・レンカ
ベリーショートの黒髪と垂れ目が特徴の三十歳代前半のお姉様である。

ついでに、スイの諜報能力と叩《たた》き出した結果に崩れ落ちた御仁だ。

普段から、どこか茫洋《ぼうよう》とした雰囲気のジンクスだが、今は更に「無能でごめんね……」という口癖と儚《はかな》さが加わっている。

ここに本部からの援軍部隊隊長のレオナルドと、共和国の派遣諜報員スイが加わって幹部会議の顔が揃った。

スイがキョロキョロしている。短い付き合いだが何を考えているかは一目瞭然。

飲み物がない。と不満に思っている顔だ。

満場一致で無視する。

「それでは迅速にいきましょう」

リーガンの明朗な声が柏手《かしわで》のように響いた。

「パランティノの支援者より、伝書鳥にて連絡がありました」

リーガンの視線を受け、シャーリーが継ぐ。

「昼前の便です。夕方にはラウス・バーン一行が到着します」

魔力駆動列車の巡航速度は約三十キロ。

馬車の二倍～三倍の速度で、かつ、休憩なく進めるので、破格の運搬量も考慮すれば、その速度は驚異的ではある。

だが、流石に〝解放者〟が使う強化されたイソニアル鳥《伝書》の速度には全く敵《かな》わない。列車を追い越す形で伝書鳥が先に到着したというわけだ。

「やっと発見だな。流石は最強の騎士。まんまと俺等の監視もすり抜けやがったわけだ」

「役立たずでごめんね……むしろ、生きててごめんね……」

ジンクスさんの自虐が悪化しているが、取り敢《あ》えず脇に置いて、シャーリーは報告を読み上げた。

「生憎《あいにく》、乗車間際でかつ距離があったため接触はできなかったようですが、報告者曰《いわ》く、どうやらバーン氏は相当な疲弊状態にあるようです。左腕も欠損しているとか」

「おいおい、マジか」

レオナルドが思わず顔をしかめる。ついでに、なぜかスイまで嫌そうな顔をした。

「はい。それと、やはり家族はご子息一人しか確認できていません」

「バーン家の家族構成は確か、妻と母親、それに息子が三人だったか？」

「親族は他にも存在しますが、本家としてはその通りです。同行しているのは、おそらく末っ子かと」

「他の家族は時間差で移動してるとか、護衛をつけて別行動とかじゃないの？」

「可能性はありますが、確認はできていません」

どうやら出奔の際、中々の修羅場をくぐったようだと険しい視線を交わし合うレオナルド達《たち》。

「討伐隊の動きは？」

「相変わらず、交代制で数人が中央駅舎を監視しています」

「スイの報告だと、ある程度の距離なら探知できるアーティファクトを持っているってことだから、このままだと捕捉されるな」

「神都近郊の〝黒門〟の配置転換は終わってねぇのかい？」

アルセル老の質問に、シャーリーが首を振る。

「設置場所の選定もあります。たった五日では流石に」

「ええ。ですので、先に接触しオビウス行きの列車に乗せてしまうべきです」

リーガンの指針を受けて、全員の視線がスイに向いた。

垂れウサミミの先端がビクッと跳ねる。スイは自然な動きで背後を見た。

「いや、お前だよ」

レオナルド隊長の的確なツッコミ。スイが嫌そうな顔を隠しもせず向き直る。

「到着と同時に接触して、曲光《きょくこう》と気配遮断で隠しつつ乗り換えさせるってことです？」

見た目の怠けぶりに反して、やはり頭の回転は速い。

確かに、スイの隠形は触れてさえいれば他者にも効果が及ぶ。

一時期、メイルは変態《リューティリス》から逃れるため、スイを抱き締めて離さなかったこともあるくらい、その隠蔽効果は凄《すさ》まじい。

「ええ、そうです。スイ、やってくれますね？」

リーガンが優しい紳士の雰囲気で言う。

「イヤです」

スイは断固たる意志を以て拒否した。

シャーリーの額にビキッと青筋が浮かび、レオナルドがこめかみをグリグリ。ジンクスとアルセルは揃って盛大に溜息《ためいき》を吐《つ》く。

協調性という概念を五寸釘《ごすんくぎ》で打ち付けてやりたい……みたいな空気を感じて、スイはウサミミを荒ぶらせながらまくし立てた。

「いや、だってほら！　教会がラウスさんの背信を秘匿してる以上、人の多いところで襲うことはないだろうって言ってたじゃないですかぁ！　万が一、スイの接触に気が付かれたら強攻手段に出るかもですよ！　市民の皆さんが危険で危ない！」

「ですが、スイの隠形に彼等は気が付かなかった。だから、彼等の情報を私達は得られた。

違いますか？」

「それはそうですけど！　絶対じゃありませんよ！　ましてて、連中が明確に〝見つけよう〟としている前でも通じるかなんて……」

確かに、その通りではあった。

何せ前例がある。スイの隠形は、ミレディ達には通じなかったのだ。

なら、そのミレディ達と同格のラウスを追う部隊なら、スイを感知できても全くおかしくない。

大陸中央教会での諜報《ちょうほう》が成功した要因は、ひとえにスイの優れた聴力により、それなりに距離を取って会話を聞けたこと、ついでに、詳細を求める大司教と教皇直下部隊の肩書で最低限の説明しかしようとしない討伐部隊隊長が半ば言い争いのようになり、声が大きくなっていたという点が大きい。

「安心してください、スイ。次善策は用意しています」

穏やかなリーガンの声音に、しかし、スイは垂れウサミミを更にぺたりとする。

経験上、知っているのだ。組織の上にいるような人の穏やかさは、謂《い》わば笑顔の圧力と同じ。最終的には、外堀を埋めるような話術で要求を呑《の》ませるのだと。

聞くウサミミを持ちませんよっと心の中だけで叫ぶ。

そんなスイの前に、コツッと黒い水晶のような鍵が置かれた。

それだけで「ほら、やっぱり！」と察するスイ。

「我が支部に支給していただいた〝黒鍵〟です。もし、貴女《あなた》の存在を感知されたら、ラウス・バーン一行と共に跳びなさい」

　この〝黒鍵〟は、限られた人員にしか支給されていない。

　本部派遣のリーダーたるレオナルドの他、この支部ではリーガンのみだ。

　万が一、支部が襲撃された時に備えて都市の外へ一瞬で避難できるようにと。

　それを預けるということは、つまり、せっかくの命綱を手放すに等しい。

「おいおい、リーガンさん。それなら俺の鍵でいいだろう？」

「いいえ、レオナルド。もし、スイが転移した場合、貴方《あなた》達は直《す》ぐに追わねばなりません。ですから、それは貴方が持っていなさい」

　有無を言わさぬ穏やかさは、覚悟の証《あかし》。

　リーガンの凪《な》いだ大海のような眼差《まなざ》しが、再びスイを捉える。

「ラウス・バーンをリーダーのもとへ導くことは、我等《われら》の命より重い使命なのです。分かりますね？」

「で、でもぉ、話しましたよね！　あいつら絶対ヤバいって！」

「ええ、聞きました」

「本当なんですよ！　本当に、こう、うまく言葉にできないんですけどっ、ほんと～にヤバいんですよ！　ラウスさんと接触する前に、『む、姿を消した怪しい奴《やつ》め死ね！』て一撃かもしれないいじゃないですかぁ！」

そう、スイがここまで駄々を捏《こ》ねているのは、若くして戦士長にまで上り詰めた戦闘センスが全力で警鐘を鳴らしているからでもあった。

大陸中央教会に侵入し、大司教と話す部隊を見た時、本当は即行で逃げ出したかった。

何が、とは言えない。上手《うま》く言葉にできない不気味さ。異様さ。

ただ、白いローブに身を包んだ、たった十人程度の集団に、スイは心底怯《おび》えたのだ。

あれはダメだ。

あれらと戦ってはいけない。

死ぬぞ！　と。

それでも、どうしても必要な情報だと分かっていたから。

だから、命を賭して聞きウサミミを立てて情報を拾ったのだ。

無事に帰還した時には、ドッと冷や汗が噴き出したものである。

それはもう数日の贅沢三昧ぐらい許してほしいと思うくらい、精神的に疲弊したのだ。

「分かっています、スイ。ですが、監視の目を欺き、ラウス・バーン一行を秘密裏に移動させられる可能性があるのは、貴女だけなのです」

「な、なんでそこまで……」

「確かに、本来ならエントリスから出た後で合流すべきでしょう。もし、ラウス・バーンが一人で対応できるなら、むしろ、我等は足手まといの可能性もある。その場合は討伐隊を退けた後での合流でもいい」

「それなら――」

「ですが、今のラウス・バーンでは、おそらく対応できないのではないでしょうか？　護衛の騎士とやらも、どこまでできるのか未知数です」

それに、と呟《つぶや》いて、リーガンは一度、きつく目を瞑《つぶ》った。

「貴女の報告、討伐隊の中の特徴的な二人……貴女の報告を聞いて、私は嫌なことを想像しました」

「嫌なこと、です？」

困惑するスイ。シャーリーもレオナルド達も顔を見合わせている。

リーガンは、まるで「そうであってくれるな」と祈っているかのように手を組み、それを口元に添えて表情を隠しながら頷《うなず》いた。

「対応の可否にかかわらず、ラウス・バーンと討伐隊は遭遇させるべきではない」

それはそうだ。何事もなくミレディのもとへ辿《たど》り着ければ、それに越したことはない。

だが、そういうことではない。

リーガンが言っているのは、もっと別の意味だと、その場の誰もが察した。

「討伐隊が街中でラウス・バーンに接触しても争いにならない。秘匿したまま連行できる可能性がある、と考えてるんだな？　リーガンさん」

「ええ。何より、想像が間違っていなければ……酷です。彼にとって」

レオナルドが眼光鋭く尋ねる。〝解放者〟最古参の男の言葉を、レオナルドは疑わない。

それは他の者達も同じだ。

スイだけが未《いま》だに困惑している。というか、最も命を懸けるのは自分なのだ。釈然としない。曖昧なことを言って丸め込もうとしてません？　と、ちょっぴり疑ってすらいる。

「根拠でもあるんです？」

「いいえ。言ったでしょう？　想像です」

ですが、とスイが反論する前に言葉を足す。

「私はね、神を信じているんですよ」

「え？　えぇ？」

ますます困惑するスイに、リーガンは苦笑と揶揄《からか》いと、少しだけ滲《にじ》み出た憎悪を込めて、今度は確信の宿る眼差しと共に言い放った。

「その、悪辣さに関してだけは、ね」

後に懸念の詳細を聞いて、スイはますます嫌そうな顔になった。

そして、身を以《もっ》て知ることになる。

リーガンの言葉通り。

神の、決して裏切らない悪辣さを。


「ラウス様、ラウス様」

肩を揺さぶられる感覚に、ラウスは深い沼の中から這《は》い上がるような心持ちで目を覚ました。

「む、着いたか？」

「もう間もなくです」

ラインハイトが荷棚から荷物を降ろしながら言う。仄《ほの》かに感じる膝の上の重みに視線を落とせば、シャルムがスヤスヤと眠っていた。

「出発してからもだいぶはしゃいでおられましたので」

「今までの気疲れもあろう」

「走行中の列車の中ですから、少し安心したのでしょうね」

「……よく耐えている」

「本当に。流石《さすが》はラウス様のご子息です」

ふっと笑い「当然だ」と呟きながら、シャルムの碌《ろく》に手入れされていないせいですっかり柔らかさを失っている髪を撫《な》でた。

「解放者は接触してくるでしょうか？」

「さぁな。彼等は民の味方だ。我等を見つけても自重するやもしれん」

「やはり、エントリスを越えた先で？」

「その可能性が高いだろう。だが、エントリス内ならば列車で移動できる。体力を大きく温存できる」

「そう、ですね。そこからが長いわけですが」

車窓から見える景色が変わっていく。

道程の半分といった辺りでは、流石に商業都市と言えど野山が目立ったのだが、今は小・中規模の街並みが見え始めている。

ここから刻一刻と都会の様相を呈していくだろう。

それを眺めつつ、ラインハイトは決意の宿る眼差しでラウスを見た。

「ラウス様。もし追手と戦闘となった場合、状況が許すなら、どうか私に先鋒《せんぽう》を」

「私の全力を想定した戦力だぞ。並みではない」

「承知しております。ですが、ラウス様」

思いのほか重々しい声音だった。ラウスが思わず口を噤《つぐ》むほどに。

「私は平凡な男です。貴方は、そんな私を取り立ててくださった」

田舎の家族に、『あのバーン家の専属護衛騎士になった』と手紙を書けた時の誇らしい気持ち。返ってきた手紙に書かれた、母の文字は少し滲んでいて、父の筆跡はいつも以上に太くカクカクしていた。

両親が、どれほどの感情を込めて返事を書いてくれたのか、手に取るように分かった。

『お前を誇りに思う』という一言。

村の知り合いが一言ずつ書いてくれた称賛と激励。

人生で、これほど誇らしい日は二度と来ないに違いない。そう思った。

けれど、違ったのだ。

運が良かっただけ。自分は、何も成し遂げていないし、何にも成れてはいない。

なのに、どうしてそれを誇りとできようか。

「今、私はきっと試されている。真に誇りある騎士たるか否か」

誰に、というわけではない。もっと大きな、何かに。

「護衛騎士にもかかわらず命を救われ、主《あるじ》を弱らせてまで私はここにいます。ならば、ここより先は、本分を全うさせていただきたい」

「ラインハイト……」

「どうか、私を守られませんよう」

真っ先に戦うのは己。

負傷し、あるいは死に瀕《ひん》しようとも、もう魔力の一滴すら己には使わせない。

ラウス・バーンの残る全ては、自分の生存と、家族の守護にだけ使ってほしい。

そう伝えるラインハイトの手は、意識的にか、無意識的にか、膝の上に置かれた剣をなぞっていた。

ラウスは、無骨な鞘《さや》に壮麗な柄《つか》というアンバランスなそれ――勇者のみが使い手となることを許される〝聖剣〟をチラリと見て言う。

「自惚《うぬぼ》れてはいまいな？」

「情けないことに、それができるほど強くないと骨身に刻まれています」

護光騎士団団長の槍《やり》を以て。と、苦笑するラインハイト。

情けないなどと、とラウスは頭を振る。自分には勿体《もったい》ないとすら思う。

目の前の青年は、まさに、そう。

主の剣たらんとする忠義の騎士。守護者の名に恥じない心を存分に示していた。

「分かった。状況が許容する限り、お前に任せよう」

「あ、ありがとうございま――」

「ただし」

信頼の言葉に喜色を浮かべるラインハイトへ、ラウスは釘《くぎ》を刺す。

「生きることを諦めるな。お前は選ばれたのだ。幾千幾万の騎士の中から、伝説はお前を選んだのだ。そのことを、その意味を、決して忘れるな」

「っ……承知しました」

今度は、ラインハイトが息を呑《の》む番だった。手元に視線を落とし、なんとも言えない表情で相棒となった剣に手を添える。

聖剣――教会が保有する秘宝〝七聖武具〟の中でも原初《オリジン》の武具とされる伝説の具現。

聖武具の中で、唯一、大いなる意志が宿るとされる聖剣の、その使い手は、いつも時代の節目に現れた。

何かを変えた者もいれば、何も変えられずに逝った者もいる。

けれど、その者――〝勇者〟が平穏の中に生きたことは、少なくとも伝承に語られる中では一度もない。必ず激動の渦中に呑み込まれる。

まるで、聖剣そのものに導かれるかのように。

あるいは、とラウスは思う。

この一見平凡な青年を見出《みいだ》したことも、バーン家に招いたことも、あの日、世界を敵に回すと理解していてなお教会へ同行させたのも、何か大いなる力が働いた結果……そう、運命だったのでは、と。

些《いささ》か夢想的に過ぎるかと我に返って自嘲する。

そして、何やら深く考え込んでいる真面目な青年騎士を見て、少し気負わせすぎたようだと雰囲気を和らげ、ついでに悪戯《いたずら》っぽく口の端を吊《つ》り上げる。

「それと、過ぎた謙遜は嫌みだということも忘れるな」

「え？」

「後にも先にも、護光騎士団の団長を討った平騎士などおらん。どこが平凡なのだ？」

「い、いえっ、それは！　相打ち、いえ、最終的にはラウス様が助太刀してくださったからどうにかなったわけで、私が勝ったわけでは！」

「見事に心臓を貫いたようだったが？」

「それはそうですが……というか、なぜあの傷で立ち上がれたのか、今でも信じられない気持ちなのですが」

三光騎士団の団長クラスって皆そうなのだろうか？　と疑わしげな目でラウスの胸元を

見るラインハイト。

「言っておくが、私は普通に死ぬぞ」

「で、ですよね」

「うむ。幽体で生き延びて、その間に肉体を修復できれば蘇生《そせい》できるがな」

「やっぱり死なないじゃないですか！」

「まぁ、ダリオンも何かしらの奥の手があったのだろう」

「確かに死んでいたはずですが……なんとなく、また相対しそうな気がするのは私だけでしょうか？」

ダリオン撃破後、聖槍《せいそう》が勝手に飛んでいったことを思い出すラインハイト。

恐ろしそうに嫌な予感を口にすれば、どうやらラウスも同感らしい。

一応、戦闘後、亡骸《なきがら》に魂魄《こんぱく》が残っていないことは確認したのだが……そっと視線を逸《そ》らしたのが何よりの答え。

ラインハイトは、「本当に先鋒が務まるだろうか？　いや、弱気になるな私！　頑張れ頑張れ！　私ならできる！」と小声で自分を鼓舞し始める。

と、その時。

「――っ」

シャルムがカッと目を見開き、弾《はじ》かれたように起き上がった。

ギリギリまで眠らせておこうと思っていたラウスもラインハイトも、その勢いに何事かと目を丸くする。

「どうした、シャルム。怖い夢でも見たか？」

「え、あ、父上……いえ、そんなことは……」

なんとも歯切れが悪く、周囲を不安そうにキョロキョロと見回すシャルム。

「シャルム様？」

「えっと、なんだかすごく胸の奥がざわざわするっていうか……嫌な感じがするんだ」

「嫌な感じ、ですか？」

「うん。どんどん強くなってる……」

ラウスとラインハイトは顔を見合わせた。

ラインハイトは直《す》ぐに警戒した様子で中腰となり、そっと車内に視線を巡らせる。

「シャルム。その感覚は今までもあったことか？」

「い、いえ。今が初めてです……あ、でも」

何か思い当たることがあったのか、シャルムは己の中の曖昧なものを必死に摑《つか》み取ろうとするかのように胸元を握り締める。

「パランティノに入った後、お使いに出るようになってから妙に感じるというか、分かるというか……」

「？　何がだ？」

「えっと、例えば買い物の時、この商品よりこっちの方がいいとか、街中でたくさんの人とすれ違う時に、あ、この人は近づかない方がいいなとか」

「……ほぅ」

「それと、一度、裏道を通ろうとして、なんとなく嫌な感じがして別の道に迂回《うかい》したんですけど、しばらくしたらその路地から喧嘩《けんか》してる声が響いてきたりとか……」

「なるほど」

「ラウス様。もしかしてシャルム様は」

「ああ。固有魔法《こゆうまほう》に目覚めたのかもしれん。名づけるなら〝超直感〟か？　なんにせよ、気のせいで済ませるわけにはいかん」

バーン家の直系で、今まで固有魔法に目覚めなかった者などいないのだから、とラウスは不安そうなシャルムの頭を撫でた。

「僕に固有魔法、ですか？」

「推測だがな。箱入りだったお前が、あれほどの修羅場を何度もくぐり、厳しい逃避行を行ったのだ。目覚めるきっかけとしては十分だろう」

「これが、僕の固有魔法……」

「シャルム。その感覚に集中しろ。掌握するのだ。この逃避行の中、その力はきっと大いに役立つ」

ラウスの言葉に、シャルムは虚を衝《つ》かれたような面持ちになった。

「僕は……僕は父上やラインハイトの役に立てますか？」

「今までも十分に役立っていたが？」

「ふふ、そうですよ、シャルム様。ですが、今まで以上に助けていただけそうです」

「あ……えへへ、うん、頑張るよ」

ギッと甲高い音を立てて列車が減速し始めた。

車窓から見える景色は、すっかり高層の建物が並ぶ都会のそれになっている。

「父上、やっぱり駅に近づくにつれて嫌な感じが強くなっていきます」

「待ち伏せか」

「我々が来ると知って？　まさか〝背信の泥杯〟に捕捉されたと？」

「かもしれん。あるいは、ただ検問しているだけか」

「どうされますか？」

「様子を見る」

仮に捕捉されているとしても、まさか直ぐに襲撃されることはないだろう。

人気のない場所まで尾行してケリを付けるか、あるいは周囲の一般人を人質代わりに中央教会への同行を強要してくるか。

それなら有利な場所を自ら選ぶべきだろう。誘導し、一戦交え、撃退はできずとも〝背信の泥杯〟を破壊ないし奪取する。

それが無理なら、最悪は樹海までの数千キロを必死に逃げるしかない。

樹海は女王の領域。辿《たど》り着き、受け入れてもらえれば安全地帯だ。

逆に、ただの検問ならどうにかやり過ごして、当初の予定通り南東の都市ヴァレリア行きの列車に乗り、帝国へと抜ける。

いずれにしろ、追手か否かも含め確認してからの判断だ。

「念のため〝隠遁《いんとん》〟を重ね掛けしておく」

「意味があるのですか？」

「気休めだ」

そうこうしている間に列車はますます減速し、遂《つい》に駅舎へと入った。

車窓から、次の乗車客とその送り人でごった返す乗降場が見える。

三人は既に席を立ち、外から覗《のぞ》き込んでも見えない連結部分に身を置いていた。

出入り口には慣れた様子の客が既に溜《た》まっている。

よく利用する商人達《たち》だろう。出入り口が混雑する前にと、大分前からスタンバイしていたようだ。

それに紛れて外に出ようと、ラウス達はフードを目深に被《かぶ》った。

僅かに慣性の力を感じつつ列車が停止。

外で待機していた駅員が丁寧な動作でスライド式のドアを開ける。

わっと外に出ていく乗客達。乗降場が更に人で溢《あふ》れた。もはや、隣人と接触せずに通り抜けることは不可能なぐらい。

川の流れに乗るような心持ちで、ラウス達も外へ出た。

流石《さすが》は連合都市の中心、全ての路線の起点《ターミナル》となる駅というべきか。鉄とガラスでできた逆さハーフパイプのような天井は芸術的。壁面や柱一本一本に彫刻で神話を描いた列柱廊は壮麗の極致。

現在進行形で嫌な予感の波に押し寄せられているはずのシャルムが、思わず「ほぁ〜」と声を漏らして視線を泳がせるのも無理はない。

「ラウス様。ヴァレリア行の乗降場はあちらのようです」

ラインハイトが看板の案内を見て誘導しようとする。だが、

「待て」

ラウスが剣呑《けんのん》な目つきとなって制止をかけた。

視線の先を辿るも、背の低いシャルムは当然、ラインハイトも人混みの壁しか見えず首を傾《かし》げる――と、一瞬だけ人混みの隙間から白いローブを羽織った二人組が見えた。

フードを被っていて顔は確認できなかったが、旅装の一つとしてフード付きの外套《がいとう》はポピュラーだ。ラインハイトは特に何かを感じはしなかったが……

「あ、だ、ダメだよ。ラインハイト」

「シャルム様？」

青褪《あおざ》めたシャルムがラインハイトの腕を引く。

「なんだ……あの魂は」

ラウスの目が淡い光沢を放っていた。視《み》ているのだ。人の魂魄そのものを。

今のラウスはこの乗降場にいる無数の人々を、そのままの姿では捉えていない。あたかも、輝く人型の靄《もや》のように視ている。

その特別な視界が、無数の輝きの奥に異様な魂を視た。

例えるなら、継《つ》ぎ接《は》ぎだらけの人形だろうか。

妙に薄い輝きに、何度も修復したような歪《いびつ》さ。肉体と魂の繋《つな》がりまで希薄に視える。

思わず立ち止まっていた三人は、通行人からすれば酷《ひど》く邪魔だったのだろう。

少々強引に押されて、悪態も吐《つ》かれてしまう。

そのせいだろうか。

白いローブの二人が、ふと視線をラウス達の方へ向け――

「――ッ、父上！」

「分かっている」

「ひぃっ!?」

ラウスの短剣がひっそりと、隣の女性の脇の下に添えられていた。

腕の内側を斬れば動脈を、胸側へ突き刺せば心臓まで貫けそうな必殺の位置である。

ラインハイトから「なっ」と驚愕《きようがく》の声が漏れる。

無理もない。その女性の右手が自分の背中に当てられていたのだから。ついでに、左手はラウスの肩に添えられている。

先鋒《せんぽう》を！　と豪語しておいて、あっさり背後を許す失態。おまけに、おそらく〝超直感〟のおかげだろうが、守るべきシャルムは直前に気が付いているという事実。

冷や汗と同時に己への怒りと相手への敵意が噴出する。が、いきなり触れてきた女性――否、女の子を見て思わず毒気が抜かれてしまった。

年の頃は十代半ば。

毛先の跳ねた綺麗《きれい》な金髪のボブヘアをおしゃれなカチューシャで彩り、胸元や袖口、ミニスカートの裾にたっぷりのフリルを使ったカジュアルドレス風という、エスペラド女子の間で最近流行《はや》っている可愛《かわい》らしい格好をしている。加えて、

「うぅ、これだから神代魔法使いは嫌なんですよぉ！　スイの隠形をあっさり見抜きすぎですぅ～。おまけに、こんなちっちゃな子にまで察知されるとか、自信が粉みじんなんですけどぉ～」

ぐちぐち、めそめそ。ついでにガクブル。

襲撃者とは到底思えないほど不満と泣き言を垂れ流していた。その雰囲気は実に哀れ、かつ情けない。

もっとも、そんな有様でありながら、ラウスとラインハイトに触れさせている手は決して離そうとはしないのだが。

「貴様……その魂、見覚えがある。まさか、共和国の？」

「うへぇ、やべぇ人に記憶されてるとか……あ、無理。心が折れそう。退職したい」

なぜだろう。面識のないラインハイトとシャルムだが、揃《そろ》って幻視してしまった。へな

へな～としなびていくウサミミを。

「き、君はいったい――」

「はいはい、スイは共和国の戦士長で今は派遣解放者です。スイに触れている限り姿は見えませんし気配も消せます。とはいえ、どこまで通じるか分からないので、ほ～ら移動しますよぉ！　あ、坊ちゃんとは絶対に手を離さないでください！　触れてないと効果が及ばないんで！」

怯《おび》えていたかと思えば、一瞬で切り替わる投げやりな雰囲気。

ぐいぐいとラウスとラインハイトを押すようにして、進路を別方向へ取る。

兎《と》人族《じんぞく》のはずが、どういうわけか人間の少女にしか見えないなんてことになっているが、しかし、ラウスの目と記憶は、彼女が確かに戦場で見た共和国の戦士長であることを確認していた。

なので、ラインハイトがラウスに視線を向けてくるも、小さく頷《うなず》き、短剣を懐へしまうことで返答とする。

姿が消えているというのは本当なのだろう。

人が多すぎるせいで誤魔化せているが、直ぐ後ろの人など、不可視の壁にでもぶつかったみたいな雰囲気で訝《いぶか》しそうにしている。

とにもかくにも、移動し続けた方がいいのは確か、という判断だ。

「通じますように通じますように。死にたくないよぉ。うぅ、ラウスさん、なんでそんなに弱ってるんですかぁ？　化け物～ズの一人でしょう？　しっかりしてくださいよぉ」

　相変わらずグチグチと。どこかミレディとは別ベクトルのウザさを感じて、額に青筋が浮かびそうになるラウスだったが、今はそれどころではないのでグッと我慢。

「いったいどこへ行く？」

「オビウス行きに乗ります。チケットは購入済み。次の便は二十分後ですよ」

「北東の都市か。公国へ抜けるのか？」

「ですです。いろいろ準備してるんですよ」

「さっきの白ローブは追手か」

「そうですよぉ。もうヤバヤバなんです！　詳しい話は後で！」

　話している余裕がないのは本当なのだろう。

　スイの額には汗が浮き出て、ふざけた態度だが眼光は背筋が寒くなるほど鋭く周囲を観察している。

　その張り詰めた空気に、ラウス達も息を殺すように追従した。

　オビウス行きの乗降場までは、それほど遠くはない。混雑が酷くとも五分程度で到着する。

　だが、その五分の道のりが、やたらと遠く感じた。

　白ローブの二人組が、先程までラウス達がいた場所に立っているのが見える。フード越しだが、周囲を見回しているようだ。

どうやら、スイの不可視化と気配遮断は、ラウスの存在の希薄化というべき魂魄《こんぱく》隠蔽魔法もあってか完全に彼等《かれら》の目を欺いているようである。

「っ、ちょっと迂回《うかい》しますよ」

「任せる」

前方から更に二人、白ローブの追手がやってくる。

スイが動きやすいよう、ラウスとラインハイトは自らスイの左右の肩を摑《つか》んだ。シャルムはそのまま、ラインハイトが手を引いていく。

今度は横の通路から、白ローブの気配。

（……どういうことだ？　全員が、あの奇妙な魂魄だと？　いったい何者だ？）

計六人見た白ローブ達の魂魄は、やはり全員が、本当に人なのかと疑わざるを得ない歪なものだった。

それからも、どうやら正確な位置は分からずとも、ある程度ならラウスの場所を捕捉しているらしい白ローブに捜索される中、人混みに紛れつつ何度も迂回して進むこと十五分と少し。

「よし。今行けば出発直前の駆け込み乗車です」

「なるほど」

「シャルム様、失礼します」

「う、うん。ありがとう、ラインハイト」

ラインハイトがシャルムを片腕に抱えたのを合図に、スイ達は一気にオビウス行き列車の乗降場へと駆け抜ける。

不可視状態故、周囲の人達は避けてくれない。一塊になっているとはいえ、それなりの体積があるラウス達が人の隙間を縫うように進むのは中々に難しい。

案の定、途中でご婦人の引くキャリーカートにラウスの片足が引っかかり、盛大にひっくり返してしまう。

「ぬかったっ」

普段なら絶対にしないミス。ラウスの疲弊具合が窺《うかが》える。

スイが襟元の装飾に「状況三ッ、対応！」と鋭い声を発したのと、ご婦人が、突然跳ね飛んだカートに吃驚《びっくり》仰天して悲鳴を上げたのは同時だった。

少し離れた場所の二階のテラスから一階を捜索していた白ローブの一人が、その悲鳴に気が付く。明後日《あさって》の方向を向いていた顔がぐりんっと捻《ね》じれるようにして向けられる。

その瞬間、ガンガンガンッと激しい物音が。

「あぁ、ごめんなさい！　気を付けてぇ！」

キャリーケースがテラスに続く階段を転げ落ちていく音だった。

白ローブの視線もそちらに引き寄せられる。

ポンチョを羽織ったベリーショートの女性が慌てた様子で階段を駆け下りていく。

階下の男性が苦笑いしながらキャリーケースを拾い上げ女性に渡しているのを見て、白ローブは興味を失ったように視線を戻した。

だが、そこには困惑した様子ながらも既にカートを持ち直し、足早に去って行くご婦人の姿しかなく。

ポンチョの女性がチラリと肩越しに二階を見上げたことにも気が付かなかった。

「仲間か」

「ですねぇ」

背後の光景にラウスが呟《つぶや》けば肯定が返ってくる。

「ちなみに、チケットは特別席のですよ～」

「至れり尽くせりだな」

「は、はは……どうやら、私はまだまだ解放者を甘く見ていたようです」

「……ほ、本当にいたんだ。こんな大都市に」

三者三様の感想が漏れる中、どうにか出発直前の列車に飛び乗ることに成功。

中に入ると、まずワインレッドの柔らかそうな絨毯《じゆうたん》の通路が視界に入った。その通路の片側には扉がずらりと並んでいる。

特別席がある車両は、どうやら全て個室タイプになっているらしい。

質の良い服に高価な装飾品で身を固めた、全身でお金を持っていますと主張しているような夫婦が歩いてくる。

それを、姿を消したまま通路の壁にぴったりと張り付いてやり過ごし、スイは車両中央付近の部屋に入った。六人掛けの広々としたボックス席だ。

と、その直後、カランッカランッと出発を知らせる車掌のハンドベルの音が響き、列車がギッギッと軋《きし》むような音を立てて動き出した。

その途端、

「ぶはぁっ。緊張したぁ〜。これはもう、スイートルーム一年分くらいの仕事ですよぉ」

見るからにふっかふかの座席に身を投げ、俯《うつぶ》せのまま足をバタバタさせるスイ。

恥じらいがないのか。ミニスカートがめくれ上がり、そのしなやかな美脚や例の際どい下着が丸見えに……

「「――ッ」」

シャルムとラインハイトがバッと視線を逸《そ》らす。実に紳士であった。

「説明を頼む」

動じない男、ラウス。バタバタしている足を適当にはたき落とし、スイの隣に座り込む。

シャルムとラインハイトも尊敬の眼差《まなざ》しをラウスに向けつつ向かいの席に座った。

「なぜ接触してきた？」

スイはカチューシャを外しながら答えた。

「あ〜、あのままだと確実に捕捉されていたんですよ」

「……背信の泥杯か？」

「さぁ？　スイが知ってるのは、ラウスさんが本気で隠れても、数十メートル以内なら探知できるアーティファクトを持っているってことだけです」

髪色が濃紺に、垂れウサミミがふるんっと揺れる。初めて見る兎人族にシャルムの目が釘付《くぎづ》けだ。

「ラウス様。教会にそのようなアーティファクトが？」

「いや、聞いたことがない……背信の泥杯の効果を増幅する手段があるのかもしれん」

「まぁ、駅を出た以上、もう捕捉できないでしょうけどねぇ」

と言いつつ、おしゃれな靴をぬぎぬぎ。

足を抱えるようにして脱ぐものだから、またも際どい下着がシャルムとラインハイトの正面に！　二人はバッと視線を逸らし、ただお互いを見つめる。

「だが、市民の安全には代えられん。他にも理由が？」

「う〜ん、そっちはなんとも」

歯切れが悪いような、そうでないような。

軽薄な雰囲気がスイの内心を読み解かせない。ついでに今度はニーソをぬぎぬぎ。

「まぁ、支部長さん命令ってことで。そうするだけの懸念があったってことですよ」

「ふむ……」

討伐部隊が、それほど危険だということか。と思案するように顎を撫《な》でる。

スイが服に手をかけた。胸元のリボンをしゅるりと外し、ボタンを外し……

「ちょちょちょっ〜と待ってください！　貴女《あなた》はさっきから何をしてるんですかぁっ」

「ひゃぁ〜〜〜っ」

ラインハイトが咄嗟《とっさ》にスイの両手首を押さえて、それ以上の脱衣を阻止した。

片方の肩が剝《む》き出しで、胸元も少し見えている。当然、下はむっちりした太ももまで素足が晒《さら》されている。

なお、悲鳴の主はスイではない。シャルムくんである。

お姉さんの突然の艶姿《あですがた》に、免疫ゼロの少年は両手で顔を覆って、座席の隅っこで可能な限り小さく丸くなっている。

顔も耳も首筋も真っ赤。だがしかし、純朴な少年は、未知の世界への好奇心に勝てず指の隙間からチラチラしちゃう。

「なぜ脱ぐ」

ラウスお父さん、ちょっとキレ気味。息子の性癖を歪《ゆが》ませかねない痴女を前に、返答次第では魂魄への衝撃波を放つことも辞さない覚悟で質問する。

「万が一に備えて戦闘服に着替えるためですけど？」

意外にも、まともな回答だった。確かに備えは必要だ。公国に入ってもエスペラド女子の恰好《かっこう》をしていては目立つというのもあるし。

「だからって目の前で脱ぐことないでしょう!?」

実に正論だった。ラインハイトが赤くなりながらも、愚妹を注意する真面目な兄のように苦言を呈する。

「男の前で、そんな……はしたない！　貴女には羞恥心ってものがないんですか!?」

「え？　別に下着姿くらいで……というか、へ～、ふ～ん、ほ～？」

「な、なんですか？」

突然ニヤニヤし出したスイに、ラインハイトの腰が引ける。

「いやぁ、教会の人からすれば兎人族《とじんぞく》の女なんて女の範疇《はんちゅう》に入らないだろうと思っていたんですけどぉ」

「い、いや、それはまぁ、そういう方が多いかもしれませんが……」

「お兄さんは違うと。スイのあられもない姿に欲情してしまったと」

「よ、よくっ!?　してませんよ！　私は常識を説いているだけです！」

「酷《ひど》い……スイのことなんて、やっぱりただの獣だと思ってるんですね……」

「まさか！　可愛《かわい》らしいレディだと――」

「じゃあ！　可愛らしいレディのえっちな姿を見たんですから慰謝料払ってくださいよ！責任とって！」

「せ、責任……」

生まれて初めて突きつけられる女性からの責任問題。仕事に一生懸命で異性とは縁のなかったピュアラインハイトにはダメージの深い言葉だ。よろけちゃう。

列車の向きが微妙に変わって、車窓から日の光が差し込んでくる。

遠目に見える夕焼け空と、夕日に照らされた街並みは芸術品のように美しい。

そして、流れゆくそれらを背景に、半裸のウサギ少女と実直青年が侃々諤々《かんかんがくがく》としている光景は、実に酷い。

純情で純粋なはずの息子は、えっちなお姉さんの太ももに視線が吸い寄せられている。

ラウスは遠い目になった。

なんだ、このカオスは……と。

するとそんなラウスの気持ちを察したかのように気配が一つ、扉の外に。

「邪魔するぞって……あ～、うちの痴女が、なんかすまん」

入ってきたのはレオナルドだった。半裸のスイを見た瞬間に全てを察する。

「お前は？」

「おう、初めましてだな。解放者本部所属のレオナルド・アヴァン。バーン一行の保護チームのリーダーだ」

「そうか。助力、感謝する。知っての通り、ラウス・バーンだ。取り敢《あ》えず、これをどうにかしてもらっていいか？」

「……ほんとすまん」

これ、とスイを指さすラウスの顔は本気で疲れ果てている者のそれで、レオナルドは思わず真顔で謝罪し、スイの頭に拳骨《げんこつ》を落としたのだった。

それから、着替えを終えてだらけ始めたスイをいないものと扱いつつ、ラウスとレオナルドは情報交換に徹した。

当初計画していたレオナルド達《たち》の脱出計画。これからの計画。他にも解放者のメンバーが乗車していること。ミレディの現状。

五日前に討伐部隊を確認した時点で急報を送ったので、早ければ今日明日にもナイズ達が迎えに来てくれるだろうことなど。

ラウスの方も、今までの逃走劇や己の状態を語った。

中でも〝神の使徒〟が健在であること、更には複数体いる可能性があるという情報は衝撃的で、レオナルドとスイが仲良く白目を剝くことになった。

どうにかこうにか気を取り直し、最後になぜ家族がシャルム一人なのか語り終わった時には一時間と少しが過ぎていた。

「……なるほどな。なら、どうにかして奥さん達も連れ出さねぇとな」

レオナルドの、含むところのないからりと晴れた言葉に、ラウスは微笑を浮かべる。

まだ十二歳と十歳の息子二人ならともかく、リコリスもデボラも信仰心に全てを捧《ささ》げてきた生粋の神民。仮に連れ出したとして他の生き方などできるのか、させられるのか。

そんな抱いて当然の懸念を、しかし、まるで感じさせない。

それはきっと、この問題がラウスだけのものではなく、〝解放者〟という組織が抱えるものでもあるからに相違ない。

教会を打倒し変革した後の世界で、神の悪辣なる真実を知って、果たして寄る辺をなくした神民は、どう生きるのか。生きられるのか、と。

神民からすれば、真実など害悪でしかないのかもしれない。支配され、弄ばれる人生で満足なのかもしれない。

（だとすれば、変革は彼等《かれら》の幸せを、リコリス達の幸せを破壊する行為……）

そう考えて、しかし、ラウスは頭《かぶり》を振った。

目の前には、粗野な見た目に反して驚くほど澄んだ眼差しを向けてくる男がいる。

全部、分かっている。〝それでも〟なのだ、と瞳が語っている。

その意志も、覚悟も、お互いに同じ。

だから言葉もなく、お互いに微苦笑を浮かべ合う。と、その直後、不意にレオナルドの表情に漣《さざなみ》が走った。何か、苦味を感じたような顔だ。

「あ〜、ただな……」

「ん？」

何かを口にしかけるレオナルドだったが、不意に視線を感じて口を噤《つぐ》む。

スイと目が合った。それで何を通じ合ったのか、思い直すようにタバコを取り出し、けれど、シャルムと目が合って火は付けずに咥《くわ》えタバコに止《とど》めるレオナルド。

誤魔化し切れていない歯切れの悪さに、ラウスが質問しようとするが……

その前に、レオナルドが空気を変えるように膝を打つ。

「ま、なんにせよ、あんたはまず休まねぇとな。本部に着いたらゆっくりしてくれ」

「……そうだな。感謝する」

気になるが、何をするにしてもまず万全になるのが優先というのは確かだ。

「で、そっちのあんちゃんだが……信用できんのかい？」

水を向けられたラインハイトがむっと顔をしかめた。

「疑うのですか？」

「家族でもねぇ神殿騎士が良心と忠義で世界に反攻する。なるほど、美談じゃねぇか。ちょいと出来すぎだと思うくらいにはな」

話は聞いた。シャルムを命がけで守ったと。

だが、命を懸けたくらいで、平の騎士が護光騎士団の団長から守れるのか。

ラインハイトの行動を概要的にしか聞いていないレオナルドからすると、どうにもモヤモヤしたものを感じてしまう。

「待ってください！　ラインハイトを疑うのは――」

シャルムが思わず抗議の声を上げるが、ラウスが片手をあげて制止した。

「すまん。話が横に逸れないよう、最後に言うつもりだった」

「おう？　何がだ？」

「ラインハイトは、土壇場で聖剣に選ばれた」

「……はい？」

「今代の勇者だ」

「……」

レオナルドの目が点になる。

現実的な話をしていたのに、いきなりお伽話《とぎばなし》の存在が目の前に現れたといった様子。

ギギギッと油を差し忘れたブリキ人形のように、視線をラインハイトの膝の上の剣に向ける。すると、まるで意志を持って勇者の証明をするかのように仄《ほの》かな燐光《りんこう》を放つ聖剣。

再び、ギギギッと視線をラインハイトに向ければ、

「どうやら、そのようで」

困り顔で肯定する。一拍。

「はぁ～～～～～～～っ!?」

車内にレオナルドの驚愕《きょうがく》の声が響いた。スイがうるさそうにウサミミをたたむ。

確かに、時系列に従って言及していたら気になって話が脱線していたに違いない、インパクト絶大な話題だ。

「ふふ、分かりましたか？　レオナルドさん。ラインハイトは立派な騎士なんです！　彼を信用できないなら、他の誰だって信用できませんよ！」

「シャ、シャルム様。言い過ぎです」

むんっと胸を張るシャルムに、照れた様子で謙遜するラインハイト。未《いま》だになぜ自分が選ばれたのか分からない感じなので、あまり持ち上げられるのも困ってしまうのだ。

その様子を見て、ようやくラインハイトの存在を受け入れられたのだろう。

「ははぁ～。最後の神代魔法使いを迎えに来たら、とんでもない土産がついてるとは……

なんつーか感じるもんがあるなぁ」

「感じる？　何がだ？」

小首を傾《かし》げるラウスに、レオナルドは腕を組んで深い呼吸を一つ。

「運命的なもんだよ。まるで、解放者に追い風が吹いているようじゃねぇか」

「なるほど。確かに」

どこか共犯者めいた笑みが個室の中に広がった。レオナルドが自然と手を差し出す。

「ま、よろしく頼むわ。勇者様よ」

「ラインハイトでお願いします。レオナルド殿」

「ハッ。なら、こっちも殿なんて勘弁だ」

「スイには様をつけていいですよ」

「お前は黙ってろ」

なんて、少し和んだ雰囲気で雑談を交わす。

太陽はいよいよ傾き、燃えるようなオレンジ色となって山間に消えようとしていた。

車内灯がパッと点灯する。

薄暗かった部屋が、夕日と暖色に照らされる。

それを合図に、

「さて、後はオビウスでナイズ達を待つだけ。良かったら――」

夕食でもどうだ？　と、レオナルドが言いかけて。

その瞬間だった。

「――ッ。父上っ、何かきますっ」

まるで絶叫のような警告。即行で動いたのはラインハイトだった。

車窓から見える遥《はる》か遠くに、まるで星のような小さな瞬き一つ。

それが視界に入ったと同時に抜剣し、叫ぶ。

「――〝聖絶〟ッ」

ラウスがシャルムを抱え込む。スイ、レオナルドの順にラウスに覆いかぶさる。

刹那、閃光《せんこう》。轟音《ごうおん》。衝撃。

天地がひっくり返ったような感覚と同時に、全員の意識も吹き飛んだ。


「――ぐっ、今のはっ」

キンキンッと鼓膜がダメージを伝えてくる中、ラウスは俯《うつぶ》せ状態から体を起こした。気を失っていたのは一瞬だろう。

懐にはシャルムがいる。気を失っているようだが無傷だ。

そのことにホッとするのも束《つか》の間《ま》、直《す》ぐに周囲へ視線を巡らせた。

「馬鹿な……本当に列車を襲撃しただとっ」

車窓が壊れた天窓に、座席が壁に、出入り口が床に――列車が横転していた。

「ラウス様っ、シャルム様！　ご無事ですか!?」

「ぬぁ～、なんなんですかぁっ、もうっ」

「野郎共……都市から離れた途端に襲撃たぁやってくれるっ」

どうやら、ラインハイト達も無事のようだ。

レオナルドが懐から小さな宝珠を取り出した。通信用アーティファクトだ。それで、分散して乗車していた仲間に安否と状況の確認を手早く行う。

「チッ。機関部以外はここだけだと？　そうかっ、灯で車内が見えやすくなったタイミングでっ」

「あ～。ということは、オビウス行きに乗ったこと自体はバレていたってことですかぁ」

「ラインハイト！　〝聖絶〟を絶やすな！」

「承知ですっ」

ラウスの警告の直後、再び衝撃。

横転により車底部分が壁になっているのだが、頑丈な金属製のそこを閃光が貫いてくる。

初撃が砲撃なら、今は貫通特化の狙撃というべきか。

車底の物理盾で威力が減じてなお、〝聖絶〟が軋《きし》む。

本来、ラインハイトに最上級防御魔法は使えない。聖剣の助けを借りて発動しており、まだ使い慣れてもいない。

今は聖剣を信じて必死に魔力を注ぎ込むが、二度、三度と襲い来る衝撃にラインハイトの食いしばった歯の隙間から呻《うめ》き声《ごえ》が漏れ出す。

「あの射程、この威力……レオナルド！　仲間に伝えろっ。聖弓の可能性がある！」

「聖弓？　くそったれ！　白ローブの中身は獣光騎士団の団長ってか？　悪い冗談だぜっ」

「どうします、レオさん。連中、列車を止めたってことは乗客くらい巻き込むつもりかもしれませんよ」

「記憶操作なら万々歳。最悪は皆殺しか」

　姿を見せずに仕留めれば後でいくらでもテロリストの、それこそ〝解放者〟のせいにしてしまえる。

だが、シャルムの〝超直感〟と、そのシャルムの固有魔法《こゆうまほう》を聞いてから反射で防御できるよう備えていたラインハイトと聖剣の力が、その奇襲を防いだ。

　このまま防ぎ続ければ、埒《らち》が明かないと直接やってくるに違いない……

「うっ、父上……来ますっ」

　シャルムが目を覚ました。スイが慎重に天窓となった車窓から顔を覗《のぞ》かせる。

「飛竜五体が接近。うち一体から攻撃が飛んできてますよ！」

「動きが早ぇな！　横転させたのは混乱に乗じるためかよ！」

　既に、車底の壁は虫食いの野菜みたいに穴だらけだ。

　しかし、攻撃を受けているのはここのみ。わざわざ天窓から顔を覗かせる物好きな乗客はいないだろう。目撃される危険性が少ないから容赦なく突っ込んでくる。

思案は一瞬。幸いなことに、ここは〝黒門〟の範囲内。

「仕方ねぇ。スイ！　跳べ！」

「レオさん達《たち》は？」

「乗客を置いていくわけにはいかんだろ？」

「あれらに勝てると？」

「勝つ必要はねぇさ。奴等《やつら》が一時でも引いてくれれば俺の黒鍵を使って乗客を逃がせる。何より、今ならまだ乗客は連中の姿を見ていない！」

数十メートル内であれば探知できる手段を持っているなら、列車の上空を通り過ぎるだけで、車内を確認せずとも既に離脱したことは分かるはず。

ならば、わざわざ必要のない虐殺に時間をかけるより周辺の捜索に時間を割くだろう。

「合点承知です。プラン2でいいですね？」

「OKだ！　頼んだぞ！」

スイは懐から〝黒鍵〟を取り出した。

「転移しますよ！」

「だが……いや、分かった。レオナルド、すまない」

「ハッ。そこは〝ありがとう〟だろう？　後でな」

乗客を巻き込んだことに忸怩《じくじ》たる思いがある。このまま放っていくことに良心が咎《とが》める。

だが、ラウス達がここにいる方が余計に危険に晒《さら》すことも、また確かだった。

そう自分に言い聞かせて、シャルムを片腕に抱き上げる。

スイが〝黒鍵〟を起動した。空間が捻《ね》じれ、眼前に輝く幕が出現。

「さぁ、行きますよ！」

レオナルドが元出入り口である床の扉から通路へ飛び降り、サムズアップして駆けていく。

「ラウス様！　先に！」

〝聖絶〟を張っているラインハイトが殿《しんがり》を買って出た。

ラウスは了解し、ゲートをくぐる前に、せめて駅で見た討伐隊以外の魂魄《こんぱく》も確認しておこうとして……

「ッ、なっ。馬鹿なっ、いや、そんなはずは――ッ」

まるで、あり得ないものを見たような顔で動きを止める。

刹那、

――揺れたな？

そんな言葉が、聞き覚えのある声で響いた気がした。

もっとよく確かめようと、半ば呆然《ぼうぜん》としつつも外を見ようとする。が、

「ああ、もう！　ちんたらしなぁい！」

業を煮やしたスイからタックルを受けてしまった。

バランスを崩し、スイと共にゲートの向こうへ転がるラウス。

それを見届けて、ラインハイトも直ぐに後を追った。

〝聖絶〟が消える。

直後、ひと際強烈な閃光が空を切り裂き、遂《つい》にラウス達の客室を丸ごと消し飛ばした。


「はぁはぁ、ここは……」

「エスペラドの中心から、だいたい百キロくらいの距離ですね」

〝聖絶〟で狙撃に耐え続け、肩で息をしているラインハイトの呟《つぶや》きに、スイが答えた。

周囲の景色は渓流に様変わりしていた。大小様々な岩の間に穏やかな流れの川があり、アーチを描く木々の枝葉で隠されたような場所だ。

【エスペラド】より緊急脱出用として設置した〝黒門〟は二つ。

支部から都市郊外へ出るものが一つ。そこから更に距離を稼ぐものが一つ。

今いるのは二つ目の〝黒門〟が設置された場所ということだ。

「ということは、オビウスまで後半分ほどですか……」

「ですね。一応、今のやつをオビウスにも設置する予定でして、間に合っていれば効果範囲に入り次第、転移できますよ。それなら実質あと五十キロほどですね」

【エスペラド】と【オビウス】の間の距離は二百キロほど。

本来は神都から公国へ抜ける予定だったので、そちらにも限りある〝黒門〟を配置してあったのだが、五日前に不要と分かっている。

　なので、伝書鳥を飛ばして急ピッチで配置換えしてもらっているが、流石《さすが》に両都市間を繋《つな》ぐには時間が足りな過ぎた。

「間に合っていれば、そもそも列車に乗る必要もなかったんですけどねぇ」

「ないものねだりしても仕方ありませんよ。それより……討伐隊は私達がオビウスへ向かっていることを知っている。そこが問題です」

　ラインハイトが聖剣を鞘《さや》に納めながら思案する。

「そう経《た》たず、こちらへ追ってくるに違いありません。それか、連中は飛竜を持っているから、闇雲に探すことはせずオビウスに先回りして待ち伏せるか……」

「その前にスイ達が到着できれば、オビウスから公国側への〝黒門〟があるはずなので、また一気に引き離せるんですけどねぇ」

　枝葉で出来た天然のアーチの先に夕日が見える。いよいよ遠方の山の陰に隠れそうだ。

　大きく伸びる影を辿《たど》るようにして視線を戻し、ラインハイトはラウスへ問うた。

「レオナルドさん達も心配です。ここで待ちますか？」

　だが、返事がない。シャルムを抱えたまま、ラウスは少し俯《うつむ》くようにして何かを考え込んでいる。ラインハイトの問いかけも耳に入らない様子で。

「あの……ラウス様？」

　見れば、シャルムも困惑した様子でラウスを見上げている。その視線がラインハイトに向いて、いかにも「どうしよう?」と助けを求めているようであった。

どうやら、ラインハイトがスイと話している間に、シャルムもまたラウスに話しかけていたらしい。

「ラウスさぁ〜ん? 聞いてます? 立ったまま意識を飛ばす剛の者ムーブですか?」

スイの、そんなふざけた口調に反応したわけではないのだろうが、ようやくラウスが顔を上げた。

「スイ」

「お、反応した。良かった良かった——」

「何を隠している?」

スイから「ほぇ?」と間の抜けた声が漏れた。

ラウスの目が鋭く細められている。淡い輝きが宿っているのは、魂魄を視《み》て、その揺らぎによる真偽の見定めをしているせいか。

「お前も、レオナルドも、会話の中で妙に歯切れの悪い時があった。討伐隊に関して、何か言っていないことがあるのではないか?」

「あ〜、いや、う〜ん」

「嘘《うそ》は通じんぞ」

スイは困った表情でポリポリと頬を掻《か》いた。

「別に嘘を吐《つ》く気はありませんよ。まぁ、懸念はありまして、今のラウスさんの状態を考慮して、敢《あ》えて話していないこともありますけど」

「懸念?……確証はない話だと?」

ラインハイトとシャルムからすれば、わけの分からない会話だった。

ただ、確証はないのかと尋ねるラウスの姿が、どこか祈るような雰囲気であったことには、思わず目を瞬かせてしまう。

「はい。私が知っているのは……」

スイの視線が一瞬だけシャルムに向いた。

「討伐隊の隊長格二人の体格が小柄であるということだけです」

「……そうか」

とてもではないが、白ローブの中を確認する余裕などなかった。聖弓としか思えない射程と威力を誇る武装を、事前に確認できなかったのと同じく。

と、言外に伝えるスイの言葉には、ラウスも納得せざるを得ない。

「逆に聞きたいのですが、このタイミングで質問したのは確証を得たからですか?」

ラウスもまた腕の中のシャルムを見て、嘆息を一つ。

そっと地面に降ろしながら、馬鹿馬鹿しいと言いたげに頭《かぶり》を振った。

「いや、確証はない」

「そうですか……」

スイのラウスを見る目は、どこか冷徹な光を帯びているようだった。

ラウスの精神状態を把握し、一人の戦力としてどこまで当てにできるのか、感情を排して合理的に見ている目だった。

「そちらの懸念……いや、気遣いは理解した。問い詰めるような形になったな。すまん」

「いえ、それは構わないのですが……」

現実的に考えて、あり得ないことだ。

あの魂魄の強い輝き、討伐隊の隊長格というに相応《ふさわ》しい強さを思えばなおさら。

スイ達が、場合によってはラウスが無力化されるかもしれないと考えたことも、侮るなと、業腹であると言いたいところだが、分からなくはない。

現に、今、自分は動揺していた。それを、スイに見定められている。

ラウスは、一度吹っ切るように深く息を吐いた。

「心配は無用だ」

「ならいいんですけど……」

今すべきことは分かっている。

たとえ何があろうと生き延びること。体調を万全にすること。でなければ、望みは何一つ叶《かな》わない。

そう、確証のないことに心を囚《とら》われている場合ではない。

この心中をざわめかせる懸念は〝神の悪辣さ〟、その一点のみに基づくのだから。

「あの、父上？　先程からいったいなんの話を……」

「ラウス様？　大丈夫ですか？」

シャルムとラインハイトの気遣うような眼差《まなざ》しに、ラウスは笑みを以《もっ》て応える。

「すまん、問題ない」

シャルムを想《おも》い、懸念に蓋をする。

釈然としない様子の二人だが、ラウスは敢えて話題を転じた。

「先へ進むべきだと思うが、スイはどうだ？」

「ですねぇ。仮に追手に見つかったとしても、最悪、転移でこの場に戻れば、またいくらか時間を稼げます。連続してエスペラドに戻ることも可能ですし」

「ふむ。レオナルド達は？」

「討伐隊は目撃されるのを避けて離れるかもですが、あの辺りは魔物もいますから……」

「乗客を置いては来られんか」

「ええ、それが彼等《かれら》ですからね」

「転移前の話しぶりだと合流計画はあるんだな？」

「もちです」

「なら決まりだ」

そうして、ラウス達は先へ歩き出した。

渓流を囲う森の木々が上空から姿を隠してくれるうえに、東方面が緩やかに北へカーブを描いているので、太陽が完全に沈むまでは、ひとまず渓流沿いに進んでいくことに。

一時間ほど歩いただろうか。

夜の帳《とばり》が完全に降り、星々が夜天を彩り始めた。

夜闇で視覚を制限されているからか、川のせせらぎが妙に心地よく耳に入る。

「そう言えば、車内食を食べ損ないましたね」

くきゅ～と可愛《かわい》らしく鳴ったのはスイのお腹《なか》。音に反して、舌打ちと腹をポンポンと叩《たた》く姿に可愛さはない。

釣られるようにして、もう一つクキュ～ッと。シャルムだった。お腹を押さえて頬を染めている。こちらの方が乙女レベルは高そうだ。

「……荷物を置いてきてしまいましたね」

「問題なしです」

顔をしかめたラインハイトに、スイは右手を見せびらかすように掲げた。

親指には指輪がはまっている。

「オスカー・オルクスの、あのアーティファクトか」

「宝物庫と言うらしいですよ」

スイ用に支給されたそれは即席なので容量は少ない。せいぜい大きな旅行鞄《かばん》二つ三つといったところ。だが、暗器を好んで使うスイからすれば垂涎《すいぜん》ものだ。

もちろん、保存食も入れてある。

「で、いくら払います？」

ふひひっと笑いながら、こんな状況でも金をせしめようとする卑しいウサギの姿が、そこにはあった。

ラインハイトの顔が未《いま》だかつて見たことのない有様になっている。名状し難い、言うなれば「こいつは……きっとこういう生き物なんだな……」と哀れみを混じえた羽虫を見るような目というべきか。

ラウスを見れば、やはり同じような表情をしつつも溜息《ためいき》交じりに頷《うなず》いた。仕方なく懐から随分と軽くなった財布を取り出すラインハイト。

だが、のんびりと食事をしている時間は、元より与えられないようだった。

「！　来ますっ！」

またもシャルムの直感が一行を救った。

総毛立ち、振り返った先に星の瞬き。否、それは、殺意の証《あかし》。

「ラインハイト！」

「承知ですっ――　〝聖絶〟!!」

聖剣の力を借りて即時展開された光のドームに、刹那、衝撃が襲い掛かった。

「うぇえっ、なんでこの場所が分かったんですかぁ？」

愚痴を吐きながらも、スイが懐から〝黒鍵〟を取り出す。

だが、それを発動させる余裕もまた、与えてはもらえなかった。

「第二聖槍《せいそう》起動――　〝神威《かむい》〟・一極」

声が降ってきた。頭上に閃光《せんこう》が瞬いた。

スイのそれは、ほとんど本能的な動きだった。頭上を仰ぎ見る暇もなく全力で前方へダイブ。結果、その迅速果断の動きがスイの命を守った。

一瞬前まで彼女がいた場所に、人と同じくらいの太さの光の柱が突き立っていた。

そう、〝聖絶〟の防壁を、まるで弓矢で紙を射貫《いぬ》くような容易《たやす》さで貫いて。

「聖槍っ、やはりダリオンは生きていたのか!?」

ラウスが難敵を捜して頭上を仰ぐ。だが、確認する前に、光の柱――聖槍が放ったと思《おぼ》しき光の槍《やり》が消えるのと入れ替わるようにして、今度は幼さを残す声が降ってきた。

「第二聖剣起動―― 〝天翔閃《てんしょうせん》〟!!」

頭上より弧月を描く光の斬撃が飛来する。普通の神殿騎士が放つのとは、大きさも密度も桁違い。

「父上!」

「ッ、シャルム!」

シャルムの焦燥が、何より雄弁に〝聖絶〟が耐えられないことを教えてくれる。

ラウスは咄嗟《とっさ》にシャルムを抱え上げ、軋《きし》む体を叱咤《しった》しながら身体強化を発動。その場から一気に飛び退《の》く。

ガラスが粉砕されたような轟音《ごうおん》と同時に、〝聖絶〟の残滓《ざんし》が宙を舞った。

更に、地面に直撃した〝天翔閃〟が凄《すさ》まじい衝撃を撒《ま》き散らす。

ラインハイトは対岸へ、スイは上流の浅瀬へ、シャルムを抱えたラウスは膝丈くらいの川中へ、それぞれ木の葉のように吹き飛ばされた。

辛うじて受け身を取り、身構える三人。

そして、視界に捉える。

ザッと軽い足音を立てて、地に降り立った襲撃者達《たち》を。

ラウス、ラインハイト、スイの三人を、それぞれ挟撃できる位置に二人ずつ。

白いローブが脱ぎ捨てられた。

ラウスからしても、見覚えのない騎士達だった。獣光騎士団団長で聖弓の使い手ムルムも、護光騎士団団長で聖槍の使い手たるダリオンもいない。

ラウスの討伐を命じられるくらいだから最高位の手練《てだ》れのはずで、それならラウスと面識があってもおかしくはないのに。

誰も彼も無名の騎士でありながら、信じ難いことに、全員が教会の秘宝――七聖武具が一つ〝聖鎧《せいがい》〟そっくりの鎧《よろい》を装備していた。そのうえ、これまた目を疑いたくなるが、彼等の手にある全ての武器もまた見覚えのあるフォルムをしていた。

「ば、馬鹿な……」

ラインハイトが呻《うめ》くように言葉を零《こぼ》した。

無理もない。左右に陣取る男と女の騎士が持っているそれは、どちらも自分の手に握られている武器――聖剣と酷似していたのだから。

それどころか、スイを囲う二人は聖槍と聖弓、ラウスを挟んだ二人のうち一人は聖槍と聖盾の二つを、そしてもう一人は破壊されたはずの聖槌《せいつい》を担いでいる。

教会の秘宝武具が勢ぞろい。どころか同種が複数。

壮観と感じるより、もはや困惑しか出てこない。

だが、それよりも、ラウスには気を囚われることがあった。

頭上を旋回する飛竜より、最後に飛び降りた魂が二つ。

列車で視《み》た、きっと勘違いだと己に言い聞かせた覚えのある輝き。

正面の大岩の上に、今、降り立った。

小柄な二人だった。片割れの方が少しだけ大きいか。

それでも、周囲の討伐隊に比べれば胸くらいの背丈しかない。

その二人が、ラウスを見下ろす二人が、

「ラウス・バーン。一族の恥さらしめ。ようやく捉えたぞ」

「覚悟してください。私達が受けた恥辱、苦痛と死を以て贖《あがな》わせてやりますよ」

そう聞くに堪えない凍《い》てつくような声音で吐き捨てて、ソードを取った。

「え、あ……そんな……」

動揺に震える声は胸元から。

けれど、ラウスは視線を下げて、シャルムの様子を見ることができなかった。

逆に、ああ……と天を仰いでしまった。

彼等が騎乗してきた飛竜四体が空を舞っている。その隙間から、憎たらしいほど鮮やかに輝く三日月が見えた。

それはまるで、神の嘲笑のようで。

「あちゃ～。支部長さんの予想、的中ですか」

「ここまでやるのか……教会は……」

スイとラインハイトの声がどこか遠くに聞こえる。

ラウスは、視線をそっと落とした。その先には、紛《まご》う方なき現実があった。

残酷で、いっそ笑えてしまうほどに無慈悲な、そう、

「……カイム、セルム」


己を殺しに来た息子達という現実が。

改めて魂魄《こんぱく》を確認すれば、やはり、息子二人のそれに間違いない。ただ、記憶にあるそれより桁外れに強く輝いているだけ。

より気にすべきは、もっと明白で異様な変わりようだ。

「その髪は、どうした？」

シャルムと違い、カイムとセルムは母親譲りの金髪だった。

だが、センター分けとマッシュルームカットという髪型こそ同じだが、その色合いは、

まるで脱色でもしたかのような白。

「背丈も、随分と伸びたようだ」

なお子供の背丈とはいえ、二人揃《そろ》って神都を出たあの日と比べて十センチ近くも成長しているように見える。

問いかける声が少し震えているのは、父親としての心配と、何者かが息子達に成りすましているだけであれという願望が交じり合っているからか。

いずれにしろ、この場には些《いささ》かそぐわないセリフだ。

案の定、まるでしばらく出張で留守にしていた父親が、久しぶりに帰った家で息子にかけるようなごくありふれた言葉を耳にして、

「貴様っ。懺悔《ざんげ》の言葉一つないかっ」

「この期に及んで最初の言葉がそれとはっ。本当に度し難いっ」

カイムとセルムは激高した。見たこともないほどに、恐ろしいほどに、二人の表情が歪《ゆが》む。屈辱と憎悪に塗《まみ》れた表情だ。

「カイム兄さん！　セルム兄さん！　あの巫女《みこ》に何かされたのですか!?」

シャルムが叫ぶ。あの恐ろしい瞳、見ているだけで頭の中を弄《いじ》られるような、おぞましい力。それを知るが故に、シャルムは兄達を想って問う。

父親に対する感情の先鋒《せんぽう》が〝憤怒《こうこつ》〟なら、末の弟に対するそれは〝嘲弄〟だろうか。

同時に、何かを思い出しながら恍惚《こうこつ》の感情も見せる。

「敬称を忘れているぞ、出来損ない。そんなことだから、私達のように格別なる〝祝福〟を受けられんのだ」

「あの方は、慈悲深くもバーン家の汚名を雪《すす》ぐ機会を与えてくださったのですよ」

そう言って、魔力を発露するカイムとセルム。

絶大な魔力の奔流が二柱、天を衝《つ》いた。

その魔力量も異常ではあるが、何よりおかしいのは色。元々、バーン家特有の黒を基調とした色だった二人の魔力が、今は輝きを帯びた白に。

更には、二人の背中からバサリッと同色の魔力で構成された翼まで。

それはまさに、〝神の使徒〟を彷彿《ほうふつ》とさせる姿で。

「なんということだ……」

頭の中が灼《や》けるようだった。息子達の体を都合よく改造された憤怒で。

だが、戦慄《わなな》くラウスの様子を、カイムとセルムは畏怖故と受け取ったらしい。

醜悪な嘲笑を浮かべて、父と弟だった者達を見下ろす。

「分かるか？　私達は使徒様の位階へ至る資格をいただいたのだ」

「お前達の討伐と聖剣の回収。それを以《もっ》て我等《われら》は高みに昇るのです。バーン家の健在を、白光騎士団の威信を陰らせることなく、遍《あまね》く信徒達へ知らしめるために」

ラウスの処刑は確定事項。

なら、どれだけ隠しても白光騎士団団長の不在は世界に伝わる。

その対策がこれ、というわけだ。

使徒へと至った前騎士団長の子息二人が、白光騎士団を率いる。ラウスのことは適当なストーリーを付けて殉教したことにしておけばいい。

途轍《とてつ》もなくセンセーショナルで喜ばしいことだ。人々の意識は偉業を成し遂げた名家の遺児二人にのみ注がれることだろう。

（シナリオはできているわけか……）

ラインハイトがすり足でラウスとの距離を詰めようとして、討伐隊二人に牽制《けんせい》され焦《じ》れているのが分かる。

上流の浅瀬にいるスイも、片膝立ちのまま隙を探っている。

包囲する騎士達は不気味なほど沈黙を保っていた。表情にも変化はなく、背信者達への狂信的な感情も見えない。

だが、強い。それだけは分かる。まるで隙がなく、機械のような正確さでラウス達を牽制してくるのだから。

（無力化……できるか？）

不気味な討伐隊を打倒し、カイムとセルムを拘束。そのまま連れていくことは可能か……と思考を巡らせる。

たとえ、父を見る目ではなくとも。弟への親愛を失っていても。

変わり果てた二人の瞳に映るのが、ただの神敵であっても。

それでも、憤怒と悲哀を押し殺し、息子達を救う手立てを考えずにはいられない。

そんなラウスの内心と、ラインハイト達の諦めない意志を感じとったからか、カイムが鼻を鳴らした。

「見苦しい真似《まね》はやめろ。教皇聖下は、確殺の手札をお与えくださっている」

カイムが手にしている剣――〝第二聖剣〟と呼称していた剣を構える。

討伐隊の持つ七聖武具らしきそれらに、不気味な威圧感を纏《まと》う騎士達。おそらく、他にもラウス達を抹殺する手札はあるのだろう。

「絶望しなさい。神罰は、決してお前達を逃がさない！」

セルムもまた、その手の杖《つえ》を――聖杖《せいじょう》に酷似したそれを掲げた。

教会最強の騎士を前に緊張すらない。勝利への確信だけがあった。

騎士達がにわかに殺気立つ。

そうして、いざ、討伐開始――という前に、

「解放者の情報を売りまぁ～～すっ!!」

バシャッと水の跳ねる音と、そんな戯言《たわごと》が響き渡った。

一瞬、時間が止まったと錯覚するほど、見事に流れの間隙を突いた大声と言葉だった。

思わず声の方を見れば、スイが浅瀬で正座し、三つ指をついて、物凄《ものすご》く低姿勢かつ上目遣いになっていた。「へへっ」と卑屈に笑う姿も合わせて、実に浅ましい。

しかも、

「畜生如《ごと》きが口を開くな――」

「神都周辺に潜伏してる解放者がいっぱいいますよぉ！　固有魔法《こゆうまほう》持ちもいますし！　幹部クラスもいます！　拠点もぜぇ～んぶ知ってますよ！」

何かを言われる前に怒濤《どとう》の追撃。カイムが二の句を継げず口をパクパクさせてしまう。

「なっ、スイさん！　貴女《あなた》は何を言ってっ――」

「うっさいっ、スイは死にたくないんですよぉ！　こんなヤバい人達に、疲れ切ったおっさんと新米勇者で勝てるわけないでしょうヤダーッ」

あんまりと言えばあんまりなクズの言い分に、ラインハイトも二の句が継げない。

セルムが少し頬を引き攣《つ》らせつつも言葉を返した。

「その程度の情報では、お前の命と釣り合いませんよ」

「おいっ、セルム！　まさか取引する気じゃないだろうなっ。畜生に惑わされるなどっ」

「ですが、兄上。この畜生は報告にあった共和国戦士団の戦士長ですよ？　私達の任務はラウス・バーン達三名の討伐で、畜生は含まれていません。情報源として持ち帰っても命令違反ではありませんよ」

「そんなことは関係ない！　信仰も知らぬ下等生物の言葉など信じるに値しないと言っているんだ！」

「信じません。ですが、生かしておけば真実を引き出す方法などいくらでもあります」

「それは……」

「今の私達《たち》にとって、手柄は一つでも多いに越したことはない。母上やお祖母様《ばあさま》の他、バーン家に連なる者達の今後は私達次第なのですから」

「……確かに、母上達の軟禁状態を解くためにも、家の信頼回復は急務だが……」

カイムとセルムの話し合いに騎士達が動きを止めている。

リコリスとデボラの現状に関する話は、ラウス達も聞きたかったことだ。

しかし、今はスイの言動の方に気を取られてしまう。まさかの裏切りかと、信じ難い思いが湧き上がる。

三人揃ってスイを見るが、スイは平伏するように頭を下げていて顔が見えない。

見えないが……

ラインハイトの位置からだけ、僅かにスイの口元が見えた。

ニィッと裂けた口元が。まるで、「そうだそうだ、そうやって議論してろ。無駄に時間を使え。ふひひっ」と嗤《わら》っているみたいに。

ラインハイトは思わず目を逸《そ》らした。おぞましいものを見た、と言いたげに。

そのラインハイトの様子で、どうやらシャルムの〝超直感〟が働いたようだ。

言葉にはせず、自分を抱えるラウスの胸元をギュッと握る。

見下ろした先の息子の強い眼差《まなざ》しに、ラウスもまた察して瞬《まばた》きで頷《うなず》き返した。ついでに備えをする。光の鎖をこっそりと創出し、シャルムの体を自分に固定。片手をフリーにしておく。

その間に話し合いが終わったらしいカイムとセルムが、スイに目を向けた。

「そういうわけで、兄上。ミレディ・ライセン達や共和国の情報も引き出せるでしょうから……」

「ふん。いいだろう。おい、畜生。貴様を本国へ連行してやる。洗いざらい知っていることを吐いてもらうぞ」

「ふぇ～、ここで見逃してもらうわけには……」

「その醜い耳と四肢を切り取って連行してもいいんだぞ？」

「あわわっ。分かりましたよぉ～。うぅ、やっぱり神国の潜伏者情報だけじゃあ足りませんよねぇ。そうですよねぇ～」

スイが顔を上げる。べそを掻《か》く姿は実に情けない。

まさか、それこそが〝スイ劇場〟とも表現すべき、彼女の必死の戦いなどとは思いもしないだろう。

「当然だ。その程度の情報で――」

「ですよねぇ！　この程度の情報なんて既に知ってますよねぇ！」

「あ？」

「……どういう意味です」

「どういう意味も何も～、〝背信の泥杯〟とやらを欺くラウスさんを正確に捕捉しているじゃないですかぁ！」

時間と距離を考えれば、列車からここまで一直線にやってきたとしか考えられない。

教会の秘宝が捉えられなかったにもかかわらず、だ。

心身への衝撃に次ぐ衝撃で考えが及ばなかった重要事項に今更ながらに気が付いて、ラウス達が電流でも流し込まれたみたいな顔を晒《さら》している。

その間にも、スイの舌は滑らかすぎるほどに動く動く。

「秘宝を超える捜索能力！　ならぁ、まさかお膝元の異端者達に気が付かないはずがない！　わざと泳がせていたというわけですよね！　いやぁ、流石《さすが》は名家の血を引く方々ですぅ！」

嫌らしい。実に嫌らしい発言である。

気が付いていなかったなどとは言えない。そんなことを認めれば、まるで無能であると認めるみたいだから。

そんな〝プライドの高い子供の思考〟が明言を塞《せ》き止める。狙い通りに。

反応も十分。スイにとっては。

（どうやって捕捉しました？　範囲は？　発動の条件はなんです？）

その情報だけは、絶対に盗《と》らなければならない。でなければ、この場を凌《しの》いだとしても、また捕捉される可能性がある。とても隠れ家になど行けない。

今のカイム達の様子でスイが読み取った情報は二つだ。

一つ。やはり、〝背信の泥杯〟ではなく、個人の能力。それもカイムかセルムの能力による捕捉であること。

二つ。潜伏者の情報を無視しなかった点から、自由に対象を選べる能力ではないこと。

ここに確度の高い推測を一つ。

駅で〝背信の泥杯〟に頼って大雑把な追跡しかしていなかった点から、捕捉能力が発動したのは、十中八九、あの列車襲撃時であること。

そこまで一瞬で思考し、更に情報を得ようと頭を回転させる。

だが、その前に意外なところから援護射撃が。

「嘘《うそ》です！　父上を捉える力なんて兄上達にあるはずがない！」

「なんだとっ」

「出来損ない風情が……」

(坊ちゃんったら！　なんて見事な煽《あお》り！　いいぞぉ！　もっとやれ！)

平伏スタイルのまま内心で嗤うスイ。シャルムの発言が、決して子供の癇癪《かんしゃく》じみたものではなく、直感に基づきスイに合わせたものだと確信できる。

「どうせ、エスペラドで距離が近くなったせいで背信の泥杯が父上を認識して、それで追跡能力が向上したとか、そういう理由に決まってます！　父上に！　兄上達が勝るはずがないもの！」

シャルムには、煽りの才能があったようだ。

意図には気が付いていても、ラウスもラインハイトも少し表情が引き攣っている。

当然、カイムとセルムも穏やかではいられない。特に、煽り耐性の低いカイムは。

「ハッ、馬鹿が。紛れもなく、ラウス・バーンを捕捉しているのは私の能力だ。半使徒化と共に目覚めた固有魔法のな。そして、魂魄《こんぱく》魔法の防護を抜いて捕捉できたのは、他ならないラウス・バーンの無様な失態のせい――」

「隊長」

不意に、カイムの言葉が止まった。

ここに来て初めて騎士が口を開いた。ラウスを牽制する槍《やり》と盾の男だ。

「神罰の執行を」

〝神の使徒〟のような無機質な声音ではないが、臓腑《ぞうふ》に冷気を吹き込むような冷徹なる声だった。途端に、カイムの表情から一瞬前の憤怒と侮蔑が消え去る。

あたかも、隊長と呼ばれていながらカイムの方が命令を受けたかのように。

「そうだな」

いっそ不気味なほど鮮やかな切り替え。それはセルムも同じ。

唐突にやって来た一触即発の空気に、時間稼ぎはもはやここまでとラウス達が覚悟を決めた顔付きになる。

カイムが剣をラウスに突きつけた。

「悔い改めるがいい、背信者共」

「神よ、ご照覧あれ。今、バーン家の汚点に滅びを」

それが、問答無用の開戦の合図となった。

「ラインハイト！　スイ！」

「凌ぐことに集中してください！」

「っ、承知したっ」

ラウスの警告に、スイが指示を以《もっ》て返し、ラインハイトが応える。

直後、ドンッと爆発したような衝撃音が。

それが耳に届いた時には既に、カイムの姿はラウスの目と鼻の先にあった。

繰り出されるのは唐竹割りの一撃。

それが、欠片《かけら》の躊躇《ちゅうちょ》もなくラウスの脳天に振り下ろされた。

「くっ。カイム！　正気に戻れ！——　〝鎮魂〟ッ」

想像以上の速度に目を剝《む》きながらも、剣の間合いから飛び退《の》くラウス。眼前を通り過ぎる刃からは、勘違いの余地もない殺意がひしひしと伝わってきた。

かわしたはずなのに痛みを覚える。心を斬り裂かれたようだった。

それでもなお、あらゆる状態異常を解除する魂魄魔法を直撃させたのは、流石、元白光騎士団団長というべきか。もっとも、

「馬鹿が！　私の信仰に陰りなどないわ！」

「何っ」

カイムへの影響は欠片もなく。

洗脳や意識誘導系魔法の影響下ではないのか。それとも、ラウスの魔法を以てしても容易《たやす》くは解除できないほど強力なのか。

どちらにしろ、深く考察している余裕は与えられなかった。

左右から、盾と槍の騎士と戦槌《せんつい》の騎士が襲来。

暴風の如き戦槌の薙《な》ぎ払いが頭部を狙って、閃光《せんこう》の如き槍の突きが腹を穿《うが》たんと、完璧なタイミングで繰り出される。

「くっ――〝天絶〟ッ」

掌《てのひら》大の輝く障壁を即時に召喚。それに槍の穂先を滑らせて軌道を逸らし、同時に身をかがめて戦槌をかわす。

地面を叩《たた》いたカイムの剣が跳ねるように持ち上げられ、そのまま突きが放たれる。

狙いはシャルム。否、シャルムを貫いてラウスを穿つ気か。

軋《きし》む体に鞭《むち》を打ち、外套《がいとう》を払いのけるようにして腰の短剣を抜く。

そのまま流れるようにカイムの剣先に合わせて力の流れだけを逸らす――寸前、

「見えすいているぞ！」

分かっていたかのように剣先がブレる。

「なにっ」

強引に身を捻《ひね》り回避。だが、かわし切れずに二の腕を斬り裂かれる。

血飛沫《ちしぶき》が舞い、体勢が崩れる。

歴年の戦闘経験がレッドアラートを鳴らした。不味《まず》い、追撃を受ける、と。

危急の時の一手は条件反射で。周囲一帯を無差別に乱打する〝光爆〟を放ち、刹那の時を稼ごうとする。が、不意に意識が霞《かす》んで中断してしまう。

脇を駆け抜けたカイムが、肩越しに不敵な笑みを浮かべるのが分かった。

何かされたのだろう。だが、間髪容《い》れず踏み込んでくる騎士二人を前に、考察の時間は与えられない。

無様にも背中から転倒し、水中に埋没しつつも片足を蹴り上げ水の幕を作り出す。と同時に、唯一の武器である短剣を投擲《とうてき》。水幕を突き破るようにして盾槍の騎士を襲う。

当然、その程度では止まらないが牽制《けんせい》にはなった。

騎士達の攻撃のタイミングがずれる。振り下ろされる戦槌をゴロリと転がって回避しつつ、衝撃波と川底の石の乱打を背中で受けて、その勢いで立ち上がる。

息が詰まった。背中の感覚がない。痛みすらも分からない。

だが、懐の息子は無傷。ならば、問題なし。

何より、一手を挟み込む隙がようやくできた。

盾槍の騎士の刺突がスローモーションで迫る中、無詠唱にて十八番を発動。

魂魄魔法〝衝魂《しょうこん》〟が放射状に放たれた。

体の深奥からの軋む音を幻聴し、意識が一瞬飛んだが、その甲斐《かい》あって騎士二人とカイムは「ぐっ」と呻《うめ》きながら動きを止める。

千載一遇のチャンスというべきこの刹那に、せめて騎士一人だけでも無力化すべく足に力を入れるラウスだったが――

「父上ッ」

「!?」

シャルムの叫びで咄嗟《とっさ》に中断。倒れ込むように前方へ身を投げ出せば、光の矢が一瞬前までラウスの頭があった場所を抜けていく。

横目に、スイと相対していた弓の騎士が、こちらに照準しているのが映った。スイ自身は、槍の騎士の猛撃を回避するので精一杯の様子だ。

そして、その刹那にも満たない意識の間隙を、敵は逃さなかった。

「第二聖盾起動――〝魔衝《ましょうは》波〟」

荘厳なタワーシールドによるシールドバッシュ。

それだけならバックステップで回避できただろう。だが、そこに広範囲かつ射程数メートルの衝撃波が追加されれば回避など不可能。

ラウスにできたのは、咄嗟に体を丸めてシャルムを懐に庇《かば》うことのみ。

まるで全力疾走中の軍馬に体当たりを食らったような衝撃に、ラウスの口から「がはっ」と呼気交じりの血が吐き出される。

まるで、水切り遊びの石のように水面を跳ねて飛んでいくラウス。スイから少し離れた対岸の大きな岩に背中から激突する。

「ラウス様ッ！」

岩の破砕音と水飛沫《みずしぶき》の爆音に紛れて、ラインハイトの切羽詰まった声が響く。

急いでラウスのもとへ行こうとするが……

「今、助けに――クソっ、どけぇっ」

剣の騎士二人が恐ろしいほどの連携を以て間断なき剣撃を放ち、ラインハイトを釘付《くぎづ》けにする。

聖剣の導きが、逃避行の中でラインハイトの剣技を進化というに相応《ふさわ》しい速度で成長させてきた。

だからこそ、凌げている。

同時に、それでも凌ぐので精一杯。

連携だけでなく、一人一人の騎士が騎士団でも最上位クラスの達人なのだ。

おまけに、この二人ときたら剣の術理が正反対ときている。

男と女の違いというべきか。男の騎士は剛剣、女騎士は技巧の剣。暴風と流水という相反する技の波状攻撃は、ラインハイトの呼吸を著しく乱す。

そこへ、追加の絶望。

「アジーン、セイス。加勢してやれ。腐っても勇者だ。油断するな」

「「了解」」

カイムの指示で、ラウスと相対していた盾槍の騎士と戦槌の騎士が加わった。ラウスの疲弊が想定以上だったということか。カイム一人で十分と判断したようだ。

あるいは、己の手で討ちたいのか。

（無理だっ、凌《しの》げない！）

動揺の隙を突かれ、剣の女騎士に脇腹を浅く斬られる。

盾槍の騎士アジーンの槍が輝きを帯び、戦槌の騎士セイスが省略詠唱を口ずさむのが、妙に遅くなった視界の中ではっきりと見えた。

もはや出し惜しみなどしていられない。死は、目の前に迫っている。

「応えてくれ、聖剣！――〝限界突破〟ァッ!!」

ドゥッと純白の光が螺旋《らせん》を描いて天を衝《つ》いた。上空を旋回し続ける飛竜達《たち》が驚いて鳴き声を上げながら回避行動を取る。

「――〝天翔閃《てんしょうせん》・輪華《りんか》〟!!」

名も顔も知らぬ先代勇者が編み出し、聖剣が伝えてくれた〝天翔閃〟の変則技。

片足を軸に高速回転すると同時に、輝く円環の斬撃を放つ。

剣の騎士二人は、それぞれ跳躍と仰《の》け反りで回避。騎士セイスは戦槌で防御し、騎士アジーンは盾で防ぎながら閃光の刺突を放つ。

（今ので反撃できるのか!?）

敵はノーダメージ。こちらはカウンターから辛うじて身を逸《そ》らすも、肩を抉《えぐ》られてしまった。

「――〝天翔烈破〟!!」

小さな光の斬撃を全方位へ無数に。苦し紛れに放った三代前の勇者の技は、どうにか四人の騎士の猛撃を僅かな間だけ塞《せ》き止めることに成功する。

その隙に、ラインハイトは叫んだ。

「スイさん!　ラウス様を――」

「あぐっ」

ラウスに触れて姿と気配を消して離脱できないかと言おうとして、しかし、返ってきたのは苦悶《くもん》の声。

槍の横薙ぎを脇腹に食らい、スイが吹き飛んだ。そこへ間髪容れず矢が飛び、岩に激突した直後のスイを襲う。

無意識レベルでも身を捻ることができたのは、流石《さすが》戦士長というべきか。

だが、心臓を穿たれるのは避けられても、その華奢《きやしや》な肩には直撃を許してしまう。余程の威力なのか、貫通してそのままスイを岩に縫い留めてしまった。

「――んぎっ!?」

「ぐぅっ」

苦悶の声が重なった。ラウスだ。

見れば、シャルムを庇いながらカイムの猛攻を小さな障壁だけで必死に凌いでいる。

だが、ギリギリだ。

カイムのスペックが目を疑うほど高いというのもあるが、何より、まるでラウスの動きを読んでいるかのように的確なのだ。

そのうえ、ラウスの動きが目に見えて精彩を欠いていく。顔色も加速度的に悪くなっていく。よく見れば、スイの顔色も随分と悪い。二人揃《そろ》って青白く、苦痛のせいというより、まるで、そう、病魔にでも侵されているみたいに。

「このっ――〝天翔閃・二翼〟ッ」

空中で側転しながらの二撃。一つはスイが縫い留められている岩に、もう一撃はカイムの足元付近に。

代償として、女騎士の剣に肩口をスライスされ、槍《やり》に頬を切り裂かれ、着地する寸前で戦槌の直撃を受けてしまった。

肋骨《ろっこつ》から不吉な音が鳴り、視界が目まぐるしく天地を入れ替える。

自分が吹き飛んだのだと自覚できたのは、渓流脇の太い木にめり込んでから。

ベキベキッと音を立てて木が倒れていく。

視界が揺れる。

カハッと肺の中の酸素と一緒に、いっそ笑えるほどの大量の血が飛び出す。

それでも、代価を払った甲斐はあった。

スイは拘束から脱出し、止《とど》めの槍の一撃をどうにか回避。

ラウスも、カイムの攻撃が中断されて一呼吸置くことができた。

「ス、イ！　姿をっ」

スイの本領は暗殺だ。その能力は凶悪で、先の戦争では神殿騎士団第三軍軍団長ゼパールとも同等に渡り合い、更には手厚く守られていたはずの総司令バラン・ディスターク枢《すう》機卿《ききよう》を討ち取ることにも成功しているほど。

この戦いで、一度も姿を消さず真っ向勝負に甘んじていることは異常だった。

故に、なぜ姿を消さないのかという疑問と共に叫んだラインハイトに、

「ああもうっ、なんなんですかぁっ。固有魔法《こゆうまほう》は発動しないし、体も上手《うま》く動きませんっ」

そんな答えが返ってきた。それに加えて、

「ラインハイト！　セルム兄さんを止めて！」

言葉を発する余裕もないラウスに代わり、シャルムが原因を教えてくれる。

「忌々しい。やはり、勇者には効きませんか」

カンッと岩を打つ杖《つえ》の音色が響いた。

ハッと視線を転じる。忘れていたわけではない。だが、猛攻により確認できていなかったセルムを見れば、最初の位置から動かぬまま壮麗な杖を構えている。

その身からは魔力の光が溢《あふ》れ出て、よくよく目を凝らしてみれば、空気中に光の粒子が散っているようだった。あたかも、日光を反射する埃《ほこり》のように。

「とはいえ、畜生と大罪人を苦しめられるのは実に愉快」

――固有魔法　禁忌指定

半使徒化のおりセルムが目覚めた、任意の相手の固有魔法の発動を阻害する能力だ。

「もっと苦しみ、絶望してください。――第二聖杖《せいじょう》　起動・〝衰罰執行〟！」

杖を起点に噴水のように舞い散る光の粒子。

途端、ラウスとスイが苦しそうにふらついた。

「くっ、衰弱の魔法か！」

確かに、七聖武具の一つ〝聖杖〟には、強力なバフとデバフの権能がある。

セルムの持つ杖にも同様の能力があるのなら、半使徒化のスペックも合わさって、それは凶悪な効果を発揮するだろう。

ラウスとスイの動きが精彩を欠いたのは、おそらくそれが原因。

むしろ、元より衰弱していたラウスが、この猛威の中であれだけ凌いでいたのが驚異的なくらいだ。もっとも、それも限界が近い。

まさか、量産型の聖武具なんてものの創造に成功していたのかと、ラウスの中で焦燥が這《は》いずり始めた。同時に、戦慄も。

その武具を与えられるような強力無比な騎士達が、やはり無名のはずがないのだ。

一度見れば忘れるはずのない奇形ともいうべき歪《いびつ》な魂を持っているのに、元白光騎士団の団長たるラウスが知らないなどあまりにおかしい。

衰弱状態に衰弱の魔法をかけられ、カイムと相対する度に襲う奇妙な感覚のせいで更に追い詰められ、それを凌ぐために無理を押して更に弱る。

そんな最悪の悪循環により既に朦朧《もうろう》としている意識の中で、しかし、ラウスは答えに至った。

「はぁ、はぁ……貴様等《ら》、護光騎士団か……」

「おや、ご明察ですね」

セルムが肩を竦《すく》める。正解らしい。

団長のダリオン・カーズ以外、同じ三光騎士団の団長でさえ知らされていない秘匿されし軍団――護光騎士団。

教皇の直属であり、任務は護衛のみ。故に思い至るのが遅れたわけだが……

噂《うわさ》では、一人一人が団長クラスの実力者のみで構成されているとのことだったが、さもありなん。どうやら、噂は事実であったようだ。

愉悦たっぷりに、セルムは、そしてカイムは絶望を突きつける。

まるで強迫観念に駆られているかのように。

「聖剣という源流《オリジン》をもとに偉大な過去の先達が創造せし六つの聖武具。聖剣に勝るとも劣らないこれらを合わせて教会の秘宝〝七聖武具〟と呼ぶのは知っての通りですが……」

「この〝第二世代聖武具〟も、七聖には及ばずとも破格の力を有している」

持つだけで発動する身体強化はもちろん、光属性への絶大な適性付与、魔法効果の爆発的な効果上昇、それぞれの武具の特性に合った強力な能力……

それらが、最高位の騎士全員の手に。

　そして、護光騎士団というからには、彼等全員が固有魔法も有しているはずで。

「ああ、援軍は期待しない方がいいですよ」

　セルムの視線がスイを捉える。

「転移系のアーティファクトでも持っているのでしょう？　ですが、列車に仲間を残していたとしても、念のため二人ほど置いてきましたからね」

　レオナルド達もまた戦っているのか。

　それとも、乗客と共に逃げ延びることができたのか。

　今はただ、彼等の無事を祈るしかない。

「情報提供の件は却下ですかねぇ？」

　スイが脂汗を流しながら尋ねる。

　話の途中で問答無用に始まった戦いだった。誰も彼も既に満身創痍《まんしんそうい》だ。

　第二ラウンドのゴングが鳴れば、次の攻勢にはもう耐えられない。だから、心の裡《うち》で、

（早く来い早く来い早く来い早く来い早く来い早く来い遅ぇんだよタコがっ死んだら呪い殺してやるからな早く来いお願いしますなんでもしますからぁっ）

　と、絶叫じみたお祈りをしているなんてことはおくびにも出さず、卑屈に自分だけでも助けてくれませんかぁ？　と交渉でなお時間を稼ごうとするスイ。だが、

「不要です。隊長」

　盾槍の騎士アジーンが、またもインターセプト。

冷徹な眼光を向けられた途端、セルムはやはり素直に頷《うなず》いた。

「そうですね。畜生風情の情報など教会は必要としない。ええ、ええ、そうですとも」

「さて、そろそろ衰弱具合も限界だろう？　絶望したか？」

「思い出しなさい。そして、心に刻みなさい」

「教会は、神は――」

「〝絶対〟だということを」

カイムとセルムが、まるで決められたセリフでも読み上げているみたいに交互に口ずさむ。その姿は異様だったが、確かに本心も感じられた。

きっと、今までの話の全ても、ラウス達を絶望させたうえで断罪したいという願望の発露だったのだろう。

それは、おそらく護光騎士達も同じ。カイムとセルムの無駄口と言われても仕方がない行為を、攻撃の手を緩めてまで許容しているのが何よりの証拠。

あるいは、そう命じられているのかもしれないが。

とまれ、絶体絶命の危機に変わりはなく。

ラウスが歯噛《はが》みする。視界は既に明滅していて、体の深奥から何か大切なものが抜け落ちていくような冷たい感覚に支配されている。

ラインハイトは、聖剣の能力――一定範囲内の魔力吸収と治癒能力で少しずつ回復しているものの〝限界突破〟の維持にリソースを割いているため、やはり危険な状態。

スイは言わずもがな。

最大の手札を封じられたうえ、〝黒鍵〟を起動する暇など欠片《かけら》も与えてもらえず、衰弱効果で足が震える始末。

いずれも限界。

稼げたのは、ほんの十分程度の時間。

それでも、

「さて、〝絶対〟などありはしないと思うがな？」

「誰が絶望などするものかっ」

「そうです！　僕達《たち》は決して諦めません！」

「あ、なんか啖呵《たんか》切る流れです？　はいはい、いいですとも！　ごほんっ、おらクソガキ共！　覚悟しろよ！　お前等遺伝的に将来〝絶対〟にハゲるからなぁ！」

最期まで足掻《あが》く。抗《あらが》う。

なんか一名だけ、絶対などないというセリフに真っ向から逆らうような悪口を言った気がするが……

そして、絶対などないと口にした禿頭《とくとう》のおじさんが、額にビキッと青筋を浮かべていたりするが……

「チッ。どこまでふざけたことを！」

「所詮は信仰に背きし大罪人ということですか」

しかし、その僅か十分程度が、抗う心が、

「どうにか間に合ったな」

「!?」

いつだって、未来を紡ぐ。

声が聞こえたのはセルムの背後。

いつの間にか、その男はいた。

「お前はっ、解放者ナイズ――」

「少し眠れ」

咄嗟《とっさ》に振り返ったセルムの額に、いっそ優しさすら感じさせる動きで手を添える。

パァンッと柏手《かしわで》を打つような音が響いた。

同時に、セルムが白目を剝《む》いた。カランッと第二聖杖が落ち、膝からくずおれる。

脳震盪《のうしんとう》だ。どれだけ強化されていようと、流石《さすが》に空間振動を用いた頭部への奇襲には耐えられなかったらしい。

「チッ。ベッシュ!」

第二聖弓の騎士ベッシュが即座に狙撃する。が、既にナイズはおらず。

直後、頭上より絶大な咆哮《ほうこう》が降り注ぎ、冴《さ》え冴《ざ》えとした月光が戦場を照らし出した。

寒気がダウンバーストのように落ちてくる。

猛烈な風と肌を刺す冷気、そこに混じる氷の細片からカイムと騎士達が思わず顔を庇《かば》って身構える。

そこへ、追加で五つの影が落下してきた。

「今度はなんだ!?」

カイムと数名の騎士が咄嗟に飛び退《の》くと、一瞬遅れて、巨体が水飛沫《みずしぶき》をあげて川中に激突した。

影の正体は、上空を旋回していたカイム達の飛竜四体。

そして、ズンッと一拍置いて着地したのは、

『ようやく見つけたぞ、ラウス・バーン』

巨軀《きょく》を誇る勇壮な氷竜。否、月光を放ちながら収縮し、細氷のダイヤモンドダストの中から現れたのはヴァンドゥルだ。

「やっとキターッ！　これで勝てるぅ～、つか遅ぇよ！　ばぁかばぁか！」

「あ、相変わらず腹の立つ奴《やつ》だっ」

なんて言いつつも、ピィッと指笛を吹けば、両サイドの森よりそれぞれ一筋の閃光《せんこう》の如《ごと》く獣が飛び出した。

ヴァンドゥルの従魔三強の二角、飛竜ウルルクと氷雪狼《ひょうせつろう》クオウだ。

ウルルクの灼熱《しゃくねつ》ブレスがラインハイトを包囲していた騎士達を襲い、クオウが氷槍《ひょうそう》の嵐を放ちながら超速の爪牙《そうが》を以《もっ》てスイを囲う騎士二人を猛撃する。

そして、その絶妙な連携によりカイムの意識が逸《そ》れた瞬間、ナイズが出現。

ラウスの傍らに。

「……随分と酷《ひど》い有様だな」

「なに、まだ朽ちるにはほど遠いとも」

シャルムが目を白黒とさせる中、軽口を叩《たた》き合う。

「貴様ッ、――〝極大・天翔閃《てんしょうせん》〟!!」

カイムが夢から覚めたみたいに振り返り、巨大な光の斬撃を放った。

だが、やはり刹那のうちに消えるナイズ。当然、ラウスとシャルムも一緒に。

光の斬撃は虚《むな》しく川を割り、小さな支流を作るに留《とど》まった。

次にナイズが跳んだのはスイの傍《そば》。

「ラウスさん！　マーキングは!?」

使い物にならなくなった片腕をだらりと下げながら、スイが叫ぶように問う。

このままナイズの転移で安全圏に退避したいのはやまやまだが、カイムの追跡能力をどうにかしない限り、拠点に行けないことに変わりはないのだ。

なら、最悪、カイムだけでも無力化して連れ去る必要がある。

「術は特定できた。いつでも解除できる」

息も絶え絶えではあるが、ラウスはきっぱりと断言した。

今の会話でおおよその事態を察したナイズがスイの肩に触れながら確認する。

「問題ないな？」

「あいあい！　尻尾巻いて逃げましょう！」

敵の飛竜は潰してある。なら、ラインハイトはヴァンドゥルに任せて逃亡してもらい、後で転移により回収すればいい。

カイムとセルムに目を向けるラウスだったが、それも一瞬のこと。

とても、二人を無力化して連れていきたいなどと言える状況ではない。

故に、歯噛みしつつも頷くが……

息子二人を置いていく決断をしてなお、判断は少し遅かったらしい。

「ソーンッ！　逃がすな！」

「承知」

ラインハイトの相手をしていた第二聖剣の騎士ソーンが急速反転。一足飛びでナイズ達のもとへ。

なぜ、弓使いや自身の攻撃魔法で転移の妨害をしようとしなかったのか。

理由は直《す》ぐに示された。

「ッ、発動しない!?」

――固有魔法《こゆうまほう》　魔祓《まばら》い

効果は魔力の霧散。そう、【ライセン大峡谷】と同じだ。第二聖剣の護光騎士ソーンは、己を中心に半径十メートル以内を魔力霧散地帯にできるのである。

騎士ソーンは、そのままナイズに肉薄し、横薙《よこな》ぎを繰り出した。

驚いたことに、その第二聖剣には光の刃が付与され大剣化している。

どうやら、魔力霧散地帯を細かく調整できるらしい。

(相手に魔法を許さず、自分は使い放題かっ。厄介な！)

内心で愚痴を吐きながらもバックステップ。同時に腰に差していた双曲剣を抜き放つ。

転移ができないのだと理解した瞬間にはラウスとスイも飛び退いていたが、

「口惜しいが、神代魔法使いが出てきた以上、絶望を強いている余裕はない！　総員、固有魔法を解禁せよ！　ベッシュ！　畜生から目を離すな！」

セルムは気絶した状態。当然、スイも固有魔法が使える。

回避と同時にスゥッと景色に溶け込むようにして消えかけていたスイは、しかし、第二聖弓の騎士ベッシュが視線を向けた途端、

「あぁあああああっ!?」

電撃でも食らったみたいに体を震わせ、そのままくずおれてしまった。

――固有魔法　聖眼
焦点さえ合えば、任意で〝麻痺《まひ》〟〝認識阻害〟〝聴覚異常〟〝幻痛〟〝触覚喪失〟という状態異常を起こせる魔法。

前後不覚などという生易しいものではない。注視されただけで、まるでミキサーにかけられたかのような感覚の拷問を味わうことになる。

当然、そこに光の矢が止《とど》めとばかりに飛ぶわけで。

「ウォンッ」

肝が冷えるタイミングでクオウが割り込み、顎門《あぎと》を以て矢を噛《か》み砕いた。そのまま、騎士ベッシュの弾幕に氷柱《つらら》の弾幕を以て対抗。

それでも、ベッシュの視線はスイから剝がれなかった。飛び回るようにして常にスイへの視線を確保しつつ、絶技を以てクオウに打開を許さない。

そして、ラウスの方にも、

「ダメですっ、父上！　受けないで！」

「――ッ」

第二聖槍《せいそう》の騎士が放つ突きが襲い掛かる。

靄《もや》のような魔力光を纏《まと》う聖槍は、シャルムの警告がなくとも嫌な予感しかない。

外套《がいとう》をはぎ取って投げつけ、視界を塞ぎながら恥も外聞もない必死の横っ飛び。

派手な水飛沫でシャルムがむせる中、第二聖槍は外套を突き破り――

「っ、腐蝕《ふしょく》、か？」

邪魔だと振り払われた後の外套はボロボロとドス黒く変色して崩壊していった。

――固有魔法　聖蝕者

第二聖槍の護光騎士トゥレスの、対象を腐蝕させる魔法だ。やろうと思えば、腐蝕の魔力光を放射することで己以外の全てを腐朽させる領域を形成することも可能。

そうしなかったのは、

「死ぬがいい！　ラウス・バーン！」

息子が父に手を下すことを、やはり優先しているからなのだろう。

透けて見える悪意に歯噛みしながらも、まともに動かない体を、せめてシャルムの盾にすべく抱え込む。

「させん！」

間一髪、ナイズが飛び込んできた。騎士ソーンを引き連れたまま。

カイムの一撃を受け止め、魔法を使えずとも双曲剣を以て二人同時に、否、騎士トゥレスも入れて三人同時に相手取る。

「おのれっ、邪魔を！」

「するとも」

「ならお前も惑いて死ねッ——　〝聖導〟！」

「ぬっ!?　これはっ」

魂魄《こんぱく》を同調させ、位置の特定、意識誘導、表層意識の読み取りを可能とする固有魔法。

〝背信の泥杯〟に登録されているラウスの魂の情報に同調し、その効果を増幅させて数十メートル以内なら感知できるようにしたのも、この能力。

列車横転も、ラウスに自分の存在を知らせ、動揺に付け込んで同調し捕捉するため。

ラウスが感じていた戦闘中の奇妙な感覚も、これが理由だ。

一度同調されれば、魂魄魔法でもない限り解除はできないだろう。仮に解除しても、魂魄が弱った今のラウスでは直ぐにかけ直されてしまうに違いない。

だが、それでも初見のナイズを助けるべく魂魄魔法を行使する。

「今、解除する――〝鎮魂〟」

途端、体から力が抜けた。シャルムの「父上！」と叫ぶ声もどこか遠い。視界が色褪《いろあ》せる。遂《つい》に訪れた精神論ではどうにもならない本当の限界が、ラウスを地に伏せさせる。

そんなラウスを庇うようにして立ち、ナイズは細くゆっくり息を吐いた。

敵の打倒を思考から外す。

諦めたから？　断じて否である。

今は、動けないラウスとシャルムを守ることに注力するのだ。

仲間を信じて。

そう、同じく敵の猛攻に晒《さら》されているヴァンドゥルを。

ラインハイトと背中合わせになり、刹那のうちに多種多様な氷の武器を創出しては技を以て凌《しの》ぐ凌ぐ凌ぐ。

相対するのは、第二聖剣の女騎士と第二聖槍&聖盾の騎士アジーンだ。

「チッ、面倒な」

「やはりっ。気を付けてください！　女の攻撃は治癒を阻害しますっ」

即席のタッグであるヴァンドゥルとラインハイトとでは比べ物にならない連携の妙技。

まるで、一つの生物を相手にしているかのよう。そこに、

――固有魔法　聖人化
――固有魔法　聖痕
という破格の能力が加われば、まさに理不尽の権化。

前者は騎士アジーンの能力で、効果は単純。スペックの増強だ。

だが、そのレベルがおかしい。もはや〝限界突破〟と遜色なく、否、それすら超えていそうな強化具合。膂力《りょりょく》は怪物じみて、速度は姿がぶれて見えるほど。魔法は当たり前のように無詠唱で連射。

おまけに、高速自動治癒と高速魔力吸収まで備えているようで無類のタフネスまで誇っている。

後者は女騎士フィーラの能力で、付けた傷の治癒阻害。彼女が付けた傷は生物・非生物を問わず、それこそ再生魔法でも使わなければ決して癒えない。

聖剣の自動治癒も無効化され、ラインハイトは疲弊と出血多量で刻一刻と死の沼に呑《の》み込まれていっている。

タッグと言いつつも、実質、ヴァンドゥルが庇《かば》いながら戦っているようなものだった。

そして、ウルルクもまた第二聖槌《せいつい》の騎士との戦闘で追い込まれていた。

――固有魔法　見えざる断罪
それが、第二聖槌の騎士セイスの能力。己の攻撃を、一定範囲内において空間を超えて届かせるのだ。しかも、方向は任意。手元で振り下ろした一撃が、数メートル先で横薙ぎの一撃となるのである。

ウルルクは反撃の糸口すら摑《つか》めていない状態だ。その頑強さを以て耐えているが倒れるのは時間の問題だった。

そう、時間の問題でしかなかった。

「ヴァンドゥル殿！　このままでは！」

「問題ない。もう慣れた」

「は？」

戦闘中に呆《ほう》けるという失態をおかしたラインハイトに蹴りをかまして吹き飛ばす。

彼の首を薙ごうとした女騎士フィーラの剣撃を氷剣の柄《つか》でかち上げ逸らし、完璧なタイミングで放たれた騎士アジーンの音速の突きを、掌《てのひら》を添えるようにして逸らす。

女騎士フィーラと騎士アジーンが勢いのままヴァンドゥルの両サイドを抜ける。と、同時に回転しながら攻撃を繰り出した。

首を狙う第二聖剣と、心臓を穿《うが》つべく無音で伸びる光の槍《やり》。

だが、そこには既にヴァンドゥルの姿はなく。

「!?」

呼気を読み、流れを摑み、意識の間隙をすり抜ける。

ただしゃがみ込んだだけだが、武術の奥義を以《もっ》てなされたそれは、瞬きの間、一騎当千の猛者を前にしてなお、ヴァンドゥルを視界から失《う》せさせた。

刹那、生じたのは地震。と錯覚するような踏み込み――震脚。

その拳に纏うのは氷の籠手《こて》。

「ハァッ」

裂帛《れっぱく》の気合いと共に繰り出された正拳突きは、見事、女騎士フィーラの鳩尾《みぞおち》を捉えた。

「ガハッ!?」

衝撃を余すことなく体内に伝えた一撃は、女騎士フィーラを吹き飛ばさない。その場で膝が折れて、前のめりに地面を舐《な》めることになる。

そこへ、タワーシールドのシールドバッシュが。

強烈な輝きを帯びているのは〝魔力の衝撃波〟を放つために相違なく、圧倒的膂力と速度から繰り出されるそれは、もはや破城《はじょう》槌《つい》と変わらないだろう。

だが、瞬時に創出した氷の盾を当てたヴァンドゥルは、魔力衝撃波の伝播《でんぱ》を盾で防ぎつつ、その氷盾を支点に脱力と回転を用いて冗談のようにスルリッと脇を抜けた。

それはあたかも、闘牛の突進を華麗にかわすマタドールのよう。

僅かに瞠目《どうもく》しつつも、アジーンは超人の脚力を以て強引に慣性を捻《ね》じ伏せ、即座に反転しつつ第二聖槍を薙ぎ払った。

当然のように、瞬間で発動した光の刃が付与されている。

それを、やはり一瞬で創出した氷の槍で受け止めるヴァンドゥル。

否、槍ではなかった。

防御の瞬間、三つに分かたれたそれは三節棍《さんせつこん》。遠心力を利用して先端を振れば、騎士アジーンにとって予想外のカウンターとなる。

流石《さすが》に避けきれず、騎士アジーンは鼻頭に痛打を受けた。

大したダメージではない。が、僅かに仰《の》け反るのは避けられない。

「ようやく隙を見せたな」

俺のターンだ、と言わんばかりの笑み。三節棍を手放し、氷のダガーナイフ二本を創出。

そのまま密着するような距離で第二聖盾の内側へ——相手の懐へ侵入する。

流れるような二連撃が、聖鎧《せいがい》の隙間から肉体を存分に刺し貫いた。

「倒れんのだろう？」

油断もなければ侮りもない。騎士アジーンは案の定、激痛を無視して即座にカウンターを——第二聖盾の薙ぎ払いを繰り出したが、当たらず。

分かっていたように回避したヴァンドゥルは、同時に氷のダガーナイフを投擲《とうてき》した。

一本はアジーンの目に、もう一本はようやく少し動けるようになった女騎士フィーラの、落とした第二聖剣を取ろうと伸ばした指先に。

「ぐっ!?」

バツンッと中指と薬指が跳ね飛んだ。そこへ、

「——〝天翔閃《てんしょうせん》〟！」

ラインハイトの斬撃が飛び、女騎士フィーラは逆の手で拾った第二聖剣を盾にするも吹

き飛ばされ、森の奥へ消えていった。

気にした様子もなく肉薄する騎士アジーンが、超人的な身体能力と武芸を以て猛攻を繰り出す。

それを、ヴァンドゥルは剣で弾《はじ》き、籠手で逸《そ》らし、円月輪で足取りを乱し、ハルバードで第二聖盾に対抗し……

武器の衝突する激しい音は次第にシャァンッと澄んだ音色に変わっていき、騎士アジーンの攻撃は刻一刻と通じなくなっていく。

なのに、するりと目を疑うような鮮やかさを以て、ヴァンドゥルの攻撃だけは騎士アジーンを傷つけていく。

「化け物か……」

寡黙な騎士をして思わず戦慄せしめるほどの武芸の極みがそこにはあった。

神代魔法と卓越した魔法技能。

魔人族でありながら竜人族の血も受け継ぎ、氷竜化も可能。

素晴らしい才気だが、違う。

ヴァンドゥル・シュネーの真の恐ろしさは、そこではない。

まさに、〝武芸百般〟。己の才気を鍛え抜き、磨き抜く。決死の研鑽《けんさん》を以て。

そう、〝努力する天才〟という在り方こそが、ヴァンドゥル・シュネーの最も恐ろしいところなのだ。

故に、その結果はきっと、必然だった。

騎士アジーンの武が完全に読み解かれた。

彼自身が〝見切られた〟と感じた時には既に、氷の鎖と杭《くい》で第二聖盾を大地に封じられ、長短二槍《そう》を以て第二聖槍《せいそう》を弾かれ、再び懐に踏み込まれていた。

「竜のブレス、食らったことはあるか？」

聖鎧の心臓部分に掌底が炸裂《さくれつ》した。衝撃がハートブレイクショットのように騎士アジーンの心臓を襲い、不整脈を起こさせ、一瞬の硬直を強いる。

その一瞬の間に、掌底から光が溢《あふ》れた。

そう、密着状態で掌から放つ〝竜の咆哮《ブレス》〟である。

「しまっ――」

己の未熟を恥じる時間は、ない。

月光の凍《い》てつく奔流が、凄絶な衝撃を伴って炸裂。騎士アジーンの意識を攪拌《かくはん》し、文字通り、血も凍るような破壊力を以て吹き飛ばした。森の奥へと。

その瞬間、ヴァンドゥルもまた光の奔流に包まれ、氷竜化。

『乗れ！　置いていかれたくなければな！』

「は、はいっ」

氷竜ヴァンドゥルの背にラインハイトが飛び乗ると同時に、凍てつくブレスがウルルクと戦う騎士セイスに放たれる。

堪《たま》らず全力で回避するセイス。必然、ウルルクはフリーとなり、その隙に飛び上がったウルルクもまたブレスを放った。

ただし、目標はスイを狙い続ける第二聖弓の騎士ベッシュ。

気が付いた騎士ベッシュもまた、一足飛びで射線から出る。

そんな時でもスイから目を離さないのは流石だが、薙《な》ぎ払うように追ってくる灼熱《しゃくねつ》のブレスから逃れるためには攻撃の手を緩めるほかない。

つまり、スイを守っていたクオウが動けるようになった。

当然、狙うのはナイズの力を封じる騎士ソーン。

「トゥレス！　止めろ！」

「承知」

カイムが焦燥を滲《にじ》ませて第二聖槍の騎士トゥレスに命じる。

即座に、騎士ソーンとクオウの間に割って入ったトゥレスは、腐蝕《ふしょく》の壁というべき障壁を展開。

流石に、これに突っ込むわけにはいかず、クオウは第二の固有魔法《こゆうまほう》〝空力《くうりき》〟で宙を蹴って後ろに下がる。

だが、それで十分だ。

チャンスを、ヴァンドゥルが作り出す反撃の機会を信じて耐え忍び、動けないラウスとシャルムを守ることに注力していたナイズが、待ちわびたと動く。

「切り札は、とっておくものだ」

なんて呟《つぶや》きつつ、双曲剣の一本を騎士ソーンへ、もう一本をカイムへ投擲。

あっさり弾かれるが、一瞬の間は生まれる。

その間に懐から取り出したものをスチャッと装着。

「くらえ、眼鏡びーむ！」

友人の必殺（？）技を躊躇《ためら》いなく繰り出すナイズ。

夜が払拭されたのかと思うような強烈極まりない閃光《せんこう》が、騎士ソーンとカイムを襲う。

「うおぉっ、目がっ」

「くっ」

カイムが悲鳴を上げ、騎士ソーンもまた腕で目元を庇い、僅かに動きを止めた。

だが、目が潰れたくらいで相手を察知できないようでは三流だ。

故に、閃光の中でもナイズの位置を把握し、逆に特大のカウンターを決めるべく――

「からの、もう一本」

不吉な声は、爆発音&爆風と共にやってきた。

瞬間、鼓膜が音の暴力に晒《さら》された。キーンッという耳鳴り以外、何も聞こえない。

加えて、鼻腔《びこう》をくすぐる実に刺激的な匂い。

咄嗟《とっさ》に息を止めるも時既に遅し。

堪《こら》えるなんて不可能。異物を流し出そうとする生物の生理反応が発生する。

「ぐぁあああっ、目がっ、鼻がっ、口がはっ、ぐぇっ、ごほぉっ」

「――ッ、ッツ。貴様ぁっ。げはっ」

止めどなく流れる滂沱《ぼうだ》の涙。止まらぬ激しいくしゃみ、咳《せき》。一緒に噴出する鼻水や唾液。痛い、辛い、臭い、甘い……もうわけが分からない。

某鬼畜眼鏡が某クズオブクズウサギに大金を払ってまで教えてもらったレシピを、更に凶悪に改良した特製音響&催涙爆弾の効果だ。

「くっ」

それでも、カイムの位置を気配だけで見つけ押し倒した騎士ソーンは、やはり護光騎士なのだろう。そのまま直上へ向けて突風の魔法を行使。

目を瞑《つぶ》り、咳《せ》き込みながらも無詠唱で〝聖絶〟も展開する。

一拍、二拍。

結界に攻撃を受けている気配はなく、少しだけ視力も回復した。

涙で滲む視界の中、状況を探る。

すると、

「……逃げたか」

幾人かの騎士はそのままに、ナイズ達《たち》の姿だけが消えていた。

騎士ソーンの魔力霧散領域から出た瞬間に、全員を連れて転移したのだろう。

「くっ、してやられた！　聖導は……くそっ、解除されたか！　なんという失態だ！」

流石は半使徒というべきか。

物理的な状態異常からは既に回復しているカイムが地団駄を踏んでいる。

結界を解除しつつ、それをどこか冷ややかな目で見つめる騎士ソーンは、やがて他の騎士達が集まってきたのを横目に天を仰いだ。

「父と子の愛憎劇……主よ、お望みに適《かな》いましたか？」

なんてことを呟いた。

夜空に浮かぶ三日月の煌《きら》めきは、どこか笑みを深めたようだった。

第三章◆湖の精霊

討伐隊がラウス達を取り逃がしてしばらくした頃合い。

教会の戦勝宣言から一ヶ月近く経《た》った今も、神都は祝勝ムードに包まれていた。

神おわす【神山《しんざん》】の、お膝元である。

故に、露店や催しこそ乱立してはいないものの、その賑《にぎ》わいは一目瞭然。

普段は粛々とした言動を心がけている人々が、あちこちで会話に華を咲かせ、神や教会の偉大さを称《たた》えている。

そんな光景を、遥《はる》か高みから鬱々とした表情で見下ろす女性が一人。

リリス・アーカンド。

弱冠二十七歳にして神殿騎士団総長たる女傑。

その自覚があり、責任感も極まって強い彼女は公私共に厳格だ。身嗜《みだしな》みは常に完璧で、心は常在戦場。国中の女性達が己に向ける憧憬すら心得、凜《りん》とした空気を鎧《よろい》のように纏《まと》い、決して脱ぎはしない。

だが、そんな完璧なリリス総長は今、金色の美しいショートヘアを掻《か》き毟《むし》った後のように乱し、濃緑の瞳には仄暗《ほのぐら》い感情を漂わせていた。

「……何も知らず、呑気《のんき》なことだ……」

皮肉にも力がない。おまけに、公式発表への異論と取られかねない危険な発言だ。【神山】の山肌に沿って建築された荘厳の極みというべき巨大な白亜の王宮。その外周を幾何学的に囲う空中回廊の端っことはいえ、だ。

冷めた目で下界を見下ろし、かと思えば、欄干に半身を預けて項垂《うなだ》れる。さらりと落ちた前髪が目元を隠した。

「……なぜ……なぜですか……」

風にさらわれそうな小さな声。反して、その口元はギリリッと噛《か》み締められ、欄干を握る手元からはミシミシッと軋《きし》む音が鳴っている。憂鬱と困惑、疑心と怒り……リリスの中で様々な感情が渦巻いているのは明らかだった。

「おいおい、手すりに罪はないだろう？　リリス総長」

「――っ。オールリッジ団長」

不意に届いた声に、リリスはビクリッと身を震わせた。

弾かれたように顔を上げれば、中分けの黒髪とモノクルが特徴の男――獣光騎士団の団長ムルム・オールリッジが「よぉ」と片手を上げて歩み寄ってくるところだった。

「いつもの凜々《りり》しい総長様はどうした？」

「……失礼した。見苦しいところを見せた」

「おっと、今のは冗談だぞ？」

肩を竦《すく》め、苦笑い。リリスの隣で欄干に背を預けて天を仰ぐ。

「軽口が通じない堅物なところは、あいつにそっくりだな」

「――っ。ラウス・バーンのことは口にしないでいただきたい！　まして似ているなどと！　今や奴《やつ》は禁忌の存在で、口にするのもおぞましい――」

「だが、考えていたんだろう？」

「そ、それは……」

違う、と断言できない時点で肯定と同じだった。

まさに、リリスの暗鬱な雰囲気の理由はラウスの出奔にあった。

背信者なんぞに心を乱されていたことを言い当てられて恥じたように俯《うつむ》くリリスに、ムルムは苦笑いを深めて溜息《ためいき》を一つ。

「俺もさ。奴のことを、考えない日はない」

少しの間、静寂の帳《とばり》が降りた。

どう言葉にすればいいのか分からない。今、胸の中にある感情を。

これがただの騎士なら、「背信など万死に値する！」と処断して終わりだったろう。

抱く感情は憤怒と侮蔑。それ以上でも、それ以下でもない。

例えるなら、神聖な場所に入ってきた虫けらを叩《たた》き潰して外に放り出すようなもの。

実にシンプルだ。

だが、深い信仰心を以《もっ》てしても、上手《うま》く呑《の》み込めないのだ。未《いま》だに。

ラウス・バーンの出奔は、それほどまでに衝撃的だった。

しかも、ラウスとの付き合いはリリスよりムルムの方が深かった。年も同じで、友人と公言していたくらい。名状し難い感情を持て余しているのは、きっとリリス以上に違いない。

共感が、リリスの表情を少しばかり緩ませる。

「騎士団の再編はどうだ？　かなり遠慮なく引き抜いちまったからな。悪いとは思ったんだが、こっちも急務でな……大丈夫か？」

どうやら、こんな空中回廊の端っこにわざわざやって来た本来の目的は、獣光騎士団員補充の件だったらしい。

リリスは、話題がラウスのことから逸《そ》れたことに、どこか胸の奥の強張《こわば》りが綻んだ気持ちになりながらも生真面目な顔付きで首を振った。

「気にする必要はない。獣光騎士団は騎士の錬成が容易ではなく、副団長と聖狼《せいろう》王まで失ったんだ。大変なのはこれから。オールリッジ団長の方が負担は大きいだろう」

「心遣い痛みいるよ」

肩を竦め、ムルムが「そう言えば」と言葉を足す。

「ゼバールの後任は剣聖殿だって？」

「ああ、先生に頼んだ」

「なら心配ないか」

神殿騎士団第三軍軍団長のゼバールは先の戦争で殉教している。その後釜は、前総長にして、現在は神殿騎士団の教官を務める老人だった。

高齢故に、本人の希望もあって教導に回ったのだが、その実力は齢《よわい》八十に届こうかという年齢でなお健在。むしろ、技巧の冴《さ》えに関しては更に磨かれている。

最近は三光騎士団の損耗が激しく、神殿騎士団からの補充が多かったため他に軍団長を任せられる適任がいなかったこともあって呼び戻した形だ。

なお、総司令を務めていたバラン・ディスターク政務枢機《すうき》卿《きょう》も殉教しているが、彼の後釜は筆頭大司教であるキメイエス・シムティエールが兼務することになっている。

「なら、後の問題は白光騎士団だけか」

「……そうだな」

出てほしくない話題が軽く出されて、思わずリリスの眉間に皺《しわ》が寄る。

一瞬、ムルムが視線を向けた気がしたが、リリスが目を向ける前に話題が進んだ。

「各国が探りを入れてきている。戦勝祝いにかこつけてさりげなく、だがな」

「……良からぬことを企《たくら》んでいると？」

「いや、あくまで顔色を窺《うかが》っている程度だ。だが、神威を示さないと、そのうち勘違いした馬鹿共が騒ぎそうではある」

すなわち、〝教会は、神は、絶対ではない。もはや従順である必要なし〟と。

「愚かな」

「まったくな。そう遠くないうちに、使徒様には公の場に出てもらうことになるそうだ」

そう、各国が〝教会の絶対性〟を疑い始めている最たる根拠は、〝神の使徒〟の撃破だ。

連邦や帝国の敗残兵は多く、その口を余さず閉ざすことは不可能であったが故に、既にかなり広まっているのである。

だが、その根拠を粉砕することは容易であった。

理由は当然、〝神の使徒〟が健在だからである。

帰国直後のこと。リリスもムルムも、それはもう腰を抜かすほど驚いた。

何せ、わざわざ出迎えてくれた相手が戦場で散ったはずの使徒様だったのだから。

騎士も司祭も、誰一人例外なく打ちのめされ、仇《かたき》を討つ機会を与えられず気が狂いそうだったというのに、その原因が普通に目の前にいるのである。

まさに、魂《たまげ》消るほどの驚愕《きょうがく》とはこのこと。

同時に、やはり神は絶対だった、異端者などに敗北するはずがなかったのだと、誰もが信仰心を更に強くしたのは言うまでもない。

「無駄な足掻《あが》きだったと、解放者共が絶望する顔を早く見たいものだ」

心の底から嘲るように嗤《わら》うリリス。

そこには、以前より苛烈で、より深い感情が――黒々とした暗雲の如《ごと》き憎しみと、総身を灼《や》き焦がさんばかりの雷霆《らいてい》の如き怒りがあった。

異端者だからという理由だけではない。聖戦を邪魔されたというだけでもない。

ラウスの背信と関係していることは明白で、あるいは、解放者と出会いさえしなければ、彼が裏切ることはなかったと逆恨みに近い想《おも》いがあるのかもしれない。

ムルムが静かに、けれど、どこか寒気がするような目で見透かすように自分を見つめていることにも気が付かない。

底の知れない瞳に反して、ムルムの声音は軽かった。

「とはいえ、使徒様の本来の使命は〝神託の巫女《みこ》〟だ。戦場に出ていただいたことも、こうして神威の回復に尽力していただくのも、不甲斐《ふがい》ないの一言だ」

「……そうだな」

「せめてアライムが団長代理をしていれば、再編成くらいできただろうにな？」

「馬鹿な。今のアライムに務まるものか。あらゆる意味で、な」

白光騎士団の副団長アライム・オークマン。

招集された場で、ラウスの出奔を聞かされた時の彼の様子は尋常ではなかった。

見開かれ血走った目も、食いしばった口元も、わななく体も。

おまけに、その場で辞任を申し出てラウスの追跡許可を求めたのだ。

自分は、随分と前から団長の信仰心を疑っていた。にもかかわらず報告していなかった。

神の威光を示す白き光の頂が、まさか裏切るはずがないと、そう信じたかったから。

その結果がこれ。

ならばどうか、裏切り者の討伐と、その成功の暁には自死を認めてもらいたい。

血を吐くような訴えは果たして、副団長として責任を感じてか、それとも……

「まぁ、あいつはラウスに心酔していたからなぁ。討伐にかこつけて、そのままって可能性は確かに否定できない」

本心は、ただラウスについて行きたいだけなのではないか。

最も裏切り得ない者が裏切ったのだ。あり得ない話ではない。疑心は当然だ。

必然、教皇ルシルフルはアライムの訴えを却下した。そして、バーン家に名誉回復の機会を与えたのだ。半使徒化の栄誉と共に。

それを聞いて、アライムが半ば発狂したのもまた、必然だったのだろう。

「復帰は絶望的か？」

リリスもまた、当時は茫然自失《ぼうぜんじしつ》状態でアライムのことまで気が回らず、現状、彼がどうしているのかは管轄違いもあって知らない。

最後に見たのは、拘束されて営倉に連行されていく姿だが……

「いや、もうとっくに出ているぞ。聖下のご慈悲でな。殉教の間に籠っている」

「……やはり、死ぬ気か？」

〝殉教の間〟とは、王宮の一角に存在する〝実験施設〟のことだ。何らかの理由で役目を果たせなくなった者が、最後に己の身命すら教会に役立てようと、様々な非人道的な実験にその身を捧《ささ》げるのである。

だが、リリスの推測にムルムは首を振った。

「なんでも、新しい強化計画の志願者になることを提案されたらしい。素養は高いから、成功すれば大いなる力を得られるだろうと」

「そんな計画が……それでラウス・バーンを討てと？」

「カイム達《たち》が失敗した場合はな」

「……それほどの強化が？」

「詳しくは分からんよ。だが、討伐隊の後詰なんだ。半使徒化と同等以上の強化なんじゃないか？」

「……ふむ」

先の戦争で力不足を痛感したところである。半使徒化なんて途轍《とてつ》もない栄誉を受けられるなどと不遜なことは思わないが、あくまで教会の一技術であるなら、可能なら自分も志願したいという思いがリリスの中に湧き上がる。

「あくまで、まだ実験段階だ。総長様が受ける施術じゃないぞ？」

見透かされて「むぅ」と言葉に詰まるリリス。

一拍置いて、不意にムルムの声音が変化した。どこか、底冷えするものに。

「まぁ、いずれにしろ同じことさ」

「なに？」

「カイム達にも、アライムにも、ラウスは討てない」

妙に確信的だった。リリスは目を眇《すが》めて訝《いぶか》しむ。

確かに、ラウスは強い。教会最強の一角だ。だが、少なくともカイム達には可能な限りの、それも破格の武力が与えられている。

「可能性がゼロとは思わないが……」

「言い換えよう。討たれてたまるか、と」

「なんだと？」

先程リリスがそうしていたように、手すりに向き合うようにして項垂《うなだ》れるムルム。表情が隠れる。その横顔を、リリスはギョッとしたように見つめた。

「許せない。そう思わないか、リリス総長」

「オールリッジ団長？」

まさか、ラウスを討つことが許せないというのか。

信じられない気持ちが半分。教皇聖下が認めた作戦の失敗を願うなど、それこそ背信と取られかねない危険な発言だから。

だが逆に、まだラウスとの友誼《ゆうぎ》を信じているのではと納得する気持ちも半分。それは、リリスのそう望む心が抱かせた想いだろう。

だが、そんな想いは、直《す》ぐに戦慄に変わった。

「奴に洗脳の類いは一切通じない。そう、通じないんだ。解放者共に何かされて堕《お》ちたんじゃない。奴の中には、最初から異端の火種がくすぶっていたんだ。ずっと前から。何食わぬ顔で信仰を踏みにじっていたんだよ。俺と話している時も、戦場で背中を預け合っている時も！　許せないだろう？　ああ、許せないとも。裏切りよりも酷《ひど》い話だ。俺は！

俺達はぁっ、ずっと異端者に友情と敬意を捧げていたんだぞ！　これを悪意と言わずしてなんと言う！　俺達はずっと、ラウス・バーンの悪意の中にあったんだ！　なぁっ、リリス総長ーーっ!!」

小声から、次第に絶叫じみた怨嗟《えんさ》の声に。

ゆらりと顔を上げたムルムの目を見て、リリスは息を呑《の》んだ。

深い闇のような瞳。血走る赤に彩られたそれは、さながら地獄の釜。顔付きは完全に悪鬼羅刹のそれ。

それでようやく理解する。

名状し難い感情の共感？　未《いま》だにラウスの背信を呑み込めない？

否だ。全く以《もっ》て否だ。リリスとは違う。決定的に違う。

ムルム・オールリッジの中に迷いなどない。鬱屈した感情など存在しない。

あるのはただ、圧倒的な屈辱。それを晴らさんとする凄絶な憤怒と憎悪。

ラウス・バーンだけは己の手で討ちたい。たとえ、それが教皇聖下の思惑の外にある不敬な望みであろうとも。

彼の中にあるのは、それだけだ。

そして、ここに、リリスのもとにやって来たのも、まったくもって穏やかさとはかけ離れた理由に相違なく。

「お前さんはどうだ？」

「どう、とは……」

「自らの手で討ちたいか否か、だ」

「オールリッジ団長、少し落ち着け。今の貴殿は少し冷静さを欠く――」

「冷静だとも。冷静に見極めている」

「見極める、だと？　まさか、この私を？　聞きようによっては看過できない侮辱――」

「憧れてたろ？　ラウスに」

「っ、何を！」

カッと血が沸騰したような感覚。それが憤怒から来るものか、羞恥から来るものかは、リリス自身にも分からなかったが。

ムルムは、そんなリリスに頓着した様子もなく、独り言のように続ける。

「あいつが未婚の頃、お前の家から婚約を打診したこともあるんだろう？」

「なっ、なぁっ」

「十歳になって婚約者を決めるって時に、お前さん、自分で言ったそうじゃないか。それも、家格を考慮して無理だと突っぱねた父親に強弁してまで」

「……」

言葉を失う。平静を一撃のもとに粉砕されたかのよう。

確かに、事実ではある。

リリスの家もまた神国に名を連ねる名家の一つであり、当時から頭角を現していたラウスと顔を合わせることもあって、幼心に敬慕の念を抱いたのだ。

とはいえ、神代魔法使いたるラウスには当時から山ほどの縁談が舞い込んでおり、アーカンド家の打診などそのうちの一つに過ぎず、案の定、選ばれることはなかった。

もちろん、そのことを調べられないことはないだろうが……

だが、父親との件は極めてプライベートなこと。

なぜ、そんな昔の、家人ですら忘れていそうなことを知っているのかと、冷たい汗が噴き出る。

同時に、これこそムルムがリリスのもとへ来た理由だと確信する。文字通り、見極めにきたのだ。リリスの経歴と身辺を調べ上げたうえで。

「随分と頑張ったよなぁ。実際、その年で総長様だ」

「……何が言いたい」

「お前さんの固有魔法《こゆうまほう》〝雷公〟は、確かに強力だ。だが、雷系の固有魔法自体は特段珍しいものでもない。魔法特化の隊長位なら普通に魔法で再現できるしな」

その通りだった。発動速度や消費魔力は段違いであっても、リリスのそれは特別なものではない。

本来は雷撃をノータイムで放つ程度の固有魔法を、総長に相応《ふさわ》しいまでに磨き抜き、更には数多《あまた》の応用技まで生み出すに至ったのは、尋常ならざる努力の結果なのだ。

その努力の理由は、当然、神のお役に立つため。深き信仰心こそが原動力。

だが、ムルムは、そこを疑う。

「〝家格が釣り合わないなら代わりに地位で〟……だとしたら、随分と健気《けなげ》じゃないか。デボラ殿も第二夫人・第三夫人を求めていたようだしな？　もしかして、今回の討伐も、本当はラウスの身を案じて失敗を願っているとか——」

刹那、光が瞬いた。壮麗な両刃の剣が、ムルムの首筋にピタリッと添えられていた。

「たとえ獣光騎士団の団長といえど、我が信仰を疑う言葉には肉体的苦痛を以て贖《あがな》ってもらうことになる」

静かな、しかし、ひりつくような殺意の宿った声音だった。

ムルムの瞳がギョロリと動いてリリスのそれとかち合う。

なんの熱も感情もない、見るだけで相手の生気を奪うような冷徹な目だった。

その目に対し、リリスは真逆に烈火の如《ごと》き目で迎え撃つ。

あたかも、断崖絶壁の上で綱渡りでもしているかのような緊迫感が吹き荒れた。

どれくらいそうしていたのか。

不意に声が割って入った。

「何をしている」

「「——っ」」

二人して不意を突かれた。あり得ないことに。

バッと顔を向ければ、いつの間にか一人の男が直ぐ傍《そば》に立っていた。

「……護光騎士団の団長が何用で？」

ムルムが胡乱《うろん》な目を向ける相手は、護光騎士団の団長ダリオン・カーズだった。

リリスもまた、どこか探るような目を向けている。

無理もない話だ。

何せ二人共、少し前まで別人をダリオンだと認識していたのだ。

以前は短めの茶髪で中肉中背の特徴のない中年の男だった。なのに、今は白髪のオールバックに赤目、まだ青年と言っていい外見なのである。

当然、以前のダリオンの顚末《てんまつ》は皆が知るところ。

ダリオンはラウスに敗れ殉教したものと誰もが思ったのだが……

――案ずるな。我が最強の騎士は健在である
騒然とする玉座の間で、教皇ルシルフルがそう口にした後、奥から出て来たのが彼だった。彼こそがダリオンだと、教皇は断言したのだ。

常に伴っていた以前のダリオンは、あくまで護光騎士団の団員に過ぎなかったのだと。

当然、戸惑いはあった。

だが、教皇を守護する要が、わざわざ護衛対象から離れて一人、背信者を追撃すると思うかと言われれば、確かにそうだと納得してしまう。

ラウスの脅威度から、懐刀の一本を抜いたに過ぎないという方が筋は通っていた。

その後、護光騎士三十名を以て討伐隊を編制すること、七聖武具の量産型レプリカの存

在、アライムの発狂と、カイムとセルムの半使徒化など怒濤《どとう》の情報によってそれどころではなくなり、ひとまず、彼こそが本当のダリオン・カーズだと納得したのだ。

とはいえ、しばらく時間が経《た》てば、なんとも奇妙な感じが否めない。

下手をしたらリリスより若そうな青年が護光騎士団の団長であることもそうだが、何より、別人のはずなのに死んだ影武者と雰囲気が被《かぶ》るのだ。

外見は全く違うのに、違和感なく「ダリオン団長だ」と受け入れられてしまう点にこそ、違和感を覚えるのである。

その得体の知れなさが、二人に本能的な警戒心を抱かせていた。

それを知ってか知らずか、ダリオンは無表情のまま繰り返した。

「もう一度、問う。何をしている」

問いかけは、剣を突きつけているリリスだけでなくムルムにも向いているようだ。

同時に、プレッシャーが増していく。

答えないという選択肢は与えていないと言わんばかりに。

「……看過できない侮辱に対し、撤回と謝罪を求めている」

「騎士団と、ひいては教会の未来のために必要なことをしている」

再び、リリスとムルムの視線が交差した。火花が幻視できる。

「アーカンド総長、剣を収めろ。オールリッジ団長は撤回と謝罪を」

「だが──」

「おいおい、これは必要な――」

反射的に言い返す二人に、ダリオンは目を細め、

「くだらん」

一言で切り捨てた。一刀両断に思わず口を噤《つぐ》むリリスとムルム。

「私が、聖下のお側《そば》にいるべきこの私が、ここにいる理由が分からないのか？」

正気を取り戻したみたいに、剣呑《けんのん》だった雰囲気が一気に霧散した。

理由など明白だ。神殿騎士団総長と獣光騎士団団長という最高位の戦力がぶつかれば、それを止められる者は限られている。特に、今は。

「使徒様も嘆いておいでだ」

「っ、申し訳ない」

「参ったな……これじゃあ本末転倒だ」

慌てて剣を収めるリリス。ムルムも、使徒様に今のやり取りを感知されていたと知り、苦虫を噛《か》み潰したような表情で身を引いた。

深呼吸を一つ。荒ぶる感情を呑み込み、リリスに向き合う。

その時には、どこかバツの悪そうな顔付きになっていた。どろりと濁っていた瞳にも感情の色が戻る。

「発言を撤回する。半ば八つ当たりだった。リリス総長、どうか許していただきたい」

そう言って、しっかりと頭を下げるムルムに、リリスは一瞬なんとも言えない表情にな

るも、一拍後には普段の生真面目な顔付きに戻った。

「意図は察する。謝罪を受け入れよう」

「いや、本当にすまん。確かめずにはいられなくてな」

「第二、第三のラインハイト・アシエを許さないためだろう？　私をその候補に入れたことは業腹だが、三光の一角が空席となった今、実質、貴殿が軍のトップ。その重責は理解しているつもりだ」

「はは。まぁ、そういうことだ。寛容に感謝するよ」

ラウスの影響力は絶大であった。心酔している騎士は多いのだ。

出奔の事実自体は高位の者にしか知られていないが、噂《うわさ》というのは煙のように立ち、風に流れ、どこにでも広がるもの。

疑心も警戒も必然だったのだろう。リリスのラウスに対する憧憬を知る身なら尚更《なおさら》。

固く握手をし合う二人を見て、ダリオンは小さく頷《うなず》いた。

「両名共、招集がかかっている」

「む、伝令役まで兼務させたか。重ねて申し訳ない」

「あ～、本当にすまんな、ダリオン団長。それで、何かあったのか？」

既に踵《きびす》を返して歩き出したダリオンの後に追随しつつ、ムルムが尋ねる。

ムルムは肩越しに少し振り返って答えた。

「討伐隊が戻った。任務は失敗だ」

その知らせに、リリスは瞠目《どうもく》し、ムルムは小さく口角を吊《つ》り上げたのだった。


同時刻。

標高六百メートルの玉座の間にあるテラスに三人の人影があった。

「処遇はどのように？」

真白の長い髪と髭《ひげ》、柳の枝葉のような眉の老人――教皇ルシルフルが恭しく尋ねた。

下界に向けた視線の先にあるのは、空中回廊の中腹あたりから空中へ突き出した鉄橋――飛竜用の離着場だ。一体、また一体と討伐隊を乗せた飛竜が足をつけていく。

「今一度、機会を」

答えたのは抑揚のない、されど人間離れした美声。

同じく下界を見下ろす銀色の巫女《みこ》。神の使徒――エーアストだ。

「父子の愛憎劇はお気に召されたようで」

「ええ。バーン家は、実に良き駒です。主は大変お喜びでした」

「それはようございました」

ルシルフルの声に喜色が乗る。糸のように細い目が、感情の高ぶりを示すように僅かに開いた。灰色の瞳が異常なほど炯々《けいけい》としている。

「結果的に、離反は正解でございましたな」

当初のプランでは、ラウスは教会側の戦力として、ミレディ・ライセンと真に殺し合いをしてもらうはずだった。

家族を盾に心を縛って離反を防ぎ、そのうえで天秤《てんびん》にかけさせるのだ。

そう、彼がかつて、禁忌を犯してまで命を救った〝神託の巫女〟――ベルタ・リエーブルの忘れ形見と、己の家族を。

「結果的、というのは適当な言葉ではありません」

エーアストの視線がルシルフルに向く。

「どちらでも良かったのです」

教会でも、解放者でも。ラウスが与《くみ》する陣営は。

ラウス・バーンという人間が、己の心を殺しきって堕《お》ちれば教会に、希望を見いだし心の殻を破れば解放者側に。

どちらであっても、もがく様は楽しめる。

楽しめるように、種をまいたのだから。

「ベルタ・リエーブルの生存を容認したのも、ラウス・バーンを咎《とが》めなかったのも、主の無聊《ぶりょう》を慰めるための〝種〟」

ラウス・バーンという神代魔法使いが生まれた時から。

あるいは、ベルタ・リエーブルという〝見えすぎる巫女〟が現れた時から。

この時代のゲームは始まったと言える。

神がもたらした前時代の滅亡から、また新たに始めた当代で文明を再形成——舞台を整えて待っていたのだ。

神の遊戯に相応《ふさわ》しい駒が揃《そろ》うのを。

そうして、主要な駒達《たち》は新たに素敵な駒を育み、それらは神が用意した舞台でよく踊り、よく育ってくれた。

その遊戯の終着点が、クライマックスが、もうすぐ始まる。

と、無感情に下劣極まりないことを口にするエーアスト。

ルシルフルは顎髭《あごひげ》を撫《な》でながら、感心したように何度も頷いた。

「ならば、残り少ない我が命も、主の遊戯に捧《ささ》げられそうですな。感無量とはこのことでございましょう」

「ええ。彼等《かれら》は必ず、この地へやって来る。教皇として立ちはだかりなさい。命の一滴まで絞り尽くして」

「ありがたき幸せ」

歓喜に震え、涙するルシルフルから視線を転じるエーアスト。

そこには、影のように一歩引いて佇《たたず》む護光騎士団の団員がいた。癖の強そうな群青色の髪と同色の瞳を持つ細身の女性騎士だ。

その女性騎士に、エーアストは命令を下した。

「討伐部隊は現時点を以《もっ》て解散します。公国の国境線に展開中の部隊も呼び戻しなさい。

新たな任務を与えます」

「ハッ。直ちに通達いたします。して、任務とは？」

「この者達を連れてきなさい」

そう言って、エーアストは女性騎士と至近距離で目を合わせた。

途端、僅かによろめく女性騎士。直接、情報を頭に叩《たた》き込まれたらしい。

頭を振って直《す》ぐに姿勢を正しつつ、女性騎士が確認する。

「了解しました。生死は？」

「生かしておくように。死んでは意味がありませんから」

「意味、ですか？」

「ええ」

再び視線を外へ。遥《はる》か先に広がる大地を、あるいはその先にある国々を見渡すようにして、エーアストは言った。

「あまり準備に時間をかけられては、主の興が削《そ》がれますので」

「……なるほど。この者達を使って、最後の遊戯の時期をこちらで指定するのですね」

こくりと頷くエーアスト。

「あまり目立たぬように。早すぎるのも望むところではありません。実行のタイミングは合わせなさい」

「承知しております。だからこそ、他の騎士団ではなく、我等に任務をお与えになったのだと」

「随分と時が経ちますが、貴方《あなた》は未《いま》だに良き駒ですね」

「恐悦至極の御言葉《おことば》です」

それっきり、遠くを眺めたまま、まるで人形のように口を閉ざしたエーアスト。

女性騎士も口を閉ざし、代わりにこめかみを指で押さえるようにして虚空に視線を投げた。護光騎士団内でのみ有効な通信をしているのだ。

「使徒様、そろそろ時間ですので、私はここで失礼します」

ルシルフルがエーアストに深々と頭を垂れてから踵を返した。

指示を出しながら追随しようとする女性騎士。

それに対し、ルシルフルは片手を上げて制止し……その名を口にした。

「護衛はよい。使徒様にいただいた任務に注力せよ――ダリオン」

女性騎士は至極当然のように、

「はっ。承知しました、聖下」

そう応えたのだった。


「ご～は～ん～～っ、ま～だぁ～？」

エントリス北東の都市【オビウス】。

その地域内の最も北東にある小規模な宿場町【ホルロ】の、とある宿屋兼食事処《しょくじどころ》に、そんな間延びした少女の声が響いた。

ついでに、ガンッガンッガンッとフォーク&ナイフでテーブルを叩く音も。

スイである。全身包帯だらけの。

絶体絶命の危機を脱して半日と少し。夜を越えて朝日が眩《まぶ》しい頃合いだ。

つまり、朝食の催促である。

まるで駄々っ子。他に客はいないとはいえ、大変、迷惑なウサギだ。

「ああもうっ、うっさいよ！」

で、催促されて怒鳴り返した声もまた少女のもので、かつ、ウサミミも同じ。

ただし、こちらは褐色の肌に、エネルギッシュでポジティブそうな如何《いか》にも好人物といった雰囲気だ。

クイーンオブクズウサギともっぱら評判のスイとは実に対照的である。

兎人族《とじんぞく》がいるはずのない場所で宿の看板娘なんてものをやっているこのウサミミ少女、名をキアラという。

そう、かつて【アンディカ】にてミレディと友誼《ゆうぎ》を結んだ、宿屋を営む人間の父と兎人の母を持つハーフウサミミ少女だ。

もちろん、この宿屋の名も〝ワンダの宿〟である。〝解放者〟の〝支援者〟となったワンダ一家の新たな出発の地が、ここ【ホルロ】だったのだ。

「んまぁっ、なんて失礼な店員ですか！　とっても不愉快な思いをしました！　詫《わ》びとして食後の慰謝料をつけてください！」

「食後のデザートみたいに言ってんじゃないよ！」

朝食は、作り始めてまだ三分も経《た》っていない。

だというのに、先程から催促どころかやれ水が温《ぬる》い、やれミルクにしろ、やれ椅子が固い云々《うんぬん》かんぬん、騒ぎ続けているスイ。完全に悪質クレーマーである。

とはいえ、キアラとて伊達《だて》に無法者の都で看板娘を張っていたわけではない。この程度の面倒な客、日常的に捌《さば》いてきたのだ。なので、

「ほらっ、取り敢《あ》えずこれでも食っときな！」

青筋を浮かべながらも野菜スティックの皿をドカッと出してやる。

切り方が普段より少々乱暴なのはご愛敬《あいきょう》。

「酷《ひど》い態度の店員です。お部屋も狭いし、ルームサービスないし、ベッドは固いし」

「酷い態度の客だよ！　言っとくけど、うちはこの辺りでは相応だからね！」

実際、新生ワンダの宿は中古物件ではあるものの、しっかりした二階建てで特に古臭い印象もなく、旅人が気軽に寄れて、十人中二～三人くらいは気に入ってリピーターになりそうな中堅どころの宿屋だ。

レジスタンスの支援者としては、実に程よい案配である。

だが、そんなことスイには関係ないらしい。

「あ～あ、ルシェーナのスイートルームは最高だったのになぁ～」

「あそことうちを比べんな！」

人参《にんじん》スティックをポリポリとかじりながら、やたらと絡む。絡みつく。

今も、なぜかジト目を向けている。

ジト目になりたいのはキアラの方なのに。

「まったく。つきっきりで世話してやったってのに」

「はい～？　支援者はぁ、支援するのが役目でしょぉ？」

「こ、こいつっ」

なんてむかつく表情なのさ！　とキアラの額に青筋がまた一つ。

昨夜の心配を返せと怒鳴りたい。

ナイズの転移で一行が直接店内に飛び込んできた時は本当に大変だったのだ。

一応、事前に逃亡時の休憩に使う可能性を知らされていたので、宿自体は数日前から設備修理を理由に一時休業を周知している。

なので、新規の客はいないし、窓もさりげなく板などを立てかけたりして覗《のぞ》き込めないようにしており、騒動が漏洩《ろうえい》するような問題はなかったのだが……。

一人は意識不明の重体で今にも死にそう。

若い騎士も衰弱が酷く、歩くのも苦労する有様。

幼い男の子は、父親への心配に加え、何があったのか随分と憔悴《しょうすい》した様子。

スイもまた、状態異常の後遺症や肩の貫通痕を筆頭に満身創痍《まんしんそうい》。

ヴァンドゥルが回復魔法での治療に集中する中、キアラ達も必死に世話を行った。

食事や寝床、衣服や体の汚れ落としなど身の回りの世話は当然、回復薬を染み込ませた布や包帯を何度も交換したりなどなど。

父マーカスと母ベラはラウス達に付きっ切りで、キアラも眠るスイの傍《そば》に夜通し張り付いて看護したのである。

だというのに……

目を覚ましたスイは、キアラから自己紹介と状況を伝えてもらうなり、

『……キアラ？　あ～、貴女《あなた》がミレディさんの言ってた〝キーちゃん《リア充ウサギ》〟ですか。いいですねぇ、宿屋の看板娘とか華がありますよねぇ。ちょっと聞いていいですか？　命懸けで仕事しなくても巨大組織に生活が保障されているのって、どんな気分？』

なんて、嫉妬に塗《まみ》れた顔で毒を吐きやがったのである。

あの獣人の聖域である共和国で、しかも同い年の兎人族なのに戦士長を務めているなんて凄《すご》すぎる！　お友達になれないかな……なりたいな！　なんて思っていたキアラの純粋な心は、即行で粉微塵《こなみじん》だった。

つまるところ、スイがやたらとキアラに絡む理由とは、嫉妬である。

陰キャのスイは、陽キャで支援者で看板娘なキアラが妬ましくて仕方がないのである。

クズである。

と、そこで階段を下りてくる足音と共に、

「朝っぱらから騒がしいぞ、駄ウサギ」

呆《あき》れたような声が。ヴァンドゥルだ。

「キアラ、言われてますよ」

「あんたのことだよ！」

そんなやり取りにヴァンドゥルは頭痛を感じたように頭《かぶり》を振った。その後ろに続いていたシャルムと、こちらも包帯だらけのラインハイトは苦笑いを浮かべている。

キアラが心配そうな顔で声をかけた。

「騎士のお兄さん、もう大丈夫なのかい？　傷が塞がらないんだろう？」

「ええ。ですが、だいぶ出血を抑えられているので、まだ大丈夫です。お気遣いありがとう。ご両親にも改めてお礼を言いたいのですが……」

「そんなのいいよ！　大したことできてないし、それがあたしらの役目なんだしさ！」

それに、と横目でチラリ。「ケッ、善人ぶりやがって」みたいなことを思ってそうなやさぐれた目を向けてくるスイにうんざりした様子を見せつつ、

「お父さんとお母さん、今、朝食作ってるところだから」

「そ、そうですか。なら、邪魔するのは悪いですね。なんというか……すみません」

同じく横目でスイを見て、いろいろ察するラインハイト。朝食が遅れて、どこぞのウサギが機嫌を損ねたら何をするか分からない。

ただでさえ〝限界突破〟の後遺症で未だに体調不良なのだ。これ以上の悪化は是非とも避けたい。

そんな、ちょっとふらついているラインハイトのために椅子を引きつつ、シャルムがお行儀良く頭を下げた。

「あ、あの。昨夜はきちんと挨拶できなくてごめんなさい。僕はシャルム・バーンと言います。父上のお世話とか、その、いろいろ、ありがとうございます」

小康状態とはいえ、父親が意識不明の重体。八歳の子供には辛《つら》すぎる現実のはずなのに、シャルムの礼儀正しさといったら……

礼儀知らずの極みのような奴《やつ》を相手にしていたせいか、または紅顔の美少年が憔悴して儚《はかな》い雰囲気を漂わせているせいか、キアラはなんだか堪《たま》らなくなったらしい。

「ああもうっ、子供がそんなこと気にしなくていいんだよ！」

がばちょっとシャルムを抱き締める。

兎人族の性質故か薄着のキアラの胸元にすっぽりと収まったシャルムは顔を熟れた果実みたいに染めて慌てる慌てる。

何せ、厳格な家柄故に母親にさえこんな風に抱き締められたことはないのだ。

温かくて、やたらとやわっこくて、しかもなんだか良い匂いが……

「まだ小さいのに、あんた凄いね。辛いだろうし、不安だろうにさ。そうやって周りを気遣えるなんて、本当に凄いよ。でもさ、もう大丈夫。絶対に大丈夫だから。力抜いて、周りの大人に甘えなよ。ね？」

　とんとんとリズミカルに背中を叩《たた》く感触と温かな想《おも》いに、抱擁でドキマギしていた心は落ち着き、張り詰めていた心は解《ほぐ》れて、シャルムはなんだか泣きそうな心持ちになった。

　でも、グッと堪《こら》える。

「泣いていいんだよ？」

「……お姉さん、ありがとうございます。でも、泣きません」

「あんたねぇ、無理は――」

「僕は、最強の騎士の息子なんです」

　無理をしているのではなく矜持《きょうじ》なのだと、そう言って身を離すシャルム。

　ラインハイトは誇らしそうに、ヴァンドゥルは「ほぅ」と感心したように、そしてキアラは「お、おぉ」と驚いたような表情になった。

「……そっかそっか。子供扱いして悪かったね。あんたは立派な男だ」

「え、えっと、えへへ」

　綺麗《きれい》なお姉さんの快活な笑顔と称賛に、シャルムは照れて頬を染めた。

「ショタコンさん。いい加減、ごはんまだですかねぇ？」

「っ、っっ、こんのっ」

　良い空気を躊躇《ためら》いなくぶち壊すスイに、キアラの沸点が一瞬で突破される。

　あわや、このまま朝のキャットファイトに進展するかと思われたが、

「はいはい、お待ちどおさま」

そこで、女将《ベラ》が朝食を運んできてくれたので、辛うじて回避。

ほくほくと湯気を立てる塩とバターで和《あ》えた芋や、黄金に輝くオムレツ、こんがり焼かれた分厚いベーコンに、たっぷり野菜のスープ。そして、柔らかそうな大量のパン。

暴力的なまでに食欲をそそる香りが全員の鼻腔《びこう》と腹を直撃した。

「ふっひゃぁ～～っ、キタキタッ！」

よくよく考えれば、昨日の昼から何も口にしていないのだ。スイが飢えた獣みたいにむさぼりつくのも仕方ない。

実際、シャルムやラインハイトも、食前の挨拶もそこそこにがっつき始めた。

「ふむ。美味《うま》いな……」

「でしょ、ヴァンの兄《あに》さん。ミレディ達《たち》もうちの料理は気に入ってくれてたんだよねぇ」

味わうように食べるヴァンドゥルに、キアラがドヤ顔をしつつ「あたしも食べちゃお～」と言って食卓を囲み始める。

ベラが給仕をしながらヴァンドゥルに尋ねた。

「それで、ヴァンドゥルさん。ラウスの旦那さんはどんな感じだい？　一応、お腹《なか》に優しいものも用意したんだけど……」

「気遣いには感謝する。だが、当分は目覚めないだろう」

先の戦闘の後のこと。転移先で最後の力を振り絞り、カイムの固有魔法《こゆうまほう》の解除など必要な処置と最低限の情報共有だけして、ラウスは昏睡《こんすい》状態に陥った。

外傷だけは、どうにか治癒したが……

やはり、魂の衰弱だけはいかんともし難い。

「今できることはした。後は、こいつらも含め、少しでも早くメイルの治療を受けさせるしかない」

「そうかい……ままならないね」

本当に過酷な戦いだと、ベラは我が事のように苦しそうな表情になった。が、それも少しの間のこと。直《す》ぐに気を取り直して、徹夜明けとは思えない快活な笑みを見せる。

「それじゃあ、クオウちゃん用のお肉だけでも持っていくことにするよ」

「ああ、そうしてやってくれ」

クオウは万が一に備えてずっとラウスのベッドサイドで待機している。

体格的に少々窮屈なようでストレスが溜《た》まっていそうだ。朝食にありつけるだけでも気持ちは上向くだろう。

もっとも、ワンダ一家全員に〝ちゃん〟付けで呼ばれることに関して、クオウちゃんは非常に不本意なようで、そっちでも微妙にストレスを感じているようだからプラマイゼロかもしれないが。

「ああ、あと旦那が今、弁当をこさえているからね。出発前に持って行ってちょうだい」

「ありがたく受け取ろう」

「キアラ。あんたもそれ食べたら買い出しに行きな。休業中とはいえ引き籠っていたら、誰か様子を見にこないとも限らないからね。ついでに、大丈夫だと思うけど昨夜のことで何か噂《うわさ》になってないか確認してきておくれ」

「んっ、分かったよ」

オムレツを頬張りながら返事をする娘の頭をくしゃりと撫《な》でて、ベラは奥の厨房《ちゅうぼう》へ戻っていく。

空腹と美味《おい》しい朝食が自然と無言をもたらした。

食器が奏でる食事の音、厨房の夫婦のやり取り、小鳥のさえずり、ご近所さんの話し声……町の目覚め、一日の始まりを示す平穏の音。

耳を心地よく撫でるそれに、シャルムもラインハイトも、昨日の激闘が白昼夢だったように感じてしまう。

ただの悪夢であったなら……と願望が交じっていることも否定はできないが。

ラインハイトは、隣で上品に、けれど中々の勢いで朝食を制覇していくシャルムに目を細め、次いで、チラリとヴァンドゥルを見やった。

九死に一生を得させてくれた青年。自分とそう変わらぬ年齢に見える。

恐るべき強さだった。従える魔物は教会が誇る聖獣と同等以上で、氷の魔法は発動速度・繊細さ共に神業の域。〝竜化〟などという破格の能力も有し、そのうえ武術は達人級。

だが、心中をざわめかせる最たるものは別にあった。彼が魔人族であるということだ。

人間族の仇敵《きゆうてき》たる種族でありながら、人間達と共にある。

解放者とはそういう組織だと聞いてはいた。

だが、昨日、実際に目の当たりにしたナイズとの信頼関係、利害の一致を超えたそれを思うと、新鮮な驚きと不思議な感慨に心の奥を撫でられるようだった。

スイやキアラを見る目も同じ。対等な〝人〟として見ている。

人間と、魔人と、獣人が、共にある。同じ食卓を囲っている。

あり得べからざる光景だ。神国の人間からすれば。

「さっきからなんだ？」

「え？　あ、いえっ、すみません……」

気づかぬうちに凝視していたようで、ヴァンドゥルが気持ち悪そうに顔をしかめていた。

同年代の男に熱心に見つめられていたのだ。さもありなん。

「ま、まさか！」

「な、なんですか、キアラさん」

何かを察して、お目々がキラキラのキアラさん。ウサミミがぶわっとなり、頬は朱に染まる。さも、素敵な何かを目撃してしまったかのように。

「大丈夫！　大丈夫だよ、騎士のお兄さん！　あたしは分かってるから！」

「何を!?」

なぜだろう、凄《すご》く嫌な予感がする。というか、酷《ひど》い誤解をされている気がする。

「ヴァンの兄さん美形だもんね！　危ないとこ助けてくれたわけだし、仕方ないよね！」

「だから何が!?」

「みなまで言わなくていいよ！　愛の形は人それぞれ！　種族も性別も関係ないさ！」

「君は本当に何を言ってるんだ!?」

ガタッと椅子を蹴倒す音が。ラインハイトではない。ヴァンドゥルだ。

ちょっと青ざめた顔でラインハイトから距離を取っている。

「ああ、ラインハイトさんって〝そっち〟の人だったんですね」

「そっちってどっち!?」

「道理で、列車の中でスイに〝脱ぐな〟と言うわけです。女の下着姿になんて興味ねぇ！

というわけだったんですね」

「ごく当たり前の忠告でしょう!?」

「ラ、ラインハイト？」

「シャ、シャルム様!?　なぜ距離を取るのですか!?　違いますよ！　私は普通に女性が好きですから！」

「騎士のお兄さん……それはつまり、どっちもいけるってこと？　ハァハァ、凄いね！

教会の騎士なのに自由すぎるよ！　きっと、神都でも密《ひそ》かにあんなことやこんなことを
……勇者だね！」

「そうだけどそうじゃない！　というか女の子なのになんて顔を晒《さら》しているんだ君は！

変な妄想は今すぐやめなさい！」

ぷぴゅっと鼻血を噴き出して、真っ赤な顔で身悶《みもだ》えているキアラちゃん。

以前にも、ミレディのことを男女関係なく囲う夜の女王だと思い込み一喜一憂していた前科があるのだが……どうやら、希代のむっつりスケベっぷりは健在らしい。

場がカオスと化してきた。

大切な大切な主君のご子息様が、「僕、これからラインハイトにどう接すればいいのか分からないよ……」みたいな顔をしている。

由々《ゆゆ》しき事態である。ラインハイト的に昨日より危機かもしれない。辛い。

「誤解です！　解放者というのは、本当に種族を越えた信頼関係があるのだなと、少し感慨深く思っていただけです！　特にヴァンドゥル殿は魔人族ですし！」

ヴァンドゥル達は顔を見合わせた。そして、なるほどと頷《うなず》く。確かに、教会の騎士からすれば、実に奇妙で不可思議な光景だろう。

「……そうだね。でも、素敵な光景だと思う」

そっと、心の中の秘密を打ち明けるみたいに呟《つぶや》いたのはシャルムだ。

ヴァンドゥル達の視線がシャルムに注がれた。

シャルムは少し頬を染めて、照れたような微笑《ほほえ》みを浮かべながら言葉を足す。

「少なくとも僕は、選ばれた民だって、誰もが自分達だけを誇る神都の光景より……こっちの方が好きだなぁ」

ふと、早朝の静けさが舞い戻ったようだった。

とても優しくて、温かな空気が漂っていた。

一拍おいて、キアラが「ああもうっ、あんた本当に可愛《かわい》いね！」と思わずシャルムを抱き締め、スイが「あぁ〜、何コレ浄化される〜」と苦しそうにもがき始める。

ラインハイトとヴァンドゥルは思わず声を上げて笑った。

再びキアラの胸に埋もれたシャルムが、顔を真っ赤にしながら辛うじて脱出する。

そして、恥ずかしさを誤魔化すかのように声を張り上げた。

「そ、それより！　ナイズさんは大丈夫でしょうか！」

「確かに心配ですね……」

ラインハイトが笑みを引っ込めて眉間に皺《しわ》を寄せる。

実のところ、ナイズは今この宿にいない。

渓流の〝黒門〟に、スイ達が出発した後に転移してきたナイズとヴァンドゥルは、本来ならそのまま【エスペラド】郊外の〝黒門〟へ跳ぶ予定だった。

だが、渓流に到着した直後に天を衝《つ》いた光の奔流――ラインハイトの〝限界突破〟の魔力光を目撃し、慌てて飛んできたのである。

もしタイミングが少しでも悪ければ、いくら〝黒門〟とナイズの転移があっても、合流はかなり遅れただろう。

そうなっていれば手遅れだった可能性が高いので肝が冷えるところだ。

ともあれ、そういう経緯からナイズ達は当初、列車襲撃の事実を知らなかった。

「あいつの心配はいらん。むしろ、ラウス・バーンは己の心配をすべきだったろうに」

「父上は……乗客の人達を巻き込んでしまったと気にされていましたから」

「祖国を出奔しようとも、ラウス様は騎士なのです」

気絶する寸前に列車襲撃の事実を伝えたラウスは、救援に行ってほしいと頼み込んだ。

カイムと相対した場合に固有魔法を受けても問題ないよう、ナイズに魂魄《こんぱく》を保護する魔法を行使してまで。死に自ら片足を突っ込むような行為である。

そんな瀕死《ひんし》上等の懇願ともなれば無下にはできない。元より放置する気もなかったのだから、なおさら。

そういうわけで、宿に到着するなりナイズは即行で戻ったのである。

と、その時、ちょうど良いタイミングでナイズが戻ってきた。

「すまん、遅くなった」

ラインハイトとシャルム、それにキアラが安堵《あんど》の吐息を漏らす。

「お帰り！　ナイズの兄さん！　朝食、用意しよっか？」

キアラが真っ先に立ち上がって迎える。ナイズの表情から悪いことは起きていないと察したのか、明るい雰囲気で労《ねぎら》いながら席を譲る。

「そうだな……」

本来は直ぐに出るべきだが、樹海を出てから碌《ろく》に休んでいない。

今後の活動への支障を合理的に考えれば結論は自然と出る。

「話すべきこともある。休憩がてらいただこう」

「りょ～かい！」

何があったのか少し聞きたそうにしつつも、宿屋の娘としての役目を全うすべく背を向けるキアラ。トットットッと軽快な足取りで厨房へと去っていく。

「あの、ナイズさん。レオナルドさん達《たち》は……」

「一緒ではないんですか？　乗客の方々はあの後いったい――」

「待て待て、水くらい飲ませてくれ」

キアラが座っていた席に着き、ヴァンドゥルが差し出してくれた水を一気に呷《あお》る。

「はぁ。ありがとう、ヴァン」

「気にするな。ウルルクは郊外の森か？」

頷くナイズ。昨夜も同じだ。流石《さすが》にウルルクの巨体を店内に入れるのは無茶である。

「まず、レオナルド達も列車の乗客達も無事だ」

シャルムとラインハイトの肩から一気に力が抜けた。深く背を預けられた椅子がぎぃと軋《きし》む。

「全員ですか？　スイ達を逃がした以上、討伐隊は乗客皆殺しの覚悟でレオさん達の尋問に戻ると思ったんですけど……」

カイムやセルムからすれば、バーン家の未来がかかっているのだ。当然だろう。

よく逃げきれたなぁと、スイは予想外のことに目を丸くしつつ、ラインハイトの厚切りベーコンを強奪する。

「まぁ、カイム達より自分の方が速かったからな」

「うへぇ。そりゃあ、敵さんの飛竜は潰してましたし、仮に飛んでも列車まで一時間はかかったはずですけど、〝黒門〟を併用したナイズさんの移動速度って本当に反則ですよねぇ……妬ましい」

据わった目を向けながら、ナイフでパンにバターを塗るスイの姿は、まるで獲物を前に刃物を研いでいるかのよう。非常に怪しい雰囲気だ。

とはいえ、スイが羨むのも無理はない。実際にナイズは、【ホルロ】と【オビウス】、そして【エスペラド】の間を数十秒以内に移動できてしまうのだから。

ナイズは嫉妬ウサギのねっとりした視線を無視して話を続けた。

「自分が駆けつけた時には、レオナルド達は既に乗客のほとんどを逃がしていた」

「〝黒門〟を使ったか……」

ヴァンドゥルが険しい表情で呟く。

「ああ。車内にゲートを開いて、乗客を外に出さないまま、密かにな」

「よく素直に言うことを聞きましたね……あ、もしかしてジンクス姐《ねえ》さんが誘導を？」

スイの推測は当たっていた。

ジンクスは固有魔法《こゆうまほう》も優れた戦闘能力も持たないが、伊達《だて》に巨大都市の諜報《ちようほう》部隊長を担っているわけではない。

彼女の特技は、印象操作と変装。僅かな時間で別人としか思えない変装をし、相手に与える印象を自在にコントロールできる。その超絶技巧はもはや魔法の領域と言われるほど。

「見事に成りきっていたぞ。教会の司祭に」

「……なるほど。混乱の中、司祭に指示されれば普通は従いますね」

ラインハイトが感心したように頷く。

〝ゲート〟なんて異質なものも、司祭の固有魔法だと言えば納得される。むしろ、〝事故〟という不幸の中で、そのように陣頭指揮を執れる司祭が乗り合わせていたことは、まさに神の思《おぼ》し召《め》しと感じたに違いない。

「彼女は暗示系の闇属性魔法も得意だ。混乱が広がる前に全乗客を誘導するのも容易《たやす》い」

「ふん、それが最善とはいえ神の救いだと思われるのは業腹だな」

「まさか、襲撃者が教会側で、助けているのが反逆側とは思いもしないでしょうねぇ」

ヴァンドゥルは溜息《ためいき》を吐《つ》き、スイはケケケッと皮肉るように嗤《わら》う。

ラインハイトが実に複雑そうな表情でスイを横目にしつつ言う。

「討伐隊の者が二人残っていたはずですが、彼等《かれら》に見つからなかったのは幸いでしたね」

「いや、途中で感づかれたようでレオナルド達が足止めしていた。例に漏れず厄介な連中でな。あと少し駆けつけるのが遅ければ全滅していたかもしれん」

「どんな奴《やつ》だった？」

ヴァンドゥルの質問に、ナイズは苦い顔をしながら答える。

「一人は顔半分に火傷《やけど》の痕がある騎士で、もう一人は黒髪で目元を隠した女騎士だ」

「やはり第二世代聖武具を？」

「火傷顔の騎士は聖剣と聖盾を、目隠しの女騎士は聖杖《せいじょう》を装備していたな。固有魔法も凄《すさ》まじいぞ」

曰《いわ》く、火傷顔の騎士は、超巨大ゴーレムを瞬時に創造でき、かつ、どれだけ破壊しても直《す》ぐに再生させることができたのだという。

そして、目隠しの女騎士は、その言葉だけで強制力を発揮したのだとか。〝動くな〟といった短い言葉だけであるし、レオナルド達戦闘部隊やナイズなどは強く意識することで振り払えたようだが、それでも一瞬の停滞を強いるほど。

非戦闘員ならなおさら。一般人に至っては言葉一つで支配されかねないという。

「護光騎士団……いったいどれほどの戦力が……」

ラインハイトの声が戦慄に震えている。ナイズ達も気持ちは同じだ。

教会の底力というか、底の知れなさというか、彼等の抱える深い闇を覗《のぞ》き見た気分である。少しばかり空気が重くなった。が、そこで、

「はい、お待たせ！　なんだか深刻そうだけど、大丈夫？」

キアラが戻ってきた。運ばれてきたナイズの朝食が出来立ての香ばしい香りを漂わせ、ナイズの腹が空腹を思い出したように音を奏でる。それで少し空気が緩んだ。

「大丈夫だ。朝食、感謝する」

「ん、ならいいけど。あたしは朝市に行ってくるね。何か必要なものある？」

「いや、特にない」

「おっけ～。それじゃあ、また後でね！」

元気溌剌《はつらつ》。ミレディから贈られた変装用アーティファクトのネックレスを懐から取り出して首にかけ、みょんと跳ねるウサミミを隠し、明るい金髪娘になって飛び出していく。

大きな声で「おはよーっ」とご近所さんに挨拶する声が響いてくる。

宿の中にレジスタンスがたむろしているなど、まるで臭わせない。まさに〝町でも評判の看板娘〟といった雰囲気。返ってくるご近所さん達の声も非常に好意的だ。

「チッ。これだから陽キャは……」

「貴女《あなた》はどれだけひねくれているんですか……」

ラインハイトの呆《あき》れた眼差《まなざ》しも、垂れウサミミを器用に動かしてシャットアウト。大きなお世話と言わんばかりだ。やはり、キアラとの相性はとことん悪いらしい。

とにもかくにも深刻な雰囲気は払拭されたので、ナイズは朝食を食べ始め、ヴァンドゥルが仕切り直すように口を開く。

「それより、問題は〝黒門〟の方だ。当然、〝エスペラドの黒門〟を開いたのだろう？」

「そうだ」

「えっと……それの何が問題なんですか？」

今まで大人しく聞くことに徹していたシャルムが、おずおずと尋ねた。

それに答えたのはスイだ。情報料代わり（？）に、意地汚くもシャルムのオムレツの残りを強奪——ラインハイトのインターセプト！　シャルム様のごはんは、私が守る！　と言わんばかり。卑しいウサギが舌打ちする。

ナイズが溜息を吐きつつ自分のオムレツを半分分けた。途端に機嫌を直して、ウサミミをピコピコと揺らしながら話し出すスイ。

「いいですか？　〝黒門〟は効果範囲内で自由に転移できるアーティファクトではないです。効果範囲内なら〝黒門の設置場所に〟転移できるアーティファクトです」

「それは……あ、そうか。エスペラド内に〝黒門〟がないと意味がないんだ。都市郊外の〝黒門〟だと、そんなに離れられないから……」

列車が横転したのは郊外の〝黒門〟手前、十キロ弱の位置。スイ達のように一つ目から二つ目へと直ぐに移動しない限り、飛竜相手では話にならない。

加えて、乗客の安全を図るには、襲撃者の正体を知らないままに人混みの中に帰すことこそが肝要だった。故に、どうしても都市の中に送る必要があったのだ。

「ですです。で、当然、半端な場所には設置できませんから——」

「設置場所は、解放者の隠れ家のようなところ？　え、待ってください。それじゃあ、乗客の皆さんに知られてしまいますよ！」

「だから、それが問題だってヴァンドゥルさんは言っててるんですよ。ナイズさんの戻りが遅かったのも事後処理に手を貸していたからでしょ？」

「まぁ、そういうことだ」

実は、緊急脱出用以外にも、緊急救援用の〝黒門〟が【エスペラド】内に一つ、設置されている。

もちろん、ホテル・ルシェーナではない。万が一、敵に利用された時、一発で支部が壊滅する恐れがあるのだから当然だ。

そこで選ばれたのが、エスペラド支部に入るための事前審査的隠れ家――貴婦人然とした初老の女性が経営する老舗の服飾店である。

そう、かつてナイズやキアラ達が訪れたメリッサ女史の店である。

店の試着室の一つが、〝黒門〟のゲートが開く場所なのだ。

メリッサなら、場合によっては〝筆跡鑑定〟の固有魔法で、転移してきた者が幹部の認知する者か確認できるし、一人二人なら入店していない客が出てきたところで気に留める者などいはしない。

だが、列車には百数十人の乗客がいたわけで、延々と途切れることなく困惑した者達が店から出てくるなど、それはもう目立ったに違いない。

もちろん、乗客達は列車襲撃の件を含め、教会関係各所に通報しに行くだろう。

「ということは、一人で戻ってきたのもレオナルド達が支部に残ったからか？　列車の件だけでもエスペラドは大騒ぎだろう。教会や討伐隊の動き、メリッサ女史を起点に行われるだろう捜査……人手はいくらあっても足りないはずだしな」

「いや、彼等はエスペラドからも離れて別のセーフハウスに、しばらくの間は身を潜めるらしい」

そこで、なぜかスイがギクッとした様子で微妙に視線を泳がせたが、ヴァンドゥルは気が付かず、そのまま話を進める。

「なぜだ……と、そうか。カイム・バーンの〝聖導〟を警戒してか」

「現状、術中にあるか否かはラウスにしか確認する術《すべ》がない。もし列車襲撃時にレオナルド達にも魂の同調とやらがなされていたらと考えれば、本部は当然、どこの支部にも行くわけにはいかないからな」

ナイズから、別れた後の話を聞いてレオナルド達が出した結論だった。

シャルムの表情に影が差す。心中は察してあまりある。

そんなシャルムを気にしつつも、ラインハイトが言う。

「ナイズ殿。しばらくして追手が来ないようなら問題ないのでは？」

「いや、泳がされている可能性もあるだろう」

「だな。いずれにしろラウスの目覚めを待つしかない。メイルの再生でも直ぐにとはいかないだろうが……」

「肉体が万全か否かは大きな違いだろう」

ナイズとヴァンドゥルの脳裏にミレディのことが過《よ》ぎる。

「まぁ、とにかく今は、無事に本部へ帰還することに集中しよう」

ナイズの説明が終わり、ヴァンドゥル達《たち》は揃《そろ》って頷《うなず》いた。否、一匹だけ頷かない。

「あのぉ～」

途中から、妙に大人しかったスイだ。なぜか、おずおずと挙手している。

おかしい。実に。

目が泳いでいる。ちょっと冷や汗も掻《か》いてるっぽい。

絶対、なんかやらかしてる。と、満場一致で察した。

「吐け。駄ウサギ。何をした」

ヴァンドゥルが良い笑顔で迫る。流石《さすが》は魔王の弟と言うべきか。笑顔がすっごく魔王。

「え、えっとですね。ナイズさん、その前に確認なんですが、レオさん達、どこのセーフハウスを使うって言ってました？」

「む？　確か、討伐隊の動きを知れるかもしれないからと神都近郊の――」

「あっ」

声をもらしたのはラインハイト。そして、引き攣《つ》った顔で口を開いたのはシャルム。

「あの、スイさん。兄さん達に言ってませんでした？　命乞いの対価に、神都近郊の隠れ家を教えるって」

しんとした空気が流れた。

ナイズとヴァンドゥルの虚無と表現すべき光のない目がスイに突き刺さる。

スイはしばらくの間、視線を回遊魚のように泳がせていたが、一転。

「ええ、言いましたけど何か!?　しょうがないでしょ！　時間稼ぎに必死だったんですから！　そう！　悪いのはおっそいナイズさん達であってスイじゃない！」

逆ギレみたいに声を張り上げた。

「お前という奴は……」

ヴァンドゥルが頰をピクピクと痙攣《けいれん》させ、ナイズが頭を抱える。

「そもそも、あっちのセーフハウスはラウスさんがエントリスにいると確信した時点で放棄することになったんです！　まさか再利用するとは思わなかったんですよ！　それに、結局、詳しい場所は教えてませんし！　はい、完璧！　スイは今回も完璧でした！　褒めてください！」

「いや、本拠地の膝元に隠れ家があると言った時点で、絶対に血眼になって探すだろう。レオナルド達に知らせないとヤバいぞ」

「じゃあ、知らせを送れば万事解決ですね！　問題なし！」

論破完了！　お話終了！　もう何を言われても受け付けませぇ～ん！　と席を立ち、二階の自室へ逃げていくスイ。

「ま、まぁ、実際、彼女の機転がなければどうなっていたか分かりませんから……」

「そ、そうなんです、ナイズさん！　ヴァンドゥルさん！　スイさんは決して裏切ったわけではない……と思います。たぶん、きっと……」

執り成すラインハイト。シャルムくんは、ちょっと自信なさそう。

ナイズとヴァンドゥルは顔を見合わせ、一拍。

「自分達は、そこは全く疑っていない」

「まぁ、確かに、時間稼ぎの会話に巻き込むなら最善手だ。相変わらず、相手の虚を衝《つ》く技法だけは卓越しているな」

そう言って肩を竦《すく》め、二人揃って苦笑いを浮かべたのだった。

どうやら信頼関係に揺らぎはないようだと理解し、シャルムとラインハイトもホッと一息吐《つ》く。

そうして、ナイズがスイの首根っこを摑《つか》んで食堂に連れ戻した後。

宿に配備されていた伝書鳥にレオナルド宛ての知らせを持たせて放ち、今度こそ今後の方針を話し合い、キアラが帰宅した頃合いに、一行は本部へと出発したのだった。


それから約二日。

ナイズ達は〝解放者〟の本部が存在する都に到着した。

【ウルディア公国】の【公都ダムドラック】だ。

世界最大の湖【ウル】の東側一帯に寄り添うようにして存在するここは、〝水の都〟とも呼ばれている。

湖畔の都だからではない。都の半分が湖の上に存在しているからだ。

数キロに亘《わた》って続く浅瀬に杭《くい》を打ち込んで土台を作り、その上に建物や通路、橋を建築しているのである。

湖上の街中では水路が網の目のように存在していて、多くの人がもっぱら小舟を移動手段としており、どこか優雅な雰囲気を漂わせている。

また、北の山脈地帯から流れ込む清らかな湖水は、この豊穣《ほうじょう》の農業国を支える要であるから汚す者などいるはずもなく、常に澄み渡り、陽《ひ》と月の光で千差万別の輝きを見せる。

――世界で最も美しい都
その呼び名の正しさは、神都が容認していることを以《もっ》て証明されていた。

そんな美しい水の都を、一行は湖の南側にある雑木林の中に身を潜めながら眺めていた。

シャルムが「わぁ……」と感嘆の声を漏らし、ラインハイトも陶然としている。

「それで、いつまでこうしているんです？」

スイに景観を眺めて楽しむ感性はないらしい。

「迎えが来るはずだ」と、ナイズが端的に答えた。首を傾《かし》げるスイ。

「迎え、ですか？　ふ～ん。街中のルートで行かないんですね」

「ここの街中は通路が狭いし、小舟での移動は難しいだろう」

そう言ってナイズが肩越しに振り返れば、そこにはウルルクとクオウがいる。確かに、この二体が街中をこっそり移動するのは無理がある。

「ええ、じゃあその辺に放し飼いにして――」

「『グルァッ』」

「ひぃっ、ごめんなさい！」

一瞬で土下座するスイに、ラウスを背負ったヴァンドゥルが虫を見るような目を向けて苦言を口にする。

「ウルルクもクオウも、それなりに疲労している。負傷もゼロではない。早くメイルの治療を受けさせたいんだ。文句を言うな」

ウルルク達の重圧もあって、「はぁ～い」と涙目で返事をするスイ。

その醜態のおかげ（？）で、ようやくシャルムとラインハイトの意識が感動の渦から戻ってきた。シャルムが観光気分だった自分を誤魔化すように真面目な表情で尋ねる。

「あの、街中のルートって……都の中に本部があるのですか？」

ラインハイトが「まさか」といった表情を向けてくる。

だが、それに答えが返る前に、ウルルクとクオウが反応した。頭上の枝を見上げる。

一拍遅れてナイズ達も視線を向けると、「なぁ～お」と呑気《のんき》な挨拶が返ってきた。猫だ。どこにでもいそうな白黒斑模様の猫が、枝の上から一行を見下ろしている。

「どうやら迎えが来たようだな」

「え？　猫が、ですか？」

「いえいえ、彼は僕の案内人ですよ」

シャルムとラインハイトが反射的に身構えた。知らぬ声だったからだ。

横目に見れば、ナイズとヴァンドゥルは少し意外そうな顔になっているものの、警戒した様子はない。それで少し緊張を解く。

「ティム、お前か」

「伝達部隊の隊長直々とは、ビップ待遇だな」

「揶揄《からか》わないでくださいよ、ナイズさん、ヴァンさん」

苦笑い気味にガサリと枝葉を掻き分けて姿を見せたのは、ハンチング帽と肩掛けカバンがトレードマークの青年――ティム・ロケットだった。

その肩に、枝から飛び降りた猫が降り立つ。

一応という雰囲気だが、ラインハイトがシャルムを背にしつつ尋ねた。

「えっと、この方は……」

「動物に仕事を肩代わりさせて、自分はふらふらと放浪する勝ち組野郎です」

スイのひがみたっぷりな説明に、お猫様が「フシャーッ」と襲い掛かった。スイは直《す》ぐに「あ、やめてっ、ウサ毛を毟《むし》り取らないでぇっ」と転げ回る。全員で無視する。

互いに自己紹介して正体を明かした後、ティムは長居は無用と直ぐに移動を開始した。

「それにしても珍しいな。スイの言葉じゃないが……」

「いろいろ事態が動きそうなので、僕にも待機命令が出たんですよ」

とはいえ、伝達部隊員という役目上、本部の中に籠っては本領を発揮できない。

なので、今は【ダムドラック】の隠れ家を拠点に、伝書鳥は当然、街中の猫や鼠《ねずみ》、湖周辺や北の山中に分布している動物達に固有魔法《こゆうまほう》〝鳥獣愛護〟をかけて動物ネットワークを新構築・拡大・強化しているのだという。

なので、ナイズ達の迎えに関しても元よりティムが請け負っていたというわけだ。

ティムは眠るラウスを案じつつも、迷いのない足取りで雑木林を西へ進んでいく。

「あの、街から離れていきますけど……」

シャルムが戸惑いの声を上げた。それで、ナイズ達は話の途中だったと思い出す。

小首を傾げているティムに先程の話を教えると、なるほどと頷いた。

ティムが目配せすると、ナイズが問題ないと指先に風を纏《まと》わせる。

どうやら音を消す風属性の魔法を使っていたらしい。

ティムは安心した様子で口を開いた。

「シャルム君。街中にあるのは本部へ行くための関所のようなものだけなんですよ」

「関所、ですか?」

「ええ。本部へ行くには、まず表向き普通の商売をしている支援者と接触する必要があるんです」

職種はいくつかある。例えば観光案内だ。店の者が支援者で、本部から出ていく時に預ける暗号と割符で照合を行う。暗号は、出ていく本人が毎回異なるものを決めて伝え、割符も特殊なものを使う。

そこで店側が問題ないと判断すると、案内人が小舟で第二の関所に連れていってくれる。もちろん、極めて目立たない場所だ。

そこで、連絡員の審査を受け、問題がなければ本部へ連絡してもらうことができ、その後、本部が許可して初めて道が開かれるのだ。

「今向かっているのは連絡員との合流場所だよ。都外での合流場所は毎日場所が変わるし、本来はまた別の手続きを踏む必要があるんだけど……」

今回はナイズ達だからこそ手順を飛ばして、直接、連絡員と合流できるのだ。

「げ、厳重ですね」

「むしろ不便ですねぇ。その点、樹海は便利です。陛下が白霧でどうにでもしちゃうし」

のほほんと言うスイに、誰も反論はできなかった。世界広しと言えど、リューティリスが君臨する樹海ほど強固な要塞はないだろう。

それすら破られかけたのだから、慎重に慎重を重ねるのも当然だ。

話の腰を折るなと横目に睨《にら》みつつ、ヴァンドゥルが補足した。

「防衛体制も大したものだぞ。正規ルート以外では、まず見つけることも難しい。たとえ位置を特定できても、それこそ使徒並みの進撃力でもない限り辿《たど》り着けんだろう」

「それほどですか……」

ラインハイトが生唾を呑《の》み込み、シャルムも緊張した様子を見せ始める。

そうこうしているうちに、ティムが足を止めた。

変わらず雑木林の中。目印もなければ変哲すらない場所だ。唯一今までと違うとすれば湖面までの距離か。草木を少し掻《か》き分ければ湖の縁に出てしまう近距離だ。

そこでしゃがみ込んだティムは、ゆっくりと規則正しく枝葉を揺らした。

すると……

『よぉ、待ちくたびれたぜ』

頭の中に直接、響くような声が。ラインハイトとシャルムが警戒の視線を巡らせる。

『そう警戒しなさんな、坊ちゃんと騎士のあんちゃん。俺が連絡員だ』

苦笑しているような声を響かせ、声の主は直ぐに姿を見せた。ちゃぷんっと湖面が揺らぎ、水中から顔が覗《のぞ》く。

枝葉の合間から、シャルムとラインハイトが湖面を覗き込む。

目が合った――次の瞬間。

「わぁあああああああっ、おじさんが魚に食べられてるぅううううっ」

「し、新種の魔物か!?」

二人揃《そろ》って大パニック。ナイズ達《たち》が「まぁ、驚くよね」みたいな微笑《ほほえ》ましい表情になっている。彼等《かれら》も通った道らしい。

無理もない。何せそこには、おっさん顔の魚が水面から顔を出しているという衝撃的な光景があったのだから。ある意味、シャルムが叫んだように〝見知らぬおじさんが肉食魚に喰《く》われている途中〟という光景の方が、まだ理解の範疇《はんちゅう》だったかもしれない。

ラインハイトが聖剣の柄《つか》に手をかけた。慌てて、その手をガッと押さえるナイズ。

「落ち着け。彼は確かに連絡員だ」

「人ですらなかった！」

「なんなんですかいったい！　この生き物は！」

そりゃあ、解放者は〝種族の垣根を取り払った未来〟を目指す組織ではあるけれど、人面魚まで仲間だなんて誰が想像しようか。

二人の惑乱ぶりを見て、懇切丁寧な説明をしてくれるヴァンドゥル。

「昔、公国がまだ王国と呼ばれて精霊信仰が健在だった頃、〝偉大なる湖の精霊の眷属《けんぞく》〟〝唯一触れ合える精霊〟として敬愛を持たれていた存在だ」

「精霊の定義ってなんですか!?」

「偉大なる湖の精霊は、それで良かったのか!?」

説明されて余計にパニック。

『おい、お前等』

無駄に低音で、無駄に渋くて、無駄に耳に心地よいバリトンボイスが響く。シャルムとラインハイトがビクッと震える。怒らせただろうか？　と。

『細けぇこと気にしてんじゃねぇよ』

穏やかな表情だ。シャルムとラインハイトはホッとしつつも顔を見合わせる。

『人か、精霊か、はたまた魔物か？　ハッ、違ぇだろ？　そんなつまらねぇ枠組みで何を決めようってんだ？』

「え、えっと？」

『どう生きてきたか。どう生きていくか。大事なのはそこじゃねぇのか？　それさえ弁《わきま》えてりゃあ、てめぇが何者かなんざぁ勝手に決まるだろうよ』

なぜだろう。おっさん顔の人面魚なのに、シャルムとラインハイトは二人揃って居住まいを正してしまった。

そして、思う。思ってしまう！　フッと笑って妙に含蓄のある言葉を話す姿が、

『俺はな、世界に抗《あらが》おうって気張ってる奴等《やつら》に、ちょいとお節介しているだけの――ただのおっさんさ』

なんかカッコイイ！　と。

『さて、おしゃべりはここまでだ。ちょいと読ませてもらうぜ？』

魔物特有の赤黒い魔力が波紋を打った。困惑するシャルム達にナイズが言う。

「心配するな。先程説明した〝連絡員の審査〟だ。敵意や悪意の有無、洗脳の痕跡がないか。思考を読み取って確認しているんだ」

「なっ、心が読めるということですか!?」

ギョッとした様子のラインハイトに、ヴァンドゥルが頷《うなず》く。

「表面だけらしいがな。リーマン一族は〝念話〟の固有魔法が使えるんだが、その応用技らしい。歳《とし》を経たリーマンだけが出来るそうだぞ」

「リーマン？」

「種族名だ。奴の個人名はロンリーウルフらしい。大体皆、略してローマンと呼ぶ」

「……ヴァンドゥル殿。ツッコミを入れていいですか？」

「安心しろ。俺が既にやった」

「深く考えない方がいいですよ。説教臭いおっさんくらいに思っておけばいいです」

スイの忠告を、ラインハイトは初めて素直に受け入れた。

彼は湖の精霊、そして解放者はヤバい。それでいい。思考は放棄しよう、と。

なお、スイは初めて本部に来た際、そのクズい思考を読み取られてめちゃくちゃ説教されている。

『おう、問題ねぇな。ナイズのあんちゃん、本部とも連絡を取った。準備ＯＫだぜ。三〇〇メートル北西、一〇メートル下辺りだ。いけるかい？』

「それだけ情報があれば」

『普通は泳がなきゃいけねぇのに便利なこったな。一応、周囲を一族で固めておくぜ』

「それなら〝水の中〟となっても安心だな。感謝する」

『いいってことよ』

へっと男臭い笑みを浮かべて水中に消えるローマンおじさん。

「……ナイズ殿？　まさか、水中に転移するんですか？」

ナイズは少しだけ口角を上げて頷いた。そして、「なぜ水中に？　水中から都に潜入する？」と首を傾《かし》げるシャルムに、少し悪戯《いたずら》っぽい雰囲気でネタばらしをした。

「解放者の本部は――水中にある」

えっと声を漏らす暇もない。言うや否やナイズの転移が発動。

視界が切り替わった直後、一行は水中にいた。否、正確には水中にある輝くトンネルの中だ。

「これは……結界ですか？」

「ラインハイト！　見て！　あれ！」

水を押しのけ浸入を阻む結界のトンネルは随分と広く、ウルルク達の巨体が入ってもなお余裕がある。ラインハイトが輝く水面の壁に気を取られていると、シャルムに袖を勢いよく引かれた。

何事かと視線を下に落とせば、トンネルは下方へスロープのように続いていて――

「なっ、あれは……まさか船!?　いや、潜水艇なのか!?　けど、なんて大きさだっ」

そう、水中トンネルの先にあったのは巨大な船だった。

トンネルの長さはおよそ二〇〇メートルほどだろうか。それだけの距離があってなお圧倒される巨大さは、縮尺から予想するに全長三〇〇メートルはあるだろう。

普通の船舶と決定的に違うのは、甲板の上に五階くらいの高さの荘厳な宮殿、あるいは神殿のような建築物が存在していることか。

水中トンネルとは異なり輝いてはいないが、船全体を包むように空気の層があり、水の浸入を拒んでいる点は同じだ。

「あれが解放者の本部――魔装潜艦宮〝ラック・エレイン〟だ」

ナイズの説明にも、シャルム達は気を呑まれたまま言葉を返せない。

だが、内心では「なるほど」と納得の感情が湧き上がっていた。

水中という天然の結界に守られた移動式の拠点など想像の埒外《らちがい》。

加えて、【ウル湖】は広大だ。対岸まで百キロを優に超え、平均水深ですら三百メートル、最大深度は観測に成功した記録で六百メートルだが、中心部は更に深いだろう。

これでは確かに、本部側から迎えない限り発見も到達も至難だ。

「はいはい、いい加減にぼうっとしてないで行きましょうねぇ」

やっぱりなんの感慨もなさそうに、スイが先陣を切ってスタスタ歩いていく。実は口にしないだけで肩の痛みが酷《ひど》いのだ。早くメイルに癒やされたい一心である。

「ん？　あれは――うっ」

「ラインハイト？　どうしたの――うっ」

スイの後に続く形で進む途中、唐突にラインハイトが身を強張《こわば》らせた。

少し離れた水中に、見えてしまったのだ。

チラッと振り返る無数のおっさん顔と、おば――レディ顔の人面魚達が。

思わず目を逸《そ》らしてしまうが、同時に気が付く。水生生物達――中には魔物っぽいのもいるが、それらがまるで警備でもするみたいに周囲を旋回していることに。

「リーマン一族は、ある程度、水生生物を操れるらしい。湖の精霊の眷属と呼ばれる所以《ゆえん》だな。本部の防衛機構の一つでもある」

「おそろしく有能ですね……」

「きょ、教会は把握してないのかな？　リーマン一族を」

「この国が属国化された時、精霊伝承を確認すべく水中もある程度探索されたらしいが……まぁ、魚群でさりげなく邪魔している間に地下水脈に逃げ込んだから、全く問題なかったと言っていたぞ」

「ほんとに有能ですね！」

「世の中は、僕の知らない神秘でいっぱいだぁ」

なんて不思議生物について話している間にも潜艦宮に近づく。

水中トンネルの出口は前部甲板へと繋《つな》がっていた。

近づいて改めて分かるが、やはり、潜艦宮は全体を包むようにして空気の層に覆われているようだった。水の壁が紡錘形《ぼうすいけい》に出来ていて、実のところ、水中にあるというより水中の巨大な気泡の中で艦が浮遊している、というのが正しい表現だった。

もしかしなくても、空を飛ぶこともできるのだろう。

側面には通常の船と同じく屋外の通路があり、人が普通に行き来している。

威容に感心し、異様な光景に圧倒される中、一行は甲板に降り立った。水中トンネルがふっと消えて、ローマンがエラでピッと挨拶をして一族共々解散していく。

「こっちだ」

ナイズの案内に従い、扉の一つに向かった。

金属のこすれるような重々しい音を立てて開いたそこへ、半ば呆然《ぼうぜん》と入れば——

「あ……」

「——っ」

中は、船倉だろうか。とても広い空間で、しかし、様々な物資が積み上げられていた。

同時に、二列で整然と並ぶ多種多様な人々も。

そして、その人で出来た通路の奥には、一際存在感を放つ四人の人影があった。

ミレディとオスカー、メイルにリューティリスだ。

ミレディは、未《いま》だにメイド服だった。しかも、少しデザインが違う。それもまたオスカーのコレクションの一つだろう。ヴァンドゥルの目が蔑むものに変わる。

が、その視線に気が付いたオスカーが言い訳を口にする前に……

何やら、ピシャーッと雷が落ちたような音を、誰もが幻聴した。

「か、可憐《かれん》だ……」

「ラインハイト!?」

シャルムくんがギョッとして隣を見上げている。そこには、ハートを撃ち抜かれたかのように胸を押さえ、よろめきつつもミレディから一瞬も視線を外さないラインハイトがいた。絵に描いたような、人が恋に落ちる瞬間だった。

おや？　オスカーの眼鏡が怪しく光って……？　メイルとリューティリスが「まぁ！」と恋物語に憧れる少女のようにテンションを上げて……

「うおっほんっ」

仕切り直しを強要するような馬鹿でかい咳払《せきばら》いが響き渡った。

ミレディ達《たち》の背後に控えていた老人の仕業だった。白髪をポニーテールにし、ずんぐり体型を黒地に黄色の刺繍《ししゅう》を施した法衣で包んだような恰好《かっこう》だ。

その老人の、とても老人とは思えない、むしろ喧嘩《けんか》上等の不良かと思うような眼光がラインハイトを貫く。

異様な迫力があった。それこそ、なぜかオスカーが盛大に視線を逸らすほどに。なので、ラインハイトも正気に戻って、頬を染めながらも居住まいを正す。

メイル達が堪《こら》え切れないといった様子でニヤニヤしている中、老人も雰囲気を改め、厳かな様子で口を開いた。

「ようこそ、解放者へ」

どうやら、盛大な出迎えをしてくれたらしい。

最後の神代魔法使い、あの白光騎士団の団長を迎えるとあって意気込んだのだろう。

ミレディなど、さっきからずっとそわそわしっぱなしだ。

だが、老人が口にしかけた歓迎の言葉は、

「さて、ラウス・バーン殿…………は、どこ？」

戸惑いと共に止まった。全員の目も点になった。

てっきり、当の団長さんはウルルクの陰にでもいて、ヴァンドゥルが背負っているのは小汚いズダ袋か何かだと思っていたのだが……

スイが面倒そうな顔でペイッとフードを払えば、あら不思議。

ボロ雑巾みたいな有様の、当の団長様が現れた。ぐったりしておられる。ぴくりとも動かない。生気も感じられない。傍目《はため》には死んでる……

「「「「！！！？」」」」

全員の目が「どういうこと!?」と飛び出した。同時に、ミレディも飛び出した。

「あ、ああっ」

狼狽《うろた》えながら、涙目でラウスのツルツルな頭をペチペチする。

「落ち着け、ミレディ。お前と同じだ。疲弊して眠っているだけだ」

ヴァンドゥルが苦笑い気味に言うと、ミレディは不安そうに小首を傾げた。

「……本当？」

「ああ。だから、頭をペチペチするのはやめてやれ。なんかうなされてるぞ。嫌な記憶でもよみがえっているみたいに」

きっと、どこぞの少女にハゲを連呼された時のことに違いない。

とにもかくにも、ラウスは無事……とは言い難いものの生きていると分かり、へなへなと腰を抜かしてしまうミレディ。

集まった解放者本部の者達も、冷や水を浴びたような顔で胸を撫《な》で下ろした。

かと思えばその直後、一斉にワッとナイズ達のもとへ集まってくる。

口々に「本当に大丈夫か?」「何があった!」「ゲッ、左腕ねぇじゃん!」「あら、凄《すご》い美少年……じゅるり」などなど好き勝手にしゃべり始める。

シャルムが迫るお姉様方にタジタジとなり、ラインハイトもフレンドリーな雰囲気に戸惑った様子。

「はいはい、皆どいてどいて。お姉さんの出番よ!」

メイルが人垣をかき分けてやってくる。

「メイルの姐《あね》さん。スイ、ちょ～疲れました。早く再生してください」

「ちょっとスイ! お姉様になんて口の利き方を――」

「あ～、陛下。後にしてください。マジで疲れてるんで」

「わたくしへの態度が雑になってますわ!?」

「はいはい、ちょっと嬉《うれ》しそうにしてないで、リューはあっちに行ってなさい」

言うや否や、周囲の者達がリューティリスを頭上に担ぎ上げ、そのまま波でさらうように隣へ隣へと渡していく。人垣の上でジタバタしつつも「おやめになって! ああ～、おやめになってぇ!」と抗議する声が嬉しそう。

共和国を離れて解放感に包まれてしまったリューティリスさんは、己の性癖も全解放しているので、既に本部の全員がド変態女王様だと知っている。

なので扱いも雑になっている。女王様はここが大層お気に入りだ。

全樹海の民が泣くこと請け合いである。

「重傷者を目の前にして、自分ファーストなところは嫌いじゃないわよ、スイちゃん。安心なさい。全員まとめてしてあげるから」

メイルが再生魔法を行使しようとした。が、その前にナイズが口を挟む。

「メイル。ラウスの左腕の欠損はそのままにしてくれ」

「え？　別に手間でもなんでもないわよ？」

「分かっている。だが……ラウスの希望なのだ」

それは、気絶する前にラウスが口にした伝言だった。

「〝力が足りない。失った左腕の補完は、オスカー・オルクスに頼みたい〟だそうだ」

喧噪《けんそう》がピタリと止まった。

誰もがラウスを見る。その傍《そば》で歯噛《はが》みする幼い息子を見る。悔しそうな若き騎士も。

ボロボロの有様、足りない家族……

欠損すら力に変えたいという意志の強さ、覚悟の重さが弥《いや》が上《うえ》にも伝わってくる。

「最高の義手を用意しよう。なんなら、以前より強力な武器も」

力強く、躊躇《ためら》いなく請け負うオスカーに、

「あの……よろしくお願いします」

「オルクス殿、どうか、よろしくお願いします」

シャルムとラインハイトはグッと口元を引き結ぶようにして頭を下げた。

そうして、ひとまず再生魔法をかけた後、歓迎に集まった者達は解散し、ラウスは医務室へ直行、ナイズ達は報告のため艦内の一室へと向かったのだった。


「さて、まずは自己紹介といこうかの？　事情を聞こうにも不便じゃしのぅ」

革張りのソファーとアンティークなテーブル、驚くべきことに暖炉まで設置された談話室にて。

ミレディ達のほか、シャルムとラインハイト、それに一人の女性が座ったのを見計らって（スイも報告の義務があるので呼ばれたが、いつの間にか姿を消していた。面倒がって逃げたとも言う）、白い総髪《ポニテ》の老人が鋭い眼光と共に切り出した。

「ワシはサルース。サルース・ガイストリヒ。ピチピチの八十八歳じゃ」

ラインハイトとシャルムの視線が泳いだ。

パァンッと音が鳴って、二人揃《そろ》って「何事!?」と小さく飛び上がる。

「統括長、冗談は一日一回までと約束したでしょう？　ボケましたか？」

サルースの左隣に座っていた女性の所業だった。サルースの後頭部をぶっ叩《たた》いたのである。老人には致命傷になりかねない威力だったような……と、シャルム達が戦慄する。

デスクに突っ伏したままのサルースを置いて、女性が説明を代わった。

「失礼しました。ふざけた老人ですが、これでも解放者の実質的な司令官になります。そして、メイド服を着ているのがミレディ・ライセン。我等《われら》のリーダーです。故あって、感情の起伏や言動の消極化状態にありますが」

「あ、はい」

「だ、大丈夫なんでしょうか？」

「ラウス殿が目覚めれば、きっと。詳しい話は後でまとめてしましょう」

そう言って、順にオスカー達を紹介していく女性。

その声音には抑揚がない。うっすらと開いた糸目はナイフのよう。

ダークブロンドの髪は前髪をぱつんっと切ったおかっぱで、皺《しわ》一つないブラウスにタイトなスカート、黒い手袋に黒いストッキングで露出を完全になくした姿は、彼女の鋭い雰囲気をこれでもかと後押ししている。

そして何よりも、シャルムとラインハイトを気まずさにも似た心持ちにさせているのが、その特徴的な片方だけの狐耳《きつねみみ》。

「最後に、私は筆頭補佐官及び本部第三実行部隊隊長を務めているクロリス・ガイストリヒです。名でお分かりかと思いますが、この爺《じじい》の養女です」

つまり、司令官の近衛《このえ》であり、本部防衛を主任務とする部隊のリーダーですと説明するクロリス。そして、

「気になるようなので言いますが、この耳は神殿騎士に斬り落とされました。犬の糞《くそ》にも

劣る神のせいで酷《ひど》い目に遭ったわけです」

シャルムが「あ、はい……」と視線を逸《そ》らし、ラインハイトが冷や汗を浮かべながら「……す、すみません」と俯《うつむ》く。

「お気になさらず。貴方《あなた》は神を捨てたのでしょう？　ならば、私は気にしていません」

声に感情が乗っていないのが、とても恐ろしい。責められているのか、本当に気にしていないのか、全然分からない。

と、そんなクロちゃん。あんまり苛《いじ》めないで？」

「……クロちゃん。あんまり苛めないで？」

ミレディがぽやんっとした雰囲気で言う。ラインハイトの顔がバッと上がった。「女神か……」とか呟《つぶや》いている。シャルムもまた「父上、話と違います……」と、ミレディを心優しい深窓のご令嬢を見るような目で見る。

「ミーちゃんがそう言うなら」

反省したように目を伏せ、糸目に戻るクロリス。呼び方から、ミレディとは相当親しい仲だと分かる。大きな狐耳がへにょっと萎《しお》れているのが、ちょっと可愛《かわい》らしい。

「いいや！　もっと苛めてやるのじゃ！　ワシの可愛いミレディに色目なんぞ使いおってからに！」

統括長が復活した。

「い、色目など使っていません――」

「だまらっしゃい！　そこのエセ紳士なチンピラ眼鏡といい、次から次へと湧き出す害虫共め！」

オスカーが視線を逸らす。ラインハイトが「!?」とオスカーを見る。ナイズ達が呆《あき》れ顔やらニヤニヤ顔やらしている間にも、サルースは更にヒートアップ。

「この老骨が、天使を汚さんとする邪悪に天誅《てんちゅう》を下してくれよう——ぴぎゃっ」

「……サル爺《じい》、黙って？」

サル爺は再び突っ伏した。超重力で。ミレディの声に怒気が宿っている。

実は、既に幾度となく繰り返されているのだが、仕方ないのだ。サル爺的に。

だって、孫娘も同然に溺愛しているミレディが、なんかやたらと寄り添うのである。男に！　それも腹の中は真っ黒そうな、いかにも女泣かせっぽいエセ紳士野郎に！

嫌がらせも、罵詈《ばり》雑言《ぞうごん》も、祖父（自称）として必然である。だが、それが許せないミレディちゃんは、サル爺への注意もだんだん過激になっていた。

サル爺は、そろそろ本気で致命傷を負うかもしれない……。

それはそれとして。

「あ、あの！　ミレディさんっ、私は決して邪《よこしま》な目を向けたりは——」

「……ラインハイト。ちょっと静かにしよ？　話が進まないから、ね？」

「シャルム様!?……すみません」

何やら焦った様子で弁解するラインハイトだったが、シャルムに死んだ目で注意されて、ショックを受けたように項垂《うなだ》れた。

「あらあら、オスカー君。ライバル出現ね？」

「どうしましょうっ、お姉様！　ミレディたんを巡る戦いの予感に、わたくし、ドキワクが止まりませんわ！」

「……メイル、リュー。そういう揶揄《からか》いは、僕の好むところではないよ」

思わず溜息《ためいき》を吐《つ》くオスカー。ふと横を見れば、ミレディがジッと見てくる。かと思えば、ラインハイトを見て、またオスカーを見て……

「……色目」

「ミ、ミレディ？」

「……で、見てる？　オーくんも」

「見てない！」

「……」

「ちょっと待て！　そこでしょんぼりするのは反則だろ！」

「ごほんっ。オスカー殿。失礼ですが、ミレディさんとは実際、どのようなご関係――」

「ラインハイト。お願いだから、いつもの君に戻って？」

一目惚《ひとめぼ》れで暴走する己の護衛騎士に、シャルムくんの目が刻一刻と死んでいく。

「はぁ、なんだこのカオスは。俺もスイのように逃げればよかった……」

「馬鹿を言うな、ヴァン。自分を一人にする気か」

会議は踊る――わけでもなく混沌《こんとん》とし、必然的に進まない。

一応、サルースもクロリスも私怨だけで話の道を外れたわけではない。

神殿騎士が一人、ラウスの供をしているとの情報は、エスペラド支部から共和国と同時に本部にも送られた伝書鳥により、既知のことではあった。

だが、はっきり言ってラウス・バーン以外の騎士を心から信用するのは、言葉も交わさないうちは少々難しかったのだ。

ナイズ達《たち》が問題なく連れてきたこと、リーマン一族が敵意や悪意の類なしと判断したことから、こうして本部に招き入れたが……

あるいは、その全ての障害を上手《うま》くクリアした刺客という線も、まだ捨てきってはいなかったのである。

なので、ふざけた態度を取ったり、敢《あ》えて神を愚弄してみたりしたわけだが……

さて、どうだろうか。

果たして本当に神と敵対できるのだろうか……

そもそも、神代魔法使いでもない一般の神殿騎士の背信など本当にあり得るのか……という疑惑には、シャルムが答えた。レオナルドやナイズ達に伝えた時のように。

「あの！　名乗らせていただきます！　僕はシャルム。ラウス・バーンの末の息子です。こちらはバーン家の護衛騎士ラインハイト・アシエです。彼は今代の〝勇者〟なんです」

「……ほぅ」

ふざけたおじいちゃん、といったサルースの雰囲気が一変した。

オスカー達も瞠目《どうもく》してラインハイトを見る。

「ふむ。腰のそれを、見せてもらえるかの？」

「承知しました」

ラインハイトが聖剣を抜く。荘厳な煌《きら》めきが部屋の中を照らした。

すると、どうしたことか。

「っ、オーちゃんさん、見てください」

〝守護杖〟が淡い光を纏《まと》い、微《かす》かに振動していた。リューティリスの驚いた様子から、それが彼女の行為によるものでないことは明白。

「共鳴……してるのか？」

誰もが驚いたように聖剣と守護杖を見比べる。

「統括長、これは……」

「うぅむ、間違いなさそうじゃな」

「分かっていただけましたか？　ラインハイトを疑う必要はありません！」

シャルムの力説は、彼等の強い絆《きずな》を感じさせるには十分だった。

だが、あくまでそれだけだ。それだけであると、サルースの表情が物語っていた。

レオナルドの時とは異なり、そこに納得はない。

冷然とした雰囲気を纏い、化けの皮を剝がさんとする裁定者のような目を向けている。

「勇者が善人であることは歴史が証明しておる。だが、それが常に〝抗《あらが》う者〟の側にいたかと言えば、答えは否じゃ」

「え？」

「勇者と言えど人。信じるものが違えば敵対もする。万人にとっての味方などあり得ん。勇者であることがすなわち、味方とは言えんのじゃよ」

「それはっ、でもっ」

正論だった。反論の言葉を見つけられない。奥歯を噛《か》み締め、小さな肩を震わせる。

そんなシャルムを見て、ラインハイトの頬は自然と柔らかく綻んでいた。自分のために必死になってくれる幼子を見て、心を打たれない騎士はいない。

だから、信頼を得るためなら、どんな要求でも呑《の》んで見せると覚悟を瞳に宿してサルースを見返した――のだが、その前に、

「……サル爺、メッ」

「むぅっ!?　ミ、ミレディよっ、おじいちゃん、中身が出そうっ」

超重力、再び。

「……彼は、ラウス・バーンが信じた人。それで十分」

なぜなら、ラウス・バーンを信じているから。

そう言い切るミレディの姿は、なるほど。

巨大組織の長というに相応《ふさわ》しい、どこか超然とした〝強さ〟があった。

「なら、ミレディを信じる僕達が信じないわけにはいかないね」

オスカーが微笑を浮かべてそう言えば、ナイズ達も揃《そろ》って頷《うなず》く。クロリスも、ここに来て初めて柔らかな笑みを浮かべた。

「なんじゃなんじゃ、ワシだけ悪者か。酷いのぅ。老人苛めじゃ」

「サル爺は、自分の役目を果たしただけ。分かってる」

リーマン一族の悪意感知は優秀だ。たとえ思考そのものは表層しか読めずとも、合理を超えた直感的な部分で見抜く。洗脳や暗示により一時的に悪意を消していても、だ。

だが、穴がないわけではないのだ。悪意や害意がなくとも他者を害することのできる者はいるからだ。感情のない〝神の使徒〟や、害することが呼吸と同じだというような生粋のサイコパスなど。

聖剣に選ばれた勇者が、その類とは思わない。

だが、ここに来て最後の神代魔法使いのお供が勇者であるというのは出来すぎだとも感じる。それを運命的だと好意的に捉えてはならないのが、サルースの役目だった。

「ミレディよ……うぅ、おじいちゃん、嬉《うれ》しい……いや、待つのじゃ。分かっておるなら、なぜ潰したのじゃ？」

「……てへ？」

「くっ、なんとなくとは酷い！　でも許す！　かわいいは正義じゃ！」

どうやら受け入れてもらえるようだと、シャルムの張り詰めていた気が緩んだ。ふしゅる～と空気が抜けるみたいに。

そのままラインハイトに笑顔を向けて……「かわいいは正義……至言だ」と、ミレディを見つめて顔を真っ赤にしている姿に、また目が死んだ。

恋は、人をここまで変えるのか……

シャルムがまた一つ、大人になった瞬間だった。

「そろそろ話を進めよう。ナイズ達の様子から大丈夫だろうとは思うけれど、レオナルド達がいないことも気になるし、ね？」

オスカーが空気を変える。視線はシャルムに固定。

メイルとリューティリスの方は絶対に見ない。揶揄い混じりのもの言いたげな視線は気が付かないふりこそが最適解。サルース老の不機嫌な顔も、ミレディのロックオンしたような眼差《まなざ》しも、ラインハイトの悔し気な視線も、同じく。

「はい、進めましょう。話すべきことが、たくさんあるんです」

この中で、一番のしっかり者はシャルムかもしれない。

オスカーとシャルムを中心に情報交換が進む。途中、ナイズとヴァンドゥルが補足を入れる形で。

驚愕《きようがく》すべき事実のオンパレードであったが、動揺は少なかった。

使徒健在の情報にすら、だ。討伐可能証明も、何度でも戦う覚悟も、既にあるからだろう。むしろ、カイム達と相対した話への反応こそ劇的であった。

父と子の殺し合いを望んだ教会への怒りで、空気が帯電したようにさえ感じるほど。

落ち着かせるように、サルースが結論を述べる。

「何はともあれラウス殿の復活が肝要じゃな」

それすなわち、ミレディの復活に違いないから。何をするにしても、リーダー不在では締まらない。

とはいえ、だ。

「……できることはある」

ミレディの静かな声音が波紋のように広がった。

「すべきことも」

相変わらず泡沫《うたかた》のような雰囲気だが、それを茶化す者などいるはずもなく。

全員が王を前にしたかのように居住まいを正した。シャルムとラインハイトが戸惑うほど鮮やかに。

「して、リーダーよ。我等《われら》は如何《いか》に？」

サルースが、まるで高位の貴族のように気品のある仕草で恭しく尋ねる。

「伝えて。皆に。――〝時は来た〟って」

それは、レジスタンスのリーダーが発する、全世界に散る同志への召集令。

雌伏の時は終わった。牙を剝《む》け！　と。

「ふっ。滾《たぎ》りますなぁ」

「直ちに〝最終計画・変革の鐘〟の微修正を行い、発動します」

サルースが肌の粟立《あわだ》つような笑みを浮かべる。クロリスの糸目は開眼し、義理の親子とは思えないそっくりの凶相を晒《さら》す。

蒼穹《そうきゅう》の瞳がシャルムを映し込んだ。

「叶《かな》えよう。君の願いを」

「っ、はい……はいっ。ありがとうございますっ」

「感謝します、ミレディさん」

家族みんなで仲良く暮らしたい。ごく当たり前の、でも酷《ひど》く困難な願い。

それを言葉にせずとも理解して迷いなく受け止めるミレディに、シャルムとラインハイトは万軍の味方を得た気持ちで涙ぐむ。

最後にミレディの瞳はオスカー達を巡った。できると、確信に満ちた輝きを伴って。

「強くなろう。一緒に、もっと」

烈々たる炎のような笑みが、オスカー達の口元に浮かんだ。

「もちろんだ。もう、君だけが戦う必要はない」

「解放者のリーダーが使徒を倒せるっていうのは証明したものねぇ？　もう、お姉さん達も手を出していいのでしょう？　ふふふ」

「まぁ、お姉様。素敵なドS顔ですわ！」

「ふん。使徒が後何体いるのか知らんが……二度も遅れはとらんさ」

「ああ。集結が完了するまで、まだ時はある。やろう。ミレディと同じ神代魔法の神髄に、自分達も至ろう。必ず」

空気が陽炎《かげろう》のように揺らめいている。と、錯覚するほどの気勢がオスカー達から溢《あふ》れ出していた。

焦燥と己への不甲斐《ふがい》なさで迷子のようだった心が、ピタリと定まっている。

あたかも、暗闇の中を手探りで進んでいた者達が、夜空にたった一つの光を見つけて真《ま》っ直《す》ぐに進み始めたかのように。

これが、解放者のリーダーか。

これが、ミレディ・ライセンという足掻《あが》く者達の太陽か。

シャルムも、ラインハイトも、今、ようやくラウスの抱いた感情を理解した。

同時に、納得する。

なるほど、これは変わる。たとえ、世界一頑固で厳格な男の世界であっても、と。

「僕達も、お手伝いします！……いや、違う。僕達も解放者に入れてください！　仲間として、出来ることをさせてください！」

「私もシャルム様と同じ気持ちです。私の剣も身命も既にラウス様とシャルム様に捧《ささ》げたものですが、なんの因果か、この身は勇者で、この手には聖剣があります。世界を変える一助として、存分にお使いください」

「……うん。一緒に行こう。新しい未来へ」

〝神の使徒〟が何体いるのかは分からない。

護光騎士団の戦力も不明。

半使徒化や量産型七聖武具の脅威も、どれほど浸透しているのか。

だがしかし、不安はなかった。

楽観ではない。

ただ、そこには決意があった。鋼鉄よりもなお強固な、さっと〝人〟だけが持ち得る、死すら厭《いと》わない決意が。

「人が、自由な意思の下に生きられる世界へ」

意気軒昂《いきけんこう》。リーダーに応える声は、まるで百獣が放つ咆哮《ほうこう》のようだった。

第四章◆解放者・集結

——グランダート帝国・帝都ダストール

魔法大国である帝国には、国公立・私立を問わず魔法関連の教育機関及び研究施設が乱立している。そのうちの一つに、帝国においてさえ呆《あき》れと感嘆を込めて〝魔法狂い〟と称されるラックマン男爵家の運営する研究所があった。

〝属性魔法を以《もっ》て神代魔法に類似・追随する現象を起こす〟ことを主題とする研究は、つまるところ複合魔法の研究であり、帝国に一定の貢献を果たしていて一目置かれてはいるのだが……現当主アデル・ラックマンの、

「研究とは爆発である」

という言葉通り、七日に一度は研究所のどこかが爆発するので、ナチュラルに敬遠されている。他の帝国貴族にも、周囲の住人達《たち》にも。

その無軌道でマッドな在り様は、元々持っていた北方の領地経営を疎《おろそ》かにしすぎて没収されても全く変わらないほど。

それどころか、約四年前の〝ライセン伯爵家壊滅事件〟及び〝帝国貴族の異端者密通事件〟に基づく帝国貴族一斉調査において、

——ラックマン男爵は頭がおかしい。これ以上、研究馬鹿に付き合っていられないと、異端審問官に言わせしめたほど。

なお、アデルは今年でちょうど六十歳。伸びっぱなし&白髪だらけのぼさぼさ黒髪に、厳《いか》ついゴーグルを常に身に着けているという、貴族とは思えない変人スタイルだ。

余計に、人が寄り付かない。

彼と同じ変人か、同類の魔法馬鹿以外は。

例外がいるとしたら、それは、職務上仕方なくやって来た軍人くらいのもので。

今日この日も、十人の帝国軍人を従えた中年の分隊長が、見た目だけは美しい三階建ての白亜のラックマン研究所の、その門前に訪れていた。

「ラックマン研究所へようこそ。本日はどのようなご用件でしょうか？」

物腰の柔らかな五十代くらいの紳士——アデルの執事ヘンリート・ロッジが、固く閉ざされた門の向こうから尋ねた。

「あ、あ～、私はここ最近帝都を騒がせている〝白いテロリスト〟共の第三捜査分隊を預かる者だ」

「ご苦労様です」

心から労《ねぎら》うようなヘンリートの言動に、分隊長の男が僅かにたじろぐ。

白いテロリスト——神国の要請を受け、対共和国戦争に参戦する直前から現れた集団だ。

神出鬼没で、白装束を纏《まと》い、魔物と共に帝都を荒らしていく。

戦争終結後の今はかなり大人しくなったが、それでも帝国が誇る空軍の壊滅で混乱が続く帝都を更に引っ掻《か》き回している状態だ。

幸いというべきか。一般市民どころか帝国兵にすら死人は出ていない。

だが、装備や軍関連の施設を片っ端から破壊していくのは実に腹立たしい。

おまけに、貴族の屋敷も襲撃し、かっぱらった金銭をスラム街や辺境の貧しい人々にばらまくなんて義賊気取りなことまで。

最初は恐ろしいテロリストだと怯《おび》えていた帝国民の中にも、今では彼等に一種の娯楽性を見出《みいだ》している者がちらほらと出る始末。

帝国貴族からすれば、まったくもって遺憾である。

なので、こうして危険で有名な研究所にも足を運ばざるを得ないわけで。たとえ、分隊長同士のくじ引きで、文字通りの〝貧乏くじ〟を引いた結果だとしても。

「う、うむ。それで、最近、こちらの研究所の窓に妙な影を見たとか、随分と伝書鳥の出入りが多いようだとの報告を受けてな」

「なんと。確かに、他の研究所とのやり取りで伝書鳥は多用しておりますが……妙な影とは不穏でございますね」

「そうだ！　悪いが立ち入り検査を――」

させてもらう、と捜査部隊に与えられた強権を発動しようとした分隊長だったが、その前に。

凄《すさ》まじい爆発音が。

研究所の最上階角部屋が見事に吹き飛ぶ。爆炎が空へ伸びる。衝撃波が放射状に広がり、あちこちから「きゃぁあっ！　今週三度目よぉ！」とか「またラックマンのところか！」とか「窓ガラスを水晶製に換えた私の店に死角はなかった！」とか聞こえてくる。

ついでに、

「ヒャーーギャギャギャギャッ！　遂《つい》に！　遂に来たぞ！　新たな時代の幕開けだぁあああぁっ！　ギャギャギャギャギャギャーーーッ!!」

もっさもさでボロボロの男が、爆発で吹き飛んだ壁の奥から出てきた。

崩落しそうな床など気にもせず、両手を広げて聞くに堪えない奇怪な笑い声を響かせている。

アデル男爵、その人だった。

加えて、後ろから若い男女の研究員らしき者達が這《は》うようにして姿を見せ、

「所長ぉっ、魔法解除してください！　燃えてる！　燃えてるぅ！」

「まずいわよぉっ、他の魔法陣が連鎖反応してるわっ！」

なんて叫びながら、必死にアデルを屋内へ引き戻そうとしていて……一拍。

「分隊長殿。どうぞ、中へ」

「エッ!?」

尻餅をついて呆然《ぼうぜん》としていた分隊長&隊員達が一斉にヘンリートを見る。

欠片《かけら》の動揺もなく、それどころか衝撃波に揺らいだ様子も、噴煙で汚れた様子すらもなく、ヘンリートはにこやかに言った。

「帝国に仇《あだ》なすテロリストの捜索とあらば全面的に協力するようにと、我が主《あるじ》から言付かっております。さぁ、中へ。存分に検分なされてください」

「……」

分隊長の男は、そっと後ろの部下達に視線を巡らせた。一斉にブンブンブンッと首が振られる。

それはそうだ。致死性トラップ満載の迷宮に挑むようなものなのだから。

分隊長はスッと立ち上がり、服をはたいて埃《ほこり》を落とし、襟を正して、キリッとした顔で言った。

「いえっ、大変お忙しいようですので検分はまた後日に。失礼します！」

即行で踵《きびす》を返す分隊長殿。部下達も慌てて追いかけていく。

それを、にこやかな笑顔のまま見送り、

「はぁ、良かった……この研究所の拠点も、そろそろ潮時かもしれませんね」

ホッと胸を撫《な》で下ろしたヘンリートは、未《いま》だに哄笑《こうしょう》を上げている主人に苦笑いを浮かべつつ屋内へと戻ったのだった。

研究所のエントランスを抜けて、壁がなくなった所長室へと向かっていると、

「ヘンリート殿」

途中にある部屋の扉からひょこっと顔を出す女性の姿が。黒のメッシュが入った赤色の長髪に褐色の肌が特徴的だ。

「マーガレッタ殿、まだ慣れませんかな？」

そう、シュネー一族の女戦士長である。

つまり、このラックマン研究所こそが〝解放者〟帝都支部《ダストール》であり、アデル・ラックマン男爵こそが支部長なのであった。

もちろん、ヘンリートも、先程の若い男女の研究員もメンバーである。

マーガレッタ率いるシュネー一族は、ここを拠点に、帝都外と研究所を繋《つな》ぐ秘密の地下通路を使って義賊的破壊工作を行っているのである。

そのマーガレッタにして、アデルの奇行にはほとほと困っているようで、ヘンリートの質問にも眉を八の字にしてしまう。

「え、ええ。なぜこうも頻繁に爆発するのか……襲撃との区別が付かないのが難点です」

「従魔達は随分と慣れたようですが？」

「彼等《かれら》は本能的に分かるようで。流石《さすが》はヴァン様の従魔ということでしょう」

さりげなくヴァンドゥルへの称賛と敬愛が迸《ほとばし》るのはご愛嬌《あいきょう》。

と、その時、廊下の奥からドッタドッタと乱暴な足音が響いてきた。

「おおっ、二人共！　良いところに！　いや、部屋の中にはシュネーっ子達がおるな？実によい！　喜びはみなで分かち合わねばな！」

見れば、煤《すす》だらけのアデルが駆けてくるところだった。

その手にはクシャクシャに握られた手紙がある。

「シュネーっ子はやめてくださいとあれほど……」

「そんなことはどうでもよい！」

彼は基本的に人の話を聞かない。それも、ここ二ヶ月ほどで理解したことの一つだ。

ずかずかと部屋に入るアデル。

中は教室を彷彿《ほうふつ》とさせる造りで、右奥の壁に縦二列横三列計六面の黒板がある。

本来は、所定の位置に、所定の魔法陣を、所定のチョークを使って描き込むことで黒板の一面が隠し部屋への扉となるのだが……

「ええいっ、何をしておる！　シュネーっ子達よ！　早く出てこんか！」

ガンガンガンッとぶん殴られる黒板。隠し部屋からは普通に出られるので、ロックを外すのが面倒だったようだ。

ヘンリート達が呆れ顔をしている間に、ギギッと音を立てて扉が開く。

「い、いいのですか？　お姉様？」

おずおずと出てきたのは、小さなマーガレッタというべき少女だった。名をトードレッタ・シュネー。マーガレッタとの血縁はないが、憧れから見た目を真似《まね》しているのだ。なお、見た目は十歳くらいだが実年齢は十六歳である。

「支部長殿がいいと言っている。みなも出てきてくれ」

魔人族の特徴に獣人族のそれを合わせたような者達と、何体かの狼《おおかみ》型従魔がぞろぞろと出てくる。

同時に、通路からもバタバタと駆けてくる音が響いて、全ての研究所員――に扮《ふん》した支部員が入ってきた。先頭が先程の男女の部隊員であることから、アデルの命令で呼んできたのだろう。

全員が揃《そろ》ったのを見て、アデルが堰《せき》を切ったように口を開いた。

「見よ！　手紙だ！」

そりゃ見れば分かる。という一斉ジト目を気にした様子もなく、アデルは「ギャギャギャギャッ」という特徴的な笑い声を上げながら核心を声高に言い放った。

「本部からだ！　ラウス・バーンの保護に成功した！」

おぉ、と感嘆と喜びのざわめきが広がる。だが、演技でもなんでもなく本当に生粋の魔法馬鹿であるアデルが、それだけでここまで狂喜するだろうか……と、奇人な支部長を支える所員達は直《す》ぐに違和感を覚え、そして、察した。まさか、と。

「……アデル様！　もしや、遂に!?」

いつも沈着冷静なヘンリートの声が上擦っている。それでマーガレッタ達も察したようだ。息を呑《の》み、答え合わせを求めて食い入るような目を向ける。

「そうだ、遂にだ！　人類の進歩を妨げる忌々しい神に、挑む時が来た！」

幾つもの生唾を呑み込む音が鳴る中、アデルはギラギラとした目を巡らせて宣言した。

「ミレディお嬢様のご命令だ！」

――時は来た。集結せよ

読み上げられたリーダーの言葉に、ダストール支部は絶叫じみた雄叫《おたけ》びに包まれた。

普通なら異常事態。即座に衛士《えじ》なり軍の分隊なりが飛んでくるはずだが……

ここは触らぬマッドに災いなしのラックマン研究所。

近隣住民も、通りかかった軍人達《たち》も、酷《ひど》く恐ろしそうにしながら足早に去って行ったのだった。

――同国・旧ライセン伯爵領・領都モルド

畏怖の代名詞というべき処刑人一族が、何者かの襲撃により全滅した地。

ただ一族を以《もっ》て魔王国への抑止力ですらあった帝国最強格の彼等が、一夜のうちに死に絶えたなど、当時の帝国にとっては悪夢以外のなにものでもなかった。

故に、隣の領を治めていた帝国四大公爵の一角――ベルファウナー公爵が引き継いだ後も、この忌まわしく不吉な地から多くの者が離れ、逆にあまり良くない輩《やから》が流れ込むのも必然であった。

ベルファウナー公爵自身も、ただでさえ広大な自領の経営に忙しかったことから、あまり関わりたがらない。代官を派遣して後は放置が常だ。

故に、〝解放者〟の拠点を紛れ込ませるのに大して苦労はなかった。

まして、賭博場兼娼館《しょうかん》なんて場所であればなおさら。

たとえ高位の貴族であろうと、ついつい心の情報保管庫の扉を開けてしまうのが賭博場や娼館という場所である。拠点としては実に有用。

実際、魔法大国に生まれながら魔法の適性に恵まれなかった落伍者《らくごしゃ》や、たまにはハメを外したい貴族達がお忍びで訪れる恰好《かっこう》のアウトローなたまり場となっていた。

そんな〝解放者〟モルド支部の談話室に怒声が響いた。

「だぁっ、うるっせぇな！　あたしはそっちの仕事はしねぇって言ってんだろ！」

並の男なら竦《すく》み上がりそうな剣呑《けんのん》極まりない雰囲気を撒《ま》き散らしているのは、グレーのウルフヘアに、狼耳と尻尾の毛を逆立てる若い女――元ライセン支部のシュシュだ。

その獣みたいな視線の先には、実に扇情的な妙齢の女性がいた。

群青色の際どいドレスに身を包み、妖艶で背徳的な雰囲気を醸し出すスタイル抜群の美女。そのぽってりとした艶やかな唇がおっとりと言葉を紡ぐ。

「でもねぇ、シュシュちゃん。あんた最近、任務してないじゃない？　なのにタダ飯ばっかりがっついて……」

「それはっ、マーガレッタ達が暴れ回ってやがるから！」

「自分達の仕事がないって？　馬鹿だねぇ。仕事ってのは自分で見つけるもんだよ？」

「警備してんだろうが！」

「自称自宅警備員？」

「そ、その言葉はやめろ！　なんか心にグサッと来るだろうがっ」

一応言っておくと、喧嘩《けんか》と刃傷《にんじょう》沙汰がひょっこりひょこひょこと気軽に顔を出す賭博場兼娼館《モルド支部》には、確かに腕の立つ用心棒が入り用だ。

その点、確かにシュシュなら文句なし。ではあるが……

「うちの子達で十分間に合ってるからねぇ」

当然ながら、モルド支部にだって実行部隊はいる。賭博場のディーラーや娼婦《しょうふ》達の中にも手練《てだ》れがいるのだ。

今、この談話室で面白そうにやり取りを見ている女性達も、小休止に来た警備の男達も。そして何を隠そう、この妖艶な女性――モルド支部長にして賭博場&娼館の女主人マダム・ジャクリーンもまた手練れである。風属性魔法の扱いは達人級だ。

昔、教会のものぐさ司祭や神官の秘密裏の奴隷として飼われていた頃に、とある男に救われて、その男が解放者に入ったものだから、当時の奴隷仲間と一緒に――という経緯の持ち主である。

で、その男というのが、

「てめぇら、何を馬鹿騒ぎしてやがる」

隻眼隻腕に三本の顔面傷が特徴のハウザー・アルメイダ。元アングリフ支部の支部長だ。

マダムから「はうざぁ～、聞いておくれよぉ」と、思わずシュシュがギョッとするほど甘い声音が漏れる。

ついでに、ハウザーと一緒にやって来た男二人――シュシュと同じ元ライセン支部の実行部隊員トニーとエイヴもギョギョッと。

「シュシュ、また何かしたのか？」

「勘弁してくれ。最近、機嫌悪すぎだろ」

「うっせぇぞ、トニーっ、エイヴ！　あたしが悪い前提で話すんじゃやねぇ！」

ガルルッと威嚇するシュシュに、ハウザーが溜息《ためいき》を一つ。

「どうせ、任務がねぇなら客を取れとでも言われたんだろ？　二人揃って不毛なことしてんじゃゃねぇぞ」

別に、シュシュはマダムや娼婦達を軽蔑しているわけではないし、マダムもまた、劣等感を抱いているわけではない。

この拠点の在り方も〝解放者〟に強要されたものではなく、普通の支援者より情報収集に有効だからと、マダム自身が計画・提案・実行したものだ。

つまり、じゃれ合いである。正確には、シュシュが可愛《かわい》いマダムのからかいである。

なので、マダムはあっさり「はいはい、ごめんね？」と笑って引き下がり、分かっているからシュシュは益々《ますます》不機嫌になる。

「シュシュ、いい加減に機嫌を直せ。お前が共和国を毛嫌いしているのは分かっているが、もうガキじゃねぇんだ」

「分かってるってのっ。だから言われたことはちゃんとやってんだろ！　たとえそれが、樹海の連中を助けることでもなぁっ」

ギンッと睨《にら》むシュシュ。トニーとエイヴが、なんとも言えない表情でシュシュを見やる。気持ちは分かるからだ。

共和国民でありながら、教会に拉致され、家族は殺され、洗脳されて自国への尖兵《せんぺい》とされた過去。

樹海の掟《おきて》だ。シュシュは祖国が助けてくれると思ったが、現実は厳しかった。たとえ戻ってきても、二次被害を出さぬため外に出てしまった同胞は、死んだものと見なす。たとえ戻ってきても、どんな措置を受けているか分からない以上、獅子《しし》身中《しんちゅう》の虫を受け入れるわけにはいかない。

分かっている。頭では。

合理的な、獣人唯一の聖域を守るために必要な掟だと。

でも、それでも、助けてほしかった。

辛《つら》くて、苦しくて、悲しくて。自分のものでない意思に突き動かされて、心はバラバラになりそうで。

シュシュは、救いの手を求めずにはいられなかったのだ。祖国に。

だから、心が納得してくれない。敬愛するミレディが、共和国を救うために戦争に参加したことも、〝解放者〟が手を結んだことも。

樹海の女王がミレディと同格の神代魔法使いだったと知って、余計に。

だって、自分を救ってくれたミレディと同じなら、どうして？　と思ってしまうから。

どうして、女王は、自分を、家族を、救ってくれなかったんだ？　と。

「言われたことだけじゃあ、もう困るから言ってんだ」

低く唸《うな》るような声に、シュシュはビクリッと震えた。モヤモヤした思いに囚《とら》われていた思考が、ガツンッと殴られたように覚醒する。

普段の、強面《こわもて》だが面倒見の良さが隠し切れていないハウザーの雰囲気が、一変していた。

シュシュの睨みが子供の癇癪《かんしゃく》に思えるような眼光に、味方でさえ身が竦む。

「本部からだ」

伝令書を掲げ、口の端を吊《つ》り上げる。それは、獲物を前にした肉食獣のそれで。

「最終計画〝変革の鐘《ベル》〟が発動された」

ひゅっと音を立てて息を呑んだのは誰か。

「雌伏の時は終わりだ。腹を括《くく》れ！　動くぞ！」

娼館兼賭場には似合わない、空気すら怯《おび》えて震えるような覇気が迸《ほとばし》った。

――シャルード連合国・盟主シャルード領・首都シャンドラ
きめ細かい赤錆《あかさび》色の砂と熱波が渦巻く【赤の大砂漠】において、最大のオアシスが存在する都に、

「さぁさぁ、息をする暇があるなら手を動かしてくださ〜い」

おっとり丁寧な雰囲気で恐ろしいことを言う女性がいた。

――シャンドラ支部・支部長ナディア・ピースコート
褐色の肌に白一色のゆったりした服装。顔の下半分を美しい刺繍《ししゅう》のベールで覆っているが、その美貌は隠しきれていない。年齢不詳の面差しが妖しい魅力を漂わせている。

「おや、院長先生。また出張診療ですか？」

通りがかりの男性商人が口にした通り、彼女は医者であった。

それなりのスタッフを抱えるピースコート医療院の院長だ。その美貌もさることながら、意外にも毒舌家で、だがそれがいいと逆に中毒になる患者が多く、割と名物な人だったりする。

「ええ、ええ。全く死に損ないが多くて大忙しですよ」

「はは、腕の良い治癒師はどこでも重宝されますからなぁ。普通はお偉い方に召し抱えられるものですが……」

「それでは貧乏人達がのたれ死ぬしかありませんからね」

「そう言ってくださる治癒師の天職持ちは先生くらいのものです。ありがたいことだ」

「寄付は随時受け付けていますよ？　私の笑顔もついてきます」

ナディアの笑顔に、しかし、男性商人はふいっと視線を逸《そ》らした。この院長、取れるところからはとことん取るタイプだというのも周知のことだ。

「それにしても、今回は随分と大勢で行かれるのですね？」

露骨な話題転換だったが、同時に、確かに疑問を感じるところでもあった。

普段からナディア院長は出張診療に行くことが多い。

それは、この【赤の大砂漠】に点在する〝解放者〟の隠れ里に行くのに、怪しまれないようにするためでもあった。

とはいえ、大抵は少人数である。場合によっては専属契約している冒険者グループの護衛だけをつけて、一人で行くことも。

なのに、今回は随分と多い。半分近いスタッフが旅装に身を包み、せっせとイラック（砂漠の馬代わりの動物）や荷車に荷物を詰め込んでいる。

正直、医療院の運営は大丈夫だろうかと少し心配になるレベルだ。

「ええ、ええ。大切な人からの要請でしてね。私の力を必要としてくれているのです」

男性商人は「おや？」と思った。

普段の笑顔に比べ、今のナディアが浮かべたそれが、随分と柔らかいものに見えたから。

まるで、愛《いと》しい人でも想《おも》っているみたいに。

これは、密《ひそ》かにナディアを狙っている近所の独身貴族達にとって脅威出現か？　と好奇心が口に出る。

「もしや、院長先生の〝良い人〟で？」

「ええ、ええ。その通りです」

まさかの肯定。「これは荒れるぞ！」と男性商人が更に情報を得ようと迫るが……

「院長！　各町への連絡完了です！」

やたらと声の大きい、ツンツンの焦げ茶髪をした痩身の男が割り込む。

「遅いですよ、ソラス。そんなだから頭がハリネズミなのです」

「意味が分かりません！　戯《ざ》れ言をほざいてないで、さっさと出発しましょう！」

ソラス・ベンジー。二十九歳で、ナディアの高弟だ。

「おい、こっちも積み込み完了だ！　出発すんぞ！」

「号令は私の役目ですよ、バカラ。まったく、お馬鹿なんですから」

「それが言いてぇだけだろ、性悪院長。あと、ギャグのセンスはねぇからやめとけ」

バカラ・バート。ピースコート医療院専属護衛の冒険者チームのリーダーだ。

ソラスもバカラも口が悪い。不思議なことに、ナディア支部長と関わっていると、みんな自然と毒舌家になるらしい。

と、その時、医療院の屋上から十羽近い鳥が一斉に飛び立った。大陸で広く飼育されている伝書鳥のイソニアル種だ。

「あれは……」

乱入ですっかりゴシップ魂を削《そ》がれていた男性商人がポカンッと間抜け面を晒《さら》す。

「仲間への連絡ですよ」

「え、他の町の治癒師にも声かけを？」

まさか、どこかで災害か大規模な事故でも発生したのではという言外の問いに、ナディアはあえて答えなかった。

ピースコート医療院が、他の領の町医者達《たち》と連携して医療ネットワークを築いていることは周知の事実だが、今回は別の目的であるし、真実など言えるはずもない。

なぜなら、仲間は仲間でも、これから世界に反逆する仲間なのだから。

そう、他領の支部や隠れ里への連絡だ。

その内心をおくびにも出さず、ナディアは自分のイラックへ軽やかに騎乗した。

「大丈夫ですよ。何かあれば副院長が対応します」

「あ、ああ、はい。どうも。えっと、お気を付けて、院長先生」

「どうもありがとう。寄付のお礼は帰ったらしますね？」

「エッ!?」

男性商人の焦った声をスルーし、ナディアは出発の号令をかけた。

そして、

「さてさて、良い子にしてるでしょうか。私の大切なミレディちゃんは」

なんて、先程の男性商人が欲した回答を、そっと口にしたのだった。

——赤錆の岩石地帯・隠れ里

かつて【無法都市アンディカ】の民だった者達が隠れ住むそこは、現在、組織の隠語として〝豊穣郷《ほうじょうきょう》〟と呼称されている。

大陸の北西の果て。海風と赤錆びた岩石くらいしかない不毛の土地でありながら、メイルの力により、海底の土を利用した農作地が豊作を約束してくれているからだ。

ただし、上空から見ても農作地は見えない。

なぜなら、この地には、

「ヌァアアアアアアアアアーーッ!!」

絶叫を上げる筋肉とフリルを愛する怪物がいるから――ではなく、解放者の〝漢女《おとめ》〟スノーベルがいるからだ。

彼又は彼女の固有魔法《こゆうまほう》〝幻想〟は広範囲をカモフラージュする幻影の魔法だ。

なので、街中だったら「何事!?」と誰もが飛び上がり、官憲の類が血相を変えて駆けてきそうな雄叫《おたけ》びを上げ、筋肉が血管を浮き上がらせながら隆起し、鼻息がジェット噴射のようにバシューーッと噴き出されていても騒ぎにはならない。

返ってくる反応は、

「うるっせぇっ。事あるごとに鬼神みたいな雄叫びあげるんじゃねぇって言ってんだろうが！　この奇怪生物が！」

慣れはしたがそれはそれ、と言いたげな怒声だ。

「ぬぅあんですってぇ！　誰がエヒトも裸足《はだし》で逃げ出す最終生物兵器よぉっ。愛のあるハグが必要かしらねっ！」

「殺す気かっ、精神的に！」

臨戦態勢でドン引きする怒声の主は、金髪五分刈りの中年の男——元アンディカ外区の警備隊長にして、この豊穣郷の警備隊長キプソンである。

「何を言ってるのん？　この数ヶ月、何度も激しく抱き合った仲じゃないの！」

「おぞましい言い方すんじゃねぇ!!」

元が無法地帯のヤクザ者である。キプソンの暴力的な雰囲気は、常人なら腰が引けるところだろう。だが、今、腰が引けまくっているのはキプソンの方。

鍛錬が原因だ。アンディカ民からの入団者で戦える者は、この隠れ里に来てから更に力を付けるべく日夜厳しい鍛錬に身を浸しており、その教官役は大抵スノーベルだったというわけだ。

理解不能な奇怪生物は理解不能なレベルで強かった。

今や、里の戦える者達の中でスノーベルの熱い抱擁を受けなかった者は一人もいない。

そして、毎夜悪夢にうなされ、二度とハグされてたまるかと死に物狂いで鍛錬に励み、でもやっぱりハグされてしまい……

ということを繰り返し、以前は〝神殿騎士相手に時間稼ぎはできる程度〟と評価されていた実力も、今や〝神殿騎士二～三人相手でも勝てる。というか防御と回避の上達ぶりが異常。それだけなら白光騎士団の隊長クラスが相手でもどうにかなりそう〟というレベルにまで上がっている。

彼等《かれら》の男の尊厳を守る戦いの成果は上々というわけだ。

それでも、なお漢女相手には腰が引けてしまうのだが。

いつもなら、ここからなし崩し的に（半強制とも言う）スノーベルの訓練（実体は彼女又は彼の趣味）が始まるのだが……

「って、そうだったわん！　こんなことしてる場合じゃないの！　大変よ！」

「ああ、あんたの存在は本当にもう言葉で表現できねぇくらい変態だが……」

「バックハグされながら聞きてぇのか？　おぉ？」

「……すんません。このまま聞かせてください」

漢女を怒らせてはいけない。キプソン達がここ数ヶ月で学んだ大切な理《ことわり》だ。

「みんな～っ、ちょっと来てぇ！　本部から連絡よん！　しゅ～～ご～～!!」

野太い女口調が大気をビリビリと震わせながら伝播《でんぱ》する。

キプソンが爆発から身を守るように身を投げ出して耳を塞いでいる間に、なんだなんだと岩中の隠れ家や農地から人が集まってきた。

「で、スノーベル。いったいなんだ？　また町に派遣する人員の知らせじゃねぇのか？」

「いいえ、違うわ」

声音が変わった。スノーベルの表情は……どう表現すべきだろう。

少なくとも、今まで見たことがない。

憎悪の表出、だろうか？　いや、歓喜の噴出か。それとも失った誰かへの哀切？

あるいは、その全てか。

「全実行部隊は本部へ」

「……は？　全員？　おいおい、ここの警備はどうすんだよ。あんたの幻想結界に守られているとはいえ、万が一に備えろってのがリーダーの――」

「そのリーダーからの命令よ。解放者の最終計画を発動したってね」

「最終？……っ、おい、まさかっ」

スノーベルが笑った。

それはもう、凄惨に。

あまりに、勇壮に。

「万が一なんて、もう起こさせない。そのために、神を討つ時が来たってことよ」

空気が息を潜めたような静けさが広がった。

一拍おいて、意味が浸透する。理解が及ぶ。

かつて、異端のレッテルを貼られて大陸を追われ、孤島のならず者に身を落とし。

それでも自由だと、どこか諦観しながらも生きて。

けれど、あの太陽の如《ごと》き少女に魅せられて、〝もう一度〟と。

抗《あらが》う決意をした者達が、獰猛《どうもう》な笑みを浮かべた。

「実行部隊は総員、本部へ集結！　明朝には出るわよ！　さぁっ、準備なさい！」

その瞬間、ただの無法者だった者達は、余さず戦鬼と化したのだった。

——西海の沖合

大海原のど真ん中にひょっこりと生えた岩がある。高さ十メートル、直径三十メートル程の犬歯のような形をした奇岩だ。

その岩の天辺《てっぺん》に、どこからともなく飛来した一羽の鳥が降り立った。専用のポシェットを背負い、足にはアクセサリーまで付けているおしゃれさん……

ではなく、解放者の伝書鳥だ。如何《いか》にも「ふぃ～、遠かったぜ」と言っているかのような人間臭い動きで翼をパタパタ。しばしの羽休めに入る。

心地よい潮騒《しおさい》と海風に身を委ね、数時間ほど。

うつらうつらと船をこいでいた伝書鳥は、

「あーーっ、います！　いますよっ」

そんな少女の甲高い大声にビックゥッと身を震わせた。

慌てて飛び上がると、いつの間にか大きな帆船が直《す》ぐ近くまで来ていた。

伝書鳥の配達先——メルジーネ海賊団の船だ。

そして、船の縁から指を指し、ぴょんこぴょんこと跳ねているお嬢様は、

「おい、ディーネ。あんま身を乗り出しすぎると、また船から落っこちるぞ？」

メイルの異父妹、ディーネだった。その傍らで苦笑しているのは船長代理のクリスだ。他にも白髪の猫人族《ねこびとぞく》キャティーや、髭《ひげ》もじゃのネッド、魔人族のマニアもいて、全員がニヤニヤした表情をディーネに向けている。

「!?……クリスさん、いいですか？　何度も言っていますが、私は落ちていません。飛び込んだだけです。なぜなら海人族《うみびとぞく》だから！」

「快速で航行中だったのに？」

「う、海人族ですから」

「大きなクジラが併走してはしゃいでいたのに、マニアが助け上げた時は半泣きに――」

「……ねえ様に言いつけますよ。クリスさんにイタズラされたって」

「!?」

低い声音に、クリスは口を噤《つぐ》んだ。最初の頃はまだまだ純粋で〝良い子ちゃん〟だったのに……

「やっぱり、あの姉にしてこの妹というべきかしらね。やり方があくどいわよ」

キャティーが呆《あき》れ顔でディーネの頭をぐりぐりと撫《な》でる。

テッドとマニアは末恐ろしいと言いたげに視線を交わした。

「良い性格になっちまってまぁ。成長と言っていいのか、これ？　再会した時、メイルに船長《メイル》にどやされないだろうな」

「あのシスコン船長のことだ。どんなディーネくんも拍手喝采だろう」

ディーネが咳払《せきばら》いをして空気を変える。

「それより！　ねえ様からのお手紙ですよ！」

空気を読んでいたのか、伝書鳥がひらりと船の縁に降り立った。

実はあの奇岩、常に海を放浪しているメルジーネ海賊団とメイル達が連絡を取るための目印なのだ。

いくら伝書鳥の行動範囲が絶大とはいえ、大海原のどこにいるか分からないメルジーネ号を見つけるのは至難であるから、定期的に訪れることで、奇岩をポスト代わりにしているというわけだ。

今回はタイミングも良かったと言えるだろう。

伝書鳥のポシェットから専用の手紙を取り出すディーネ。大切そうに一度胸元に抱き締め、キラキラわくわくした表情で慎重に封を解く。

メイルは万人が認めるシスコンだが、ディーネも大概だ。その姉を想《おも》う表情に、クリス達は揃《そろ》ってほんわかした眼差《まなざ》しになる。

だが、それも少しの間のことだった。

最初は嬉《うれ》しそうに、愛《いと》しそうに読み進めていたディーネの表情が、次第に変わっていく。

驚愕《きょうがく》の表情に、次いで真剣な表情に。

そして、あの日、アンディカ上空で白光騎士団との戦いに身を投じた時のような、〝無法地帯の姫君〟に相応《ふさわ》しい気炎を纏《まと》い始める。

「ちょっと、ディーネ、どうしたのよ？　メイルに何かあったの？」

流石《さすが》に心配になって、キャティーが声をかけた。

スッと顔を上げるディーネ。その表情に、瞳に、思わず気圧《けお》される団員達《ファミリー》。

「どうやら今一度、無法者の意地を見せる時が来たようですよ」

そう言って手紙をクリスへ差し出すディーネ。

クリスもまた表情を変え、手紙を音読する。キャティー達《たち》の目が次第に見開いていき、次いで不敵に、何より歓喜に、表情を歪《ゆが》ませる。

「ねえ様が、私達の船長が、ファミリーを求めています」

凜《りん》とした雰囲気。潮騒を撥《は》ね除《の》けるような力強く澄んだ声音が心を打つ。

「錨《いかり》を上げましょう！　帆を張りましょう！　出航の時間です！　我等が船長の求めるままに！」

「「「「船長の求めるままに！」」」」

海賊団《ファミリー》が一斉に動き出す。迅速に出航準備を果たし、メルジーネ号が動き出す。

まるで、目的地を〝望む未来へ〟と定めたみたいに、力強く、波を掻《か》き分けて。

船首に立ち、真っ直ぐに前を見て、メイルと同じエメラルドグリーンの髪を波打たせるディーネの姿は、まさに小さな船長様。

だから、仕方ないのだ。

「あの……一応、俺が船長代理なんだけど……」

そんなクリスのちょっぴり寂しそうな声が届いてようやく、全員が「あ……」と声を漏らして我に返っても。

ディーネが、いかにも「や、やっちまいました……」と言いたげにプルプルと震え始める。よく見れば、冷や汗も。

「ク、クリスさん、ごめんなさい……」

「いいさ……気にすんな。みんな、俺の時よりスムーズに動いているし……ハハッ」

「はぅ～」

実に気まずい。いたたまれない。なので示し合わせたように全員で聞こえなかったふりをする。黙々と仕事をこなしながら、決してクリスの方を見ずに。

舵輪《だりん》を握る船長代理の目尻に光るものがあったが……きっとそれは、波しぶき。

そう思うことにして、キャティーはやれやれと、船長代理《クリス》の哀愁漂う背中と、オロオロしている実質船長《ディーネ》の背中に気合い注入の張り手をバシッと決めたのだった。

——エントリス商業連合都市・エスペラド支部

列車襲撃という前代未聞の事件に、未《いま》だ喧噪《けんそう》が収まらない【エスペラド】。

支部長のリーガンは〝ルシェーナ〟の屋上に佇《たたず》み、その様を目を細めて眺めていた。

「お父さん」

不意にかけられた声。振り返らずとも分かる。

「シャーリー」

最愛の娘だ。コツコツと規則正しい足音を立てて横に並んでくる。

「何を見てたの？」

一流ホテルに長く勤めているせいか、すっかり丁寧な話し方が染みついたシャーリーだが、父親たるリーガンと二人っきりの時は、ふと昔の口調になる。

「……何も」

「何も？」

「ああ。ただ、思い出していただけだ」

「……お母さんのこと？」

沈黙を以《もっ》て肯定を示す。口元を真一文字に結ぶ父を横目に、しばらく言葉を待つが何も返らない。シャーリーは小さく嘆息し、代わりに報告を口にした。

「エントリス各都市の支部から伝書鳥が帰りました。列車の検問が厳しいので、各支部共に馬で移動するそうです」

「王国からは？」

「まだ返事はありません。とはいえ、今の伝書鳥達なら今日中に戻ると思いますが」

本部からの通達は、【エントリス】を超えて西側へ向けた場合、基本的には一度エスペラド支部を経由する。距離が遠すぎるので、伝書鳥を替えた方がいいからだ。

また、全体通達の場合、本部は〝各国主要都市に拠点を構える支部〟にのみ伝書鳥を送る。そこから各町の小さな支部や隠れ里へ、更に個人の支援者のもとへ分散配達されるというのが基本の仕組みだ。もちろん、緊急の場合は直接配達になるが。

今回は基本通りだが、一点だけ異なる。本部発の伝書鳥が超強化を受けている点だ。ティムと伝書鳥双方に昇華魔法を施し、そのうえで固有魔法《こゆうまほう》〝鳥獣愛護〟で強化。更に、昇華魔法と再生魔法を組み込んだアーティファクトのカフスを装備している。

飛行速度も航続距離も従来の比ではない。

念のため、エスペラド支部で高栄養の餌を与え、回復魔法もかけたので、本部・エスペラド支部間の移動による疲労もゼロに近いだろう。王国との往復なら二～三日で可能だ。

「レオナルド達は？」

「そちらも連絡が付きました。ラウスさんが目覚めるまでは、公国南部に潜伏しておくそうです。ジンクスさんやアルセルさんが残念がっているようですよ。この待ちに待った日に、支部長と顔を合わせる機会がないとはって」

「……集結命令は実行部隊にのみ発令されるものだ」

「分かってますよ。私だって本部に行きたいの我慢していますし。でも、支部長は最古参の一人ですから、やっぱり直接、激励の言葉が欲しかったんですよ」

〝解放者〟の設立時より計画され、しかし、世界に変革をもたらすための、組織の存在をかけた決戦時にのみ発令される最高位の作戦。

——最終計画・変革の鐘

各支部、各隠れ里に分散している全実行部隊に対する本部への集結命令。

全ての解放者が、一日千秋の思いで待ち続けた〝その時〟だ。

当然、戦闘力なき〝支援者〟は待機である。

まさに、〝人事は尽くした。後は天命を待つ〟というべきか。苦楽を共にした仲間達が決死の戦場へ向かうのを見送り、その果ての悲願の成就を祈るしかない。

分かっていたことだが、いざその時が来ると、戦場を共に出来ないというのはこれほどに辛《つら》く、歯がゆいものだったかと感じざるを得ない。

ぎゅっと唇を噛《か》み締める娘を横目に、リーガンは呟《つぶや》くように言った。

「世界が変わっても、人生は続いていく」

「……うん」

リーガンの言葉が父親のものだったからか。シャーリーの口調も娘のものになった。

「きっと、武器を置いて平穏を求める者達もいるだろう」

「そうだね」

「支援者の仕事は、まだまだ続く。変革のために人生を捧《ささ》げてきた彼等《かれら》の未来を支えるためにも」

そこで一度言葉を切って、どこか躊躇《ためら》うように、リーガンは言った。

「……お前も、好きな道を選べる」

「……どういう意味？」

スッと目を細めるシャーリーに、リーガンは目を合わせた。

「お前は、生まれた時から革命家の娘だった」

リーガンは元より革命家。〝解放者〟に入る遥《はる》か前から、この世界に反抗する異端者。

若い頃は無茶無謀もした。

運良く生き残り続けて、そして、妻――ホーリーと出会い、シャーリーが生まれた。

必然、シャーリーの人生は生まれた時から波瀾万丈《はらんばんじょう》だ。

普通の女の子が送るような生活とは縁遠い。

「この茨《いばら》の道が、お前から普通の人生を奪った。母親さえも、目の前で」

それでも引き返せなかったリーガンは、娘と縁を切って遠くにやれなかった生粋の革命家は、きっと父親失格なのだろう。

「すまなか――」

「ふんぬぅっ」

おごぉっ!?　と悶絶《もんぜつ》するような声が、リーガンの口から漏れた。体がくの字に折れている。娘の、美しいほどに腰の入ったボディブローが炸裂《さくれつ》したために。

「私は解放者だよ」

自由な意思の下に、ここにいる。言外の言葉は拳以上に強くリーガンへ炸裂した。

「まっったく！　待ちに待った日だからってセンチメンタルに浸りすぎ！　様子がおかし

かったから心配してたのに、そんなこと考えてたなんて、あ～、時間の無駄だった！」

「シャーリー……」

眉を八の字にして自分を見上げる父親を助け起こしながら、シャーリーはニッと破顔した。それは、全ての煩悶《はんもん》を吹き飛ばすような、とても素敵な笑みで。

「お母さんも、私も、後悔なんてしてないよ。茨の道、上等！」

「そうか……そうだな」

歳《とし》を取った……ふと、そう思って苦笑いを浮かべるリーガン。

父娘は寄り添い、揃って空を見上げた。その先の未来を見つめるように。

――ヴェルカ王国・王都ヴェルニカ
【緑の大坑道】を抱える技術者の聖地には、当然、彼等を支える種々の下請け業者が数多く存在する。
採掘屋もその一つ。大坑道で各種原石を採取し、不純物を取り除いて、売る。
――マークライド採掘店
五年ほど前、裏通りの一角にて開業。新規の店ながら常に豊富な種類の鉱石を高品質で揃《そろ》えていると評判の店だ。大店《おおだな》は大抵専属の下請けがいるので参入していないが、小・中規模の店からは中々の信頼を得始めている中堅どころである。

そんな新鋭の店には、今日も今日とて店主のぼやきが響いていた。

「あ〜、やっぱ良い男だったわぁ。結婚したいわぁ」

癖の強い藍色のボブヘア。落ち窪《くぼ》んだ目に、なぜか常に引き攣《つ》っているような口元。

〝年下のイケメン金持ちと結婚したい〟が口癖の彼女の名は、イーヴィー・マークライド。

このヴェルニカ支部の支部長である。

「夢なんぞ見とらんで、さっさと準備せんか」

呆《あき》れた様子で、しかし、迅速に手紙を書き綴《つづ》っているのは、随分と腰の曲がった禿頭《とくとう》の老人だ。見るからにヨボヨボしている。

オディオ・ストラーフ老。

こんな、ちょっと転倒しただけで全身砕け散ってしまいそうな見た目ではあるが、実のところ、この支部最強の戦闘員である。雷の魔法を使わせたら右に出る者がいないと言われるほどの魔法使いだ。

「夢とか言わないぃ！　ワンチャンあるかもっしょ！」

「はぁ〜。集結命令じゃぞ？　最終計画が遂《つい》に発令されたんじゃ。王国内の他の支部や隠れ里に早う伝達してやらにゃいかんというのに、お前という奴《やつ》は……」

「こちとら来年で遂に三十路《みそじ》なのぉ。チャンスは逃せないのよぉ！　ここで〝彼〟を横取りできたら、フヒヒッ」

「鏡を見んか。そして現実に帰れ」

「さっきから酷《ひど》くないぃ？　老はいつからそんなに冷たく――」

「……解放者の創設からおよそ十五年。しかし、ワシからすれば五十年。悲願成就の時がそこまで迫っておる。しっかりしておくれ」

オディオもまた、解放者創設時のメンバーの一人だ。

だが、義憤を胸に教会への反抗を始めたのはずっと以前から。リーガンと同じだ。

そして、イーヴィーも。こんなふざけた態度でも内心は猛《たけ》っている。

リーダーからの、あの可愛《かわい》らしくて憎たらしくて、でも目を離せないようなあの子からの〝さぁ、世界を変えよう！〟という知らせに興奮が収まらない。

まるで、家族を奪われた日から心の裡《うち》を焼き続ける怒りの業火に、更に燃料をくべられたみたいに。

「わぁ～ってるわよ。さくっと準備して、さっさと本部へ出発しましょぉ」

「うむ。言ってる間に坊主も戻ってくるじゃろう。親父《おやじ》さん達《たち》の護衛の礼にと、律儀にもアーティファクトで送ってくれるというんじゃ。こちらが、まして神代魔法使い様を待たせるわけにはいかんぞ」

「そぉ？　ある意味、久しぶりの帰省よ？　多少はゆっくりするんじゃない？　だとしたら、こっちから迎えに行った方が……」

「で、あわよくば親密さをアピールする気か？　目を覚ませ。相手にされんわ」

「だから酷くなぁい!?」

なんて祖父と孫娘みたいなやり取りを、他の支部員達が呆れた様子で横目にしている。
だが、ある意味、ちょうどいい案配なのだろう。
このどうしようもない、興奮と緊張でキシキシと軋《きし》む空気の中では。
トップ二人の喧噪《けんそう》をBGM代わりに、有能な支部員達は普段以上に力を発揮しながら、
王国全土に散らばっている各支部・隠れ里の実行部隊が少しでも早く本部へ行けるよう、
そして教会に動きを気取られないよう、種々の措置を講じていくのだった。

職人達の喧騒《けんそう》が響く巨大な工房。
かつて〝オルクス工房〟の看板を掲げていたそこは、活気こそ変わらぬものの、今は
〝ヴィランド工房〟の名を掲げていた。
技術大国において〝三大工房〟と称される最高の栄誉を受けていたオルクス工房は、も
うないのだ。
だが、そこで働く職人の顔ぶれは、屋号変更前とほとんど変わっていない。
もちろん、棟梁《とうりょう》も。
「ふん、大分落ち着いてきたな」
戦士の如《ごと》く筋骨隆々の大男――カーグは、工房内に視線を巡らせると満足げに頷《うなず》いた。
下町では他のどこよりも親しまれていた工房であるから、突然の屋号変更には、それは

もうざわついた。驚愕《きょうがく》や心配の声が殺到したのは当然、取引先などからは僅かな警戒心と共にしつこく探りを入れられたり。

（まぁ、国王陛下の勅命による変更だ。やましいことは欠片《かけら》もねぇ以上、そろそろ飽きも来る頃だわな）

独《ひと》り言《ご》つカーグ。その内心の通り、屋号変更は国の命令だった。理由は一つだ。

――オルクス

この名が名誉ではなくなってしまったから。

少なくとも、教会にとっては。

カーグは思い出す。息子同然に思っていた青年の門出を。

そして、半年ほど前にやってきた教会の異端審問官達を。

詳しい話は教えてもらえなかったが、どうやら〝オルクス〟を名乗る錬成師の青年が、西の海で大暴れをしたのだとか。

「随分とまぁ、思うがままに生きてんじゃねぇか。結構なことだ」

ククッと笑いながら踵《きびす》を返し、事務所のある上階へ。

さぁ、面倒な書類仕事に精を出すか……と、扉を開けて。

「やぁ、おやじさん。久しぶり」

「ツッ!?」

件《くだん》の青年がソファーでくつろいでいた。悲鳴をあげなかった自分を褒めてやりたい。

「オ、オスカーーーッ！　お前っ」

「一応、防音はしてるけど騒ぎは困るから静かに頼むよ」

　忍び込んでおいて、にっこりと図々《ずうずう》しいことを言うオスカーに、カーグは少しの間、酸素を求める魚のように口をパクパクさせた。

　一拍おいて、深呼吸を一回。

「おいおい、しばらく見ねぇうちに随分とふてぶてしい面をするようになったな？」

「そりゃあ、泣く子どころか教会すら黙らせる解放者オスカー・オルクスだからね」

しばし無言で見つめ合い、唐突に耐えきれなくなったようにプハッと噴き出す。

そして、

「よく戻った。馬鹿息子」

「うん。ただいま、父さん」

お互いに少し照れた様子で、そう呼び合った。

カーグがドカッとソファーへ腰を落とす。途端に、オスカーの指輪が光って、湯気の立つカップが置かれた。

「良い旅してきたみてぇだな」

さらっと見せられたとんでもないアーティファクトに、カーグはニヤリと笑う。

「そうだね。好きにやらせてもらってる」

「好きな女のためにな？」

「んんっ、ごほん！　そういう揶揄《からか》いはやめてくれ。ミレディとはそういう関係じゃないからね」

「誰もミレディの嬢ちゃんとは言ってねぇがな」

眼鏡をクイッ。額に青筋がぷっくり。最近、誰か口を開けば揶揄われるので、そろそろキレそうである。

初《しょ》っ端《ぱな》に驚かされた意趣返しができたと、満足そうに出された紅茶を飲むカーグ。

すると、

「看板、下ろされたね。案の定」

オスカーが少し俯《うつむ》きながら、ポツリと零《こぼ》すように言う。

「だな。恐れ多いことに、俺の家名が新しい王国の顔だ」

「オルクスより、ずっと良いと思うよ」

と言いつつも、オスカーの声には申し訳なさが滲《にじ》んでいた。カーグの目が細められる。

「馬鹿を言うな。今も昔も、俺達は〝オルクス〟の職人だ」

名は変わっても、誰を認め、誰を棟梁と仰いだのかは変わらない。

――お前が、俺達の棟梁だ
言外の言葉に、オスカーはくしゃりと顔を歪《ゆが》めた。

「異端審問、来ただろう？　西の海で、僕は白光騎士団相手に名乗りを上げたから」

「おう」

「その傷も、審問を受けた時のだろう？」

「おう」

痛ましそうなオスカーの視線の先には、大きくえぐられたような傷をこさえ、片目に眼帯をしたカーグの顔があった。

異端者が〝オルクス〟を名乗って、オルクス工房の職人達が関係性を疑われないわけがない。当然、解放者との繋《つな》がりだって苛烈な方法で問われたに相違ないのである。

「馬鹿が。気にすんな」

「しないわけないだろ！」

「するなって言ってんだろ！」

ゴチンッと、身を乗り出したカーグの拳骨《げんこつ》がオスカーの頭に炸裂《さくれつ》した。

「覚悟の上で〝オルクス〟を譲った。言ったはずだぞ！　〝工房の全職人の総意だ〟と！お前も、それを理解して襲名したはずだ！　背負ったはずだ！　今更、この程度のことで揺らいでんじゃねぇ！」

カーグとオスカーの視線が交差する。

「……解放者には、随分と気を遣ってもらった」

一拍おいて、座り直したカーグが、おもむろに語り出した。

「俺達の保護を頼んだのはお前だろう？」

実のところ、カーグ達は一度、解放者から勧誘を受けている。

オスカーにオルクスの名を与えた以上、いつか異端審問は来る。

そうでなくても、〝神兵創造計画〟の適応外とされた子供達を一時保護したことで、かの司教独断の秘匿された計画とはいえ、なんらかの秘密工作に巻き込まれる可能性もあったからだ。

けれど、カーグ達は職人総意のもと、それを断った。

職人である以上、全力で技を振るい、物を世に送り出すのは呼吸するに等しい。どんな事情があろうと、やめることなどできるはずがない。

それは矜持《きょうじ》であり、生き様であり、生きるということそのものだ。

ならば、逃げ隠れに意味はない。

気が付く者は必ず気が付く。オルクス工房製の物だと。

当然だ。誉れ高きオルクス工房の職人とは、そういうことなのだから。

だからこそ、逃げ隠れすれば逆に粛清の対象となるだろう。

などと言われれば、自由意思を尊重する〝解放者〟だ。むしろ納得し、その意思を守ろうとするのは当然だった。

「あの時、お前が逃がして俺のとこに寄越《よこ》したガキ共も含めて、いざって時は守ってくれるんだってな。時々、モーリン達の近況も知らせてくれる」

勧誘を断って以降、解放者を名乗る者が姿を見せたことは一度もない。

だが、ふとした時に、書斎に直接、手紙が届くのだ。

「律儀な話だ。世界と戦う秘密組織のくせに、お袋みてぇに世話を焼きやがる」

異端審問が来た時もそうだった。いち早く彼等《かれら》の動向を手紙で伝えてくれて、逃げるなら手を貸すと提案してきた。

そして、もし逃げない場合は〝解放者〟のことは何も隠さなくていいとまで。

「そりゃあ、俺が知ってるのは、お前とミレディの嬢ちゃんの他は、あの勧誘に来た若い兄ちゃんだけだぞ？　そもそも知ってることなんてほとんどねぇが……」

思い出すのは、〝自分は各地を飛び回ることが多いし、王都に逗留《とうりゅう》しているのも偶然。直に出発するから気にしないで〟と笑って言った解放者。ハンチング帽と肩掛けカバンが似合う青年――ティム・ロケットと名乗っていた。

「それだけでも、この王都に拠点があるだろうなんてことは馬鹿でも分かる。ちぃとお人《ひと》好《よ》しが過ぎるってもんだろう？」

「……お人好しなんじゃないよ。それが彼等の、いや、僕達の信じる道なんだ」

幸い、というべきか。その信条のおかげでカーグ達オルクス工房の職人は一人も欠けていない。

カーグは正直に話したのだ。

〝解放者〟を名乗る組織に勧誘され、断ったこと。

オスカーに〝オルクス〟の名を襲名させたこと。それは、異端者に、その思想・信条に賛同したからではなく、ただ、この工房で最高の職人だったからで、それ以外の理由など一つもないこと。

オスカーは旅に出たこと。いずれ戻ってくるだろうと思っていたこと。

そして、たとえ異端者であっても、その職人としての腕故に譲った名を、また自ら名乗ることなど、文字通り、死んでもできないこと。

その〝職人の信じる道〟は、誇り高き他の職人達《たち》も同じだ。

話せることは話した。やましいことなど一つもない！　殺すなら殺せ！　と言わんばかりの堂々たる態度は、遂《つい》に教会側をも納得させたのだ。

「まぁ、俺達を泳がせて解放者の接触を待っている……という線も濃厚だがな」

「確たる証拠もなく処断するには、オルクスの職人達は惜しいだろうしね。何せ、教会の最強戦力を撥《は》ねのける勢力が出現したんだ。質の良い武具も、それを造れる職人も、いくらいてもいい。実際、つい最近も連邦を巻き込んで戦争したばかりだし」

「職人魂の勝利だな」

ふっと笑い合って、カーグは飲み干したカップを返した。

「一世一代の大仕事に、男が魂を懸けようってんだ」

そして、ニッと男臭く笑って言う。

「なら、その足を引っ張ることの恥辱がどれほどか、分かるだろう？」

見透かされているようだった。否、実際に見透かされているのだろう。

こうして、危険を冒しても直接会いに来た理由を。

決戦を前に顔を見に来ただけではない。

ヴェルニカ支部からも実行部隊は去るのだ。

なら万が一に備えて、頑固な親父《おやじ》達を安全な場所に隠したい。説得できるとしたら自分しかいない。そう思って来たのだということを。

なのに、笑い飛ばすのだ。何があっても気にするな。てめぇの仕事を完遂しろ、と。

だって、自分達はオルクス工房の職人で、自分達が覚悟の上で認めたのは、

「なぁ？——当代オルクス」

歴代最高の棟梁《とうりょう》なのだから、と。

オスカーは、少しの間、溢《あふ》れ出そうな大きな感情を噛《か》み締めるように天を仰いだ。

そして、眼鏡をクイッと。

おもむろに立ち上がり、懐から黒水晶の鍵を取り出して、起動。

部屋の中に輝くゲートが出現する。

でも、カーグはそちらを見もしない。ただ、真《ま》っ直《す》ぐに家族想《おも》いな息子を見る。

「良い面構えだ。一人前の男の顔だ」

「当然だろう。最高の見本が目の前にいるからね」

そう言って、オスカーはゲートへ。

手前で立ち止まり、けれど、振り返らず。

「それじゃあ、ちょっと世界を変えてくるよ。父さん」

「おう。気張ってこい」

別れは、とてもあっさりしたものだった。

ふっとゲートが消えて、部屋の中に静寂が戻る。

ソファーに深く背を預けて、カーグもまた天を仰いだ。

「ふん。俺には過ぎた息子だよ」

その言葉は、どこか嬉《うれ》しさと誇らしさに震えているようだった。

――イグドール魔王国・魔王城
城下町を見下ろせる城壁の一角に、ぷかりぷかりとキセルを吹かす老人がいた。

苦労が刻みこまれたような皺《しわ》の多い顔に、白髪交じりの短い赤髪。こめかみから頬にかけての傷跡が目立つ、魔王国三将軍が一人――エルガー・インスト。

彼が腰掛けているのは半年程前の壮絶な戦いの跡地だ。信じられないほど巨大な剣に切り裂かれた城壁の、修復中の瓦礫《がれき》の上である。

「……肝が冷えるわなぁ」

独り言をつぶやいて、ぷかりと円を描く煙を漂わせる。

後で聞いた話だ。文字通り、降って湧いたライセンの娘とその仲間に、玉座の間でぶっ飛ばされて意識を失った後のこと。

どうやら、魔王陛下は城下に向けて対軍用殲滅《せんめつ》魔法を放とうとしたとか。

それどころか、人智《じんち》の及ばぬ破壊を天より降らしたとか。

この、愛すべき祖国の象徴に。

守るべき民のいる都に。

「ふぅむ……」

未《いま》だに、唸《うな》り声《ごえ》が出てしまう。御前会議でのことを思い出すと。

エルガーが救護室で目覚めたのは、ほんの数時間後のことだった。

その間に、魔王ラスールはすべきことをしていた。

魔都に兵士を派遣し、魔王の無事と、明朝に姿を見せて、直接、民へ言葉を伝える旨を伝播《でんぱ》させ混乱を治めること。

城内の混乱も掌握し、部隊を再編制して負傷者の回収と治療、更には警備体制も立て直したこと。

同時に、諸侯を招集させ、臨時会議の場を整えること。

魔人族の本拠地が危うく壊滅しかねない異常事態の後で、自らも満身創痍《まんしんそうい》状態でありながら、ほんの数時間でそれらをなしたのは大した辣腕ぶりと言うほかない。

今までの、どこか愉快犯じみた言動の彼とは、まるで別人であるかのように。

結果的に、エルガーが抱いたその感覚は間違いではなかった。

ざわめく御前会議の場で、ラスールは包み隠さず話した。

そう、〝真実〟を。

――魔王は魔王にあらず
戴冠式の日からラスールはラスールでなくなっており、心身を乗っ取った下手人は、信じ難いことに聖光《せいこう》教会の崇《あが》める神エヒトの眷属《けんぞく》だったのだという。

人間と魔人の遥《はる》か過去より続く争いは、ただただエヒトの無聊《ぶりょう》を慰めるための遊戯に過ぎなかったのだと。

そして、ミレディ・ライセンとその仲間――〝解放者〟こそが、自分を神エヒトの眷属から解放してくれた恩人である、と。

当然、会議の場は大荒れだ。

魔王とは現人神《あらひとがみ》。魔人族が等しく崇める最高位の存在。

それが、よりにもよって怨敵と通じていたなんて。

当然、信じ難い。魔王陛下の言葉と言えど、疑わざるを得ない。あるいは、ライセン一味に何かされたのでは。それこそ、良からぬ存在に憑依《ひょうい》されているのでは、と。だが、

『祖国に、同胞に、愛すべき民に滅びの光を放ったのは誰か？』

目を背けるな。現実を見よ。

誰がこの地に破壊をもたらし、誰が守ったのか。

その目に焼き付いたはずの光景を、ありのままに口にせよ。などと言われてしまえば、反論を探し出すのも一苦労だ。

「――私は魔人族が大好きだ、か。まったく、同胞でもこっぱずかしくて口にせんだろうセリフを。くくっ、よもやライセンの姫君がなぁ」

気絶していたのが実に惜しい。部下が集めた城下の情報で、一番度肝を抜かれたのは、多くの民が耳にしたそのセリフかもしれない。

「さてさて、陛下のお言葉は、どこまで頑固者達に響くやら」

また一つ、紫煙をぷかり。

どこか縁側でお茶を楽しむただの老人のような雰囲気で独《ひと》り言《ご》つ老将軍。〝歴戦〟の覇気はなく、どこか肩の力が抜けたような様子は、直属の部下達が見れば体調不良を疑うかもしれない稀《け》有《う》なものだった。

そんな雰囲気が気になったわけでもないのだろうが、城壁の下方より、わざわざ飛び上がってくるお客が一人。

「エルガー殿」

「レスチナ将軍」

三将軍の紅一点レスチナ・アシオンが、切れ長の目を更に鋭く尖《とが》らせながら隣に立った。緩い三つ編みにした赤髪が風に揺れる。

「こんなところで何を?」

ピンッと張り詰めた糸のような声音だった。何を考えているのか、エルガーからすれば、若い将軍の内心くらい年の功で分からないはずもない。

「祖国を眺めていた。やはり美しい。どれだけ眺めても飽きん。そう思わんか？」

「……同意する。だが、怠慢は看過できん。陛下のお傍《そば》にいるべきではないか？」

祖父と孫娘ほどの年の差に加え、エルガーは先代魔王の時代から将軍職を務める遥か偉大な先達であるが、レスチナの言葉に遠慮はなかった。

それは、三将軍は対等な地位であることから、レスチナが将軍となった時にエルガー自身が容認した結果だが、今は、それとは別に、どこか刺々《とげとげ》しい警戒心が感じられた。

その理由もまた、エルガーには理解できていた。

エルガーは城下を愛《いと》しそうに眺めながら、独白でもするみたいに言葉を流す。

「人間族との共存の未来を模索する」

「……」

「直ぐに賛同せよとは言わない。だが、一度考えてほしい。我等《われら》が戦うべき本当の敵は、誰か。魔人族の繁栄と輝かしい未来に必要なのは、何か」

御前会議の場で、ラスールが口にした言葉だ。

魔王の新しい、否、本当は戴冠する前に抱いていた想い、未来の構想。

「ははっ、諸侯は未だに大荒れだ。派閥闘争、いや、下手をしたら内紛に陥りかねん。軍部としては緊張続きで疲れるわ」

だから、こうして休憩でもせんとやっておれんと笑うエルガーを、レスチナはキッと睨《にら》みつけた。

「笑いごとではない！　最近は民の間にも派閥闘争が起き始めているのだぞ！」

真実と魔王の言葉が生み出した論争。それによって生まれた派閥。

――人間族と手を取り合う未来、少なくとも共存を目指す〝魔王派〟

それはラスールに賛同すると同時に、和平を望む者達《たち》の派閥。

――魔人至上主義そのままに、従来通り人間撃滅を掲げる〝正統派〟

積年の恨《うら》み辛《つら》みを晴らしもせず、人間族との対等を自ら主張するなど言語道断。魔王国の歴史を踏み躙《にじ》るようなラスールの言葉には到底従えないという派閥。

――忠誠心と愛国心から様子見の〝中立派〟

魔王が〝絶対〟の存在ではないというなら、その言葉はどこまで信じられるのか。今まさに操られていないと、どうして言えるのか。

忠誠は尽くしたい。だが、盲信で祖国を害してはならない。

今の魔王陛下は身命を預けるに足りず、忠誠を尽くすに値する確たるものを示してほしい……と、率直に言えば戸惑いの中にある派閥。

この中立派が最も多く、次いで正統派。魔王派は少数だ。

これは国民も同じである。制止する者達を振り切って、ラスールは国民にも真実を発表したのだ。結果、魔王国は未だに大きな困惑の中にあった。

真実は劇薬だったと言えるだろう。

「ふざけたことにアンゴル将軍は中立、宰相に至っては不敬にも正統派だ！　私と貴殿が魔王派を公言しているからこそ、まだ表立って問題は起きていないが――」

「ふむ。私が陛下のお傍に侍《はべ》っていないことで、不安にさせたか。すまんなぁ」

「っ、不安など！」

怒り以外の理由で頬を染めたレスチナが、より苛烈にエルガーを睨み据えた。

その態度が、何より雄弁に彼女の内心を暴露していた。

とはいえ、無理もない。今のラスールの立場は非常に不安定だ。

同位の立場とはいえ、エルガーの発言力は時に宰相をも越える。諸侯においても、若きレスチナ将軍を侮ることはあってもエルガーにだけは敬意を払う。

そのエルガーが魔王派であるからこそ、まだ正統派も爆発していないのだ。

「心配は不要だ。この先、何があっても、この老骨は陛下と共にある」

「確かか？　信じても……良いのですか？　将軍」

かつて、まだエルガーの部下であった時の丁寧な口調に戻ったレスチナに、エルガーは笑って頷《うなず》く。

「私はな、己が情けないのだよ」

「情けない？……いえ、そうですね。分かります」

レスチナが深く頷く。共感故に。

彼女の忠誠心は、ラスールが魔王だから捧《ささ》げられているのではない。戴冠する前、まだ殿下と呼んでいた時から彼女の忠誠はラスールにあった。

若きラスールの高潔さや聡明《そうめい》さに、そして祖国の未来を心から想《おも》う愛国心に、レスチナは感銘を受け、忠誠心を芽生えさせた。

正統派に近い本来の思想や信条は、ラスールへの忠誠心で打ち消されている。

それがレスチナだった。

だからこそ、許し難いのだ。ラスールの異変に気が付けなかったことが。

戴冠式の日より、変わったのは分かっていた。

しかしそれは、王としての振舞い故だと、必要に求められてだと思っていた。

まさか、中身が別人になっているなど思いもしなかった。

エルガーの自責は、ラスール個人への忠誠心からというより、最年長の将軍としての責任感から、だが。

だが、だからこそ、エルガーは魔王に従う。誰よりも傍で、今度こそ曇りなき目で主《あるじ》を見守り、見極めるために。失態の償いに、いつでも身命を捧げられるように。

「レスチナ将軍は信じるのだな？　今までの陛下が、怨敵の配下などという話を」

「むしろ納得だ。今のラスール様は、かつてのお人柄そのままだ」

エルガーの意志を確認できて、口調を戻しつつ安堵《あんど》の空気を漂わせるレスチナ。

その様子を見て、あるいは忠誠とは別の熱い感情を持っているのでは？　と、エルガーが内心で微笑《ほほえ》ましく思っていると……

「む？」

　ふと見た城門の辺りが、妙に騒がしい。レスチナも気が付いて、「なんだ?」と訝《いぶか》しむように目を眇《すが》める。

　その直後だった。

　城門一帯を包み込むような月光が膨れ上がり、かと思った次の瞬間には、

「なっ、あいつはっ」

「なんと」

　一体の、勇壮なる氷竜が出現した。空中から下界で騒ぐ兵士達を睥睨《へいげい》する氷竜は、不意に視線を巡らし、その竜眼を以《もっ》てエルガーとレスチナを捉える。

「まさかっ、襲撃か!?」

「いやいや、待て、レスチナ将軍。あ、こら! 待てと言っておるだろうが!」

　早速、固有魔法《こゆうまほう》の〝赤熱化〟を発動しかけている血気盛んなレスチナを制止し、エルガーは立ち上がった。

　城壁の縁に立てば、氷竜は真《ま》っ直《す》ぐにエルガーのもとへやって来て、

『サスリカ・シュネーの子、ヴァンドゥル・シュネーである! 解放者の使者として参った! 魔王陛下に謁見を願う!』

　堂々と、魔都中に響くような大声で名乗りを上げたのだった。

青空全開から元の荘厳さを取り戻した玉座の間にて。

レッドカーペットの両サイドには多くの諸侯が並んでいた。

宮廷貴族だけではない。本来、中央にはあまりいない貴族達まで整然と並んでいる。派閥争いと各陣営の動向監視のため、領地に戻らない貴族が人多数だったからだ。

玉座には、当然ながら美貌の魔王ラスールが座っている。

少し疲れ気味に見えるものの、その瞳はどこか嬉《うれ》しそうに輝いていた。

兵士の声と同時に扉が開かれる。

レッドカーペットの中央を、堂々とした足取りで歩いてくる一人の青年——ヴァンドゥルに、様々な感情を孕《はら》んだ視線が突き刺さる。

ヴァンドゥルは、玉座の前まで来ると心からの敬意を込めて跪《ひざまず》いた。

「存外、早い再会となったね、ヴァン」

「はい、魔王陛下」

ヴァンドゥルの返答に、ラスールの表情が寂しそうにしょぼくれる。

「よしてくれ。お前は私の大切な弟だ。恩人でもある。さぁ、顔をあげて」

その言葉に、ヴァンドゥルの眉が困ったように八の字になってしまう。

場の空気からラスールの立場を察して、一使者としての立場を強調したのに、真っ向から身内扱いである。

魔都での情報収集を経て、城門でも敢《あ》えて〝魔王の弟〟という肩書きは口にしなかったというのに……

案の定、諸侯から殺気に近い剣呑《けんのん》な気配が溢《あふ》れ出してくる。

「ほら、見てくれ、ヴァン。髪が伸びたおかげで綺麗《きれい》な三つ編みができた。またお揃《そろ》いだよ？」

「兄上……」

思わず頭痛を堪《こら》えるように片手で顔を覆ってしまうヴァンドゥル。

諸侯がざわめき、悪態や不信の声が響いてくる。ヴァンドゥルにも「雑種の分際で」やら「陛下をたぶらかしたライセンの手先」など、今にも飛びかかってきそうな様子。

最初から警戒心バリバリのレスチナも「いつまでもラスール様のお心をっ」と歯ぎしりしている。アンゴルは無表情だが、唯一エルガーだけは苦笑している。

「ふふ、すまない。再会を心待ちにしていたのでね、ついはしゃいでしまった。ライセンの姫君や、お前の仲間達は息災かな？」

「お気遣い、感謝します、陛下。委細、問題なく――」

「うん、口調」

にこやかに指摘してくるラスールに、ヴァンドゥルは思わず「んぐっ」と声を詰まらせた。「兄上はこのとんでもない空気が読めないのか!?」と内心で絶叫。

「陛下！　お戯れもいい加減になさいませっ」

堪《たま》らず、といった様子で叫んだのは宰相のカルム・トランリットだ。

彼の地位は公爵。そして、正統派の筆頭だ。ただでさえラスールへの不信を強めているのに、この言動である。まさに火に油を注ぐ、だ。

「雑種如《ごと》きを招き入れたうえに、そのような威厳なき有様！　とてもイグドールの象徴たる魔王陛下の在り方とは思えませぬ！」

宰相の苦言に正統派の諸侯が一斉に騒ぎ出した。中立派の者達も大抵は眉をひそめ、一部は一緒になって批難を口にしている。

だが、ラスールは相変わらず微笑を浮かべたまま、特に動じた様子もない。

そして、

「鎮まれ」

一言。声を荒らげたわけでも、魔力を迸《ほとばし》らせたわけでもない。

だが、その一言で玉座の間は水を打ったような静けさに包まれた。

「不満、不信、不快、全て理解している。だが、今はまだ――」

ラスールが笑みを深めた。それだけで、心臓を鷲掴《わしづか》みにされたような感覚に陥る。

「私が王だ」

使者との会話に断りもなく割って入るなど許した覚えはない。許すつもりもない。

言外の言葉が波動のように広がり、浸透する。

気が付けば誰もが跪いていた。

正統派の面々は、そんな自分に気が付いて愕然《がくぜん》とし、一拍おいて歯噛《はが》みした。

王威は健在。揺るぎなし。否、憑依《ひょうい》から解放され、ただのラスールになったからこその威厳が、そこにはあった。

それが、またふと霧散して、にこやかな兄の顔になる。

まるでトリックショーだ。と、なんとも微妙な顔になるヴァンドゥル。

「さて、本当はもっと語り合いたいところだが、解放者の動向には誰も彼も興味津々だ。これ以上、焦《じ》らすのはやめておこうね、ヴァン」

「まるで俺がもったいぶっているような言い方はやめてくれ、兄上」

咳払《せきばら》いを一つ。ヴァンドゥルは本題を口にした。

「我等《われら》、解放者は神国に挑む」

ざわりと諸侯が動揺し、エルガー達三将軍が目を鋭く細める。

「ふむ。情報はある程度届いているよ。共和国との共同戦線、見事に勝利を収めたと。解放者は彼等と同盟を結んだのかな？」

「その通りだ、兄上。そして、白光騎士団の団長にして、神代魔法使いの一人――ラウス・バーンも我等と共にある」

「馬鹿なっ。あり得ん!!」

叫んだのは誰か。分からないほどに、誰も彼もが狼狽《ろうばい》していた。

それはそうだ。白光騎士団は、まさに魔人族にとっては最大最悪の敵なのである。闘争の歴史の中、いったい何度ぶつかり、何度煮え湯を飲まされてきたことか。

その長が、解放者に、異端者に寝返るなど、魔王に怨敵の眷属《けんぞく》が憑依していたという真実に勝るとも劣らない衝撃だ。

「ははっ、あはははっ」

平静を失った場に、突如、快活な笑い声が響いた。諸侯の真っ白になりかけた頭が、それでどうにか現実に繋《つな》ぎ止められる。

「ラ、ラスール様？」

レスチナが戸惑ったように呼びかける。だが、ラスールはおかしくて堪らないといった様子で、目に涙まで浮かべて膝を叩《たた》いている。

「くっ、ヴァンドゥル・シュネー！　貴様、ラスール様に何をした！」

レスチナが、なぜか悔しそうに目を吊《つ》り上げて指を突き付けてくる。

「……兄上の奇行を見る度に俺が原因だと主張する点、お前は本当に変わらないな」

レスチナがヴァンドゥルを蔑み毛嫌いしているのは、実のところ、ラスールが生粋の弟スキーで、昔から弟が関わった時だけこんな笑顔を見せるものだから、それに対して嫉妬しているだけなのでは？　ということに今更ながら思い至るヴァンドゥル。

頭痛がしそう。

「いやいや、傑作だと思わないか、レスチナ！」

「はっ、は？　えっと……」

「異端者の姫君は、宿敵の団長すら籠絡したのだ！　教会の面子《メンツ》は丸潰れだ！　全く愉快な話じゃないか！」

「そ、それは、確かにそうですが……」

そこで愉快そうな笑い声がもう一つ。

「はっはっは、陛下の言う通りですな。姫君の魅力は教会最強にすら通じるらしい。陛下、逃した魚は大きいですぞ」

「言わないでくれ、エルガー。私もそう思っていたところなんだ。まぁ、姫君の傍《そば》には恐ろしいナイト様がついているからな。仕方ない！」

ラスール達《たち》の会話を聞いて、諸侯が「やはりライセンは恐ろしい」「魅了の魔法でも持っているのか？」「陛下もたぶらかされていると見えるっ」などと騒ぎ出す。なんだかミレディが希代の悪女みたいに思われている。

あと、レスチナがキッとヴァンドゥルを睨《にら》む。「よくもラスール様のお心をっ」と言ってそう。勘弁してくれ、とヴァンドゥルは視線を逸《そ》らした。

「それで、ヴァン。解放者の使者ということは、魔王国とも同盟を？　我等の参戦を望むかい？」

「同盟は、結べるものなら結びたい。我等解放者の望む未来は、魔人族とも手を取り合えるような、種族の格差なき世界だからだ」

馬鹿なと、誰かが騒ぐ前にヴァンドゥルは「しかし！」と語気強く言葉を続けた。

「今は望まない。望むべくもないと理解している。解放者は、魔人族の思想や信条を尊重し、変革が成った後の世界で時間をかけて相互理解を求めたいと考えている」

「ふむ……では、参戦も望まないと？」

「しかり」

だったら何をしに来たのかと、諸侯が困惑を滲《にじ》ませた。

ヴァンドゥルはそこでラスールから視線を転じて、諸侯を視界に納めた。

「これは、神国への侵略戦争ではない。魔人族の参戦により、人間と魔人の種族間戦争にしてはならないのだ。絶対に」

それで、ようやく気が付く。

ヴァンドゥルは、戦力を求めて来訪したのではない。

逆だ。釘《くぎ》を刺しにきたのだ。

変革のための戦いに便乗して、魔王国が侵略戦争を始めないように、と。

思わず、何様だと激昂《げきこう》しかける諸侯だったが……

「もちろん、信じているが。まさか、誇り高き魔人族が、宿願の成就を漁夫の利で得ようなどとは考えまい、と」

故に、偶然にも解放者の戦いと魔王国の戦争が被《かぶ》っては大変だと、念のために伝えに来ただけなのだと白々しくも告げるヴァンドゥル。

「我等が鳴らす変革の鐘。遠きこの地にて、耳を澄ませて聞いていただきたい」

あからさまな牽制《けんせい》だったが、そう言われては咄嗟《とっさ》に反論し辛《づら》い。

とはいえ、教会やその軍勢を打倒してくれるというのなら、正統派にとっても止める理由はない。

甘い汁だけ吸おうなどとは誇りにかけて思わないが、それで人間族側は確かに弱体化するのだ。解放者側にも損害が出ないはずはなく、あるいは共倒れの可能性さえある。

手出し無用というなら好きにすればいい。

魔人族に損はなく、まさに対岸の火事にすぎない──

「酷《ひど》い話だ。よって、却下する」

ぽんっと軽やかに飛び出たその言葉で、時が止まった。

にこやかなラスールの、明白な拒絶だった。

「あ、兄上？」

「世界を変えようという大一番で、魔人族を閉め出そうというのかい？　それはあんまりじゃないか、ヴァン」

「いや、あのだな、兄上。俺の話、ちゃんと聞いて──」

「いたとも。後世の歴史家に、こう言わせたいという話だろう？」

──この世界は悪神から解放された。しかし、魔人族は何も貢献していない、と。

「到底、容認できない。こちらを蚊帳の外に置く気なら、勝手に参戦するのも辞さない覚悟だ！」

「落ち着けっ、兄上！」

酷い酷い！　魔王を仲間外れにするなんてあんまりだ！　と子供みたいに怒るラスール。昔から茶目っ気たっぷりというか、からかい癖が酷いという悪癖はあったが、まさかこんなシリアスな場でもやらかすとは思いもしない。

「陛下！　いったい何をおっしゃってっ」

「真意を明らかにしていただきたい！」

宰相カルムを筆頭に諸侯が我慢できず次々に声を荒立てる。整然と並ぶことも忘れて、玉座の前に詰め寄る。

そんな彼等に、ラスールは底の知れない眼差《まなざ》しを巡らせた。微笑を浮かべたまま。

「世界変革の時に、怨敵たる神に挑まんとする戦いに、我等がいなくてなんとする？」

「ですがっ」

「無論、解放者の言い分も分かる。だが、共和国が協力する時点で我等が加わっても大して変わるまい？　ようは戦い方次第ということだ」

「ラスール様？　それはどういう……」

誰もが困惑する中、ラスールは、確かな魔王の威厳を以《もっ》て言った。

「救えば良い」

神都の民を。

「守れば良い」

解放者と教会の戦いに、巻き込まれるだろう人達を。

「解放者が気兼ねなく、後顧の憂いなく戦えるよう、手を貸してやれば良い」

神の軍勢以外、人間の尽《ことごと》くを守り抜く。

「新たな世界を築く、最も相応《ふさわ》しき戦だろう？」

魔人族は人間族と、否、たとえどんな種族だろうと、手を取り合える。

それを、魔王自ら証明する。

「兄上……」

予想外の返答に、ヴァンドゥルは視界が滲むのを感じた。

動揺が広がる。同時に、正統派が唖然呆然《あぜんぼうぜん》からいち早く復帰し、激昂する。

「陛下、どうか発言の撤回を。聞くに堪えませぬ」

喧々囂々《けんけんごうごう》の批難が飛ぶ中で、カルムが激情を抑えたような声音で苦言を口にした。

「案ずるな。行くのは私に賛同する者だけでよい。此度《こたび》の件は完全に任意のものとする」

「陛下？」

「私が不在の間は、お前に国を預ける。そして、私が死んだら、もはや血筋にこだわる必要はない。諸君の中から次代の魔王を決めよ」

「陛下っ、何を！」

レスチナが思わず叫ぶが、それを流してラスールは続ける。

「変革がならなかった時は、私の思想も信条も所詮は夢物語だったということ。その場合は潔く退任しよう。必要というなら、この首も差しだそう。次代の指名はしない。同じく、推薦を以て次の魔王を決めよ」

本気だ。魔王ラスールは、本気で〝解放者〟に協力する気だ。協力して、魔王国を大いに混乱させたあり得ない未来を実現する気だ。ということが、否《いや》が応《おう》でも伝わった。

同時に、「ああ、だからか」と納得が広がった。

真実という劇薬を躊躇《ためら》いなく振りまいたのは、おそらく、この時のためなのだと。

ゆっくりと価値観の多様化、醸成を図る時間はないと、ラスールは分かっていたのだ。

きっと、〝解放者〟が神に挑む日は、そう遠くないと。

だから、〝その時〟が来ても、ラスールの決断と行動に、現人神《あらひとがみ》だからと盲信せず、誰もが己の意志で未来を選択できるようにしたのだ。

仮に己が敗北し消え去った後、再び眷属神の魔の手が祖国に伸びようとも、残された者達、正統派のような者達でさえ神威に心を委ねないようにしたのだ。

魔王の愛国心、民を想《おも》う気持ちに自然と場は静まった。

御言葉《みことば》を聞き逃すまじと、耳を澄ませる。

「だが、世界が変わった暁には――」

――今しばらく、魔人族の未来を預けてほしい
そう言って視線を巡らせるラスールに、カルム達正統派は口を噤《つぐ》んだまま。

ヴァンドゥルの提案と同じで、損はないから。

何より、魔王の覚悟に、魔人族としての誇りが口を閉ざさせたから。

「さて、私と共に、歴史の転換点に挑む者はいるかい？」

たとえ一人でも行く。穏やかながらも確固たるものを感じさせるラスールに、誰もが顔を見合わせ互いの出方を窺《うかが》う中、

「もちろん、お供いたしますとも」

最初に進み出たのはエルガーだった。

最古参の老将軍の躊躇いのなさに、ざわめきが波紋を打つ。

「ラ、ラスール様！　私もお側《そば》に！」

出遅れたっとレスチナも慌てて賛同し、更には、

「……正直な話、人間との和平などクソ食らえだと考えるが……魔人族の未来を想うなら、この時代の潮流から目を逸らすわけにはいかんのでしょうな」

アンゴルまでもが賛成の意を示した。

それで、決心が付いたのか。元より魔王派だった諸侯のほか、中立派からも幾人かが随伴の意思を示す。

「ありがとう。だが、三将軍全員が国を出ては困る。すまないが、アンゴルには留守を頼みたいね」

「御意に。時代が、我等《われら》の未来を決定するその時まで、陛下不在の祖国は私がお守りすると誓いましょう」

アンゴルの言葉は、全ての諸侯に向けられたものだった。魔王の留守の間に、内紛など

決して許しはしないという、彼なりの忠誠だった。

泥を無理やり呑《の》み込んだような表情のカルムが前に出る。

「……分かりません。私には、貴方《あなた》の見ている未来が見えない」

「私は変わり者で、君は生粋の魔人族至上主義。そして、それこそが当たり前だからね」

「ええ、魔人族こそ世界を統べるに相応しいと確信しております。ですが……」

カルムは背後に控える正統派の者達《たち》に視線を巡らし、実に複雑そうな表情をラスールに向けた。

「我等とて、戦争を好んでいるわけではありません」

「うん、分かっているよ。君達は、大切な人を失う痛みをよく知っている」

「……協力はできません。陛下の思想にはついていけない。ですが、陛下の覚悟は、しかと受け取りました。それが、我等の未来を想ってのものであることも。ですから、待ちましょう。貴方が歩みを止めぬ限り、貴方はまだ、我等の魔王陛下ですから」

「……ありがとう」

信念は異なれど、同胞と祖国を想う気持ちは同じ。険しい雰囲気ながらも感情を呑み込む正統派の諸侯を見て、ラスールはただ、心からの感謝を示した。

そして、予想外の展開に所在なげな顔をしているヴァンドゥルに視線を戻す。

「というわけだよ、ヴァン」

「流石《さすが》は兄上、と言っておこう。いつだって一筋縄ではいかないな」

ヴァンドゥルは盛大に溜息《ためいき》を吐《つ》き、そして、嬉《うれ》しそうに破顔した。

その後、エルガーが軍部にて事情を説明し、賛同者のみの遠征部隊編制に動き、魔王が少数を以て出陣するという一大事に関係各所が大慌てで準備を進める中、ヴァンドゥルは一応、賓客としての扱いを受けて待機することに。

連れてきた伝書鳥を強化して本部に一連の事情を説明する手紙を送ったり、シュネー一族へ部隊を運ぶための飛竜を連れてくるよう要請したりしつつも、ヴァンドゥルはラスールと幼少期以来のゆっくりとした語り合いの時間を得られた。

決戦前の望外のひと時に、ヴァンドゥルの心はとても穏やかだった。

今なら、なんでもできそうな気がしていた。

何せ、兄と肩を並べて戦えるのだ。それこそ、今なら使徒にだって勝てるだけの力を身につけられそうだった。

……ただ一点。ラスールと語り合っている間、扉の隙間からレスチナの嫉妬に塗《まみ》れた視線が刺さり続けていたのは、非常に精神を削ったが。


集結命令が発令されて、およそ半月。

「……っ、うぐ……」

呻《うめ》く声が空気を微《かす》かに震わせた。

ぼやける視界、曖昧に音を拾う聴覚、鈍い手足の感覚。そして、体の芯に残る倦怠感《けんたいかん》。けれど、確かに鼓動を刻む自身の心臓。

生き残ったな……

そう、心の中で呟《つぶや》いて、ラウスは大した動揺もなく深呼吸をした。

「……ここは？」

自分のしゃがれた声で水分への渇望を自覚する。視線を巡らせる。

見覚えのない天井だ。金属製だろうか。

窓はなく、部屋には扉が一つ。

無骨な雰囲気だが、清潔を保たれているのは肌で感じる。

ベッドサイドに水瓶《みずがめ》とコップが見えた。意識する間もなく手が伸びる。

コップに注ぐ手間も惜しくて、そのまま顔を突っ込むようにして呷《あお》った。

温《ぬる》めだが、どこか柔らかで清らかに感じる水が口内を撫《な》で、喉を滑り落ちて、胃の中を満たす。

「――ぷはっ。はぁはぁ、生き返るな」

自分で言って、割と言葉通りだと思い苦笑いを一つ。

未《いま》だに五感が鈍いままだし、何やら耳鳴りもしているが、意識は一気に覚醒した。

水瓶を戻す。右側にサイドテーブルがあるのは、未だ欠損したままの左腕を慮《おもんぱか》ってか。

「さて、最後の記憶からして解放者の拠点だと思うが……」

耳鳴りが酷《ひど》い。何か獣の呻き声が聞こえる気がする。

早く耳を慣らすためにもと、あえて独り言を呟いて現状確認。流石に、窓なし金属製の部屋とはいえ、教会の牢獄《ろうごく》とは思いたくないが……

ラウスはシーツを手に取った。白く清潔で、よく手入れされている。世話をしてくれていただろう者の心遣いが見える。

「教会ではないな」

確信して肩を竦《すく》める。息子と部下の姿が見えないが、さほど心配はしない。

そうして、グッと体に力を入れて、ベッドの脇に足を下ろし――

「んむぅ～～～～っ♡」

「……」

なんだろう。ぐにゅっと柔らかい感触が……

ついでに、耳鳴りだと思っていた呻き声モドキが、より明瞭に。しかも、なんか艶《なま》めかしいというか、嬉しそうというか。

ラウスは、何者かが潜む暗闇を覗《のぞ》き込むような心持ちで、そっと視線を落とした。

「んむぅ♡　んっむんっむ！」

共和国の女王様がいた。

猿ぐつわされて、両手足を縛られた女王様が仰向《あおむ》けで。

そして、ラウスの足は、そんな女王様の顔面と豊満な胸を踏みつけにしていた。

なのに、なぜだろう。女王様の長耳が嬉しそうにパタパタしているのは。

足裏に、興奮したような熱い吐息が凄《すさ》まじい勢いで吹き付けられているのは。

んっむんっむが「もっともっと！」と聞こえるのは。

「……なんだ、ただの悪夢か」

ラウスはそっと足を引っ込め、また横になった。

自分は、そう、夢を見ているのだ。まだ昏睡《こんすい》状態で悪夢の中にいるのだ。

夢よ、早く覚めてくれ。

そう心の中で祈りながら、一拍、二拍。でも、んむぅは消えない。そのうち催促するみたいにビッタンッビッタンッと跳ねる音も。ベッドに体当たりまで。

ラウスはむくりと起き上がり、ベッドの反対側に降りた。そして、迂回《うかい》しながら部屋の壁に沿うようにして扉へ向かう。

何も見なかった。何も聞こえない。ということにしたらしい。

だって、この世の光景とは思えないもの。理解の範疇《はんちゅう》を超えてるもの。

共和国の女王が、あんな変態なわけがないもの！

そうして、転がってくる共和国の女王に若干の恐怖を覚えつつも扉を開けて――

「ミレディさん！　貴女《あなた》が望むなら何も惜しくない！　さぁ、受け取ってください！」

「ラインハイト!?　ダメだよ！　ミレディさんはただ見せてほしいって、あっ、ミレディさん、抱き締めるのはやめて――」

「……む。〝お姉ちゃん〟でしょ？　メッ」

「お、お姉ちゃん……恥ずかしいから……」

「流石です、シャルム様。この短期間で解放者の女性陣を次々と籠絡し、遂《つい》にはミレディさんまで……皆の言う通り、まさに魔性の美少年！　感服致します！」

「とんでもない風評被害だよ！」

なんだろう。非常におかしな光景が広がっている。

腹心の部下が、空前絶後の破天荒少女に、どう見ても求愛している。

だって、片膝をついて捧《ささ》げようとしているのが聖剣だもの。なんか、聖剣が抗議するみたいにペカッ！　ペカッ！　と光ってるもの。

あと、大事な息子が世界一ウザい少女にバックハグされて、お人形みたいに扱われているのに満更でもない表情をしている。

「……なんだ、ただの悪夢か」

寝よう。私は疲れているんだ。もっと休養が必要なんだ。だから、こんな恐ろしい幻覚が見えるのだ……

だが、扉をそっと閉じようとするも、

「んむぅ！　むむ？　ん～んむ！」

ビッタンッビッタンッと釣り上げられた魚みたいに跳ね飛ぶ女王が邪魔で戻れない。

まさに、後門の悪夢に、前門の悪夢。

「この世は地獄か」

天を仰がずにはいられない。目を覚ましたら、そこは異世界でした……

「あら？　ラウス君、目を覚ましたのね！　良かったわ！」

「誰がラウス君だ」

咄嗟《とっさ》にツッコミを入れつつ視線を転じれば、西の海で死闘を演じた女海賊がいた。

「メイル・メルジーネ」

「はぁい、みんなのメイルお姉さんよ？　ラウス君」

イラッとするが、この地獄から助け出してくれるなら誰だって女神だ。

「頼む。どういう状況か教えてくれ。頭がおかしくなりそうだ」

「あらあら」

ラウスの足下を抜けるようにして、ゴンッと金属の扉にヘッドバットをかましたリューティリスが転がり出てきた。メイルお姉様を見て歓喜のビチビチッ。

なるほど、恐ろしい。頭がおかしくなりそうだ。

（まぁ、私がやったのだけど……）

ラウスに定期の再生魔法をかけていた際に纏《まと》わり付いてくるのが鬱陶しかったのだ。

つまり、

（私のせいじゃないわ！　放っておきましょう！）

メイルお姉さんの得意技は責任の放棄。もちろん、説明責任だってぶん投げる。

と、そこで、ようやくミレディ達もラウスの存在に気が付いたらしい。

シャルムとラインハイトの目がこぼれ落ちんばかりに見開き、二人同時に駆け出した。

「父上っ!!」

「ラウス様ッ!!」

「あ、ああ、シャルム、ラインハイト。その……無事か?」

特に頭は、という言外の憂慮は、やはり察してもらえなかったようだ。

「はいっ、僕は大丈夫です！　父上……」

ラウスに飛びつき、ぐりぐりと顔をこすりつけて、ギュッとしがみつくシャルム。

「目を覚まされる日を心待ちにしておりました！」

ラインハイトが片膝を突いて、涙の滲《にじ》む目で快復を喜ぶ。

うん、それより、さっきの光景が頭を離れないんだ。頼むから説明して……と言いたいラウス様。

「ラウス・バーン」

「む……ミレディ・ライセン」

なぜ、ミニスカメイド服なのだ。なぜ、そんな格好で真面目な顔をしているのだ。

あれか？　またおちょくってるのか？　と身構えるラウス。だが、

「良かった……無事で……」

ラウスの右手を取り、自分の頬に当ててスリスリ。心から安堵《あんど》した様子で潤んだ瞳を向

けてくる。

「誰だ貴様ッ!!」

思わず声を張り上げてしまうラウス。シャルムがしがみついていなければ、高速バックステップで距離を取っていたに違いない。

「……酷い。ずっと心配してたのに」

うるうる。綺麗《きれい》な蒼穹《そうきゅう》の瞳が悲しみで濡《ぬ》れる。最愛の息子から「父上……」と、腹心の部下から「ラウス様。レディに対し、それはあんまりです……」と批難の眼差《まなざ》しまで。

味方がいない！　最も厄介な少女に息子も部下も取られた！　みたいな絶望がラウスの表情に浮かぶ。

「あらあら、ラウス君。どこからどう見てもミレディちゃんでしょ？」

「どこからどう見ても、私をハゲの老け顔と罵ったクソガキではない」

「い、意外に根に持つのね」

床でのたうつリューティリスを踏んで押さえつけるメイルを横目に、ラウスは眉間を揉《も》みほぐした。

解放者のもとへ辿《たど》り着けたら、最初にどのような言葉を向けるべきか、いろいろ考えてはいたのだ。

特に、メルジーネ海賊団に、メイルのファミリーにしたことを思えば、何事もなかったように仲間を名乗ることはできないだろう。

誠意を以《もっ》て向かい合い、メイルが望むのであれば気が済むまで殴られる覚悟もあった。

なのに、この有様である。

ラウスが「どうしたらいいんだ……」と立ち尽くしていると、廊下の奥から新たに人が。

「聞いてなかったかな？　ミレディの状態を」

「む？……オスカー・オルクスか」

メイルが「あら、オスカー君。今、帰ったの？」と手を振る。

ラウスは、未だ少し鈍い頭を叩《たた》き起こす気持ちで記憶を手繰った。

「そう言えば、レオナルドが――」

言っていた、と言う前に「おわっ」と声が。見れば、ミニスカメイドなミレディちゃんが、オスカーに飛びついている光景が。

そして、ラインハイトがハンカチを噛《か》みながら悔しそうにしている光景も。

「……オーくん、お帰りなさい」

「あ、ああ。うん、ただいま、ミレディ」

「……ん。くふぅ～」

心地よさそうに、オスカーの胸元にスリスリするミレディ。オスカーは……なんだか、必死に無心を貫こうとする修行僧みたいな顔になっている。

「オスカーさんッ。いつもいつも隙あらばそのようなっ。ミレディさんは未婚の淑女なんですよ！　それをっ、男として恥ずべきことだと思いませんか！」

「ラインハイト！　落ち着いてぇっ」

「いいえ、シャルム様！　一人の紳士として到底放置はできませんっ」

ずかずかと遠慮のない足取りでオスカーのもとへ詰め寄るラインハイト。先程まで涙を滲ませて心配していた姿はどこに？　とラウスの目が死に始める。

「さぁ、ミレディさん。離れましょう。オスカーさんを兄のように、兄のように！　慕うのは分かりますが、淑女としてはいかがなものかと思いますよ」

オスカーに抱きついたままチラッとラインハイトを見るミレディ。

「……やっ」

「ミレディさんっ、くそぉ、そんな姿も可憐《かれん》だっ」

「ラインハイトっ、お願いだから以前の君に戻ってよぉ！」

オスカーが、厄介な爆弾を解体しているような引き攣《つ》り顔で言う。

「えっとだね、ラインハイト。前に話した通り、ミレディは今、ちょっと特殊な状態なんだ。普段はこんなことしないから――」

「その〝普段〟とは、あれですか？　隙あらば人をおちょくり、自分を天才美少女魔法使いと豪語してはばからず、その言動は空前絶後のウザさを誇るという？」

「そうだね」

「ミレディさんを馬鹿にするのも大概にしていただきたいッ」

「なんでそうなる!?」

「こんなに可憐で心優しい女性が、そんなウザったいわけがないでしょう！」

断言する恋に盲目なラインハイトさんは、胸に手を当て、まるで天に届けと言わんばかりに語り出した。

なんだなんだと野次馬が集まり始めるが、それに気が付いた様子もなく。

やれ、深窓の令嬢のようなたたずまいだの、静謐《せいひつ》の中にも強き意思の輝きがあり美しいだの、時折見せる幼気《いたいけ》な様子は荒《すさ》んだ心を浄化し、まるで天使の如《ごと》しだの……

「誰のことだ？」

ラウスが真顔で隣のメイルに尋ねた。

「ミレディちゃんよ？」

「ラインハイトに何をした？」

「教会と違って洗脳なんてしないわよ」

痛烈な皮肉に良心をぶっ叩かれて黙り込むラウス。メイルは肩を竦《すく》めた。

「一目《ひとめ》惚《ぼ》れで初恋。しかも、相手は別の男にべったり。それで――」

「こじらせたか」

目元を覆うラウス。ラインハイト君の純粋さは想像以上だったらしい。

「あ、あの父上。ミレディさんは、別にウザい人というわけでは……むしろ、静かで優しいお姉さんで――」

シャルムがラウスとメイルを交互に見ながら奇怪なことを口走る。

なのでラウスは、妙にミレディを慕っているらしい息子の目を早く覚まさせるべく、

「お前は騙《だま》されているんだ。奴《やつ》はウザく、淑女という言葉からは最も遠い存在だ。一度でいいから思う存分に尻を引っぱたいて、人道というものを分からせてやりたいッ」

「父上!?」

目を剝《む》くシャルムを引き離して、未《いま》だに〝完璧で天使のようなミレディ〟を熱く語るラインハイトのもとへ行く。

野次馬達《たち》が「オスカー！ 情けないぞ！ 反論しろ！」『やっぱミーちゃんに恋人なんて認めないわっ」「オスカー死ね！」「もげろ！ 鬼畜眼鏡！」「眼鏡に油を塗りたくってやる！」「俺等《おれら》のリーダーに近づく男は滅びろ！」「おい、いっそ魚雷発射管に詰めて、二人まとめて射出しちまおうぜ！」なんて物騒なことを口走っている中、ラインハイトが攻勢に出る。

「そもそも、そんな丈の短いメイド服などっ。は、はれんちだっ。素肌が見えてしまっているじゃないか！ そんな服を着せてミレディさんは自分のものアピールか！ この変態め！」

「誰がリューだ。まったく好き放題言ってくれる――」

「……私、オーくんのもの？」

「っ、え、いや、ミレディ。彼の言葉を鵜吞《うの》みにしちゃいけない――」

「……違うの？」

「そこで悲しい顔しないでくれるかな!?」

「オスカーッ、ミレディさんを悲しませるなんてっ」

「ああもうっ、誰かこいつを黙らせてくれ！」

オスカーが天を仰ぐようにして叫んだ直後、応える声が返った。

「承知した。――〝鎮魂〟」

ラインハイトがパァッと透き通った黒色の魔力に包まれた。ヒートアップした様子がみるみるうちに落ち着き、表情がすんとなった。

「ラ、ラウス様？」

「落ち着け、馬鹿者。そして、しかと受け止めろ、現実を。――〝聖生天〟」

魂魄《こんぱく》魔法を使って大丈夫なのか、と誰かが問う間もなく、現状にうんざりした様子のラウスは、その手をミレディへ向けた。同じく夜色の魔力に包まれるミレディ。

一瞬、野次馬達が剣呑《けんのん》な雰囲気を見せる。

「治療だ。案ずるな」

「……治りそうかい？」

「案ずるなと言った」

オスカーの不安をばっさり切り捨てるラウス。それが逆に安堵をもたらす。

未だに自分に抱きついているミレディを見れば、どこか気持ち良さそうに目を細めていて、今にも眠ってしまいそうにすら見えた。

支えるべく、オスカーはミレディの背に手を回して抱き締め返した。

五分くらいだろうか。

固唾を吞《の》んで誰もが見守る中、完全にオスカーへ身を預けていたミレディが身じろぎした。同時に、ラウスの魔力光もスッと消える。

「これで問題ないだろう」

「本当かい？　ミレディ？」

ミレディは答えない。顔をオスカーの胸元に埋《うず》めたまま……おや？

「ミレディ？　どうしたんだい？　なんだか震えて」

「ラウス様！　ミレディさんの首筋が真っ赤に！　もしや発熱を!?」

男二人の焦った様子に野次馬達もざわめく。一方、

「お姉様。かわいいミレディたんが見られそうですわ！　記録の準備を！」

「任せなさい。もう記録中よ！」

いつの間にか拘束を抜け出したリューティリスと、眼鏡をかけたメイルがニヤニヤ顔でスタンバイ。

オスカーの「ミレディ？」という呼びかけに、ミレディは「ぅ」と呻《うめ》くような声を上げて、そろりそろりと離れる。俯《うつむ》いたままで表情は髪に隠れて見えない。

「大丈夫かい？　声を聞かせてくれ、ミレディ」

オスカーが身をかがめてミレディの顔を覗《のぞ》き込む。そこには、

「うぁ」

真っ赤に染まったミレディの顔が。涙目で、プルプル震えて、両手で頬を押さえて。

ギョッとしたオスカーと目が合う。途端に、

「お、お、お」

「お？　ミレディ、君、本当に大丈夫——」

「オーーーーくんのぶぁ～～～～かぁっ」

踵《きびす》を返して猛ダッシュ。まさに、野獣を前にした脱兎《だつと》の如く。

ラインハイトを突き飛ばし、ラウスの脇をすり抜け、捕まえようとしてくる愉快犯なお姉様二人を重力魔法で天井にぶっ飛ばし、凄《すさ》まじい速度で逃げていく。

誰もが面食らって静止している中、最後に、

「か、勘違いすんなよぉっ。ミレディさんはっ、そんなんじゃないだからねぇっ」

と声だけを残して、ミレディの姿は曲がり角の向こうへ消えていった。

ビタンッと、天井から落ちてきたお姉様二人が鼻血を出しながらサムズアップ。

「か、かわいいですわ、ミレディたん……ガクッ」

「オ、オスカー君、感想を一言」

「……まぁ、取り敢《あ》えず、復活して良かったよ」

それを聞いて、メイルも良い笑顔で気絶した。ミレディさん、どうやら羞恥心のあまり加減を間違えたらしい。金属製の天井が人型に凹《へこ》んでいるのが、その証拠だ。

野次馬がオスカーに人殺しのような目を向け、ラインハイトが未だに呆然《ぼうぜん》とし、シャルムがメイル達を介抱する中々にカオスな中、オスカーはひとまず礼を口にした。

「ラウス、さん？　ありがとう」

「呼び捨てで構わん。礼も不要だ。……あんな普通の恋する令嬢のようなミレディ・ライセンは見るに堪えなかっただけだ」

それはそれでどうなんだ、と思いつつも、オスカーは眼鏡をクイッとして口を噤《つぐ》んだ。ラウスの〝恋する令嬢のような〟という言葉が妙に頭の中で反響したせいで。

その後。

ラインハイトに頭を冷やさせる目的でメイルとリューティリスの介抱を任せ、シャルムに監督役を頼みつつ、野次馬を散らしたオスカーとラウスは連れだって本部の通路を歩いていた。

「それで、私はどれくらい寝ていた？」

ようやくまともに状況説明を受けられるとホッとした様子で尋ねるラウスに、オスカーは苦笑いを浮かべながら答える。

「半月くらいだよ」

「……そうか。それにしては肉体的な衰えが全くないな」

「メイルが毎日、再生魔法をかけていたからね。心配だったのは魂魄の方だ。だいぶ無理をしたんだろう？」

「問題ない。普段から負荷をかけ、回復訓練を積んでいた」

「それはそれは……」

本部にやって来た当初のラウスは、ほとんど仮死状態だった。どうも、それは回復に集中するための技の一つだったらしい。魂魄レベルで実行するなど、まさに神業だ。

感心半分畏怖半分で、オスカーの額から冷や汗が流れる。

「貴方《あなた》が来てくれて本当に嬉《うれ》しいよ。ミレディがあんな状態でなければ、きっと飛び上がって歓迎しただろうに」

「私は白光騎士団の長だった男だ。歓迎など」

どれほどの異端者を屠《ほふ》ってきたか。戦力としては申し分ない自負はあるが、それ以上でもそれ以下でもない。解放者達の心を想《おも》えば。

「ミレディは、〝ライセン〟だ」

「む……」

思わず言葉に詰まるラウス。多くの異端者を処刑してきた一族の姫君が、今は異端者のリーダーなのだ、ということの意味に、ふと気が付いたみたいに。

「貴方はもう、僕達の仲間だ。卑下することは何もない」

「……そうか。そうだな。シャルムとラインハイトを見れば、歓迎は一目瞭然だった」

「あ～、うん。シャルム君は本当に良い子だね。既に大人気だよ」

「シャルムは、か。すまんな」

「いや、まぁ、皮肉じゃないから」

「そうではない。意外だったが、恋仲なのだろう？　部下がその邪魔を──」

「誤解だ！」

ラウスが目を眇《すが》める。何を言ってるんだ、こいつは……みたいな顔だ。だが、オスカーの少し赤くなった顔と、表情を隠すように眼鏡を弄《いじ》る仕草に、「なるほど」と納得して笑みを浮かべる。

「まぁいい。これでも既婚者だ。相談なら乗るぞ」

「……その……ありがとう」

オスカーが「んっんっ」と咳払《せきばら》いをして話題の終わりを示す。

そして、ラウスが気絶してからのこと、現在の解放者の動き、今後の方針、ナイズやヴァンドゥルは外で活動中であること、レオナルド達の無事と、追跡を警戒して潜伏中なので可能な限り早く魂魄の検査をして迎えたい旨などの状況説明をしていく。

それが一通り終わった頃、ちょうど目的地に到着した。扉を開けて中に入ると、途端に喧噪《けんそう》が耳朶《じだ》を打った。

「報告します！　プランツァ支部のブラッド・ルモント支部長より、欺瞞《ぎまん》情報の流布を完了したとのことです！」

「共和国のパーシャ宰相より選抜部隊の編制完了の連絡が入りました」

「バッドの阿呆《あほう》はまだ到着せんのか？　どこで道草を食っておる」

「オディオン連邦エネドラ支国の支部より書簡が届いてます。国境線で連邦兵同士の衝突があり、当支部の実行部隊と共に足止めを食らっているようです」

「ノートン、グリスタ、ロッセル支部の実行部隊、ダムドラックに現着！」

「トルストン支部の部隊が数日中に到着予定です。隠れ家にて彼等と合流の後、本部へ迎え入れると返してください」

誰もが忙しそうに行き交い声を張り上げている現場は、壁と天井が透明な水晶のようなもので出来ており、湖水に囲まれた幻想的な場所だった。

「ここは……」

「艦橋だよ」

〝解放者〟本部の正体を明かされ、「これは見つけられないわけだ」と禿頭《とくとう》を撫《な》でるラウス。

視線を巡らせば、白い宝珠の埋め込まれたデスク前に座って、何やら集中している者が十人ほど。先の方には緩いU字を描くデスクと四つの席があり、そのデスクには掌《てのひら》大の魔法陣が規則正しく何十も並んでいる。

両サイドにも衝立《ついたて》のような長方形の壁が並んで立っていて、そこにも魔法陣が刻まれており、今は空席だがカウンターチェアーのような椅子が設置されていた。

「白い宝珠は通信装置だよ。ダムドラックの隠れ家は当然、湖の北側に寄れば、山中に点在する隠れ家で、伝書鳥を受け取った人員からの通信を直接受信することもできるんだ」

ついでに言えば、前面のデスクが操縦及び船体の細かい設備操作を行う場所で、両サイドの壁は武装操作のコンソールだ。

「とんでもないな。神代の、いや、あるいは古代の戦略級兵器だぞ」

「その通り。北の海に沈没していたのを回収したんじゃよ」

部屋の中央に円の台座を重ねたような壇があり、その手前にある艦長席と思《おぼ》しき椅子からサルースが立ち上がった。傍らにはクロリスも控えている。

「まだ挨拶ができておらんかったのぅ。解放者の事務面における統括長を任されておるサルース・ガイストリヒじゃ」

「……実質的な司令官ですか。お初にお目にかかる。知っての通り、ラウス・バーンと申します。息子と部下共々、世話をおかけしています」

「ほぅほぅ、あの白光騎士団長に、これほど丁寧な挨拶を受けるとは。長生きはするもんじゃのぅ」

頭を下げ、自ら握手を求めたラウスに、サルースは穏やかに目を細めた。

気が付けば、あれだけ騒がしかった艦橋内が静まり返っている。

最大最強の敵だった男と、組織としての〝解放者〟を支え続けた男の邂逅《かいこう》に、誰もが注目せずにはいられないらしい。

だが、そこに緊迫感や嫌悪感はなかった。内心の深いところまでは分からないが、少なくとも、誰もが理性的にラウスを迎えようとしている。

（人員の自制心が、組織の結束力を示す。そういう意味では教会より上だな）

などとラウスが思っている間にも、サルースが握手に応じる。

「よろしく頼むぞい、ラウス殿」

「獅子身中《しししんちゅう》の虫ではないと、行動と結果を以《もっ》て示しましょう」

「そう肩肘を張らんでよいよい。ミレディが信じた。我等《われら》にはそれで十分じゃ」

何より、と握手している手に力を込められる。

それは、よくある威嚇や拒絶の意思表示ではなく、真逆のもの。

「ベルタを、あの子の命を救ってくれたのは、お主であろう？」

サルースの目は、驚くほど澄んでいた。他の者達《たち》がハッとするのが分かる。

「……ただの衝動的な行動です。本当に、ただ命を繋《つな》いだだけで、彼女を守り抜く勇気もなく、私は全てを諦め神に恭順した。多くの貴方達を討ち滅ぼした」

恥じるように目を伏せるラウスに、サルースは首を振った。

「じゃが、その衝動が、お主の良心が、我々を今日この場に導いた。それもまた事実じゃよ。解放者は、お主の心が繋いで生まれた組織じゃ」

「私の、心が……」

手を解いて、サルースは力強くラウスの肩を掴《つか》んだ。

「ベルタ・リエーブル。かつての神託の巫女《みこ》。解放者の創設者。彼女を、神と信仰の呪縛から解放したお主こそ、〝始まりの解放者〟と言えるのかもしれん」

「……」

ラウスには、もはや口にできる言葉がなかった。莫大《ばくだい》な感情の高波に呑《の》み込まれてしまって。

「歓迎するぞい、ラウス・バーン殿」

「……感謝します」

言葉を詰まらせ、しかし、顔を上げて強き意志の光で満ちた眼差《まなざ》しを以て宣言する。

いつか、己の口で言いたかった言葉を。

「身命を捧《ささ》げましょう。誰もが、自由な意思の下に生きられる世界のために」

「うむっ。よく言ってくれた！」

手を叩《たた》いて喜色をあらわにするサルース。拍手と歓迎の言葉が艦橋内を満たす。オスカーも柔らかな微笑を浮かべてラウスの肩を叩いた。

「聞いたな、お前達！　これを以て、ラウス・バーンは正式に解放者となった！」

サルースが声を張り上げて宣言した。なぜか、木霊の如《ごと》くやたらと反響する。

「……気のせいか？　妙に声が響くような……」

「あ〜、うん。ごめん、ラウス。今の会話、艦内全てに筒抜けだったんだ」

「なん……だと？」

見れば、白い宝珠の一つが輝いている。どうやら、決戦前ということもあって、些細《ささい》なわだかまりでも極力解消できるよう一計が案じられたようだ。

タイミングを見計らっていたのか、艦橋の扉が開いて、そこからミレディ、メイル、リューティリス、そしてシャルムとラインハイトが入ってきた。

ミレディは既に、いつもの白を基調とした服装だ。

自分へ真《ま》っ直《す》ぐに目を向けてくるミレディに、ラウスは向き合った。

静謐《せいひつ》と表現すべき表情で向かい合う光景は、どこか厳かな祭儀のようにも見えた。

「約束を、守りにきた」

「うん。ずっと待ってた」

多くの言葉はいらないようだった。ただ、交わされる眼差しが百の言葉より雄弁に、お互いの想いを伝えているようだった。

だが、そこはミレディである。シリアスの寿命は長くない。

くるりと振り返るとシャルムと向き合い、ぺこっと頭を下げた。

「シャルム君！　ごめんね！」

「え？　ミレディさん？」

「お父さんの頭にね、今、髪が一本もないのは私のせい――ぴぎゃっ!?」

下げた頭に巌《いわお》のような拳骨《げんこつ》が炸裂《さくれつ》した。そのままベチャッと床に突っ伏すミレディ。カエルみたいな有様でピクピクしている。

「次に謝罪したら問答無用で殺しにかかると言ったはずだ」

髪が一本もないツルツル頭に青筋を浮かべて、【アングリフ】の路地裏で遭遇した際の言葉を再度言い放つラウス。目が、とても冷たい。

「ちょっとぉっ、女の子に手を上げるとか最低ぇ～。ねぇねぇ、シャルム君。女の子に手を上げるお父さんってどう思う？」

「え？　え？　えっと、あのっ」

「このクソガキが！　うちの純粋なシャルムを巻き込むんじゃない！」

「うわぁ、ラーちゃん、口がわる～い！　高潔な騎士（笑）、プークスクス」

「誰がラーちゃんだ……ええいっ、ラインハイト！　分かっただろう！　これがミレディ・ライセンの本性だ！　シャルム！　良い子のお前は極力近づかないように！」

「な、なんということでしょう……私は、私はっ」

「ラインハイトっ、ショックなのは分かるから落ち着いてぇ！」

なんてやり取りを、サルースやクロリスを筆頭に艦橋内の者達が大笑いしながら見ている。未《いま》だに全艦通信モードは切れていないので、きっとあちこちで笑いが巻き起こっていることだろう。

そこには、きっと自分達のリーダーが戻ってきた、完全復活だ！　という喜びも大いにあるに違いない。

ただ、そんな中でも、メイルとリューティリスの笑みは質が違った。ニヤニヤである。

二人は気が付いていたからだ。

ミレディが、頑《かたく》なに一箇所にだけ視線を向けないことに。

「オーちゃんさん、良かったですわね。いつものミレディたんに戻って」

「え？　ああ、そうだね。本当に。はは、まさか、あのウザったい言動が恋しくなるなんて思わなかったよ」

ラウスと言い合いをしながらも、ミレディの肩がピクッと跳ねた。

「あらあら、ミレディちゃん！　聞いたかしら！　オスカー君、ミレディちゃんが恋しかったそうよ！」

「メイル！　悪徳記者みたいな抜粋の仕方はやめろっ」

おや、艦橋の様子が……？　スッと笑い声が消えた。サルース達が真顔だ。真顔でオスカーをジッと見ている。

「な、なんだい？　皆して」

答えは返らず。ホラーだ。普通に怖い。

たじろぐオスカーを放置して、クロリスが口を開く。未だに、オスカーに背を向けたままのミレディへ向けて。

「ミーちゃん」

「な、何かな？　クロちゃん」

「ミーちゃんの底抜けの優しさが、あの変態眼鏡野郎の願望を無意識のうちに叶《かな》えていたことは理解しています」

「お、おおう？」

「メイド服、もういらないでしょう。お返ししては？」

「そ、そうだね。うん、そうだね！　まぁ、なんだかんだ言って、オーくんにはいつも助けられていたからね！　ミレディさんのサービス精神がちょいと炸裂しちゃってたね！　でも残念！　正気を取り戻した今、もう過剰サービスはありませぇん！」

あはっ、あはははっとわざとらしいほどオーバーアクションで笑い、〝宝物庫〟から今まで着てきた数々のメイド服を取り出し、抱えるミレディ。

そして、どこか気合いを入れるような様子で振り返り、オスカーのもとへ。

「もう、困るよ！　オーくん！　ミレディさんが弱ってる時につけ込むなんて！」

そう言って、抱えたメイド服を「ん！」と差し出す。

この間、なぜか視線は常に明後日《あさって》の方向だ。

オスカーは、何か言いたげな表情で、しかし反論することなく受け取ろうとした。

そして、ちょんっと指先がミレディの手に触れる。

反応は劇的だった。

「ひゃうっ」

メイド服が宙を舞う。ミレディを見れば、オスカーの指先が触れた手を、まるで火傷《やけど》でもしたみたいに、もう片方の手で握り締めている。下から上へ、顔色がきゅ～っと赤く染まっていく。

「ミ、ミレディ？」

「な、なんでもない！　なんでもないから！」

わたわたと後退《あとずさ》り。まったくもってらしくない。というか、どう見ても……

「はいはい、ミレディちゃん。まだ本調子じゃないのよねぇ？」

「ふぇあ？　あ、う、うん！　そう、そうなんだよ、メル姉！」

ぴゅ〜っと駆け出し、メイルの後ろに隠れてしまうミレディちゃん。そんなミレディの頭を、リューティリスが甘い果実を頬張ったような表情で撫《な》でる。

「それじゃあ、お姉さん達はミレディちゃんを少し休ませるから、後はお願いね？」

「オーちゃんさん、死なないよう祈ってますわ！」

「あ、ああ」

そのまま、ミレディを抱えるようにして去って行くメイルとリューティリス。

なんとも言えない空気が……否、殺気が、漂う。

「のぅ、オスカーよ」

「おい、ド変態眼鏡野郎」

サルースとクロリスが、幽鬼のような雰囲気で近寄ってくる。

オスカーは退路を確認し――素早い動きで通信班が塞いだ。ならばと懐から〝黒鍵〟を取り出し――ガッとクロリスに摑まれる。速い。

気が付けば、艦橋の全員に取り囲まれていた。更には、全艦通信モードの白い宝珠から
「野郎ぉっ、オスカー！　ぶっ殺してやらぁっ」「ミレディちゃんにあんな声を出させるな

んて、オスカー許すまじ！」「艦橋に急げ！　集結しろ！」「害虫駆除の時間だぜぇっ」という物騒な声が。ドドドドッと近づいてくる足音も。

「ラ、ラウス！　鎮静の魔法を――」

ラウスは既にいなかった。バッと視線を扉の方へ転じれば、先程まで四《よ》つん這《ば》いで落ち込んでいたラインハイトを抱え、シャルムと共に出て行くところで。

「ちょっ、待って――」

肩越しに一度振り返ったラウスは、「ふっ」と笑って、問答無用で扉を閉めた。

数秒後、全艦通信モードは切れているのに、断末魔の悲鳴が艦内全体に響き渡ったのだった。

それから数日の休養を経て。

ラウスによるレオナルド達への魂魄《こんぱく》検査も無事に終えて、各地の実行部隊が続々と本部に集結し、活気と戦意が満ちていく中、ミレディ、オスカー、リューティリス、そしてラウスとシャルムの姿は外にあった。

具体的には、【ライセン大峡谷】沿いの樹海の中である。

「オスカーさん、大丈夫ですか？」

「は、はは。大丈夫だよ、シャルム君。君は本当に良い子だなぁ」

うねる木の根を避けながら、オスカーは、ラウスの片腕に抱えられているシャルムの頭をわしわしと撫でた。シャルムの気遣いに、とても癒やされたような表情をしている。

シャルムもまた気恥ずかしそうではあるが、嬉《うれ》しそうに受け入れている。

弟妹の扱いには慣れているオスカーと、兄はいても兄弟らしい時間は過ごせなかったシャルムは、中々に相性がいいらしい。

ラウスも、そんな二人に穏やかな表情を浮かべている。一方で、

「ミレディたん、大変ですわ。弟分が取られてしまいますわよ！」

「おうおう、オーくんめ！　シャルム君を奪おうたぁふてぇ奴《やつ》だ！　年下と見ればすぅぐ手を出すんだから！　シャルム君！　ブラコン眼鏡に気を付けて！」

「誰がブラコン眼鏡だ。というか僕の悪口に、いちいち眼鏡をつけるのはやめてくれ」

数日おいたおかげか、ミレディも落ち着きを取り戻していた。

こうして、いつものようにオスカーと軽口を叩き合うこともできる。

まるで、何事もなかったみたいに。

それがなんだかもどかしくて、リューティリスは話を振ろうとするのだが……

「それにしても、ルース君達《たち》に会うの久しぶりだなぁ。あ、リューちゃん、道はこっちで合ってる？」

「え？　ああ、はい、大丈夫ですわ」

なんとなく、雰囲気を察して話題をコントロールされている感じがしないでもない。

「ラーちゃん、頼むよぉ。ディラン君達のこと！」

「最善は尽くす。だが、ラーちゃんはやめろ」

「断固拒否する」

だってその方がかわいいも～んと、ふわふわ浮きながらのたまい、ついでにラウスの頭をツルツルと撫でる姿は昏睡《こんすい》前のウザさそのまま。

青筋を浮かべるラウスと、既に慣れてくすくすと笑うシャルムとは、なんだかんだ言って心の距離はぐっと近づいている。

(でも、オーちゃんさんには、未だに触れようとしませんわね……)

ああ、もどかしい……と思いつつも、敬愛するメイルお姉様からも、あまり構い過ぎないようにと釘《くぎ》を刺されている。

それに、チラリと見れば、オスカーの表情は気にした様子もなく、むしろ穏やかだ。

否、穏やかというより、以前よりずっと深い感情を湛《たた》えて見守っているようにさえ見える。この数日で、オスカーにも落ち着く時間はあったのだろうが、目を細めてミレディを見ている姿には、他者でありながら胸の奥を撫でられるような感覚に陥ってしまう。

「リュー、道を頼むよ」

「あ、はいですわ」

オスカーに言われて我を取り戻し、守護杖を振るって道なき樹海に道を作る。

現在、オスカー達が向かっているのは〝聖母郷〟だ。

そう、ディランやケティ達〝神兵創造計画〟の被害者や、魔王城での過酷な実験で心を病んでしまった被験者達の治療に向かっているのである。

ナイズは、ヴァンドゥルから魔王国の部隊を秘密裏に移動させる手助けを請われて出張中だ。メイルも、途中で別れてナイズ達の手伝いに向かった。既にメイルができるディラン達への治療はないし、再生魔法の有無で連続移動距離が段違いだからだ。

なお、シャルムが一緒なのは、非戦闘員である彼を里に匿《かくま》うためだ。

そうこうしているうちに、光が見えた。樹海の外縁部だ。

草木に覆われているものの深部のような白霧の影響はなく、日光もよく通る。

「む、囲まれたな」

「大丈夫、ヴァンの従魔だ。里の護衛だよ」

不意に四方の茂みから立派な体格の魔狼《まろう》が現れた。

ラウスとシャルム、そしてリューティリスを気にしているようで包囲はしたままだが威嚇はしてこない。オスカーとミレディを見ている。

ミレディが正面の一体に「大丈夫だよ～」と声をかけると、それで納得したのか先導するように歩き出した。

その先に、金属製の柵で囲まれた集落が見えた。〝聖母郷〟だ。

オスカー達に気が付いた門番が手を振ったと同時に、たまたま近くにいたらしい小さな人影がこちらを見た。

「！　お兄ちゃん！」

コリンだ。満面の笑みを浮かべてテテテッと駆けてくる。

その瞬間、ピシャーッと雷が落ちたような音を幻聴した。

「か、可憐《かれん》だ……」

「シャルム!?」

ラウスお父さんがギョッとしてシャルムを見た。見事にハートを撃ち抜かれてた。なんだか、某勇者の時の焼き直しのようだ。

オスカー達がまさかと思っている間にも、ラウスの腕から飛び降りたシャルムは、コリンに熱量たっぷりの目を向ける。

「は、はじめまして！　僕はシャルム・バーンと言います。お、お名前をお聞きしてもいいですか？　レディ」

「れ、れでぃ？　えっと、コリンです。はじめまして！」

ニコッと微笑《ほほえ》むコリン。シャルム、被弾。胸を押さえてよろめく。小声で「ラインハイト、僕が間違ってた。これが恋に堕《お》ちるということなんだね？」とか呟《つぶや》いている。

「お、おい、シャルム――」

「コリンさん！　なんて可憐な名前なんだ！　どうか――」

「あ、ミレディお姉さん！　もしかして……元に戻ったの？」

父は息子に、息子は初恋の女の子に、それぞれ言葉を遮られる。コリン的に、それどころではなかったのだ。

「あ、あ〜、うん！　もう治ったよ！　心配かけてごめんね、コリンちゃん」

「ミレディお姉さんっ」

バッと抱きついてくるコリンを受け止めつつ、嫉妬に塗《まみ》れた目を向けてくるシャルムと、そんなシャルムに頭が痛そうなラウスを見て、ミレディから乾いた笑いが漏れる。

流石《さすが》に、恋する八歳の少年を前にドヤ顔するほど鬼畜ではなかったらしい。

「コリン、紹介するよ。彼がラウス・バーン。ミレディを治してくれた人で、ディラン達のことも治せるかもしれない人だ」

コリンの頭上に〝!!〟が出た。ミレディから顔を離し、マジマジとラウスを見る。

「初めましてだ、コリン。これから息子が世話になる。だから、というわけでもないが、全力で治療するつもりだ」

「っ、はい。はいっ、お兄ちゃん達のこと、よろしくお願いしますっ」

勢いよく頭を下げるコリン。実に礼儀正しく、心根の優しさが伝わってくる。

「嫁にはやらないよ、ラウス」

「何も言っとらんだろうが」

シスコン兄貴が油断なく釘を刺した。シャルムが「そんなっ、僕と義兄《にい》さんの仲じゃありませんか！」とかのたまう。

困惑しているコリンに、新たな恋物語にウキウキのリューティリスが暴露する。

「コリンちゃんはモテモテですわね！　いきなり求愛されるなんて！」

「……ふぇ!?　求愛!?」

　ようやく、ちょっと変な人だなぁと思っていたシャルムの言動の真意が分かって、わたわたし出すコリン。シャルムがキリッとした顔を向ける。

「コリンさんっ、僕は――」

「あ、あの、ごめんなさい！　コリンは、お兄ちゃんみたいな人がいいです！」

　言わせない、というよりはテンパって咄嗟《とっさ》に兄を理由に逃げちゃうコリン。生まれて初めての告白にお顔は真っ赤。実に愛らしい。が、当のシャルム君は崩れ落ちているので、せっかくのチャンスをふいにする。そして、八つ当たる。

「……オスカーさん、やはり貴方《あなた》が立ちはだかるんですね？」

「シャルム君、落ち着こう」

「なぜですか！　貴方にはミレディさんがいるじゃありませんか！」

「「ふぇ!?」」

　コリンとミレディがハモる。コリンがミレディとオスカーを交互に見る。

「ち、違うよ！　ミレディさん、そんなんじゃないよ！」

　わたわたと手を振って、首もぶんぶんっと振って必死に否定するミレディ。コリンは、そんなミレディをぽかんっとした様子で見つめ……なぜか、優しい目になった。

「うん、分かった。分かったから、大丈夫だよ、ミレディお姉さん」

「何が!?」

「流石はコリンちゃん。いろいろお見通しですわね。聖母と呼ばれるだけはありますわ！」

「だから何が!?」

顔を真っ赤にしてうがーっと吠《ほ》えるミレディ。と、そこで、

「兄貴ぃ！」

「ナイズ様！　ナイズ様……は何処《いずこ》に？」

「スー姉、ナイズ様はいないから捜しに行かないで。ふらふらしないの！」

ルースやスーシャ、ユンファを先頭に、モーリンや里の者達も駆けてきた。

ミレディを中心にしてにわかに騒がしくなり、盲進しかけていたシャルムも流石に勢いを止める。

その隙に〝鎮魂〟をかけるラウス。シャルムの表情がすんとなった。息子の賢者モードに若干遠い目になりつつもラウスは一息吐《つ》いて、オスカーの肩に手をやった。

「決戦前だ。折を見て、きちんと話しておけ」

「うん、分かってる」

苦笑いを浮かべつつ、オスカーはルース達に事情を説明しに行くのだった。

そうして、場所は変わり療養施設の大部屋にて。

ベッドに腰掛けたディランとケティの正面に立って、ラウスが瞳を淡く輝かせている。

それを、コリンがオスカーの腕に抱きつきながら、ルースは拳を握り締めて、スーシャ

とユンファは祈るように胸の前で手を合わせて見守っている。ミレディやリューティリス、シャルム、モーリンは当然、部屋に入りきらなかった里の者達も窓の外にまで詰めかけ固唾を呑《の》んでいる。

張り詰めた糸のような時間が、どれほど流れたか。

「……なるほど」

やがて、ぽつりと呟いたラウスが目を閉じた。魂魄《こんぱく》の観察が終わったのだ。

「ラウス、どうだい？」

「結論から言おう。この子達の自我を復活させることは可能だ」

その瞬間、ドッと場が沸いた。歓声が上がり、肩を叩《たた》き合って喜び、嬉《うれ》し泣きしている者達も。しばらく収まりそうもない歓喜の渦に、ラウスは困った表情で声を張り上げた。

「待て、まだ問題はある！」

ピタッと止まる歓声。オスカーが険しい表情になって聞く。

「問題？　どういうことだい？」

「時間がかかるということだ」

曰《いわ》く、ディラン達の魂には、異なる魂――古代の戦士の魂が混ざり合ってしまっている。

これを分離することは可能で、そうすれば自我を取り戻せる。

だが、これはラウスにとっても最高難易度の魂魄干渉となる。紅茶に入れたミルクだけを分離するような作業だ。故に、慎重に慎重を重ねた治療が必要だ。

「……どれくらいかかるんだい？」

「一人当たり、一月はかけたい」

無理だ。どう考えても教会と矛を交える方が早い。万が一を考えて、決戦に赴く前に治療だけでもしたかったのだが、間に合わない。

「わたくしが手を貸しても、ですの？」

昇華魔法による底上げ。それがリューティリスを連れてきた理由だ。

「借りた上での判断だ」

この世に、魂魄ほどデリケートな扱いを要するものはない、ということの証明だった。

「それに、もう一つ。継続的治療も必要となる」

「ラーちゃん、継続的って……治った後もってこと？」

「そうだ。必要レベルで分離はできても剝離は難しい。完全に融合しているからな。定期的な治療を施さないと、時間経過でまた混ざり合うだろう」

一生、ラウスの世話がなければ、と言っているに等しい。誰かの「そんな……」という悔しそうな声が響いた。だが、そこで逆に安心したような声が。

「でも、それなら問題ねぇだろ」

ルースだった。心底安堵《あんど》した様子で、同時に、絶大な信頼の宿る眼差《まなざ》しで兄を見る。

「な？　兄貴」

「その通りだよ！　ルース君！　オーくんがアーティファクトを創ればいいだけ！」

答えたのは、なぜかミレディだった。薄い胸をこれでもかと張って、まるで自分の技量を誇るかのように確信を告げる。

全員の視線がオスカーに流れる中、ミレディがふにゃっと笑って言った。

「〝僕がどうにかしてみせる。君が死んだら意味がない〟――オーくんが断言して、できなかったことなんて一度もないもん。だから絶対大丈夫！　ね？」

確かに、かつてオスカーはそう言った。元凶たる古代のアーティファクト〝神の眼《め》〟を確保するか、放棄してでもミレディを助けるか、その二択を迫られた時に。

とはいえ、だ。反則だろう、と思う。そんな柔らかな表情で、ただオスカーだけを見つめて、熱い吐息を漏らすように言うなんて。纏《まと》う雰囲気がとろりと甘いのだ。

だから、ほら、妙な空気になっている。

「え、兄貴？　マジ？」

「え、えっ、コリン！　あの二人って遂《つい》に!?」

「お、落ち着いて、ユンちゃん。コリンの口からはちょっと……でも、お兄ちゃんとミレディお姉さんは元々凄《すご》く仲良しさんだから、ね？」

「育んできたものがようやく芽吹き始めた、ということでしょうか？　ふふ、ミレディさん、可愛《かわい》らしいですね……ナイズ様も、そろそろ堕ちてくだされればいいのに……」

純粋に驚くルースと、好奇心に目を輝かせるユンファ。全て見通していそうだけど、兄が遠くに行くようでちょっぴり寂しそうな、でも嬉しそうでもある笑顔を見せるコリン。

天職〝創作士〟らしい表現をしつつも、心の闇を覗《のぞ》かせるスーシャ。

男性陣の目は虚無になってるし、他の女性陣は「あらまぁ」と意外半分ようやくかとい う思い半分で嬉しそう。

オスカー的には、モーリンお母さんの「ミレディさんになら安心して任せられるわ」みたいな微笑ましそうな表情が、一番恥ずかしい。

なお、シャルム君はコリンちゃんの〝ちょぴり寂しい〟に敏感に反応し、戦士みたいな目をオスカーに向けている。つまり、全体的にカオス。

「え、え？　あれ？　何この空気……」

「もうもうっ、ミレディたんったら！　ドキドキきゅんきゅんが止まりませんわ！」

「はい!?」

意味が分からない、と言いたいところだったが、自分に向けられる眼差しで察してしまったらしい。途端に真っ赤になってプルプルと震え始める。

「ミレディ」

「ひゃいっ!!」

「の言う通り、ラウスとリューティリスの協力があれば、魂魄の分離作用と継続的効果を持たせたアーティファクトは創れると思う」

呼ばれたわけでないと分かって、誤魔化しの咳払《せきばら》いをするミレディ。必死に取り繕っているが、何も誤魔化せていない。むしろ、制御できない感情に翻弄されているのが手に取るように分かった。

リーダーの、いつものウザい言動すらできない様子に誰もが追及したい衝動に駆られるが、今はオスカーの言葉に耳を傾ける。半分、睨《にら》みながら。

眼鏡をクイッ。

「ラウス、リュー。まずは被験者達《たち》の精神ケアを頼みたい。その後で、じっくりと創造に取りかかりたいのだけど、大丈夫かな？」

「ああ、問題ない」

「もちろんですわ」

「母さん、数日ほど滞在することになりそうだ。衣食住の世話を頼めるかな？」

「ええ、任せてちょうだい……ディラン達を、お願いね？」

力強く頷《うなず》き、オスカーは効率よく治療を行ってもらうために他の者達にも指示を飛ばし始めた。里の者達が火が付いたように活気に満ちた様子で動き出す。

「そ、それじゃあ、ミレディさんもお手伝いに行こっかな！」

ミレディがいそいそと出て行こうとする。そこへ、声がかる。

「ミレディ」

ぴょんっと跳ねるミレディ。

「後で話がある。日が沈む頃合いに、里外れの高台に来てくれ」

なぜか、出て行こうとしていた他の者達まで止まる。コリンとユンファが手を取り合って「ひゃぁ～」と赤面し、スーシャが「ほぅ」とネタに貪欲な作家みたいな目を向ける。

注目と、オスカーの言葉に心臓が跳ねるのを自覚しながら、普段通りを装うミレディ。

「は、話？　何かなぁ？　今、話しちゃっていいよ～？」

「いや、二人っきりがいいんだ」

言葉の右ストレートが返ってきた。クリーンヒット。「ふたっ、ふた!?」と慌ててしまう。目も回遊魚みたいに泳ぐ泳ぐ。

「……な、なんで？」

どこか、怯《おび》えているようにさえ見えるミレディが振り返らないまま問う。

「分かるだろう？」

「……わ、分かんないですけど」

「そうか。なら、ミレディ」

「な、なんだよぉ。ミレディちゃんは忙しいから――」

「強引に連れて行かれるのと、自分で来るの、どっちか選んでくれ」

「…………ぁい。自分で行きます」

「うん、それじゃあ後で」

オスカーがラウス達を伴い出て行った。

その背中を、ミレディは呆《ほう》けた顔で見つめ続けた。

コリンやユンファの黄色い声も、何やらイヤンイヤンと身をくねらせて妄想しているスーシャも目に入らない様子で、他の女性陣に冷やかされるまで、ずっと。

そして、夕刻。

約束の場所にミレディが訪れる。物凄《ものすご》くギクシャクとした動きだ。

見上げれば、高台にある木の陰で、腕を組んで夕日を眺めるオスカーがいた。

オスカーもミレディに気が付き、視線が合う。

それだけで、ミレディの心臓が暴れ出した。

らしくない。自分でもそう思う。いっそ、無様であるとさえ。

だから、ちょっと怖い。

(大事な時なのに、リーダーがこれじゃあね……)

呆《あき》れられただろうか。幻滅されてしまっただろうか。

そんなことあるはずがないと分かっていても、怖いものは怖いのだ。

だって、あの本能的な時間で、誰よりも強く自覚してしまったから。今までも、うっすらと感じてはいても、書物でしか知らない未知であったが故に理解できなかったそれ。

この胸の奥に宿る感情を。

だが、もう逃げるわけにはいかない。誤魔化し続けるなんて、もってのほか。

自分は、解放者のリーダーだから。

ただの少女ではいられないから。

お叱りを受け、元の、いつもの、道化のような自分に戻るのだ。

「……お待たせ、オーくん」

「やぁ、ミレディ」

オスカーと同じように、木に背を預ける。なんとなく、足元の小石を蹴飛ばした。

「まぁ、分かってるよ。ごめんね、迷惑かけて。でも、もう大丈夫——」

「ミレディ」

静かな声音だった。けれど、ミレディの臆病な気持ちが紡ぎ出した言葉は止められてしまった。名を呼ぶ声と一緒に、そっと手を握られたから。

体が跳ねる。冷静を心がけたのに、血が沸騰したように感じる。

反射的に振り払おうとするが、予想外に力強く握り締められてできない。

「オ、オーくん？　ちょっと」

「嬉しかったよ」

え？　と思わずオスカーの方を見て、その柔らかで優しい眼差しに息を呑《の》む。

「弱っている時に、君は、一番僕を頼ってくれた。正直に言えば幻滅されそうだけど、実は優越感すら覚えていたんだ」

戸惑いもしたけどね、と恥ずかしそうに笑うオスカーに、ミレディの意識は釘付《くぎづ》けにされてしまった。何を言えばいいかも分からず、ただ、オスカーを見つめる。

「甘えてくる君に、理性を保つのは大変だった。だって、あんまりにも可愛らしいから」

「ぇう……」

「魔王や勇者に求愛された時は、どうしようもなく苛立《いらだ》った」

気が付く。語られているのは、オスカーの隠してきた心だと。ミレディが想定外に晒《さら》してしまったそれを、まるで不公平だからと言うみたいに自ら吐露してくれているのだ。

恥ずかしい、でも、嬉《うれ》しい。先程の決意が、揺らいでしまいそうなくらい。

けれど、

――そんなものに現《うつつ》を抜かすことが許されると？

かつて、幼き日に〝ライセンの自分〟が囁《ささや》いたように、やっぱり、どこか冷静な部分が、解放者のリーダーたる自分が囁くのだ。

目を瞑《つぶ》る。心の奥に溢《あふ》れる感情に蓋をするように。

いつもいつも、振り回してばかりで申し訳ないと思う。でも、オスカーが心の裡《うち》を聞かせてくれたから、決意できた。

「オーくん。あのね……」

「分かるよ、君の言いたいこと」

「え？」

オスカーに決定的な言葉を言わせまいとして、しかし、逆に言葉を止められる。

「どれだけ、君を見てきたと思ってる」

「えっと……」

「世界が変わるその日まで、君は解放者のリーダー。そして僕は、解放者オスカー・オルクスだ」

「あ……」

それは、ミレディの気持ちを拒絶する言葉ではない。

逆だ。ミレディの全てを受け入れているという宣言だ。

「もし、僕達に解放者以外の道があるのなら、それは、約束の果てでいい」

一緒に、世界を変えよう。

その約束の果てにだけ、きっと〝ただ一人の女の子であるミレディ〟はいるのだ。

だから、互いの心も、その感情に名を付けることも、言葉にして紡ぐことも、今はしない。約束の先にも未来はあると信じている。

「君はどうだい？」

自分でも呆れるくらい、からりと気持ちが晴れていた。浮ついていた心が、専用の宝箱にぴたりと収まったみたいに。

ほぅと一息。熱くて堪《たま》らない繋《つな》いだ手を放し、踊るように前に出て、華麗にターン。

「オーくん！　解放者じゃなくなっても馬車馬のように働かせてやるから覚悟しろぉ！」

いつものウザったい言動を、ふにゃりとした満面の笑みで。

それに、オスカーはとっびきりの優しい笑顔を返す。

夕日が、美しい陰影を創り出していた。

寄り添わないけれど、力強く並び立つ二人の影を。

数日後、オスカー達の出発の時がきた。

「それじゃあ行ってくるよ。ルース、コリン。それにスーシャちゃん、ユンファちゃんも。ディラン達を頼むね」

「おう。こっちは気にすんな、兄貴」

「いってらっしゃい、お兄ちゃん」

「はい、お任せください、オスカーさん」

「……うん。大丈夫だよ。次に来た時は、きっと皆、元気になってるから！」

ルースとユンファは少し悔しそうに、スーシャはそんな二人を見守るように、そして、コリンはオスカーへの少しの心配を込めて見送りの言葉を返す。

ルースとユンファの才能は、戦う者を支えられるものだ。けれど、理解している。オスカー達がこれから挑むことの困難さを。未熟すぎる自分達では足手まといにしかならないことも。

故に、わがままは言わない。言えない。

だからこそ、オスカーのアーティファクトにより、今、再び深い眠りについているディラン達を守ることだけは、気概を以《もっ》て応える。

ラウスが一ヶ月をかける治療を魔力供給するだけで自動的に行うそれは、手間がかからない代わりに、計算上半年の月日を要するのだ。世話をすることも重要な役目。せめてオスカー達には、心配せず目の前の難行に集中してもらいたい。

子供達の、そんな健気《けなげ》な気持ちが分かるから、オスカーは信頼を込めて頷きを返す。

そんなオスカーを、モーリンお母さんもまた目を細めて見つめた。誇らしそうに。

「オスカー、本当に立派になって……どうか、無事にね」

モーリンの視線がミレディに向く。白髪の多くなった頭を、深々と下げる。

「ミレディさん、オスカーをよろしくお願いします」

「えっと、はい……」

どういう意味で、と問い返すのも変なので、ちょっと赤くなりつつ咳払《せきばら》い。

未《いま》だ里の男性陣の一部が人殺しの目でオスカーを見ているが、大体は慈しむような目でミレディを見ている。雰囲気が以前よりずっと素敵に輝いて見えて、その原因もまた明白故に、渋々だが納得した者が増えたのだろう。

「ミレディたんったら、成人していてもそういうところは可愛《かわい》いままですわ！」

「うるさいよ！　リューちゃん！」

「よくお似合いですわよ、それ」

「う……ありがと」

ちょんっとリューティリスが触れたのは、ミレディの片耳についたイヤリング。ごくごく小さなものだが、素晴らしい装飾と蒼穹《そうきゅう》の宝石が美しい逸品だ。

実は、共和国での戦時中に、ミレディは誕生日を迎えていたらしい。

本部帰還後も状況が状況だっただけに誰も言及していなかったのだが、聖母郷への出発前に、孫娘スキーなサルースが強引に、ささやかながらも祝いの席を設けたのである。

愕然《がくぜん》と、そう言えば誕生日を知らなかった……と、今更ながらに気が付いたメイル達《たち》が慌てて持ち合わせの物で贈り物をする中、オスカーは一人だけ保留とし、ここに滞在している間に造り上げたものを贈ったのである。

一般的に、十五歳は成人とされる年齢だ。ミレディも大人の仲間入りである。

だから、モーリンの言葉にも、いろいろ連想してしまって照れてしまう。

とはいえ、もう動揺に翻弄されることはない。

オスカーが贈ってくれた言葉で心は晴れやかに、けれど強く定まっているから。

「父上、ご武運を。ラインハイトにもお伝えください」

「ああ。シャルムも、里の者達を頼むぞ」

息子の頭を撫《な》でる。今生の別れとは思うまい。必ず、迎えに来ると誓う。

「それじゃあ、みんな。行ってくるね！」

ニヒッと悪戯《いたずら》でもしに行くような笑みを浮かべて踵《きびす》を返したミレディに、オスカー達も追随する。

里が樹海の木々で見えなくなっても、なお、激励の言葉は響き続けた。

ミレディの重力魔法による疑似飛行で樹海の上を行く。

完璧に制御された自由落下速度は時速五百キロ近い速度を維持し続け、空気抵抗もほぼゼロに抑えられている。それを自分以外の三人にも同時に行い、かつ、飛行時間は既に二時間を過ぎている。にもかかわらず、ミレディに疲労の陰は欠片《かけら》も見えない。

以前に比べ、速度も飛行時間も倍以上で、なお底が見えず。

この世のどの生き物よりも速く飛び、かつ自由に空を舞う。

一日の移動可能距離という観点でも、ミレディの右に並ぶ者はもはやいない。

「……休憩は不要か？」

「ん～？　疲れたなら降りるよ？」

ラウスの言葉に、ミレディは空中で反転しながら事も無げに言う。一応聞いてみたわけだが、やはり、その顔に疲労の色は皆無だった。

「……行きの時も思ったけど、やっぱり凄《すさ》まじいな」

「これで、わたくしの魔法を受けていないなんて、中々信じ難いですわね」

そう、今ミレディはリューティリスの昇華魔法を受けていない。それでいて、戦時中に昇華魔法を受けていたレベルなのだ。

ミレディ曰《いわ》く、〝神代魔法の神髄〟というものがあるのだという。

重力魔法の神髄は、星のエネルギーに対する干渉。

人の身では星の引力と遠心力への干渉程度が限界だが、理論上は地殻変動すら起こせるし、地熱や磁力への干渉を応用すれば気候すらも操れるだろう。

まさに、神代魔法とはこの世の理《ことわり》に干渉できる魔法なのだ。

今のミレディは、重力魔法の爆発的技量上昇に加え、やろうと思えば自然魔力を取り込むことで、肉体的・魂魄《こんぱく》的限界はあるものの無限に近い魔力を使うことさえできる。

「集結は順調だし、ラーちゃんも復活して、ディラン君達の治療も目途が付いた。もはや憂いなし！　後はひたすら猛特訓だよ！　いつまでもミレディちゃんのキュートなお尻を追いかけてちゃあダメだぜぇ？　まぁ、見ていたい気持ちは分かるけどね！　いやん！」

空中で、器用にもしなだれた姿勢となり、自分を抱き締めて身をくねらせる姿は、以前のウザさそのまま。精神的な意味でも復活した、否、もはや絶好調というべきミレディに、オスカー達は苦笑いしつつも真剣に応じる。

「そうだね。僕達も使徒くらい一人で倒せるようにならないとね」

「何体いるか分からんからな」

「護光騎士団の件もありますしね」

あれほどの力を有する存在だ。そのはず。そうであれと願ってしまう。

「山頂の一本柱を破壊して神と地上の繋がりを絶つ。高みの見物をやめたエヒトが姿を見せたなら正面からぶっ飛ばす。それだけ！　大丈夫！　私達ならできるよ！」

空中舞踏でもしているみたいに、オスカー達の周りをぐるぐると回るミレディ。

ここまで断言されれば、当たり前だと不敵な笑みを返さずにはいられない。

「それじゃあ、一足先に僕達は鍛錬に励もうか」

憂いのなくなった今、神代魔法使いの役目は余裕を持って使徒を打倒できる力を得ること。それなくして、総本山の制圧など不可能だからだ。

だからこその、神代魔法使いのみによる〝神髄〟へ至るための集中的鍛錬。他の一切は既にサルース達に任せている。

場所は樹海の奥地にて。安全性、周囲への被害、隠匿を兼ねた理想の場所だ。

ヴァンドゥル達も魔王一行の行軍の手助けが終わったら直《す》ぐに合流する予定である。

「仲間だけで森にこもるなんて、ちょっとワクワクですわ」

「？　樹海の女王が何を言ってる？」

「……ラウス、流してやってくれ。リューには、友達と呼べる相手はゴ○ブリと猛毒の蝶《ちょう》しかいなかったんだ」

ラウスの頭上に〝?!〟が出た。哀れな者を見るような目をリューティリスに向け――ふと思う。

そう言えば、自分だって友と言えるのはムルムくらい……けど、あいつ絶対キレてる。もしかすると、世界で一番、私のことを殺したいと思ってるかも。狂信者だし、と。

「リューよ。真の友が出来て、良かったな」

「？　ええ！　そう思いますわ！」

ラウスの目は、とても優しかった。気が付けば、真横に逆さのミレディが。

「ラーちゃん、私達はズッ友だよ！」

「同情はやめろ！」

樹海の空に、賑《にぎ》やかな声が躍る。

心の中で鍛錬への気炎を噴き上げながら。

もっとも、その気炎すらも、直ぐに上げている余裕はなくなったのだが。


遅れること十日ほど。

魔王部隊の移送を無事に終えたナイズ、ヴァンドゥル、メイルの三人は、ウロボロスさんの案内で鍛錬場へと向かっていた。メイルの足取りがウキウキとしている。

「あまり揶揄《からか》うなよ。大事な時分に関係がこじれては事だぞ」

鬱陶しそうな表情を隠しもせずヴァンドゥルが苦言を呈した。

「無理ね！　オスカー君がミレディちゃんを呼び出して、ロマンチックな場所で二人っきりのお話よ？　お姉さんとして妹の一大事は放っておけないわ！　何があったのか聞き出さないと！」

そう、実はこの三人、一度〝聖母郷〟へと寄っているのだ。

目立たないよう樹海上部を通過するルートを選択していたこと、南大陸側の樹海に入る前に野営したこと、そしてちょうどそのタイミング的にミレディ達と会える可能性があったため、ラスールの了解を受けて三人だけで行ってみたのである。

結果、ミレディ達は既に出発してしまった後だったが、面白い話は聞けたわけだ。

「好奇心百パーセントという顔だが？」

「目薬してあげましょうか？　どう見ても妹愛百パーセントでしょう？」

口では勝てない、とヴァンドゥルが視線で助けを求める。ナイズへ。

しかし、当のナイズは、どうも心ここにあらずといった様子。

「あ～、ダメよ、ヴァン君。ナイズ君はスーシャちゃん達に食べられて未だ放心状態なんだから――」

「食べられてはいないが!?」

心が戻ってきたようだ。顔が赤い。

「あら？　でも鎖で縛られて、押し倒された挙句にキスされてたじゃない」

「言うな！」

「まぁ、あれは確かに、口づけというより捕食……」

「ヴァン。思い出させるな」

なお、不意打ちのために気を引いたのはコリン。鎖はルースが用意。ヴァンドゥルの従魔がタックルで倒し、流れるような動きで馬乗りになった姉妹が、一瞬の隙を逃さずナイズの唇を奪ったというのが真相である。

なるほど、完全に狩りである。コリンとルースの狼《おおかみ》に捕まった子ウサギを見るような目と、その罠《わな》を張ったことへの罪悪感に塗《まみ》れた表情が、とても印象的だった。

スーシャが目を向けるとビシッと敬礼して去ったので、さっと脅され——強く協力を懇願されたのだろう。

ミレディの雰囲気に当てられて、とか。決戦前だからどうしても、とか。他にもいろいろ、募りに募った想《おも》いとか、会えない日々とか、心配とか。スーシャとユンファ的にどうしても、という気持ちだったのだろう。

なお、どうにか口づけまでで脱出には成功している。なので、ナイズの弁解通り、最後まで食べられてはいない。

「あらら、もしかして嫌だったのかしら？」

「……」

メイルの覗《のぞ》き込むような視線に、ナイズは視線を逸《そ》らした。

はっきり言って、十二歳と八歳の少女とキスする三十路《みそじ》間近の男の図というのは……たとえ襲われた側とはいえ犯罪臭がヤバい。自分で自分に幻滅しそう。

しそうだが……

——ナイズ様。もう、グリューエンを名乗られても良いのではないですか？

キスの後のことだ。謝罪と、羞恥に頬を染めながらの幾度目かの愛の言葉を贈って、勝利を祈り、無事の帰還を願い……

そして、慈しむような、あるいは叱咤《しった》するような、そんな形容し難い想いの詰まった表情でスーシャが口にしたこと。

――まだ、ご自分を誇れませんか？

かつて、故郷たる〝グリューエン村〟を住民ごと消し飛ばした大罪。その罪悪感、贖罪《しょくざい》の意識がナイズの中から消えることはない。きっと、死ぬまで。

けれど、言葉にしたのだ。

いつか、もう一度、グリューエンを名乗りたいと。

己の本当の名は、ナイズ・グリューエンであると。

自分を外の世界に連れ出してくれた者達に。もう一度、前を向いて生きると決意させてくれた者達に。

その者達のうちの二人は、自分を一途《いちず》に慕う姉妹で。

――未来のために世界と戦う貴方様《あなたさま》を、私達は誇りに思います

手を取って、深い信頼の眼差《まなざ》しを真っ直ぐに向けるスーシャの言葉は、

――ナイズ様は、真《まこと》、誇り高き砂漠の戦士です

戦士の剣のように、鋭く、力強く、ナイズの心の鞘《さや》に納まった気がした。

まだ、少年時代に憧れた父親のような戦士には、全くなれた気がしないけれど。

少なくとも、この姉妹には、きっと、己を誇っていい。

そう思って。

そう、思わされてしまって。

「ナイズく～ん？　まぁた呆《ほう》けてるわよ？」

「諦めろ、ナイズ。お前では、あの姉妹には勝てん」

「ぐぅ」

もはや、出るのはぐぅの音ぐらいだ。まったく否定できない。

メイルとヴァンドゥルのくすりと笑う姿から逃れるように、ナイズは足を速めた。

ウロボロスさんが肩に乗ってきた。思わずビクッとなる。ウロボロスさん自体には慣れたが、不意打ちはいけない。これればかりは本能的反射だ。

それはそれとして、どうやら鍛錬場に到着したようである。

妙に静かなことに首を傾《かし》げつつも、草木を掻《か》き分け開けた場所に出る。

そして、目撃した。

「何があった!?」

オスカー、ラウス、そしてリューティリスが白目を剝《む》いて痙攣《けいれん》している姿を。

自分達《たち》の姿を見て、物凄《ものすご》く良い笑顔になったミレディを。

「やっと来てくれたね、メル姉！　これで本格的な鍛錬ができるよ！」

「「え？」」

ナイズ達に戦慄が駆け抜けた。だって、ラウスですら半死人になっているのだ。

いったい、どんな鍛錬をしたんだ……と、思わず後退《あとずさ》りしてしまう。

そんなナイズ達にスイ～ッと幽霊のように近づいてきたミレディは、やっぱり満面の笑みで言い放った。

「これで、肉体的にも死ねるね！」

死ぬ気で、とか。半死人になって、とかでもない。

よく見れば、オスカー達の体の上にうっすらと本人達が見える。幽体のラウスが必死の形相でオスカーとリューティリスを肉体に叩《たた》き返している姿も。

どうやらリーダー・ミレディは、仲間に死をご所望らしい。

「やったね、オーくん、ラーちゃん、リューちゃん！　何度でも死ねるよ！」

現世に戻ったばかりの三人の顔が絶望に染まった。ドＭ女王のくせに、リューティリスが助けを求めるような顔で這《は》ったまま手を伸ばしてくる。ゾンビみたいだ。オスカーは死んだ目をしていて、なんだか百年の恋も冷めたみたいな顔に見えなくもない。

「それじゃあ、メル姉達も早速――逝ってみようか？」

にっこりにこにこ。ミレディの周囲に無数の黒く渦巻く球体が。

「ミ、ミレディちゃん、い、一度、落ち着きましょう？　ね？」

「ま、魔王……」

魔王の弟が思わずそう言っちゃうくらい、力の奔流を纏《まと》う今のミレディは恐ろしかった。

ナイズは既に諦めている様子。

もちろん、魔王ミレディちゃんからは逃げられず。

樹海の奥地に、三人分の悲鳴が追加されたのは言うまでもない。

ラウスによる〝強制的な魂の限界突破〟の常態化。

そのうえで、リューティリスによる強化された昇華魔法を受けつつ、各々の神代魔法を限界以上に行使し続ける。

そこに、ミレディによる莫大《ばくだい》な自然魔力の流し込みが加わり、文字通り、不眠不休の鍛錬とする。肉体的に、あるいは魂魄《こんぱく》的に本当の限界が訪れれば、オスカーのアーティファクトでメイルとラウスをギリギリ回復させ、その二人の力で、またもや文字通り、死んでも蘇生《そせい》して鍛錬を続行する。

地獄というにも生温《なまぬる》い所業だが、だからこそ、極限の状況と言える。

そんな無茶苦茶な修行を続けて半月ほど経《た》った頃。

鍛錬場に、初めて人がやって来た。

「あら？　パーシャ？」

「お久しぶりにございます、陛下」

集中のため出入り禁止としているこの場所に、わざわざ宰相自身が。

ウロボロスやヴァンドゥルの従魔による連絡でもなく、だ。

しかも、女王にあるまじき薄汚れた様子にも、天蓋代わりの白霧以外、草木が半径数百メートルに渡って退けられている光景にも動じず、強張《こわば》った表情で。

これには、ミレディ達も訝《いぶか》しんだ様子で集まってくる。

「パーシャさん？　何かあった？」

「ミレディ殿、これを。今、各国の町という町にまかれているものだ」

差し出されたのは号外記事のようだった。

受け取ったミレディは困惑しつつも視線を落とす。オスカー達も覗き込む。そこには、

――異端者組織〝解放者〟の公開処刑決定の布告
そう題されていた。

記載されていたのは、およそ一ヶ月後の日付での処刑予告と、先の戦争の戦犯として捕らえた者達という体の処刑対象者、そして念写か何かだろうご丁寧にも痛めつけられた主要人物達の画像。

「なに、これ……」

ミレディが顔を歪《ゆが》める。オスカー達は目を見開いた。

念写されていたのはカーグ、リーガン、バハールの三人。

そう、リストにはオルクス工房の名があった。

エスペラド支部の支部員達の名があった。

アンディカの民の名があった。

「オスカー殿。その記事と一緒にサルース殿から連絡が来た。確認次第、〝天網〟を繋《つな》い

でほしいとのことだ」

パーシャの言う〝天網〟とは、映像転送機能付きの通信用アーティファクトのことだ。魂魄魔法と空間魔法の応用により規格外の防諜《ぼうちょう》能力と通信距離を誇る。鍛錬の中で試作できた物を本部に送っていたのだ。

少し呆けていたオスカーは直《す》ぐに〝宝物庫〟から三十センチ四方の水晶盤を取り出した。魔力を注ぎ起動すれば、直ぐに対となる〝天網〟の映像が送られてくる。

『来たか。修行は順調かのぅ？』

映像の向こうにはサルースとクロリスがいた。腹立たしいほどのんびりした口調に、ミレディが〝天網〟を奪うようにして覗き込む。

「サル爺《じい》！　どういうこと!?　欺瞞《ぎまん》情報だよね!?」

『いいえ、ミレディ。エスペラド支部は制圧されました』

願望交じりの問いを否定したのは、〝天網〟に映った三人目だった。

「シャーリー!?」

体中に包帯を巻いて杖《つえ》を支えに立つ女性は、紛れもなくシャーリー・ネルソンだ。

『逃げられたのは私一人です』

神妙な顔でそう告げるシャーリーを、信じられないといった面持ちで見るミレディ。

その横でラウスが歯噛《はが》みする。やはり、列車襲撃事件が手がかりになってしまったのだろう、と。ナイズとヴァンドゥルも忸怩《じくじ》たる様子だ。

シャーリーが「誰のせいでもない」と緩やかに首を振るのを横目に、サルースが情報を追加する。

『オルクス工房――いや、今はヴィランド工房か。そちらも確認した。工房は閉鎖。職人達は移送されたようじゃ』

「ねぇ、サルースお爺ちゃん。アンディカの……他の人達は？」

アンディカは、今や無数の船を連結した船島とはいえ、そこには数千人の人達が暮らしていたのだ。

当然、全員を神国に移送したわけがなく、リストに載っているのも百人ほど。

海賊団の元々の拠点たる船島は、今や大多数がアンディカの船島の一部だ。必然、海賊団の非戦闘員も、今は大半がアンディカの方で暮らしていた。

目を皿のようにして記事を確認したが、そのファミリーの名はない。

もしや、他の人達はみな海の藻屑《もくず》にされたのでは……と嫌な想像が過《よ》ぎる。

『一応、無事とのことじゃ。船島は半壊し、重軽傷者多数らしいが、バハールが早々に抵抗をやめさせて大人しく連行されたそうじゃよ』

「向こうが伝書鳥を飛ばしたの？」

『うむ。どうやら襲撃の後、直ぐにな。ティムのイソニアル鳥を念のため常駐させておいて良かったのぅ』

「そう……少し安心したわ。クリス達は……移動中ね、きっと」

『彼等《かれら》への集結命令には、公国に最も近い北の海岸線に到着次第、伝書鳥を飛ばすよう指示してあります。予定では、そろそろ連絡が来るはずです』

クロリスが気遣うように捕捉した。

とはいえ、楽観などできるはずもない。

『この布告は、神託の巫女《みこ》の名においてなされとる。先の戦勝宣言をより強め、教会の権威を回復させる目的じゃろうな』

『加えて言うなら挑発でしょう。我々に対する』

クロリスの推測を、ギリッと歯軋《はぎし》りしたオスカーが捕捉した。

「来るのは分かってる。あまり準備に時間をかけるな。ゲリラ的な長期戦も許さない。舞台は用意してやったぞ。ってところかな？」

『ええ』

「ふざけたことをっ」

ミレディが記事を地面に叩きつけた。同時に、激情に駆られたように声を張り上げるが

……

「直ぐ助けに――」

『いいえ、いけません。リーダー』

遮ったのはシャーリーだった。凛《りん》と揺らぎのない眼差しに、ミレディは戸惑う。

『私がここにいるのは託されたからです』

ホテル・ルシェーナへの襲撃は本当に突然のことだった。

一切合切を腐食させる騎士を筆頭に、問答無用の武力行使。誤魔化す余裕も余地もなく、一気に地下まで押し入られた。

スイに渡した〝黒鍵〟は、列車の乗客と一緒に【エスペラド】に来たナイズを通して返却されていたが、〝黒門〟の秘匿や資料関連の隠滅を考えると一人を放り込むので精一杯。その一人が、シャーリーだった。

『父からの、リーガン支部長からの伝言です――〝早計な判断は許しません。処刑の日まで、存分にご準備を〟』

ミレディが許容できるギリギリの範囲で諫《いさ》める言葉であり、彼等の覚悟が伝わる言葉だった。

『カーグとバハールの伝言もあるぞい』

カーグは、閉鎖された工房に解放者の支部員が確認にくることを予測して手紙を。

バハールも、連行対象外だった民に伝言を託して。

――揺らいだら承知しねぇぞ！

――下手を打って娘達に何かあったらぶち殺す

時間がなかったのだろう。ただ、それだけの言葉。だが、何より雄弁に彼等の意志を示す言葉だった。

「……チッ。誰の許可を得て父親面なんてしてるのかしらね？　鬱陶しいことこのうえないわ。ミレディちゃん、無視していいわよ？」

にっこり笑ってそんなことを言うメイル。

しかし、ミレディに向ける目には確信があった。シャーリーもメイルも心中は荒れているだろうに、そんな様子はおくびにも出さない。

「オーくん……」

眼鏡を押し上げる指先は震えている。怒り故だと分かる。だが、

「処刑の日まで、猶予があるのは事実だよ」

オスカーもまた冷静だった。

「今、突撃しては全てが水泡に帰す。分かっているな、ミレディ？」

「まだ、耐える時ですわ」

諭すようにラウスとリューティリスも言葉を紡ぐ。

ミレディは瞑目《めいもく》し、大きく息を吸った。一拍おいて、組織の長の顔となって告げる。

「作戦に変更はなし。こちらは後十日で仕上げる。絶対に」

『承知した。大陸西部の部隊は、このままでは間に合わん。近くの支部にて一時待機の指示を出しておくが、よいかな？』

「それでお願い。迎えに行くから」

『では例の作戦も修正したうえで各地に通達しておきます』

「うん。大丈夫、絶対間に合わせるから。オーくんがね！」

『ええ。作戦の要です。できませんでしたなんてことになりましたら、解放者全員で眼鏡をかち割ります。予備も含めて』

「……絶対に間に合わせるよ」

そんなやり取りを、サルースが目を細めて見やる。誇るべき主《あるじ》を仰ぐ軍師のような目であった。だが、それも直ぐにゆるりと綻んで、

『お前さん達《たち》、ミレディに応えてやっておくれ』

オスカー達を巡る視線は温かく、ミレディには成長した孫娘を見る目が向けられた。

ミレディが信頼の眼差《まなざ》しを以《もっ》て視線を巡らせる。

かつてない猛《たけ》り狂うような応えが、六色の輝く奔流を以て示された。

第五章◆変革の鐘

その日、神都は異様な喧噪《けんそう》に包まれていた。

かつてない大規模な、異端者の公開処刑の日だからだ。

まさに、神威が示される日。

どれだけ教会を信じようと風の噂《うわさ》は耳に入り、努めて考えないようにしてきた先の戦争の結果。肌で感じる〝絶対〟の揺らぎ。

それらが払拭されるとなれば安堵《あんど》せずにはいられない。反動で一層熱気が高まる。

そして、その熱気は、あるいは狂気は、当然、教会内部においてこそ高まっていた。

玉座の間。

真白の階段の上に鎮座する玉座。その背後に悠然と微笑《ほほえ》む神エヒトの姿絵。

祭壇のようなその場所の右側で扉が開かれ、奥から教皇ルシルフルが現れる。

玉座の前で仁王立ちし、睥睨《へいげい》する。

七聖武具が一つ〝聖弓〟を担うムルムと、〝聖槍《せいそう》〟及び〝聖盾〟を持つダリオン。

一人一人が第二世代聖武具で身を固めた獣光騎士団と護光騎士団九十八人。

同じく、全員が第二世代聖武具使いとなったリリス達神殿騎士団、カイムとセルムが率いる白光騎士団、キメイエス大司教率いる司教団。

そして、跪《ひざまず》いて頭を垂れる彼等の白に染まった髪を。

――全戦力の使徒化
真の使徒と同等というわけではないし、銀翼や分解魔法を自在に操れるほどではない。

だが、半使徒化とは比べものにならない、全スペックの絶大な増強だ。

本来なら、その時代でたった一人、選ばれた英雄にだけ与えられるような力である。

だが、騎士達に浮かれる様子は皆無。

なりふり構わない有様とも言えるし、この時代のクライマックスに相応《ふさわ》しい威容を備えたとも言える。

少なくとも騎士達はみな、今日、この時代の趨勢《すうせい》が決まることを理解していた。

ルシルフルは満足そうに頷《うなず》き、そして、自ら玉座を降りた。

真白の階段を下り、整然と並ぶ騎士団の一歩前で止まり、振り返って玉座を仰ぐ。僅かに目を細め、同じく跪いた。

「エーアスト様。御身の前に」

かつては〝神託の巫女〟。今は、神威の具現〝神の使徒〟。

玉座の上の虚空から光が差し込んだ。その光の中から、呼びかけに応え、現れる。

戦乙女の荘厳な姿で、銀に輝く翼を広げて。美しい羽が舞い踊った。

だが、それだけに終わらず。

エーアストの後ろから更に、一人、二人、三人……と。

同じ顔、同じ姿の美女が左右に五人ずつ。

真なる神の兵が十一人、玉座の前に、その背後に飾られた神エヒトの絵画を背に、並び立った。

「おぉ……」

もはや言葉もなく、騎士の中には感涙を流す者もいた。

「ルシルフル」

「ハッ。報告致します」

各国首脳陣の入都を確認。神殿騎士団の中央広場及び神都外縁への展開完了。

上空半径七キロに渡る防空監視網構築完了。

神都大結界、正常稼働中。

今までの静謐《せいひつ》な雰囲気はどこにいったのか。ルシルフルは矍鑠《かくしゃく》とした様子でエーアストの求める言葉を紡いでいく。

それはまさに、迎撃準備万端の証《あかし》。

「よろしい」

エーアストが視線を巡らせた。その碧眼《へきがん》の妖しい輝きが増していくのに比例して、玉座の間の狂気と戦意も刻一刻と増大していく。そして……

「今代、最高の娯楽を」

抑揚のない無機質な命令に、神の軍勢は厳粛な雰囲気で応答した。「エヒト様万歳」と、ただ一言。殉教者の顔で。


処刑開始時刻たる正午。

太陽が中天に達する少し前の頃合い。

神都の中央広場には、ひしめく人々の姿があった。

中央広場は広大だ。直径三百メートルもある真円形である。祭事にもよく使われるため、東西南北の通りも極めて広く、周辺建物も中心に向けて階段状に低くなるよう高さ制限がなされている。つまり、見物場所は十二分。

例外として、広場の中心から半径百メートル以内と、王宮へと通ずる北通りだけは立ち入り禁止となっているが……

そこ以外、三方の通りも周辺建物にも人の見えない場所はない。

教会関係者や神民だけでなく、相応の地位を有しているが故に神都へ入ることを許された周辺国の人々も大勢集まっているのだ。あちこちで「異端者には死を！」「世界に平穏を！」「エヒト様こそ絶対の存在！」といった熱狂的な雄叫《おたけ》びが飛び交っていて、大気が震えているようにさえ感じる。

反して、中央広場から五百メートルも離れると一気に人気《ひとけ》がなくなり、傷病者や高齢者、幼子の世話が必要な一家などが自宅や施設からまばらに顔を覗《のぞ》かせている程度で、まるでゴーストタウンのように閑散としているのが、なんとも異様であった。

そんな中央広場の中心には、大きな舞台が設けられていた。舞台の中心には鉄格子の檻《おり》がある。そう、処刑台だ。

見物の人々が近づきすぎないよう神殿騎士達がサークル状の柵代わりとなって囲い、上空には何隻もの飛空船が滞空している。

北の表通りの両サイドに整然と並ぶ人員も合わせれば、広場周辺だけで三千人近い騎士が警備していることになる。

神都を囲う防壁外の東西と南には、それぞれ一万人ずつの師団が待機。南側の門――正門側の師団は、リリス総長自ら率いている徹底ぶり。

「どこが警備だ。総力戦の態勢ではないか」

「我々も……包囲されているかのようだな」

中央広場の南側に設けられた各国首脳陣用の貴賓席から、震える声音が漏れ出した。

首脳陣の側近達だった。直《す》ぐに窘《たしな》められて口を閉ざすが、内心の戦慄と緊張は隠せていない。それは、各国の王達ですら同じだった。

熱狂と緊迫が入り交じる時間が、じりじりと中天を目指す太陽と共に流れる。

そして――鐘が鳴った。

遂《つい》に、処刑の刻限が訪れた。

北の表通りには唯一、巨大な両開きの門がある。

普段は常に開け放たれている白き門だが、今日は閉じたまま。

それが、今、ゆっくりと重々しい音を立てながら開いた。

そうすれば見えてくる。通りの正面に、【神山《しんざん》】の威容と美しき白亜の王宮が。

その遥《はる》か高き中央テラスに、教皇ルシルフルと各軍の団長達の姿が。

同時に、視線を下に下げれば地を這《は》う鼠《ねずみ》のように薄汚れ傷ついた者達の姿も見える。

手錠と鎖で拘束された異端者達が、両サイドにて列を作る神殿騎士団の道を進んでくる。

処刑台に向かっていく。

数は二百人。

それだけの異端者が、一度に、しかも神都にて公開処刑されるのは大変珍しい。少なくとも、ここ百年はなかったこと。

弥《いや》が上《うえ》にも興奮は高まり、再び民衆から罵詈《ばり》雑言《ぞうごん》が飛び交い始める。

だが……

「な、なんなんだ、あいつら……」

誰かが呟《つぶや》いた言葉は、きっと、観衆全員の気持ちを代弁したものに違いない。

その証拠に、一つ、また一つと声が減っていった。

おかしかったから。あまりにも予想外だったから。

これから処刑されるはずの誰もが、泣きも嘆きもしないなんて。

その瞳に宿るのが、後悔でも諦観でもないなんて。

絶望するどころか、不敵な雰囲気を纏《まと》ってさえいるなんて！

疲労と怪我《けが》で歩みは遅いものの、一瞬の停滞もなく進む様のなんと堂々たることか。

しんと静まり返った異様な空気の中、異端者達は誰一人躊躇《ためら》うことなく処刑台に上がった。檻に入り、鉄格子が閉められる。

と同時に、上空の飛空船から人影が飛び立った。輝く翼を広げた司教達だ。優雅に降りてくる。人垣の円に沿う、処刑台を中心とした刻を示す位置に、三人ずつ。

北の正面に当たる場所には一人、一際華美な法衣を纏う糸目の老人が降り立った。筆頭大司教キメイエス・シムティエールだ。一拍おいて、その手に持つ第二聖杖《せいじょう》を掲げる。

「おお、創世神エヒト様。我等が神よ！　ご照覧あれ！　今、世に混沌《こんとん》を招きし異端の者どもに信仰の鉄槌《てっつい》をくださん！」

広場の地面に光が奔《はし》った。更には、キメイエス達が立つ十二箇所の地面がせり上がり、高さ十メートル・直径四メートルほどの円柱の鉄塔が出現した。

どよめきが広がり、キメイエスの口上が朗々と響くにつれて、静まっていた観衆も気味の悪さを振り払うようにしてヒステリックな声を上げていく。が、またしても、だった。

「ハッ。趣味の悪ぃこった」

「これが神意たぁ笑わせる。神ってのはまともな教育を受けられなかったのか？」

「力を持ったクソガキ。その辺りが妥当な評価ですよ、お二人共」

　一際ボロボロな姿の三人の男が叩《たた》いた軽口が、やけに明瞭に広がって、再び観衆は口を閉じてしまった。

　後は死を待つだけの罪人だ。満身創痍《まんしんそうい》で、ぼろ切れを纏う姿はなんと見窄《みすぼ》らしいことか。なのに、たかが軽口に気圧《けお》された。

　不敬にも、唾を吐くババハール・デヴォルトに。

　快活な笑い声を上げるカーグ・ヴィランドに。

　そして、遥か先で睥睨する教皇へ、中指を立てるリーガン・ネルソンに。

　処刑される異端者の誰もが、彼等と同じだった。

　この期に及んで、なお不遜で、不敵だった。

　戸惑いが広がった。各国首脳陣が瞠目《どうもく》し、または何かを見極めるように目を細めた。

「もはや、懺悔《ざんげ》の機会も与えられん。不浄なる者どもよ！　覚悟せよ！　今こそ浄化の時である！」

　栄誉ある処刑人に選ばれた三十三人の司教達《たち》が、各鉄塔の上で第二聖杖を掲げた。

　広場の地面に奔っていた光が互いに結びつき魔法陣を形成する。溢《あふ》れる光を鉄塔が吸い上げ、キメイエスや司教達に流し込む。

　直後、十二の鉄塔に沿うようにして、その頭上に光の円環が発生した。

　見る者の背筋を例外なく凍《い》てつかせる圧倒的な力の奔流。

　異端者を殺し尽くす必殺の光。

いよいよ始まると、観衆も気を取り直し――

その瞬間だった。

轟《ごう》ッと大気を揺るがす音と同時に、真昼の世界が、なお白く染め上げられたのは。

光の円環ではない。もっと上。

誰もが、無意識に空を見上げる。

そして、気が付く。巨大な閃光《せんこう》が神都に放たれていることに。

まるで、太陽が落ちてきたのかと錯覚するような極光の砲撃が南の虚空より放たれ、神都を守る三重の大結界と衝突していたのだ。

射角から王宮を狙っていると分かる。この中央広場ではない。だが、大結界が虹色の波紋を激しく波立たせている光景は悪夢のようで。

生きた心地がしない、とはまさにこのこと。

現実に認識が追いつき、そこかしこで悲鳴が上がり騒然となる。

だが、パニックになる前に神殿騎士や司教達が声高に叫んだ。神都を難攻不落にせしめてきた神代のアーティファクトの〝絶対性〟を。

ああ、そうだ。問題ない。神都の守りは絶対だ……

と、思い直す者達が出てきたのも束《つか》の間《ま》。直ぐに青ざめることになった。

極光が脈動を打ったかと思うと、その勢いが激増したのだ。

同時に、パキャァアアンッとガラスが砕け散るような音が神都に木霊する。

大結界の一層目が破られた。

だが、パニックに陥る暇も、現実逃避する猶予も、与えられはしなかった。

再び、光の脈動。そして、二度目の破砕音。

更に脈動が重なり、極光は遂に王宮を丸ごと呑み込みそうな規模となり……

歴史上、破られたことがないはずの神都大結界は、この瞬間、パァンッとあっけないほど容易《たやす》く、そして完膚なきまでに粉砕されたのだった。

キラキラと障壁の破片が宙を舞う。

直後、誰もが呆然《ぼうぜん》と見上げている空に、それは現れた。

渦巻き、波紋を打つ虚空。

その中心から、滲《にじ》み出すように姿を見せる黒い船体。

圧倒されるほどの巨大さ、どこかクジラを彷彿《ほうふつ》とさせるフォルムに、刺々《とげとげ》しい武装の数々。全体を陽《ひ》の光のような魔力の光で輝かせるそれは、まるで人類救済の箱船の如《ごと》く。

万雷の拍手喝采を以《もっ》て出迎えろ。

そう言わんばかりに、我が物顔で神都上空を侵犯したそれの名は。

――魔装潜艦宮　ラック・エレイン　オルクスモデル
壮絶なる開幕の一撃。人々の耳にいんいんと残る粉砕音。

それこそが、解放者が贈る最初の、〝変革の鐘〟の音色だった。

そのラック・エレインの甲板にて。

「ぜぇぜぇ、やってやったぞ。ハァハァッ」

「メル姉！　ラーちゃん！　オーくんが危ない人みたいになってるから回復ぅ！」

「一度で打ち止めとはいえ、とんでもない兵器を後付けしたものだ」

「はいはい、オスカー君、よくやったわよ～」

四《よ》つん這《ば》いになって息を荒らげるオスカーに、すかさずメイルとラウスの治癒が入った。

「ふん、見ろ。獣光騎士団の連中が浮き足立っている。大慌てで出撃してきたぞ」

「まぁ、無理もない。自分も連中の立場なら度肝を抜かれている」

「お姉様。生き残ったらたっぷりとご褒美をくださいましね？」

神代魔法の担い手、七人。

決戦を前に軽口を叩きながら、船首へと並ぶ。

十の黒い金属球を衛星のように周回させ、かつ、三重の羽衣を纏ったミレディが肩越しに振り返る。

「皆、準備はいい？」

返事の代わりに、ラウスは黒く無骨な金属の左腕を胸の前で握り締め、右手一本で巨大な戦棍《せんこん》を一振り。

リューティリスは、白生地に金の枝葉が刺繍《ししゅう》された狩人《かりゅうど》のような衣装に加え、長い白金の髪をポニーテールにし、瞑目《めいもく》しながら守護杖を祈るように額に添える。

メイルは海賊帽を目深に被《かぶ》り直した。裾が枝分かれしたロングコートを風になびかせ、脚甲付きブーツを踏み鳴らす。

砂漠の戦士らしく金属の鎧《よろい》で身を固めたナイズは腕を組んで仁王立ち。

ヴァンドゥルは大剣で肩をトントンと叩きながらマフラーをクイッ。

回復したオスカーも黒いガントレットの指先で眼鏡をクイッ。

そして、全員揃《そろ》って、不敵な笑みを以て応える。

深呼吸を一つ。ミレディもまた、牙を剝《む》くような笑みを浮かべて、

「それじゃあ、変革を始めよう」

大空へと飛び出した。

あとがき

ありふれた零《ゼロ》5巻をお手に取っていただき、誠にありがとうございます。

厨二《ちゆうに》好きの作者、白米良《しらこめりよう》でございます。

とりあえず謝罪をば。分厚くてごめんなさい！

なんとなく物語内の雰囲気で察してくださっている方も多いと思いますが、零シリーズは次の6巻が最終巻となります。

なので、今巻はラウスの合流や解放者集結のお話という以上に、解放者達《たち》の関係性や、どんな人達がいて、どんな想《おも》いを抱えていたのか、その辺りを改めて知ってもらえればというのが白米的に一番の想いでした。

何せ、零シリーズはそのための物語ですから。

と、考えながら書いていると、あれもこれも書きたい！　という想いが止められず、こんな分厚さになったというわけでして……

あと、可愛《かわい》いミレディとクズウサギを書くのが想像以上に楽しくて、若干（？）暴走してしまった結果といいますか……

これでも絞りに絞った後だったりするので、ご勘弁いただければと！

ちなみに、素直ミレディの口調がユエっぽいのはわざとです。ベルタさんの悪影響を受けなければ、ユエみたいなクーデレっぽいレディになっていたのかもしれません。

さてさて、何はともあれ、です。

零の終幕はもう直《す》ぐそこです。結末の決まっている物語ではありますが、その過程には歴史に語られなかった想いがあり、輝く生き様があり、死に物狂いの足掻《あが》きがあり、そして決断があります。

それら全て、次巻にて全力で書き切りますので、最後までお付き合いいただければ嬉《うれ》しいです。

それと話は変わりますが、本巻の発売に併せて、アニメ2期の情報がようやく発表されました。新キービジュアルやPVが公開されているはずです。

まだ知らない方は、アニメ公式ホームページ又は公式Twitterにて、ぜひぜひチェックしてみてください。

最後にお礼を。

イラスト担当のたかやKi先生、零コミック担当の神地《かみち》あたる先生、原作コミック担当のＲｏＧａ先生、日常&学園の森《もり》みさき先生、担当編集様、校正様、その他出版に尽力してくださった皆様。

何より、本巻を手に取ってくださった読者の皆様、なろう民の皆様。

心から感謝を！　いつも本当にありがとうございます！

白米良

OVERLAP

ありふれた職業で世界最強 零5

発　行　2021年4月25日　初版第一刷発行

著　者　白米 良
発行者　永田勝治
発行所　株式会社オーバーラップ
〒141-0031　東京都品川区西五反田7-9-5
校正・DTP　株式会社鷗来堂
印刷・製本　大日本印刷株式会社

Printed in Japan　ISBN 978-4-86554-823-5 C0193

作品のご感想、ファンレターをお待ちしています

あて先：〒141-0031　東京都品川区西五反田7-9-5 SGテラス5階　オーバーラップ文庫編集部
「白米 良」先生係／「たかやKi」先生係

PC、スマホからWEBアンケートに答えてゲット!

★この書籍で使用しているイラストの『無料壁紙』
★さらに図書カード（1000円分）を毎月10名に抽選でプレゼント!

▶https://over-lap.co.jp/865548235
二次元バーコードまたはURLより本書へのアンケートにご協力ください。
オーバーラップ文庫公式HPのトップページからもアクセスいただけます。
※スマートフォンとPCからのアクセスにのみ対応しております。
※サイトへのアクセスや登録時に発生する通信費等はご負担ください。
※中学生以下の方は保護者の方の了承を得てから回答してください。

オーバーラップ文庫公式HP▶https://over-lap.co.jp/lnv/